U0953446

译文纪实

A MOSQUE IN MUNICH

Ian Johnson

[美]伊恩·约翰逊 著
岳 韦 译

慕尼黑的清真寺

上海译文出版社

还有一些人为了妨害（伊斯兰）和协助不信者，为分化信仰者而建造清真寺。

《古兰经》9：107

1947年，玛格丽特来到伊萨尔河边，她想来这里游会儿泳。伊萨尔河孕育于阿尔卑斯山脉，流经慕尼黑。在那里，她见到了一个古铜肤色，依稀有着亚洲长相的人。他叫哈桑·卡沙杰，是一位三十岁的苏联难民，满怀对新生活的憧憬。两人互看对方，都有点羞意。她说："我知道，就是他了。"从此，他们再也没有分开，直至他过世。他死的时候，离他们的金婚纪念日只差了一年。

这是一本献给卡沙杰们以及其他穆斯林侨民的书。正是他们，进行了那场说不清道不明的战争。许多人面对无法抉择的道德两难，最终离乡千里，生活在他们难以理解的国度。他们也曾希望通过自己的双手来改变历史。是的，确实有所改变，但并不是像他们期望的那样。

这也是历史常有的奇点——故事总是发生在预料之外。但在这个故事中，我感到有某种特别的辛酸。我通过他们的信件和照片开始了解这些人，并且有幸还能和玛格丽特·卡沙杰这样的人见面交谈。作为那个时代的幸存者，如今早已零落暮年，这也让我为生活掩盖下的苦涩扼腕叹息。他们很少公开提及当年的所为。有时这些行为确实让人难以直面以对：与面目可憎的政权合作，出卖朋友，不一而足。有时他们又觉得不得不保持缄默，或是出于直接的强制或是出于秘密工作心照不宣的行规。许多人还建立了一种与此平行的社会生活：学者或自由战士，宗教活动家或商人。这使我不禁好奇，如果脱去这层社会外衣，余下的生活到底还有些什么？

对这本书中的这些人而言，答案是，还有很多。他们中的大多数已经谢世，很多人的经历至今也还是个谜。但他们当年的行为，在我们今天面临相似议题时，再次回响。一如从遥远星球反射而来的光，他们，照亮了我们的生活。

柏　林

2009年4月

出场人物

主 要 人 物

罗伯特·德雷尔（ROBERT H. DREHER）：中情局驻慕尼黑特工，供职于一个掩护组织，美国解放委员会（美解委）。支持穆斯林兄弟会。

格哈德·冯门德（GERHARD VON MENDE）：突厥学专家，纳粹时期首创利用穆斯林对抗苏维埃政权；战后在西德掌管一家情报机构。

赛义德·拉马丹（SAID RAMADAN）：流亡的穆斯林兄弟会高层领导人，与西方情报机构关系密切。领导了争夺慕尼黑清真寺控制权的斗争。

其他主要人物

美国方面

易卜拉欣·加朝格鲁（IBRAHIM GACAOGLU）：活跃的穆斯林领导人；二战时服务于德国，其后接受美国援助。

艾哈迈德·卡马尔（AHMAD KAMAL）：加利福尼亚作家，穆斯林活动家，与美国情报机构关系密切，操纵慕尼黑的一个破坏组织。

罗伯特·凯利（ROBERT F. KELLY）：美国解放委员会慕尼黑分部

首脑。

艾瑞克·库尼豪姆（B. ERIC KUNIHOLM）：美国解放委员会纽约总部政治部主任；利用穆斯林对抗苏维埃的坚定支持者。

鲁西·纳萨尔（RUSI NASAR）：乌兹别克活动家，由美国解放委员会等反苏组织支持。

赛义德·沙米尔（SAID SHAMIL）：北高加索抵抗运动领导人，与美国情报机构有联系，与德雷尔关系密切。

加里普·苏丹（GARIP SALTUN）：二战中及战后为冯门德工作，其后转入美国解放委员会门下。

德国方面

贝米哲·海伊特（BAYMIRZA HAYIT）：乌兹别克历史学者，冯门德的主要助手。

阿里·康特米（ALI KANTEMIR）：达吉斯坦领导人，效忠于冯门德。

哈桑·卡沙杰（HASSAN KASSAJEP）：清真寺建设委员会秘书长，试图在老兵和学生信众之间斡旋。

维利·卡优姆（VELI KAYUN）：自封乌兹别克“可汗”；捉摸不定，难以信任。

纽累鼎·纳芒加尼（NURREDIN NAMANGANI）：党卫军部队的乌兹别克阿訇；其后受雇于冯门德，控制慕尼黑的穆斯林。

穆斯林兄弟会方面

马赫迪·阿克夫（MAHDI AKEF）：穆斯林兄弟会现任“最高导师”，曾领导慕尼黑清真寺三年。

加勒卜·希马特（GHALEB HIMMAT）：叙利亚商人，领导慕尼黑清真寺长达三十年；在意大利阿尔卑斯山脉附近的纳达市生活。

阿明·胡赛尼（HAJ AMIN AL-HUSSAINI）：前耶路撒冷大穆夫提；二战时与冯门德和纳粹合作，后为拉马丹工作。

优素福·纳达（YOUSSEF NADA）：埃及商人，为建造慕尼黑清真寺募集资金；协助创立美国的穆斯林兄弟会。

优素福·卡拉达维（YOUSSEF QARADAWI）：现今穆斯林兄弟会最具影响力的精神领袖；1970年代，以西方为重心，帮助重建穆斯林兄弟会。

易卜拉欣·扎耶特（IBRAHIM EL－ZAYAT）："9·11"恐怖袭击后从希马特手中接管慕尼黑清真寺。

目　录

引　　子　小镇边缘……1

热　　战

第 一 章　东线……7
第 二 章　突厥学家……16
第 三 章　纳粹原模……24

冷　　战

第 四 章　东占部还魂……37
第 五 章　进入第三世界的钥匙……62
第 六 章　摸索中成长……71
第 七 章　“政治妙招”：清真寺出炉……84
第 八 章　拉马丹博士出场……94
第 九 章　权宜之计……112
第 十 章　小说家讲故事……124
第十一章　赢得清真寺……138
第十二章　失去控制……149

当 代 战 争

第十三章　穆兄会大胜……161

第十四章　超越慕尼黑…………………………………… 170
第十五章　争论的内涵…………………………………… 179
第十六章　1950 年代的回归 ………………………… 192

尾　　声　圆顶之下……………………………………… 209

致　　谢…………………………………………………… 214
资料来源…………………………………………………… 221
注　　释…………………………………………………… 231

引子　小镇边缘

2003年的冬天，伦敦。我正在一家售卖伊斯兰激进主义文学作品的书店内浏览。就是这种书店，让伦敦赢得了“伦敦斯坦”的名号：层层叠叠的书籍，连篇累牍地号召要打倒自由社会；这些书籍，在试探言论自由底线的同时，也无意间记录下欧洲穆斯林社群面临的困境。而我，只是一个普通的顾客。

过道里，我注意到一张很特别的世界地图。各个国家都按穆斯林人口的比例用颜色来标识。深绿色国家里，穆斯林占多数；浅绿色、黄色、褐色，各代表了逐级下降的穆斯林人口比例——典型的政治伊斯兰，把宗教作为唯一标准，将世界划为你我两半。在地图四周，缀饰着各地著名的清真寺——麦加大清真寺（千千万万朝觐者每年的目的地），耶路撒冷圆顶清真寺（穆罕默德登天处），神奇的伊斯坦布尔蓝色清真寺，还有，慕尼黑的伊斯兰中心。

慕尼黑的伊斯兰中心？有点奇怪。我以欧洲和世界其他地区的宗教为主题写作已经有六年了，在德国住的时间则更长。这清真寺的名字倒是听说过，是德国境内一个伊斯兰小组织的总部，但似乎配不上这么大的来头。慕尼黑并不是伊斯兰的中心，那个清真寺也不是德国最大的，更别说在欧洲了。不过，它仍然是某些人心中传之万世的圣殿。正好，我计划要去慕尼黑，就决定顺道看个究竟。

几周后，我开车从慕尼黑市中心出发，沿着旧大道往北，先是和通向新机场和未来派体育场的那条高速公路并行了一段，绕过这些德国引以为傲的样板基础设施后，驶入了德国巴伐利亚首府被忽视的社区。从这里开始，城中心让位于郊区，然后是郊野的零落乡镇。最后，清真寺现身了，一开始不过是突出在松树顶上的细长尖塔，就像一根指向天国的手指。随后，其余部分也进入了视野。这是一幢卵形建筑，就像一个被篷布罩着的气象气球——早已过时的1950年代的未来派设计。

我找到了一位身材矮小瘦弱的看门人，大约六十岁左右，穿着传统的白色长袍和凉鞋。我问他为什么这座清真寺这么出名，他耸了耸肩，冷淡地说肯定是我搞错了。我问是什么时候建造的？他说他不知道。我又问是谁建造的，他只是一个劲地抱歉不知。

他的答复让我吃惊不已。算起来，我到过欧洲的许多清真寺，每到一地，每个做礼拜的人都会无比骄傲地向我讲述它的渊源：通常都是由移民们集资建造。但这次，是真不知道，还是忘了？总之，很奇怪。

我观察得更仔细了，清真寺似乎在衰败。混凝土和瓷砖已经褪色开裂，树木似乎在吞噬整幢建筑。世界上最伟大的清真寺之一？我搞不懂到底发生了什么。

就是这个疑问，引出了我的研究项目，把我带向意想不到的地点，耗费了远远超过当初预计的时间。我曾以为，只要在德国找几个1960年代移民来穆斯林社群的人谈谈，很容易就能找到答案。正是当初的那批移民，部分造成了欧洲人口结构的巨变。我猜想，慕尼黑的伊斯兰中心也是在那个时期出现的。

然而，我发现答案回溯的年代要更为久远——1930年代。确实，我采访过许多德国的穆斯林，但我的大部分时间都花在美国和欧洲的档案馆。正是从那一箱箱或是无人问津或是新近解密的档案中，那些为这个清真寺奠定思想基础，其后又为夺取控制权而相互角力的人物和故事，才慢慢串联成篇。

与通常的想象相反，这些创始者跟广大的移民没有什么关系。相反，我发现有三类群体，为了达到既定目标而支持清真寺。一类是纳粹思想家，计划利用伊斯兰作为二战期间的政治武器，随后，这一战略又延续到冷战时期。另一类，主要是美国中央情报局的成员，他们以纳粹的工作为基础，希望利用伊斯兰来对抗共产主义。第三类才是伊斯兰激进分子，他们把清真寺视为在西方的一个立足点。这三类人有一个共同点：他们的目标并不是建造一个做礼拜的地方，而是一个政治甚至暴力活动中心。

首先，故事的主线可说是耳熟能详。1970 年代和 1980 年代，美国曾试图争取穆斯林在阿富汗对抗苏联，著名的基地组织就是在那时诞生的。但慕尼黑清真寺的建筑年代还要往前推三十年，那是冷战的初起之时，而不是它的结束阶段，两者的根本目标也十分不同。在阿富汗这类地区，穆斯林被动员起来扛枪战斗。但在这里，在德国，穆斯林卷入的是一场心理战，一场观念之争。我开始认识到，在慕尼黑发生的事件是某种变化的先兆，这种变化横跨意识形态和军事两个领域，影响从阿富汗直至伊拉克。

无论是当时还是现在，这种策略都适得其反。对慕尼黑穆斯林社群的争夺，给西方带来了一种致命的意识形态：伊斯兰激进主义(Islamism)，这不是那种年代久远的宗教，而是一种高度政治化的暴力的思想体系，并为恐怖主义的产生提供了温床。在 2001 年纽约和华盛顿的恐怖袭击中，西方直接体会了这种暴力。但它的历史更为久远，困扰了世界各国好几十年。最著名的伊斯兰激进主义组织就是穆斯林兄弟会，正是穆兄会，把清真寺变成了一个实现党派目标的基层政治组织。穆兄会在西方的几乎所有活动，都起源于运作清真寺的那一小群人。而慕尼黑，正是穆兄会向西方社会扩散的滩头阵地。

1950 年代和今天的相似之处让人触目惊心。虽然伊拉克地面战场上的一举一动仍然牵动着我们社会的神经，但决定胜败的，将是这场意识形态之战。今天的慕尼黑，就像她在半个世纪前一样，西方社会希望能在与宿敌的缠斗中找到与我们有相同价值观的穆斯林盟友。慕尼黑，浮现出一种未经深思熟虑就贸然行动的风险。

西方国家的政府，使这种深思熟虑的工作难以进行。一般来说，情报机构有关伊斯兰的档案仍是保密的；我能获得这些故事的文件，只能说是可遇不可求的偶然机会。在美国，由于国会的立法，才撬开了中情局留存的纳粹和涉嫌战争罪行人士的档案；也许还得采取类似的法律行动，才能完全搞清楚美国到底是如何应对伊斯兰激进团体的。

在这期间，就让这本书来填补一些空白。写作此书的一个原因，就是那个时代的见证人正在相继离世。许多人收集了非同一般的私人档案，但这些材料正日渐散佚。今天，大多数和我交谈过的人都已八九十岁，一些已经过世。再等几年，就将意味着失去他们的洞见和建议。

正是他们和那些档案，为我们讲述了从好莱坞到雅加达，从华盛顿到麦加城的故事。就像一谈到德国就常常会出现的情景，这个故事，也始于二战战场。

热　　战

东方大树，一叶飘落，
移植到我，花园泥土。
其间奥义，耐人寻味，
留待智者，以来揣摩。

歌德《银杏裂叶》

第一章　东线

加里普·苏丹匍匐在机枪射击坑内，腹部紧贴着地面。他向前伸出头，努力寻找草地里的敌人。这里是乌克兰哈尔科夫城外，上级下了命令，要他在这里，在红军的前沿阵地顶住。那是 1942 年 5 月，德国人发动了一波强大的反攻。在他的四周，到处听得到隆隆的坦克声，枪弹呼啸而过。这位十九岁的士兵用望远镜在乌克兰的草甸上左右搜索：什么也没见到。他觉得完了。①

他难过地回想起自己是如何落到今天这个地步的。在斯大林时期，苏丹属于苏联境内的一个少数民族，是巴什基尔地区鞑靼人的一支。13 世纪，当游牧民族在成吉思汗的带领下最后一次横扫中亚时，突厥人定居于此。随着俄罗斯的扩张，鞑靼人失去了独立地位，沦为许许多多非俄罗斯族中的一支。在幅员广阔的苏联，这些少数民族几乎占到了总人口的一半。

在苏维埃的统治下，对少数民族的压迫加深了，特别是对苏丹父母那样经营小企业的人。干部们称他们为资本家，夺走了一切。他们将他父亲的运输公司国有化，还没收了他们家的房子。甚至连他们的马也给牵走了。这个曾经富裕的家庭，只留下两件去英国旅游时买回来的家具：一面破碎的镜子，一架坏了的座钟。苏丹的父亲在去世前，鼓励儿子加入少先队，以后还要加入青年组织共青团，最终要入党。老人说，这是斯大林时期在苏联生存的唯一途径。苏丹听从了父亲的劝告。他加入了共青团，读完了高中，并打算学习冶金。他努力想成为一名新苏联人。

之后就是1941年6月德国的入侵。红军当时还不是那个最终摧毁希特勒大部分军队的令人闻风丧胆的战争机器。在战争的第一年，它遭受了巨大的人员伤亡并失去大片领土。所有可征用的人口都被召集起来，并立即投入行动。苏丹被征召入伍，很快被分配到一个由像他一样的非俄罗斯人匆忙凑合而成的部队。装备破旧，指挥疲沓，随时准备遇敌后即行瓦解。

当他的部队进入哈尔科夫城外的阵地时，苏丹深深体会到作为一个少数族裔的地位。当部队列队接受训话时，一位俄罗斯指挥官让少数族裔的战士向前一步。这位军官派给苏丹四人一项自杀式的任务——爬过两军间的空地并把德语宣传资料扔到敌军的阵线上。按照这个异想天开的计划，德国士兵在看了这些小册子后，就会起而反抗他们的军官，随后投降。谁也没有料到德国人会布下铁丝绊索。苏丹的小组被分割开，机枪声随之而来；苏丹是唯一的幸存者。他在草甸高高的茅草丛里躲了两天才爬回自己的阵地。由于他的勇敢，指挥官答应给他一枚奖章。但苏丹认为这种荣誉十分空洞。他一直努力培养的对苏联体制的忠诚，正流失殆尽。

然后，命令又来了，让他的部队做好对付德军进攻的准备。苏丹再一次看到了这个政权的残暴和不通人性。苏联军官强迫古拉格劳改营来的囚犯毫无防护地干活，在德军的炮火下挖掘反坦克壕沟。一个年老囚犯，也是一个鞑靼人，在休息时跟苏丹闲谈起来。一脸憔悴身材羸弱的他告诉苏丹，第一次世界大战期间他参加过的每次战斗，他又是如何被德国人俘虏的。在德国集中营里的生活比在沙皇军队里还要好，囚犯们甚至帮着德国人打俄国人。苏丹静静地听着，然后继续干活。军官们最后把士兵派往前线不同的位置。苏丹察觉到少数民族都被派去毫无生还希望的位置，但他还是一步一顿地走向自己的战位。

---

① 本书是根据访谈和档案而就的一部历史著作。除非特别指出，资料来源都在书末列出。

苏丹和另一位少数族裔士兵窝在同一个散兵坑里，后者负责机枪射击。苏丹是名义上的领导——他是一名共青团员。但他根本不知道该如何指挥机枪来阻挡坦克的前进，也看不到在瞬息万变的前线不惜一切代价保住这块阵地的意义。苏丹放下了他的望远镜，仔细倾听着。他听到枪声越来越近，但看不到有任何人在活动。

突然，一队德国人从草丛的一侧冲了过来。机枪手转了半圈，但就在同时，另一队德国人从相反方向奔突而出。年轻的苏联人大惊失色；如果他们对其中一队德国人开火，另一队就会立刻把他们干掉。一次英雄式的牺牲：苏丹的长官正希望他的士兵这样做。而他只有一刹那来选择自己的命运。

“别，别开火，”当德国士兵就地扑倒瞄准时，他们的队长喊道，“不要开枪。投降!”苏丹犹豫了。在他脑海里闪过古拉格集中营的苦役和家人从家里被赶出来的景象；这根本不是他的战争。他举起了双手，机枪手也是。他们成了俘虏。

“毙了他们，”几个德国人叫喊着。这常常发生；东部战线是残酷的，双方都无视规范战争的国际协议。

当士兵们争论不休时，一位军官走了过来，苏丹感到有一丝机会。他能讲一点德语，读高中时学的，他决心试一试。

“先生，您是个受过教育的人，”苏丹对着军官说，“您学的是什么专业?”

一个苏联士兵能讲德语，这让他有些吃惊，军官笑了笑，答道：“法律。”

“法官应该心怀怜悯，”苏丹说，“别杀我们。”

军官笑了起来。他穿的是纳粹制服，但他是老派的普鲁士军人。这些人是他的俘虏，也是他的责任。责无旁贷，他要送他们到后方接受处置。

苏丹的投降是红军轰然崩塌的一小部分。已经有惊人的三百万苏联军队投降了德军。斯大林的恐怖统治使得士气低落，苏联士兵成批投降。许多人都认为纳粹再坏也不会比俄国共产党更糟。尤其是苏联的少数族裔，对俄罗斯的事根本就毫无热情。对他们来说，苏联不过是旧俄罗斯帝国的一个更为残暴的翻版。18 世纪和 19 世纪，俄罗斯向南部和东部扩张。当沙皇在 1917 年被废黜时，该国人口中几乎有一半不是俄罗斯人。

苏联从沙皇那里继承了两大片俄罗斯人占少数的地区：中亚和高加索地区。前者包括今天的哈萨克斯坦、吉尔吉斯斯坦、塔吉克斯坦、土库曼斯坦和乌兹别克斯坦。在当时，这整一片地区叫做土耳其斯坦（Turkestan），是穆斯林的地盘，居民说的都是突厥语系的各种方言。它涵盖游牧民族地域，也包括了撒马尔罕和塔什干等大城市。远离任何争斗，这个地区对纳粹而言也鲜有吸引力。

高加索地区则更接近纳粹的利益。这里是纳粹传说中占据重要位置的高加索人的神秘古国，无边山脉，深不可测，奇闻异事，口耳相传。大洪水后，据说诺亚就在这里登陆。希腊人把它视为支撑世界的一极，高山托举着天空，划定了文明的边界。用地理术语来讲，高加索山脉是欧洲和中东之间传统上的分界线。

这也是莫斯科从未征服的地区。该地区人口成分复杂。南高加索地区就有三个区分明确的部分：信仰基督教的格鲁吉亚和亚美尼亚，以及信仰伊斯兰教的阿塞拜疆。北部就完全不同了。主要是穆斯林占多数，还有许多星罗棋布、人数虽少但彪悍独立的族裔，如达吉斯坦人、卡尔梅克人、车臣人和奥塞梯人。

纳粹的用意其实很简单。阿塞拜疆的巴库市，车臣的格罗兹尼市，当时都是石油生产中心。德国已经制订计划接管油田并以此来推进帝国的发展。但不同于苏联的其他地区，德国人并不准备在高加索地区推行殖民。这就让德国人扮演了解放者的角色，许多当地人也是这样来欢迎他们的。即使人们对纳粹的意图有所怀疑，却仍然很高兴看到有人能来为他们抵抗压迫者。

从这种地区性的反应中可以看出苏维埃系统的脆弱——这在几十年后苏联解体时变得更为明显。1990 年代初期，这些以穆斯林人口为主的地区将分裂成十几个国家。战争期间，类似的分裂发生在那些忠于自己的故土和宗教而不是苏联帝国的个人身上。成千上万的人就像苏丹一样：他们是鞑靼人、车臣人、格鲁吉亚人、哈萨克人、乌兹别克人。他们中的大多数是穆斯林，许多人想要对抗苏联。

在日后，他们将在慕尼黑聚集，这群心怀仇恨的反共之士将对西方证明自己的价值。战时他们由纳粹组织训练，战后，他们将最终被再次发现，并在反对共产主义的斗争中，充任弹药。这些伊斯兰激进分子也有他们自己的想法：那些已经在德国立足的教友同道可以作为进入西方的滩头阵地。但在此时此刻，他们只是一群男人——确切地说不过是群孩子，既不成熟，也缺乏训练。苏丹被送往一所专门接收受过教育的苏联俘虏的战俘营。德国人慢慢意识到，他们手里握有一种有力的武器。

1941 年 10 月，一位名叫维利·卡优姆的乌兹别克人到访了德国东普鲁士省的一个穆斯林战俘营。那里的情况糟透了，伤寒十分猖獗，大多数囚犯快要死了；所有人都极度饥饿。成千上万的同志被纳粹清算队枪毙，男人们都惊恐不已。一个年轻的乌兹别克士兵甚至这么想："还要熬多久才能死呢?"

卡优姆是和一位德国将军一起来的，他用乌兹别克语承诺会改善条件，这让俘虏们吃惊不小。卡优姆随后对他们发表了讲话。

"我是乌兹别克人。我是维利·卡优姆可汗。我出生在塔什干，1922 年来到德国，当时苏联政府希望有人来帮助控制土耳其斯坦，就派人到德国来学习。我决定留在德国，我们成立了一个政治组织，要把土耳其斯坦从俄罗斯人手里解放出来。你们很快就会从我这里听到一些好消息。"

卡优姆信守了他的诺言。在两个星期内，营地的条件有了显著的改善。食物突然大为丰富，还有了医疗。稍后德国人把受过教育的囚犯送往柏林南边的一个军营。在那里，他们学会了使用德国武器，包括拆卸清洗步枪、机枪和迫击炮。更重要的是，像卡优姆一样的外来移民对他们进行政治训练，包括上历史课——这是许多年轻的苏联人不了解的话题。他们了解到自己的故土有这么源远流长、令人骄傲的历史，一旦从苏联的统治下解放出来，就能再次复兴。

1941 年 11 月，这些受训者与另外一千两百名留在战俘营的苏联穆斯林团聚了。欢庆之余，夹杂着些许恐惧：他们开始意识到自己受训是要来对付苏联的。虽然他们都讨厌苏联，但这种大方向上的戏剧性变化仍然给他们带来了极度的不安：他们现在必须为他们以前的敌人，为德国人干活，成为莫斯科的叛徒，并从此踏上不归路。

另一个和囚犯们谈话的也是乌兹别克人，叫贝米哲·海伊特，是一位教师。他也是被德国人俘虏的，他将成为这些人的主管，充任与德军在柏林和东普鲁士最高指挥部之间的直接联络员。士兵们，他说，应该认识到他们自己是解放军。

“你们是东方军团的基础，”海伊特这样说，“总有一天，当东方国家重获自由时，你们将是故国的脊梁。”

人们的担心烟消云散，一片喜庆。过了一个月，德国人给这些士兵发放了德国军队（国防军）的制服。除了没有肩章，他们的制服与标准的完全相同。另外，这些人还得到一个比军衔更为有力的东西：一个臂章，上面绣着撒马尔罕著名的夏依辛达清真寺的轮廓和一条短语，Biz Alla Billen——“主与我们同在”。

卡优姆和国防军的情报机关（Abwehr）联手制订了一个鲜为人知的乙虎行动计划（Operation Tiger B），而培训工作只是其中的一部分。虽然纳粹种族理论的信徒把每个“亚洲人”或“斯拉夫人”都视为劣等种族，但许多德国人都急于从囚犯中发掘盟友。德国军队里已经组建了哥萨克部队，那可是狠如虎狼、对苏联人毫不手软的骑兵部队。乙虎行动是整个实验的一部分。

1942 年初，这些士兵被派往斯大林格勒西部前线。他们表现得很出色，跟随在德国坦克后投入战斗，以钳形运动俘虏了成百上千的苏联军队。乙虎行动被认为是成功的，以穆斯林为主来组织部队的想法得以推广。

虽然也有其他苏联少数族裔在为德国人战斗，但穆斯林有些特别：他们与苏联的关系似乎特别游移不定。当第一批穆斯林俘虏逐步到来时，德国人对他们进行了调查。许多人从不说自己是哈萨克人、达吉斯坦人，或是其他少数族裔的成员，更不用谈是苏联人了。相反，他们只是说，“我是穆斯林”。这引起了德国人特别的兴趣；这些人是为了一个与共产主义截然不同的宗教在战斗。

两位土耳其将军提出了设立穆斯林部队的想法。虽然土耳其在战争中是中立国，将军们还是去了柏林向德国的高级军事领导人游说，希望优待突厥族裔的士兵。国防军迅速地将乙虎行动扩大成建制部队，即第 450 步兵团。它几乎全部是由突厥族裔的士兵和军官组成。另外三个团也很快组建了起来。

这些都不是主力部队。他们的士气波动很大；最初士气较高，但当德国人被迫从穆斯林人口占多数的地区撤出时，士气就跌落。部队装备也不足。一支九万人的部队仅有四千多挺机枪，三千门榴弹炮和三百门火炮；没有坦克和自行火炮。主要任务就是打击游击队和保护补给线。

但他们数量庞大。到 1942 年底，大约有十五万突厥人、高加索人和哥萨克人在战斗。整个战争过程中，大约有一百万不同信仰不同种族的苏维埃公民为德国人在战斗，大部分处于非军事岗位。对于穆斯林参与其中的人数，最多估计为二十五万，主要是在军事岗位。

对穆斯林另眼相看是从一开始就明确的。1942 年 3 月，国防军发布命令，允许苏联的少数民族加入警察和反游击行动的武装部队。这些部队明确不得上前线服役或拥有重型武器。唯一的例外是“突厥人”，他们获得了足够的信任，与苏军作战。

希特勒本人也支持这些政策。他似乎对穆斯林怀有不一样的感觉，也许是因为这位奥地利出生的独裁者在奥匈帝国时期就曾与穆斯林打过交道，或者是因为土耳其曾经是第一次世界大战期间轴心国的一方，他本人也曾为此战斗过。还有一个事实是，穆斯林占据的地区都不是德国人想要殖民的地方。不管怎样，希特勒明确赞同要利用穆斯林。

“我认为这些穆罕默德们是可靠的。其他人我认为是不可靠的，”1942 年，希特勒在军事总部的一次谈话中这样说道。他警告军事领导人在占领区人民中建立军队时必须要谨慎从事，但允许有例外：“如果真的建立了纯穆罕默德的军事部队，我看不出有任何的风险。”

很快，党卫军也来要非德裔的部队。当第 450 团和其他单位在 1943 年统编成一个师时，党卫军接管了该部队，改称东突厥旅。这支部队在乌克兰、希腊、意大利，打击当地的游击队。不过它也参与镇压了 1944 年的华沙起义，并因此声名狼藉。

当苏丹从前线被送到战俘营后不久，柏林派来了一个调查小组。领队是海因茨·翁格劳贝，一个热爱鞑靼语和鞑靼文化的德国律师。虽然翁格劳贝被征召入伍，但他的长官们承认，他的知识可以用于更有价值的地方。他被指派到一个新成立的部门，“东部占领区事务部”，即东占部（Ostministerium），并被任命为鞑靼联络办公室的负责人。

苏丹立刻给翁格劳贝留下了深刻的印象。这是一位年轻人，甚至还不到二十岁，能讲德语，憎恨苏联。他可以成为一位好盟友。翁格劳贝让苏丹出列交谈了几句。他问的都是些常见问题：他如何学会了德语，他对俄罗斯人怎么看。苏丹决定秀一秀他的德语，讲了一点家族史。

“我学德语是因为家里在德国有一房远亲。”

“有意思，”翁格劳贝说。

苏丹察觉到了德国人的淡漠，不过他步步进逼。

“我母亲的一个远房亲戚娶了一个德国女人，她在第一次世界大战时是名护士，是她照顾了我的亲戚。他们相爱并结了婚。”

“有意思。”

“那位德国护士有个不常见的名字。”

“什么名字？”翁格劳贝说着，竖起了耳朵。

“冯门德。”

这是翁格劳贝上司的名字。现在，指定给苏丹的职位要比穆斯林连队里那种低级职位好一些。他很快就会搭上去柏林的火车。目的地是东占部，要见的人就是格哈德·冯门德：纳粹德国利用穆斯林的总设计师。

第二章　突厥学家

19 世纪和 20 世纪早期，正是德国的思想家们为我们定义了当代世界。这个国家一直要到 1871 年才统一起来，也从未有过什么像样的海外殖民地。但是，它的知识分子却弥补了这个不足：他们思考的成果，他们的理论，他们的思想，漂洋过海，征服了一个又一个的国家，改写了当地的历史，他们，甚至在那些德国人极少出现的疆域都受到了追捧。例如，亚历山大·洪堡，在 19 世纪带领团队远征拉丁美洲，第一次科学地描述了当地的自然情形，为地理学、气象学奠定了学科基础。

德国学者对“东方”（Orient）特别着迷——那片从土耳其一直延伸到日本的广袤地域。现在很少有人再使用这个词，因为它所涵盖的地区和民族，除了都是位于欧洲以东这点外，实在没什么太多的共同点。但在那个时代，东方这个词却挑动着人们的想象力。当一位德国地理学家创造了“丝绸之路”这个词来描述古代横贯中亚的贸易路线后，一批又一批的德国探险家开始了一次又一次的远征，想要证明它的存在。考古学者加入了，他们洗劫各佛教圣地，充实了柏林的人类博物馆。最后，政治意图也随之跟进。1920 年代初，德皇威廉二世试着将德国的影响力拓展到这个地区，在一次高调出访君士坦丁堡和大马士革期间，他把自己打扮得像一位苏丹。在第一次世界大战期间，一位德国外交官说服了奥斯曼帝国的哈里发——穆斯林名义上的最高宗教领袖——对协约国发起圣战。一些历史学家认为这是首次在现代意义上使用圣战一词。

承托所有这一切的正是德国的理论界，可说是当时世界的典范。这个国家的伟大思想家研究了东方的各个方面；伊格纳茨·高德茨赫完成了有关伊斯兰传统的第一部历史著作；西奥多·内尔德克撰写了《古兰经》的历史起源，提出了它世俗起源的假说，这种理论即使是在今天，仍被认为是相当前沿的学说（当然，在许多穆斯林地区这仍是禁忌）。到了1930年代，又有一位学者，一位后起之秀，正要踏入这座学术的神殿：他就是格哈德·冯门德。

冯门德体格上没什么引人之处，甚至看上去有点古怪。一米七六的身材，不过是当时的平均身高，不过照片上的他看上去有些憔悴，体重也只有六十四公斤。他的头发是淡淡的亚麻色，眼睛蓝蓝的——在那个重视“纯种雅利安人”的年代，这些都是理想的特征，但他的牙齿长歪了，脸也是扁圆形的，有些浮肿。最引人注意的是他有着轻度的遗传缺陷，右眼无法随物体移动，而左眼又对此补偿过度，所以他似乎总是同时在看两个不同的方向。恰如狮身人面像，他看上去似乎是盯着某个物体，同时又眺望着远方。

1904年的圣诞节，冯门德出生于拉脱维亚里加市的一个德裔家庭，德国人是当地颇具影响力的少数族裔：他们是那些在中世纪随波罗的海而下，沿海岸定居的德国骑士与商人的后裔，直至20世纪，他们一直控制着贸易和学术界。同其他许多少数族裔一样，冯门德身上烙有那种与母国割断联系的人身上所特有的老式仪规。他彬彬有礼，认真地倾听别人谈话，穿着保守的三件套，看起来似乎更像英国人，而不是德国人。军人的寸头和元首式的发型并不合他的胃口。他蓄短发，头发从发际线直直地往后梳，这种习惯，正如他的举止，保留终生。大家都用整洁得体来形容他。

“他，瘦瘦高高的个子，挺得笔直，”东占部的同事艾伦·修德这样回忆道，“他是一个真正的绅士，说话轻声轻气，但非常有力。”

冯门德的努力程度让人望尘莫及，他是一个十分勤奋的员工，但他的成功还得益于他那充满活力的社交。他总是愿意走出去，以一种波罗的海的特有风格，和同事们一起灌下几瓶伏特加。他十分注重人际交往，不仅仅是在知识阶层，就是对普通司机也十分随和。早期的生活经历让他能与各行各业的人打交道，而一系列的变故又让他意志坚强，一心要取得成功。

第一次世界大战后，德国溃败。俄罗斯布尔什维克党人枪杀了他在当地经商的父亲，冯门德当时只有十四岁。尾随着许多波罗的海德裔家庭的脚步，他的家人逃到了德国。但祖国并不比拉脱维亚更好；德皇治下的帝国已然分崩离析，物价飞涨，冯门德家庭的社会地位一落千丈。他的母亲靠一边做私人秘书，一边做贵族子弟的家教来勉强支撑这个家庭。而冯门德，就是靠着专门帮助波罗的海德裔难民的互助组织的援助，才上了中专。

年轻时，他当过水手，做过矿工，也在流水线上打过工。后来还在汉萨贸易商行当了四年学徒。1927 年，当口袋里攒够了上大学的钱，他辞掉工作，去了柏林大学。他已经二十三岁了，比大多数一年级的学生要大四岁，但这并没有阻止他以惊人的速度上升到德国学术界的顶端。

当时，柏林是俄罗斯研究的世界中心。历史学家奥托·赫茨把柏林大学建成了一块吸引天才学者的磁石，其中就有年轻的美国外交家乔治·凯南这位未来遏制论的创立者。布尔什维克党人也定期派人前往这座城市，混迹在侨民和移民群体中，并在学界挑起额外的争议。冯门德致力专研的是当代俄罗斯研究和经济学。在短短六年里，他以优异成绩获得博士学位。他说一口流利的俄语、瑞典语和拉脱维亚语，他有一种近似于本能的语言学习能力，对此连他自己都惊叹不已。在学习期间，他还掌握了突厥语，包括在苏联境内使用的不同的突厥方言，以及阿拉伯语、法语和英语。几年后，当他遇上未来的妻子，一个挪威人，还学会了她的语言，甚至在去奥斯陆的渡轮上让乘客们都以为他就是一个土生土长的挪威人。

和凯罗·埃斯佩塞丝的婚姻对于正处于上升期的冯门德可说是某种风险。凯罗受过良好的教育，相貌迷人，但她并不是一个安全的选择：她有着一种独立的情绪化的性格，并自认为是个艺术家。随着 1920 年代后期的“文化朝圣”浪潮，埃斯佩塞丝来到了德国，在这里，她感受到战后迸发出的艺术和思想创造力，并深受激励。包豪斯派的建筑，表现主义的绘画，对历史的新解释，似乎又为民族主义的死路提供了一条新路。德语世界的一项新创造——精神分析法，激发她回到奥斯陆后写了一本观点十分新潮的有关战争创伤的小说。《流血不止的伤口》描写的是一位德国的一战老兵向一个年轻的挪威交换生倾吐内心的故事。他殴打她，在她的反抗之下，与她发生了关系。这本书在挪威成了一起丑闻，埃斯佩塞丝被指控玷污了这个年轻国家的荣誉。

她吓坏了，找了一份工作逃去德国，就是陪同法国学者和学生游历莱茵区。德国方面的导游正是冯门德，他一边写论文一边想赚点钱。他们相爱了。埃斯佩塞丝跟着冯门德回到柏林，并最终来到布雷斯劳市，他在那里继续从事他的研究。在疾风暴雨式的求爱后——她喜怒无常的性格有时使他离开她的身旁——他们最终结了婚，埃斯佩塞丝先是给他带来了安定的生活，后来又成为他无条件的支持者、誊写员和顾问。

虽然埃斯佩塞丝的写作生涯难以为继，冯门德的前程却似好风助力。他在 1933 年获得了博士学位，写了一本介绍分析苏联复杂民族构成的书。三年后，他发表了他最具影响力的著作：《俄罗斯的突厥人斗争：苏联民族问题之我见》。

书的论点颇具爆炸性：苏联境内的非俄罗斯裔少数民族正是它境内心怀怨愤、无法融合的一部分公民。这是第一本用非俄罗斯语描写这些人政治意识成长的出版物。冯门德观察到，布尔什维克政权和突厥人（也就是现在的乌兹别克人、哈萨克人、吉尔吉斯斯坦人和鞑靼人）为主的少数族裔之间的对立。但他警告说，没有外部帮助，突厥人不可能取得独立：“这是因为苏联在政治上严格统一，权力高度集中，各部分经济联系密切，因此，只能在苏联面临严重冲击时，才能期望突厥人的地位有所变化。只有到那个时候，才能看清苏联的民族分裂政策——将突厥人分割成几个弱小而无法自立的加盟国的政策是否奏效。”

对于即将到来的战争和其后的几十年岁月，他的结论是预见性的。他推测，这些族裔只能经由“苏联解体”这类根本性冲击，而不是通过自己的争取，才能获得独立。同样具有前瞻性的是，冯门德质疑这些潜在的民族国家的生存能力——回想一下该地区现在那些靠着石油和天然气收入度日、无法进行正常治理的独裁政权吧。

如果继续从事这一领域的研究，他的成果将足以帮助冯门德成为苏联中亚政治问题的世界级权威。但是，他走上了另一条路。当1933年纳粹掌握政权时，冯门德开始涉足政治。同年，他加入了希特勒的冲锋队。埃斯佩塞丝在回忆录中写道，他这样做的理由是因为要想得到政治上的靠山，一旦苏联人攻击他所研究的敏感课题时，可以有人支持。苏联方面曾经以他是一名间谍而不是真正的学者为由，拒绝过他的签证申请。

另一方面，他这么做，也可能是出于机会主义的考虑。不管他的举止如何优雅得体，冯门德到底是经受过苦难并亲眼看过苏联人是如何毁掉他的家的。纳粹当时急于在苏联境内的占领区建立一个新型的德国人的帝国。而冯门德又是世界上有数的几个抓住了苏联人阿喀琉斯之踵的专家。他可能已经看到纳粹运动是潜在的强大靠山，所以才设法加入。

当时，要加入纳粹党并非易事。到1933年，纳粹党已经停止吸收新成员了——这是把那些只想随大流的人挡在门外的一种努力。对纳粹运动感兴趣的人常常先加入冲锋队。虽然它因“冲锋队员”——工薪阶级出身的霸道男孩领头攻击屠杀敌方人员而出名，其他出身背景的人也大批加入。随着纳粹在德国掌权，冲锋队规模急剧膨胀，从1930年的六万上升至1933年的二十万。

三年后，冯门德退出了冲锋队。家族方面的说法是埃斯佩塞丝逼着他退出才肯嫁给他。可事实是在他退出之后，他们在1936年成婚。在他的简历中，冯门德写道，他脱离冲锋队是因为新的教学任务使他没有时间参与政治活动。不过在当时，冲锋队的明星地位马上就要陨落，也有可能冯门德已经意识到他选错了一个法西斯俱乐部。冯门德加入后不久，希特勒在一次血腥政变中干掉了冲锋队的领导人恩斯特·罗姆——就是所谓的长刀之夜①。冲锋队很快就失去了影响力。

不管怎样，这次经历让冯门德在政治上变得相当脆弱。在第二本书出版后不久，他在柏林大学获得了一项兼职教授的工作。这一任命立即受到了一个活跃而危险的人物的反对，他就是奥斯卡·冯尼德梅耶。冯尼德梅耶是一位老兵，一位冒险家，曾在第一次世界大战中试图策动反对英国的圣战。他当时是柏林大学军事地理和政治研究所的主任，被视作是忠于政府的人物。

冯尼德梅耶极力反对冯门德有两个理由。第一个是在任何时代的学术纷争中的标准托词：冯门德在学术上还不够格。另一个在当时的纳粹德国就有些危险了：冯门德持有错误的政治观点。1937 年，冯尼德梅耶在一封反对这项任命的信中这样写道，冯门德有“一群”古怪的支持者，人也不可靠。“由此而论，我的观点是，应该对他的意识形态做出恰当的判断。”冯尼德梅耶提及的那“一群”可能是指冲锋队，但更糟糕的是对他思想的质疑。在纳粹德国的大学里，你必须遵循党的路线才能进步。

不管是出于这次攻击的结果还是机会主义方面的考虑，冯门德到此时已完全接受了纳粹的思想。他的信件表明，他在反共宣传中不断给反共组织和纳粹党机构写作。刚开始他为纳粹的出版物写些书评，并为一所纳粹的精英学校——阿道夫·希特勒完全中学提供雇佣员工方面的咨询。这对他后来的工作很重要，他与纳粹的对外事务办公室主任格奥尔格·莱布朗保持着定期接触。

埃斯佩塞丝在自传中写道，她不喜欢纳粹，并询问冯门德是否可以反对他们。冯门德说不；他从自己对苏维埃的研究工作中了解到，由个人来对抗一个极权体制压根就没任何取胜的可能。他们必须

---

① 1934 年希特勒所进行的清党事件。——译者

顺从。

于是，在他的作品中，反犹主义开始扮演越来越重要的角色也就毫不奇怪了。1938 年，他被要求为反共产国际出版的一本小册子进行编辑整理，该手册描述了“苏联内部组织中的异常犹太化”。他也尽职尽责地回答了从教育部来的有关一个犹太同事的查询，并提醒官员们可以在哪里找到更多有关他的材料。

这类政治工作体现在他的第三本书《苏联人民》中。这本书并没有什么新的见解，似乎更像是纳粹理论家的欺骗宣传单。标题页精选了一系列口号，突出了他的主要观点：“苏联境内的伟大的非俄罗斯族人民，寻求立国!”以及“1917 年以来苏联境内的非俄罗斯族人民的国家意识已经觉醒了!”

这本书中充斥着反犹主义。在一系列对苏联少数民族特征的粗糙描述中，书里有一章的题目是“犹太人”。在这个章节中，冯门德调查了他们的地理分布和范围。然后，他用夸张煽动的口吻写道：“布尔什维克主义推动了犹太团体的扩展，除了血缘关系的小集团联盟，它拒绝其他任何种类的联合。通过这样空前绝后的掌权欲望，它在自己的影响范围内，破坏摧毁了任何组织协同，尤其是任何民族的统一。”

“看来，犹太主义对其他民族最主要的危险在于它是这样一个概念单位，它与民族国家并不具可比性，但它的统一却要凌驾在有些民族国家的统一之上。无法把犹太人放回他们自己人的圈子，因为它根本就不存在，所以他一定是个机会主义者：他是一个犹太人，同时又要人们承认，他也是俄罗斯人，英国人，或是其他什么。”

在这一大套辞令中有一点冯门德没有强调，可能也不想承认：他憎恨犹太人的理由正是他拥抱苏联的穆斯林的理由。他拒绝了犹太人，是因为他们的超民族国家联系，而他主张利用苏联的穆斯林也正是因为他们缺乏对苏联的国家效忠。但冯门德的书并不是一本分析著作：只是为了平息有关他的政治可靠性的任何疑虑。它做到了这一点，但同时也限定了他在随后二十五年里的生活历程，毁掉了他在战后的学术生涯。

当第二次世界大战在1939年晚些时候爆发时，冯门德加紧了他的政治工作。在1940年法国陷落、纳粹准备入侵苏联时，他组织在柏林的侨民撰写有关苏联的报告来帮助纳粹。这些报告可以直通冯门德的老相识，纳粹外交部的格奥尔格·莱布朗。

1941年11月，冯门德得到了梦寐以求的教授资格。不过此时，他早已不再是一个纯粹的学者了。四个月前的6月22日，希特勒入侵苏联。就在同一天，冯门德开始为东占部工作，制订操控利用伊斯兰的计划，这是一种在纳粹战败多年后仍然有效的战略。

第三章　纳粹原模

18世纪中叶以来，柏林动物园这一带就已成为这个城市的绿化中心，大片雅致的田野湖泊和森林地带，将城西郊区和城东的政治文化中心连接了起来。即使是那位胸怀宏大计划、誓要将柏林改造成“日耳曼尼亚”（千年帝国新都）的纳粹建筑师阿尔贝特·施佩尔，对这个地区也不过是做了轻微的改动。他的设想是将其南部边界建成茂林遮掩的外交区。

动物园附近的土地价格不菲，不过施佩尔可以根据纳粹的雅利安化政策来取得廉价的地产。例如，在1938年，柏林最负盛名的犹太家族门德尔松家族（即德国伟大的作曲家费利克斯·门德尔松的家族）逃难去国，并以十七万帝国马克的甩卖价出售他们的资产。施佩尔搞到了这块新地，但地块不大，所以政府就把它划给了一个欧洲的小政权，南斯拉夫。

市政府拆除了门德尔松家的房子，委托建筑师维纳·马奇来建造南斯拉夫大使馆。马奇最负盛名的大手笔是位于柏林西郊的奥林匹克体育中心。略加凿整的石料、粗犷的外形线条、高耸的门楼，使体育场成为纳粹时代的地标。马奇将新大使馆也建成了类似的风格。灰色的石灰墙面给人以肃穆坚毅的印象，而它罩着乌黑格栅的小窗户则勾起人们对意大利宫殿的回忆。新大使馆在1939年启用。两年后，希特勒入侵南斯拉夫，纳粹没收了大使馆。他们把它拨给了一个新成立的政府机构：东部占领区事务部，即东占部。

在希特勒的愿景里，东占部的作用十分关键。一直到那时的一切战争行为——征服西欧，打垮英国，占领北非——不过是达到目的的手段。希特勒的梦想是为德国建立一个巨大的陆上帝国，一个将东扩至波兰、白俄罗斯、乌克兰和俄罗斯的帝国。希特勒喜欢把俄罗斯叫做“德国的印度”——该国广袤的地域蕴藏着似乎是取之不尽的资源。上至乌拉尔山脉的所有地区都将由德国来控制。德国将重新划定政治疆界，重新组织这些被征服地区的民族构成。俄罗斯的剩余部分留待今后处理。东占部的任务，就是监督这一规模巨大的转型过程。设立该部的想法始于 1941 年 4 月，即德国制订入侵计划之时。理论上，德国军队与被征服地区不会发生多少关联，他们会尽快地把治理权移交到东占部手中。

东占部的控制权落入了希特勒的一个老朋友，阿尔弗雷德·罗森伯格的手上。罗森伯格是波罗的海德国人，他在一战后回到了德国并迅速加入了羽翼渐丰的国家社会主义工人党。1923 年希特勒政变失败被投入监狱时，他甚至还领导过该运动。但罗森伯格并不善于官场内斗。他慢慢受到排挤，被讥为“哲学家”。他是纳粹党报的编辑，曾写过一篇为种族主义辩护的文章《20 世纪的神话》。显然，1933 年纳粹上台时，并没有让他去主管某个部，而是继续要他领导纳粹的外交政策办公室。

不过，罗森伯格对新占领的地区却有着自己的主见。作为一个波罗的海德国人，他同情苏联治下的非俄罗斯族裔。早在 1927 年他就写过，在与苏联打交道时必须“顾及乌克兰强烈的分离主义运动以及高加索地区”。他计划利用他的部门在苏联的剩余地区周边建成一个缓冲区。这意味着至少在名义上，乌克兰、白俄罗斯、波罗的海沿岸国家、高加索和土耳其斯坦是独立的。

他开始招收新职员。它包括有一个政治部，负责乌克兰、高加索和波罗的海沿岸国家和地区。还有一整套其他部门来处理文化、媒体、青年、妇女、健康、法律、金融、农业、木材等新帝国所需的各个方面。

罗森伯格从纳粹党机构和其他部委中招收有前途的员工。他控制着一个看似强大的组织，应该能吸引到顶尖的人才。但可惜，很少有人对此感兴趣。权力，掌握在党卫军这样的纳粹机构手中，而不在政府部门。此外，罗森伯格的计划与希特勒自己的许多想法背道而驰。希特勒想要奴役，罗森伯格想要联盟。他引入的人才很快就被边缘化，都是政治上勾心斗角和无能上司的受害者。其中只有一个例外：冯门德。

冯门德现在住在普鲁士国王以前的夏宫——夏洛滕堡宫附近的一个富人小区。往返部里要乘大约一小时的电车，比穿越柏林东区去大学要容易多了。冯门德的家庭成员已经增加到四人，一个女儿和一个儿子诞生了。

冯门德获得了该部高加索事务处的领导权，并向他在纳粹党的老关系格奥尔格·莱布朗报告。冯门德招募了一批流亡多年的侨民，他们大多属于一个叫做普罗米修斯的反苏运动的成员，普罗米修斯，就是神话中倡导人性和反抗宙斯神的英雄。组织成立于 1925 年，成员都是那些希望看到沙俄帝国毁灭，把他们的族人从俄罗斯的统治下解放出来的人。当这些目标都没能实现时，普罗米修斯的成员先以华沙，后以巴黎为基地发表文章，煽动对抗莫斯科。到了 1930 年代，该组织受到了法国、波兰、英国和德国情报机关的支持。德国占领法国后，该组织完全被德国控制。

在去东占部工作前，冯门德已经认识并培养着他们中的一些人。战后，格鲁吉亚人米哈克第亚和突厥人阿里·康特米等普罗米修斯的成员，将在冯门德与美国的角力中扮演重要角色。康特米还将成为慕尼黑清真寺的一名关键成员。

在战后，有一个人的重要性将超过他们所有人：维利·卡优姆，就是那位在战俘营向包括苏丹在内的穆斯林士兵讲话的政治活动家。卡优姆最初并不是普罗米修斯运动的重要成员，只是在穆斯塔法·乔凯逝世后不久（乔凯曾在塔什干领导过一个短命的反叛政权），才上升为中亚侨民中的头面人物。为了进一步巩固自己的地位，卡优姆在他的名字后加上了敬语后缀“可汗”。德国人很高兴看到卡优姆的影响力日渐上升，因为他自1930年代起就开始为纳粹工作。他们认为，这个人忠诚，值得信赖。他们有着相同的愿景：建立突厥人的穆斯林军队，对抗苏联。

冯门德不过是一介书生，但随着战争的不断进展，他被视为纳粹军事成功的关键人物。1943年，党卫军头目希姆莱策划把冯门德在东占部的上司格奥尔格·莱布朗赶下了台。希姆莱在部里安插自己的亲信，希望能以此来控制这个不听话的部门。但改组并没有能动得冯门德分毫。事实上他还升了职，从东占部的高加索事务处升任“外国公民”司司长，基本上监控着东占部针对苏联少数族裔的一切政策事务。原因是冯门德找到了一种激励苏联少数族裔的巧妙方法，一种将在战后长期反复浮现的方法。

苏丹抵达柏林的时候，正是冯门德的计划成型之时。1942年，冯门德设立了一系列“联络处”，让少数族裔士兵在纳粹机构中有自己的代表，联络处马上深度卷入了政治工作。在1942年前期，东占部和国防军在克里米亚开展了一波宣传活动，招募鞑靼人入伍，取得了前所未有的成果。在克里米亚生活着大约二十万鞑靼人，曾经约有一万人被红军征召。但令人吃惊的是，居然有两万人自愿入伍，基本上这就是全部族人中年龄在十八到三十五岁之间、除去那些为苏联人战斗之外的所有男性。即使是强制征兵，德国人也不可能招得到这么多人。

成功，来自战场上的士兵们相信，这些联络处就是准流亡政府。联络处给不同的非俄罗斯裔的少数民族提供了某种独立的希望，即使纳粹根本无意给他们独立。战后，西德和美国中央情报局都将复制联络处的结构和人员，以便把穆斯林组织起来。

苏丹加入了鞑靼联络处，成了一名宣传员。处里设立了一个广播电台，一个舞蹈团，一个剧院，以及对成功至为关键的各种报纸。除了一份专门针对格鲁吉亚人和另一份专门针对亚美尼亚人的报纸，其余的报章杂志——包括《新名词报》《志愿者》《圣战报》，都以穆斯林士兵为对象。其中有许多报纸，比如《突厥国民报》《新突厥报》，以及苏丹自己创办的《伏尔加乌拉尔报》，都是专门针对突厥士兵的。苏丹后来还办了德国的鞑靼语报纸。

苏丹的报纸由国防军宣传处监管，该处为报纸提供了大多数信息来源。许多文章直接取之纳粹的报章，比如《人民观察家》和《进攻》，它们通常都包含反犹主义的言论。比如，某一期《伏尔加乌拉尔报》就声称，犹太裔老板在西方社会中剥削诚实努力的工会会员——典型的反犹太人的固定说辞。

当战争在几年后结束时，苏丹把他的想法记录在长长的回忆录中。苏丹写道，刊登大量"德国"为主题的文章是一个错误。这不仅仅是因为重复纳粹宣传在道德层面上让人疑窦，还有现实的理由：鞑靼兵看不到纳粹和苏联的宣传有什么区别。这些出版物如果更客观一些，他写道，那将使它们效率倍增。

但并不是所有苏联的少数族裔人士都在意这些技巧层面上的事。一些人还看到了为纳粹作战所带来的深层次的伦理问题。其中最有名的要数诗人穆萨·葛里。他曾在一个剧团供职，但利用行动自由在鞑靼士兵中建立了反纳粹的小组。他被人出卖了，并在臭名昭著的柏林莫阿比特监狱内被绞刑处死。

德国人很难找到合格的人选来充实各联络处。鞑靼联络处组长就被大家公认为是个不称职的醉汉。有人考虑由苏丹来担任这个最高职位，但他在法律上还是个未成年人（当时，那意味着小于二十一岁），因此没能提升。各组委员会蹒跚前行，并没有获得真正的权力，但它们提示着，无论希望多么微弱，宗教以及实现民族认同能够激励人——后人将在多年后运用这些宝贵的经验。

1942 年，在一次柏林市郊万尼斯湖别墅举行的会议上，大屠杀的计划形成了。虽然对犹太人的杀戮在大屠杀前就已经开始，会议还是将官僚系统的全部能量和极权主义的国家意志协调起来，用来对付犹太人。各重要部门的部长和纳粹官员都出席了会议。会议只持续了九十分钟，但其传递的信息十分明确：国家现在将所有力量协调一致，集中于一个焦点，一个可怕的焦点。

会议上有东占部的人。冯门德的上司、纳粹党内的老熟人格奥尔格·莱布朗代表部里参加了会议。官员们要求对犹太人做出定义，这样德国人就可以在东部领地灭掉犹太人以及其他不受欢迎的人，来为德国移民做适当的准备。

九天后，东占部召开了一系列会议，制定由万尼斯湖会议所引出的具体法律细节。虽然纽伦堡种族法精确定义了什么样的人才可被视为犹太人，但在东方，这个问题有些复杂：档案不全使得搞清某人的身世十分困难，但纳粹需要的不是什么仔细考究，而是多杀快杀。许多人希望得到的是某种灵活的方针，能让现场的军官以自认为合适的方式杀人。冯门德是参加会议的中层干部之一。会议记录中并没有留下他的任何发言。但留存下来的东占部文件中也没有证据表明，冯门德曾利用自己的权力来使整个进程慢下来，或者提出过任何的反对意见。可以肯定的是，他在 1942 年 1 月就已经知道对犹太人的种族灭绝计划。

这种行事方式不符合冯门德的战后形象。他喜欢把当时的自己描绘成苏联少数族裔的好朋友。他是哈佛大学历史学者亚历山大·达林的一个主要信息来源，后者的著作《德国在俄统治》（1956 年）是描述纳粹占领的经典作品之一。达林有时把冯门德称为“护国公”和“大保护者”——某种尽量照顾这些群体利益的慈善角色。他从来没提及冯门德在战前的反犹文章，也没有提到他参加的那些种族灭绝的会议——可能是达林对这些文件并不知情，或只是在保护他的消息来源。

有一个故事是冯门德和他周围的穆斯林们喜欢在战后谈起的，关于“卡累恩人”（Karainen），也称“鞑族人”或“山地犹太人”，是一个转信犹太教的部落。虽然新近有学者支持冯门德有关卡累恩人受到保护的说法，但他自己的私人文件透露出他卷入种族灭绝的程度。

他在战后写道，“想起战时在柏林召开的东方学会议，我仍然心有余悸。当时我有一项不怎么好办的任务，要向这些东方学学者提出请求，来解决这些问题。我开列了一长串由具体政策引起的诉求，比如克里米亚的历史，怎么应对卡累恩人（他们应该比照犹太人来处理)”。换句话说，冯门德对待纳粹的命令十分严肃，以至要寻求帮助来弄清谁能活，而谁又得死。

至于冯门德在战后回想时“心有余悸”，或者可以看成是他悔恨的一种迹象。这也可能是承认他曾公开参与种族灭绝活动而毁掉了他在学界的前程，使得他只得由学术界永久地转入政治和谍报领域吧。

1942 年，德国军队步步推进，来到了人口稠密的穆斯林地区。1942 年 8 月，国防军占领北高加索。当一位德国将军宣布清真寺就要重新开门，兴高采烈的市民把他扛在肩上，将他抛往空中，欢呼声响彻云霄。德军实际上已是强弩之末——斯大林格勒的崩溃近在眼前——但现在似乎一切还在按部就班地进行。

军事上的胜利提高了柏林对少数族裔的兴趣。外交部也试图控制少数族裔侨民的头面人物——尤其是普罗米修斯运动的领导人。但最终胜利者是东占部，而冯门德则是主要的赢家。他正式获得了对所有突厥人的监管责任，包括中亚的突厥人。这意味着他要为来自这个地区的所有流亡人员负责，并有权决定重要事务，例如如何利用伊斯兰来激励他们为德国人做事。

冯门德把注意力放在了强化各个联络处上。他们大多数的成员是由侨民构成的——与德国国防军和党卫军作战部队的新兵源不同，那都是些前红军战士。他把这些侨民招入东占部，将联络处更名为“指导办公室”，并最终定名为“民族委员会”——不过是换个词语，却以此来暗指这些侨民似乎就是新建的流亡政府，是他们在指导前线的战士及远在故乡的人民。

冯门德随后还让指导办公室的工作人员成为军事单位名义上的负责人，这进一步加强了少数族裔是自己在管理自己事务的印象。到了

1943 年，他还让阿塞拜疆人、伏尔加鞑靼人和土耳其斯坦人召开大会来设立“代表”委员会——这是某种小型的议会，能让这些人来发表意见。其中最重要的是以卡优姆为首的“土耳其斯坦民族统一委员会”。

卡优姆是冯门德的手下——也是一位对纳粹的口号亦步亦趋的穆斯林领导人。他反复表达了他“对德国的忠诚”，把德国的敌人指为是土耳其斯坦的敌人。他的委员会办有自己的突厥语报纸《土耳其斯坦邮报》，他在报纸上抨击“帝国主义、民主和自由主义国家”都是土耳其斯坦的敌人。

但卡优姆在政治上的做派却让人敬而远之，这也将在战后岁月里让他麻烦不断。1944 年，在土耳其斯坦民族统一委员会里的一帮吉尔吉斯人和哈萨克人与卡优姆起了冲突，并向东占部呼吁，要有自己的代表和军队。卡优姆给以残酷报复，把这些离心分子告到了盖世太保那里，这可能意味着他们要被绞死，但盖世太保把这看成是侨民内斗，撤下了这个案子。正像他以后常做的那样，冯门德出手帮了卡优姆的忙，他在维也纳组织召开了土耳其斯坦大会，并选举卡优姆为领导人。

事态发展带着一种非现实的氛围：德国军队被迫后撤，失去了原本该由东占部统领的那些地区。冯门德自己的家都被围困了；1944 年，就在他的家被毁于一次空袭之前，他把家人撤到了乡下。

然而正是在这个节骨眼上，冯门德对工作达到了狂热的程度。也许，是出于绝望，或对冯门德来说是出于铁的逻辑：这些穆斯林人乐意为我们战斗，我们要做的只是做出一些承诺。甭管纳粹可能根本无意履行这些承诺；他们乐于让冯门德来组织召开代表大会，制定各种千奇百怪的计划，只希望士兵们能在战斗中再努力一点，把苏联人挡住。

战争结束后，冯门德会声称，苏联的穆斯林并不是特别的宗教化——也许这只是为了消除把他们看成是宗教狂热分子的担心。但在战争期间，冯门德等人却尽力在士兵中培植宗教身份认同感。他们通过取得穆斯林最高层领袖的公开支持和创立伊斯兰神学院来达到这个目的。

公开的支持来自耶路撒冷的大穆夫提，阿明·胡赛尼。胡赛尼出身于一个显赫的教长家族，他继承了祖上大穆夫提的职位，并建立了自己的权力基础。他把纳粹视为反英的盟友，英国控制着他的故土，巴勒斯坦。战争期间，他逃离了巴勒斯坦，来到欧洲，并在那里见到了希特勒，为纳粹开展了激烈的反犹宣传运动，并检阅穆斯林部队。战后，他成为以色列的死对头，他和几乎所有想要争夺慕尼黑伊斯兰控制权的派别都有接触。1943 年，冯门德决定要在克里米亚鞑靼人中找一位领袖——要为德国的统治蒙上宗教的外衣。冯门德咨询了胡赛尼的意见。

“伊斯兰世界是一个整体，”冯门德后来这样写道，为自己的行为进行解释，“德国在东方针对穆斯林的行动绝不能损害德国在所有穆斯林中的地位。”

换句话来说，通过任命克里米亚的穆夫提，德国能在伊斯兰世界里得分。冯门德和大穆夫提再次相遇是在 1944 年 7 月。那时，红军已经恢复了对克里米亚的控制。胡赛尼说，考虑到当地的情况，这种任命已不具任何实际意义。但冯门德在另一方面取得了进展。1944 年 6 月，他和伊斯兰学者斯布勒在哥廷根和德累斯顿开办了毛拉学院。斯布勒野心勃勃——他打算弥合什叶派和逊尼派穆斯林长达一千三百年的分歧，因此，学校为德国军队培养双重教派的毛拉。

没有一项措施能挽救德国人。1945 年初，东占部大楼被炸，迁往别处，大多数档案毁于炮火。冯门德打出了他最后的一张牌。过去的几个月里，他已尽可能地将穆斯林部队调往西部前线，这样美国和英国军队就会俘虏他们——落入苏联人手中就意味着死亡。

很多部队土崩瓦解。大部分的党卫军师团投奔了捷克斯洛伐克的游击队。还有一个格鲁吉亚营背叛了德国人。1945 年 2 月，土耳其对德国宣战，这给穆斯林士兵的士气更带来了毁灭性的打击。罗森伯格说，他“承认”民族统一委员会为政府——虽然他的整个部门现在都已经被正式撤销了。这样，苏丹也连带升了职。1945 年初，鞑靼人建立临时政府，苏丹成了军事部门的头脑。

但冯门德的努力确实起到了一个重要作用，特别是为战后政治性使用伊斯兰起到了作用。穆斯林少数族裔可以声称他们在流亡中是为了成立准政府机构，而不是为纳粹作战。他们可以声称，这里并没有什么各式各样混乱不一的动机——从逃离可怕的战俘营地到仅仅是机会主义。他们的行动有着高尚的理由：民族解放。把穆斯林组织根本就是由德国人创立的这个事实抹掉，就意味着能保留军队。从苏联的压迫下把人民解放出来，实现自治和信仰自由，这种理由使得所有的作为都合理化了，也为穆斯林的新朋友——美国人，提供了今后的蓝图。

冷　战

难道是它生而有灵，
硬将自己，一裂为二？
抑或原本双灵合体，
相互成就，难分你我？

第四章　东占部还魂

1950 年代初的慕尼黑，满目疮痍。战争期间，因为它远离英国的轰炸机基地，从而避免了更为严重的破坏。但它仍然饱受重创，损毁随处可见：大剧院广场坑洼遍地，巴伐利亚皇宫破败不堪。教堂和剧院只剩下断垣残壁。活下来的人住在帐篷里。六千多人死去，一万五千人在空袭中受伤。轰炸机扔下的燃烧弹超过三百万颗，占该城面积一半的老城区，建筑几乎全部被毁。战前的九十万人口中，到战争结束时几乎有一半逃离了该市，留下来的那一半中有三十万人无家可归。多年后，住房仍极度紧缺，很多人还是三四家、甚至五个家庭共用一套公寓。门铃旁有时会贴有标识，提示找施密特家的访客摁一下，布劳恩家两下，穆勒家三下，等等。

但重建工程让这座城市到了近乎痴狂的地步。白天，妇女们把碎瓦砾从炸毁的建筑物中拉出来，别的人就用小凿子把砖块凿开，再生利用。建筑工人拉起一条条电线，到了晚上，电灯将残骸照得雪亮：工人们忙碌地将垃圾运出去，再把新砖块拉进来，高低不齐的墙壁上投下了他们变形的身影。在其他地区，毁坏的建筑物被彻底推倒，为建筑师留下一片空荡的地坪。唯一不变的就是瓦砾。堆成高丘的瓦砾把城市团团围住，恰如德鲁伊式的纪念碑。甚至在 1950 年代中期，这个城市还举办“重建日”，给员工们放一天假，来收拾战争留下的残迹。一次这样的活动中，在美国军队的支持下，七千人在一天之内运走了一万五千立方米的碎石，美国军队为此借出了二百六十四辆卡车和四千升燃料。一天工作结束后，每人都能分到两根香肠，一个面包卷和一升啤酒。

几乎比德国的任何其他城市速度都要快，慕尼黑，重生了。早在1946年初，著名的匈牙利裔犹太指挥家左尔格·索尔蒂就已在领衔巴伐利亚国家管弦乐团。柏林在二战前一直是全国的工业、科学和工商业中心。但在德国分治、柏林孤悬于共产主义东德的情况下，工商企业纷纷放弃该城。西门子等工程实业巨头以及安联保险等大集团逃到了慕尼黑。随着重建过程的提速，当地的公司也开始上路。1951年，市政府就为慕尼黑的一家工厂向印度出口它的第一台机车举行了庆祝活动——这也是西德惊人的经济增长的早期征兆。英语甚至借用了一个德语词Wirtschaftswunder来形容它：经济奇迹。

西德是1949年成立的，首都波恩。但是，波恩，用间谍小说家约翰·勒卡雷的话来说，不过是“德国的一个小镇”而已。由于它的地理位置和规模，慕尼黑才是人们心中的首都。这个城市离开那条穿越欧洲心脏地带的“铁幕”仅有一百九十多公里。慕尼黑的美国领事馆，据称是世界上第二大的，仅次于中国政府设在香港的监听站。在战争结束后的二十年里，慕尼黑曾是历史上最大一次意识形态斗争的前线城市。

数十万的东欧难民蜂拥而至，纷纷涌向慕尼黑。他们大部分都是被苏联或波兰吞并的土地上驱离的日耳曼人，但这个城市也是一块磁铁，吸引着几乎每一个族裔或有某种追求目标的人士。大多数人只希望在这里歇一歇脚，再移民去更稳定、更繁荣的国家。但也有许多人在此流连。慕尼黑有许多侨民团体，这是一个不断生成、合并、分裂、并争执不断的群体。谋杀事件，如同在小咖啡厅里策划的宏伟复国蓝图般时有耳闻。苏联的宣传单位十分憎恶这个城市，称它为“颠覆中心”。

这一切使得慕尼黑成了自由之声电台的理想家园。这个电台创办于1951年初，当时有一批忧心忡忡的美国人聚到了一起，要设法针对他们那个时代最大的问题——共产主义。美国和苏联正在军事上僵持。现在需要的是一种从内部来颠覆共产主义的途径。美国是世界的媒体中心，如果能有这样一批媒体人联手合作，难道就不能利用新的技术、广告时代的策略，透过铁幕将自由的信息传播过去吗？赢得战争，并不一定要扔什么炸弹。这批美国人成立了一个叫美国解放委员会的民间组织，由《读者文摘》的前编辑尤金·里昂领导，一批知名记者聚集到他的身后，委员会创设了解放广播电台，后来改名为自由之声。用他们自己的话来说，电台的目标是“为来自苏联移民中的民主成分提供一个电台，使他们能够向还在祖国的同胞们喊话”。

自由之声电台设在城外的奥博维森机场。它占据了一幢长方形的灰色建筑。这座大楼本是一个名声极差的地标：1938年，正是在这座大楼里，希特勒迎接过前来参加肢解捷克斯洛伐克会议的英国首相和法国总理，慕尼黑也因此而成为软弱外交意志的代名词。大楼曾在战争中损坏，不过随后又急匆匆进行了整修收拾，好让电台人员使用。人员的编制膨胀到了一千以上，有撰稿人、制片人、技术人员、会计师以及各类顾问。一到冬天，寒风刮得窗户格格作响，呼呼穿过墙壁上的缝隙。瓦砾仍堆在机场的一端，不过，德国的航空爱好者可以使用余下的跑道。

金·克里奇罗洛是自由之声电台的前官员，他回忆道：“在我大楼转角处办公室的窗口，能看到飞机笔直地朝我飞过来，驾驶员正是那些失意的前空军王牌飞行员，他们会在最后一秒拉起机身，擦着屋角飞去。”

像克里奇罗洛一样，大多数外籍人员都被安排住在当时仍破败不堪的里贾纳宫酒店。每条走廊的尽头总是有一扇紧锁的门，打开它，跨过去，就意味着一头扎进楼底下的一个弹坑。行人从街上可以看到四楼还有一个浴缸挂在水管上。许多在自由之声电台工作的美国人都曾在战争中战斗过，其余的人当时还只是青少年，只能在家中关注战争的进展。对他们来说，这座城市充斥着对黑暗时代的回忆，克里奇罗洛记得：“有时我们在设于德意志艺术馆的美国军官俱乐部吃饭，那是一个高大的带立柱的建筑，希特勒曾经要把它变成一个德国纯雅利安人艺术‘永不衰败’的圣殿，这条街的下面就有一幢房子是元首曾经住过的。城里最好的餐馆之一是谢林大街上的意大利饭馆，它一直是希特勒的最爱，那里的服务员还会讲些他光顾的掌故。”

许多在自由之声电台工作的美国员工都像克里奇罗洛一样，年轻又充满理想。作为二战时期的一名雷达技术人员，当他在1950年了解到美国政府急招俄语人才时，他还在通用电气工作。他通过军人教育福利法案进入了乔治城大学，沉浸在俄语学习中。毕业后他在原子能委员会找到了一份工作。当他的一个朋友说要去慕尼黑帮助创设一个电台时，克里奇罗洛辞了工作，带着一年期的合同来到了慕尼黑，一待就是二十年。在入职大约一年后，有人把克里奇罗洛叫到一边，告诉他一些他早已看出端倪的事。自由之声电台并不是由苏联流亡人员主办的，也不是什么善意的美国人出资资助的，它不过是中情局一个致力于推翻苏联的掩护组织而已。它通过招募冯门德在东占部团队中的核心成员来做到这一点。

一想到美国对抗共产主义的冷战政策，有一个词会经常浮现在许多人的脑海中：遏制。这个概念由外交官乔治·凯南在1946年首先提出，遏制的目的就是，隔离共产主义国家，每当它威胁要吞噬另一个国家时立即表明立场，通过这些手段，来避免它的蔓延。与1930年代对希特勒的绥靖政策不同，这被视为是一项强硬政策，并因此受到欢迎。即使与苏联直接对抗已经几乎不可能，但是，民主国家还是可以采取某种立场，来限制它的影响。然而，到了1950年代，许多美国人都厌倦了这种谨慎的政策。遏制，他们觉得，违背了美国人的理想主义；共产主义应该被彻底推翻。就这样，“解放”和“反击”等其他一些词汇开始获得青睐。

杜鲁门政府开始考虑这种新的情绪。1948年，凯南在他起草的一份内部立场报告中提出了秘密行动和宣传的主张。这份报告使得国家安全委员会正式通过了一项政策，授权进行大规模的秘密活动，涵盖“宣传、经济战、预防性直接行动，包括破坏和反破坏”。秘密行动有两项限制：需要确保美国可以合理否认，并有能力掩饰是美国在背后支持。并不是所有这类行动都是暴力的。许多属于心理战领域，以敌方的平民为目标。

通信技术将成为对抗共产主义威胁的一个重要手段。就在几年前，纳粹曾试图通过轰炸伦敦的恐吓行为来迫使英国投降。但西方把伦敦轰炸变成了自己的优势，这也得益于电台广播。伴随着大本钟钟声响起的BBC播音员“这是伦敦！伦敦向您广播！”的坚定语调，以及CBS电台爱德华·米罗在大楼楼顶上播报的身影，仍然是令大多数美国人心潮起伏的记忆。类似的媒体策略可能有助于取得冷战的胜利。

如何才能把讯息传播出去？战争结束后，杜鲁门解散了美国的主要情报机构，战略服务办公室，并关闭了美国宣传局。第一次世界大战后也采取过类似的措施，当时，也正如在1945年，许多美国人都认为美国不应该从事什么秘密行动。但冷战改变了这种情况。1947年，有关政策转向，根据《国土安全法》设立了两个新的机构：“中央情报局”和“国家安全委员会”。中央情报局从事秘密情报的收集和分析，国家安全委员会则在涉及国家安全的事务上向总统提出建议。冷战宣传得以沿着公开和隐秘的两个方向发展。政府对电影、广播、艺术的支持，民间交流项目以及《美国之音》的广播是宣传的公开部分，因为可以清楚地看到政府所起的作用。而秘密行动则包括从暗中资助杂志到匿名诽谤的一切活动。

杜鲁门总统的第二任逐渐到期时，心理战的各项工作由许多不同机构分掌，这造成了混乱。因此，杜鲁门在1951年设立了心理战略委员会来统一规划并避免繁文缛节。它的目的就是要通过运用心理战来分裂苏维埃集团。隐秘作战并不仅限于针对共产主义世界，也针对“自由世界”。说得直接点，就是美国政府需要在国内和其他一些非共产主义国家暗中操控舆论。

杜鲁门的努力受到了他的继任者艾森豪威尔总统的支持。作为一个二战将领，艾森豪威尔将军对心理战十分热衷，经常下令在攻击前让飞机播撒传单，希望以此来误导敌人。在 1952 年 10 月总统竞选时，他在旧金山发表演说，支持心理战。“不要因为心理战是个又长又难平时不用的词语就感到不安，”艾森豪威尔说，“心理战是对人的思想和意志的争夺。”他套用了“基本原理”来解释，那就是，“人是有灵性的，他们会对情感和情绪以及统计数据和逻辑有所反应……所有人的脑子都很容易受到外来因素的影响”。

新一届政府加大了心理战的力度。艾森豪威尔任命了二战时期的一位心理战专家杰克逊入白宫任职，指定他为心理战的特别助理。杰克逊曾在《时代》周刊这个出版大帝国工作，在那里他是杂志创始人亨利·卢斯的主要助手，并以他坚定的反共立场著称。杰克逊成了心理战略委员会的领导，该机构后来改名为行动协调委员会。1950 年代，该机构领导了在慕尼黑和伊斯兰世界中进行的绝大多数秘密宣传活动。

艾森豪威尔的国家安全委员会给了心理战活动额外的支持。它批准了一项法案，给中央情报局更大的操纵民意的权力。中央情报局局长威廉·科比后来曾估计，在这段时间，美国中央情报局预算的一多半花在了宣传、政治行动和准军事行动上。最近解密的文件也显示，在 1950 年代，美国新闻署（U. S. Information Agency）每年在秘密行动上的花费约为 5 000 万美元。美国每年总共要花大约 5 亿美元——1950 年代的币值——来试图影响世界舆论，这实在是一个前所未有的大活动。这个时期的一个鲜为人知的成果就是自由之声电台的母组织“美解委”（Amcomlib）成立。

1951 年 1 月 21 日，“全美苏联人民自由委员会”在特拉华州成立。它的名字听起来像是一个非政府组织——毕竟它也按规定进行了工商登记，成立了董事会也雇用了员工：其实这样做的目的就是要造成这种印象。它从诞生第一天起就是美国情报机关的一个产物。

1948 年杜鲁门的国家安全委员会通过了一项备忘录，概述心理战的需要。文件回顾了最近的历史之后说，大英帝国为什么能幸存这么长的时间，正是因为它明白了这件事。克里姆林宫有着历史上“最完善有效”的策略；反观美国，在历史上一直受到公平往来这种处世方式的羁绊。文件因此提出要创建各种“解放委员会”，并且，要成立“美国委员会”来使侨民一直保留在公众视线之内。

该组织的名字曾多次改动。这正显示了它在努力想要找到能反映它使命的恰当身份。1951 年底，它改名为“全美俄罗斯人民解放委员会”：先前那个名字提到了“苏联”不妥，因为组织里有些成员认为苏联是非法的，不妥当。但俄罗斯这个词也有问题。它把该国近一半非俄罗斯族裔的人口排除在外，失于狭隘。因此它在 1953 年再次更名，变成“美国反抗布尔什维克解放委员会”。这听起来十分古怪——“布尔什维克”是 1920 年代和 1930 年代的用词，到了 1950 年代，只有些死硬的反共分子才会提及它。所以到最后，把中间的关键词都去掉，只留下一个奇怪的统称：“美国解放委员会”。局外人常常把它叫做“美国委员会”，这听上去囊括一切，又有点爱国情怀。它在内部被简称为“美解委”，这个名词听上去极其专业，又有些许神秘感，与那个常用模糊不清而又夹带些术语来命名军事和间谍任务的时代倒也十分契合。美解委，完全有可能是一次敌后跳伞任务的代号。

随着时间的推移，美解委将拥有庞大的预算和数千名工作人员。其主要职责是经营自由之声电台。它还有两个重要任务：管理一个表面上独立的智库，“苏联研究所”，研究所发表美解委雇员和与情报机构有关的人员的论文。它还有一个侨民联络部，主要任务是在慕尼黑招募特工然后把他们派往世界各地进行秘密宣传活动。美国政府对此的参与被精心地掩盖起来。美解委董事会误导美国的听众和支持者，认为它只是个由流亡人员和名记者经营的电台，与中央情报局毫无关系。根据美解委董事会的会议纪要，在印制电台广播时间和频率的广告单时，美国政府在这项活动中的作用是要被刻意隐瞒的。

也许正是由于这个原因，不像它更为出名的孪生姐妹自由欧洲电台，大众对这个自由之声电台从未注意。两者都是以慕尼黑为基地的掩护组织，但它们完全不同。自由欧洲电台的对象集中于东欧各国：波兰、匈牙利、捷克斯洛伐克及其他由苏联控制的国家；而自由之声电台则直接对苏联广播。自由欧洲电台的控股公司是全美自由欧洲委员会，从普通的美国民众那里募集资金，也有来自社会闻达的支持。它对公众意识的渗透十分深入彻底，几十年后，R. E. M. 摇滚乐队还以此创作了一首同名主打歌。

大家对美解委就相对比较陌生，不过它从不缺钱。虽然有些资料透露出被中情局封锁的信息，但它确切的预算还是很难估算。记录显示，1955 年它的预算是 280 万美元（按 2010 年币值约为 2 300 万美元）。到了 1960 年，增加到 770 万美元。

在自由之声电台工作的人很快就意识到这样规模的资金来源一定大有来头。在广播电台节目部工作的克里奇罗洛说："我怀疑在奥博维森这里没有一个人——不管是司炉工还是清洁工——会跟幕后真相毫无关联。"

克里奇罗洛强烈捍卫自由之声电台。他在 1995 年写了一部引人入胜的回忆录，《脑洞大开：自由之声电台》。书名取于自由之声电台左支右绌的行事方式——至少那些怀疑其价值的人看来是这样。他指出，在很大程度上美国中央情报局并不干涉电台广播："你只要想一想每天要广播的大量材料，急如火燎的处理速度，必须立即做出的决定，答案是显而易见的。大楼之外的任何机构都无法对我们进行有效的控制。他们必须信任我们。"

当然，中央情报局的这种做法也是绝顶聪明。思想宣传不一定要说假话；它在讲真话或尽可能讲真话时才是最有效的。所以在无线广播等部门的大部分员工对自己的所作所为都感到心安理得——他们是在传播关于一个邪恶政权的信息。

能吸引到像克里奇罗洛这样有能力的人，自由之声电台得益良多。广播电台的初期雇员名单中包括有真材实料的记者，如普利策奖获得者埃德蒙德·史蒂文斯就被聘来进行员工培训。整个运作的中心人物是一位俄罗斯侨民的儿子鲍里斯·舒伯。他才华横溢，用自己的理想激励着所有同事：一个民主而自由的俄罗斯。他的想法就是利用失望不满的左翼分子来攻击苏联——这也被美国中央情报局奉为经典策略。舒伯称之为“左勾拳”。

自由之声电台形成了强大的团队精神。对许多人来说，在那儿工作是他们一生中最美好的时光：能有机会去海外旅行、能与侨民一起工作，简直令人着迷。有些前雇员还出版了在自由之声电台工作的生活点滴。像克里奇罗洛一样，他们都淡化或避开了与中央情报局的关系。克里奇罗洛自己的说法也有些欲言又止：“如果把那些努力敬业一心想办好广播的男女员工与阴暗的情报世界连在一起，我就是在贬低他们的正直用心。”

没错，克里奇罗洛和其他在自由之声电台工作的人员远不是什么傀儡，在他的眼里，中情局并不重要，他轻蔑地把他们称为“那些打下手的家伙”。而克里奇罗洛本人却在这二十年的电台工作期间，成长为一个典型的新闻记者。

其他人则从不同的角度来看这段经验。自由之声电台的高级经理吉恩·索辛谈到，他觉得以广播真相的名义来说谎实在不妥，他还在自己的回忆录中提到一次去康奈尔大学找一位教授的事。这位教授是苏联教育方面的顶级专家，还受人类生态基金会的资助去过苏联，后来索辛了解到，这是个中情局暗中支持的基金会。这使得索辛很紧张，还以为这位教授会把自由之声电台也想象成是中情局的手下，或许因此而不愿意接受有关他在苏见闻的采访。实际上，这位教授去苏联的目的正是为了能在采访节目中大谈苏联。只是由于索辛现场的随机应变，再三向教授说明他是一家独立电台，才没让他信口开河。

“服务于这样一个一边对苏联人民传播‘真相’，一边对自己人民说谎的传媒，不能不令人感到讽刺，”吉恩·索辛这样写道。其实美解委还有另一个让大多数美国人感到不安的秘密，就是从流亡侨民中招募的员工。

战争结束后，大多数加入德国军队的苏联士兵都落入了西方的战俘营。许多人把这记在冯门德的功劳簿上，说他在最后几个月的战争尾声中设法将他们部署到西部战线。虽然这一切无法从历史资料中获得印证，但不管怎样，能到战俘营确实帮了他们中的不少人。在1945年的雅尔塔会议上，英国、苏联和美国同意将所有公民在战后遣返回各自的国家。这看上去似乎没什么问题，甚至可说是个好主意，因为大多数人自然会想回家里去。然而，对于成千上万曾经为德国人战斗过的苏联公民来说，这却意味着灾难。他们大多数人的猜想完全正确，即使有幸没有按叛国罪被立即枪毙，他们所要面对的，也是在古拉格中一生的苦役。

战争一结束，身着制服的敌方士兵就被送往拘留营，大部分被遣返了。但当时的欧洲一片混乱，德国境内充斥着“流离失所者”，也叫难民。他们是原纳粹集中营的囚犯，有些是纳粹掳掠到德国来的奴工，有些是逃离苏联屠杀的德裔人，以及成千上万曾经为纳粹战斗又没进战俘营的苏联公民。据红十字会和德国官员估计，在战争结束时，德国境内有八百万这样的难民，大部分需要遣返。不久，英国和美国当局就会按照《雅尔塔协定》的规定，将两百万这类人员运回苏联。

但是占领军的人手捉襟见肘。对那些运气好的脑子活的人而言，混乱的局势意味着开始新生活的机会。穆斯林士兵就特别幸运。在战争中的大部分时间内，土耳其一直保持着中立，并与德国保持着正常的外交和学术联系。土耳其学生还成立了自己的学联组织来代表在德学习的学生。这些既有爱国情操又有泛突厥思想的学生想出了简单实用的解救自己突厥裔同胞的方案：宣布这些穆斯林士兵为土耳其人，并给他们安排学生身份。

这主意倒不是太荒谬，大部分士兵不过二十上下，只要他们记住在进入难民营之前把身上的国防军或党卫军制服和证件扔掉，就没有证据能证明他们的籍贯和职业。他们的母语也都是突厥语方言，讲话时稍微注意一点，说是土耳其的在德学生也过得去。

土耳其学生会起先是在柏林，但随着轰炸越来越猛烈后，就转移到了德国南部古老的大学城图宾根市。这样一来就使他们更靠近那些难民营，尤其是美占区的难民营。仅仅几个月，他们就发放了大量的学生证。而且，为了不让有怀疑的审核官查出身份，他们还把有些年轻人说成是从中国新疆来的。

就这样，那儿成了苏丹的新家。战争结束后他被编入一个难民营，在营地里，学生们给他起了个新名字，加里普，来替换以前那个俄化名字的加里夫。“就这样，我们成了土耳其裔，”苏丹这样解释，“他们给我搞了个新疆喀什的身份。这也就是为什么我活了下来。”

这个招数冯门德的许多高级副手都用过，其中还有两位在战后发挥了关键作用的人士：政治活动家维利·卡优姆和军事联络官贝米哲·海伊特。他们想办法赶到捷克斯洛伐克，投降了美国军队。他们首先被送去陆军反谍总部接受盘问，随后才被送到难民营。慕尼黑的土耳其学生组织保下了海伊特和卡优姆，这样联合国也就没有遣返他们。

后来成为中亚解放斗争历史专家的海伊特估计，有八百名穆斯林以这种方式逃过了追捕。其他人的估计更高。1950 年代一位德国作家就在书中写道，大约有七百名卡梅克人生活在西德。同其他族裔相比，卡梅克人的数量很小；如果我们用这个比例来推断的话，那么战后西德大约有一万名不同族裔的苏联人。这个数字显然高了一点，不过，说有好几千人留了下来，是没问题的。

土耳其学生的这种策略不可能长久持续下去，但这种骗术很快就没有必要了。1945 年末，在对回去送死的批评声浪起来后，艾森豪威尔结束了遣返的做法。即使他们曾经为纳粹战斗过，他们的罪行也不比数百万德国人更大，而德国人并没有被大批处死，为什么苏联的少数族裔就要被挑出来受这样的惩罚呢？这些人的绝望处境很快就遮掩不住了。在慕尼黑城外的一个营地里，有二百三十名土耳其斯坦官兵在要被送回去的头天晚上自焚了。他们把苯浇到自己的身上并点着了火。只有一个人活了下来，他被送去了安卡拉，死于1950年。

不过几个月，遣返就变成了每个人都可以留下，并且还招募他们工作。格鲁吉亚王储阿希伯亚是冯门德在东占部时的主要领导成员，就是由反谍总部救下来的。反谍总部把他拉到旁边告诉他明天有一个遣返甄别小组要来营地工作，并且强调说，“你不必待在这儿”。阿希伯亚听懂了暗示，逃到巴伐利亚北部的山里躲了一天，直到苏联人走后才露面。

类似的帮助比比皆是。即使是在1945年，西方情报机构对苏联战后的意图还吃不准的时候，他们就已开始挑出那些能在苏联内部活动的特工人员，通过各种方法把他们招募到手。

慈善机构也加入了行动。由著名小说家托尔斯泰的孙女成立的托尔斯泰基金会，就是帮助俄罗斯侨民的一个文化团体。在战后的慕尼黑，这个组织想方设法为灾民提供帮助，派员工到难民营去帮助他们整理身份证件，协助他们移民去美国或是在德国开始新生活。但这个基金会似乎也和情报机构有密切的联系，甚至可能就是直接由中央情报局资助的。阿希伯亚的妻子就在基金会工作，她说，美国情报机关把一些工作外包给了基金会。“由我们做面谈和背景了解，了解他们过去做过些什么，等等。”目标是为秘密行动招募线人。

1952年，加里普·苏丹还在找工作。他那时已经结婚，有了西德的永久居留身份。但今后的日子要做些什么？当时二十九岁的苏丹成长为一个标准的美男子，黑黑的头发，优雅的鹰钩鼻，硬朗的下颌。他和妻子正在考虑要生个孩子。他经历了斯大林和希特勒，正准备开始人生的新阶段，他满腔热情，投入了反共产主义的活动。

1940年代，苏丹就加入了苏格兰欧洲自由联合会，这是英国对外情报机构军情六处支持的组织，目标是把鞑靼人等苏联少数族裔集合起来反对苏联。后来它发展成了更为永久性的组织，反布尔什维克民族联盟，苏丹也加入了。这两个组织其实都是英国情报机关的下属，充斥着冯门德在东占部的前员工。不过现在苏丹要找的，是既能有一份像样的工资同时又能继续抵抗共产主义的机会。他找到了自由之声电台：它看来是两者的完美结合。

另一个让苏丹选择自由电台的原因是大部分员工他都认识。电台是按民族“台”来划分的，比如俄罗斯台和各个非俄罗斯台。广播的理念和准则是由纽约决定的，但慕尼黑各台可以自主选择主题和采访对象，这种做法在广播界没什么特别。非俄罗斯台基本上就是东占部各个民族委员会的翻版，在招募各类人员时，甚至还采用纳粹使用的族裔名称，如用伏尔加乌拉尔来指伏尔加河地区的鞑靼人。

各台的员工几乎都曾在东占部为冯门德工作过。除苏丹外，其他高级员工包括：突厥台的阿曼·布迪穆拉和文利·祖纳，乌兹别克斯坦台的侯赛因·克兰，以及鞑靼小组的艾第葛·克里木。管阿塞拜疆台的是原东占部的中坚阿卜杜拉·法塔里贝。自由之声电台开播一年后，法塔里贝有一天没来上班，警方最后在另一个阿塞拜疆人的公寓里找到了他的尸体，用铜线捆住的尸体被割得支离破碎。那个阿塞拜疆人逃去了东德。法塔里贝的尸体旁留有警告祖国的叛徒等话语。（在那之后不久在伊萨尔河旁找到了白俄罗斯台一位员工的尸体，虽然警察没能确立作案的动机，但电台员工认为两次都是苏联人所为。）

情报单位通常都只会雇用历史清白的人，但对侨民显然没有这个要求，自由之声电台十分倚重这些当初的纳粹合作者，没有了他们电台只能关门大吉。有估计称，在自由之声电台工作的员工百分之七十五到八十都曾为纳粹工作过。

克里奇罗洛在回忆录中写道：“在自由之声台我们有个特殊的问题：许多听众都倾向于把侨民视为祖国的叛徒。”他补充说：“对于我这一代的美国人来说，许多人都是二战老兵，要和曾经身着德军制服的人一起工作，无论这些人是否犯过战争罪，初时都感到不自在。而在我们奥博维森大楼里这种人有好几十号。”

有一个办法可以解决这种不适应。通常情况下，美国人将会找这个前纳粹的同事好好谈一谈，后者总会保证他是不得已才为帝国工作的，有些时候，有的人会更坦率一些，承认当时是年轻办了蠢事。这些前纳粹党人从来不会说曾经真的相信自己所制作的或接受的反犹宣传，每个人都是受害者。然后两个同事就会出去喝一杯，友谊就此恢复。

但是从历史的角度观察，美解委和东占部实在惊人的相似，否认它们之间的关联不过是欲盖弥彰。这些在自由之声电台工作的苏联人并不只是普普通通的士兵，甚至也不是出于无奈而不得不加入德国党卫军或冲锋队的军官。大多数曾经加入纳粹部队的普通士兵都被遣返了，留下来的正是曾在东占部工作并被纳粹悉心培养的政治精英。许多像苏丹一样的人都曾是宣传部门的负责人，而宣传在纳粹时代就意味着大量的反犹和种族主义言论。

雇用这类人不只是个道德问题。苏联人了解他们的背景，很容易就能给自由之声电台的员工贴上中情局雇员或是前纳粹通敌分子的标签。政府还会用控制家人等手法，经常诱使自由之声电台的员工回莫斯科去，为了获得特赦，他们不得不说出曾为纳粹工作过的同事的名字。

因此，这些在自由之声电台的穆斯林最终没什么大用。当他们被派送到海外从事秘密宣传任务时，苏联人很容易就可以把他们说成是纳粹的傀儡。他们也缺乏作为虔诚穆斯林信徒的那种可信度，因为他们无论是在苏联还是在纳粹德国，都没接受什么宗教教育。当美国试图利用他们来做宣传工作时，批评者只要提及他们的纳粹经历，就不合格了。他们的失败对伊斯兰在欧洲的发展有重大的影响；美国最终还是要从激进组织中去寻找看起来更具信誉的穆斯林。

在电台开播前，美解委官员认定要依靠侨民才能获得一定的影响力，这会在人们心目中造成这样的印象：一个广泛的反苏联盟已经形成，并且开始了对故国的广播。曾有一位美解委员工指出，“我们的目标是要制造美解委是由侨民而不是中情局所组织的烟幕，这就是为什么这些流亡组织显得那么重要的原因。”

但这些流亡侨民并不团结。他们大致按族裔划分，一般是俄罗斯在一边，其他非俄罗斯的在另一边：格鲁吉亚的、乌克兰的、亚美尼亚的、土耳其斯坦的还有其他族裔的人。为了强制他们融合，美解委于 1951 年 1 月在慕尼黑成立了“协调中心”，把这些流亡者招为雇员。但两年过去了，美方的努力收效甚微。美解委曾经试图重复当初为了避嫌纳粹背景时的做法，强迫俄罗斯和非俄罗斯的侨民在一起工作，但这些都失败了。即使控制了这群人的钱袋，美国人还是没能取得任何进展。美解委的一份报告是这么写的：“无论这个比喻是否恰当，我们似乎仍是在与同样一批有着流亡人员特征的人角力：这种特征在 1941 年和 1945 年间的对苏战争中，在德国政府内就形成了。”

艾森豪威尔执政后，他的一位高级助手收到自由欧洲电台一封措辞严厉的信，指谪“美解委已基本破产”，陷入了不明不白的是非之中，还没开播就在侨民身上一掷千金，试图消除他们之间的分歧。美解委的官员辩解说，他们需要一个统一的形象才能为电台带来信誉。

出于自救，美解委从国务院调来了人称“艾克”的老将艾萨克·帕奇，他曾在莫斯科和布拉格任职，直到被共产党政府驱逐为止。一位同仁把他描述为“高个子，精于算计，外表温和，举止优雅”。但帕奇的任务仍无法取得成功。

艾萨克·帕奇回忆说：“这是穆斯林和斯拉夫人，俄国人之间的事。”他提到穆斯林觉得俄国人有点沙文主义。“他们［穆斯林］醉心于取得独立，这才是他们的重点，而不是什么大局”，他指的是美国人感兴趣的对抗共产主义的战斗。

美解委在慕尼黑南部的泰根湖度假村作了达成共识的最后努力并以灾难告终。然后又有人出了个新主意：如果美国人面临的是德国人在十年前面临的同样问题，那么，请那个时代的德国人回来帮忙，就可能解决问题。因此帕奇和美解委的其他几位同事找上了美国情报机关的老朋友，格哈德·冯门德。

美国中央情报局的前身战略情报局，在 1944 年 11 月 2 日向前线附近的法国杰拉莫市派遣了一位代号为“鲁伯特”的情报人员。鲁伯特的使命非同寻常，配备也与之相应。他的工作并不是收集德国人是否要垂死挣扎或在做什么最后的反扑，相反，他到那里去是为了战后的计划。他的一个关键目的是促使纳粹高官们的倒戈。所以他并不需要带无线发报机或其他发送急需情报的设备。鲁伯特轻装上路，只带着 1 万美元的贿赂金，包括一些法国金币。

鲁伯特直奔柏林。他在那儿待了五个半月，伪装成纳粹的安全部官员和纳粹党员们谈话。完成任务后，他又去了瑞士。他既没发现纳粹在战后的任何阴谋计划，也未能引诱到任何前纳粹官员反叛。不过，他却找来了一批立刻会引得他的美国雇主又爱又恨的人：渴望与苏联人斗争的纳粹党人。鲁伯特新招募的一位就是冯门德，美国人十分重视冯门德，因为他们相信他同德国军队系统的国防军情报局有着紧密的联系。

在鲁伯特走后，冯门德也赶去了瑞士。冯门德的妻子在回忆录中写道，他当时是想去见国际红十字委员会的主席卡尔·布哈特，希望他能伸出援手救下东占部的那些苏联士兵。根据红十字会的档案，冯门德的一位手下确实在 1944 年晚些时候到了日内瓦，这与鲁伯特在柏林的活动时间也十分吻合。不过，红十字会的档案并没有任何有关会议的记载。等到冯门德 5 月份赶到瑞士边境时，战争已差不多结束了，他也被挡了回去。他和另外三个东占部的格鲁吉亚人被送去了奥地利霍斯特的美军战俘营。

美国军队正是在那里找到了他们。德国人立即要求与战略情报局接触，事实上他们就是在和情报局的人谈话，这个人很可能就是鲁伯特安排好了来找他们的。这位情报局军官在报告中写道："我相信，不管别的事情如何，这批人完全知道是战略情报局对他们感兴趣。他们很聪明，很有修养……他们十分愿意交谈，十分愿意开始工作。"

这是冯门德和美国情报机关在今后十五年里互相磨合的开始。在这个时间点上，美国的目标是完整地接收冯门德手下的流亡分子队伍，从美国人的角度来看，这可以成为一个"交钥匙工程"，用于对苏联的渗透。冯门德和他的手下被送到法兰克福的郊区，战略情报局在那里设有专门的反谍报单位 X－2 来处理他们的案子。最后，他们要求冯门德写了不少东西，他和另外三个格鲁吉亚人撰写了二十三份报告，包括对苏联情势的意见，少数民族在苏联的作用，纳粹思想灌输的方法，以及柏林各政府部门的介绍。

X－2 的官员对他们印象深刻，但也不是没有疑问。冯门德的积极显得过了头，似乎有他自己的目的，可以说是个介乎于狂热反共分子和法西斯分子之间的人。美国人持有相同的反共观点，但也认识到纳粹主义在东方的惨败。冯门德自称是个不同的人，他对东占部的老上司也多有批评，但掌管他案子的美国人还是吃大不准。在有关他的简介中，战略情报局的人把他描述为一个喜怒无常的人："个人情况：一米七六；六十四公斤，高瘦，头发淡金，眼睛淡蓝，肤色白皙，下颌有一颗牙齿明显突出，礼貌，情绪化，给人的印象相当年轻，显然十分聪明，居于领导地位。"

在另一份文件中冯门德被描述为"毫无疑问，有着非凡的智慧和杰出的语言能力，但很难说是个具有高度个人诚信和出淤泥而不染的人。同样毫无疑问的是冯门德愿意为美国人工作……当然，除非美国人愿意全盘接受他的意识形态和对付苏联人的手法，才能对此人托以完全信任。"

不过，审问他的人还是认可了，或者至少容忍了他的说法，即他并不是一个彻头彻尾的纳粹。他从不承认自己参加过党卫军，因此他的释放文件上证明了他没有加入过纳粹党或其附属的政治组织，并且他也反对纳粹的外交政策。冯门德回家了，开始了他作为自由情报人员的新生活。

"我丈夫手上有一帮战时和他一起工作的人，现在他们都成了不同的东欧问题的专家。这些人里面有一些是德国人，主要就是那些波罗的海德裔。"这是凯罗·埃斯佩塞丝在 1945 年 11 月以她丈夫的名义写的一封长信的开头，虽然英语可能不标准，但她的意思十分明确：冯门德已经把他的波罗的海德裔故旧归拢到了自己的领导之下，并且他正在找工作。在这封打印信件的后面，她还提到了很多其他流亡侨民也可以帮忙。这个组织可以成为某种学术研究服务机构，“比如，可以在一个科研机构内进行合作，该机构理应在大英帝国的控制之下”。

这封信只是冯门德从审问营地回家后，他和太太埃斯佩塞丝写的许多信中的一封。很幸运，他一家现在住在西方占领区内，很安全。战争快结束的时候，他们到了柏林北部，生活在冯门德东占部的手下海因茨恩格的家乡，他专门处理鞑靼人事务。随着红军突进德国，冯门德安排家人向英国占区靠近。

与家人团聚后，冯门德需要找些活来谋生。柏林大学落入了苏联人手中，东占部已经灰飞烟灭。但教育仍使他着迷。他在信中警告盟军说，随着纳粹的破灭，德国青年十分容易受到全新的无孔不入的共产主义思想的侵蚀，他提出了一些由他和几个同事来经营的青年教育项目，他甚至还给著名的英国历史学家汤因比写信寻求帮助，但都没有下落。

在学术界似乎找不到出路。战后他在一所大学里短期工作过，但并没有得到全职职位。到底是为什么还不十分清楚，显然他曾经发表过开创性的研究成果，仍然有着正式的终身教授资质，而当时已有很多有纳粹背景的人被重新雇用。无论他给战略情报局的人留下了什么印象，冯门德的职业生涯确实与纳粹挂在了一起。即使在去东占部工作之前，他已经是个狂热的纳粹分子——不是在正式党员的那种狭隘的意义上，而是在他努力融入党的程序和接受它的思想这个意义上。他写过恶毒的反犹主义的东西，他还在学术上胡诌过什么犹太人的定义；他的家人说他喜欢上了政治；更准确地说，是他的政治生涯毁了他的学术生涯。

总之，他很快就与英国人有了直接的接触。1945 年 10 月，他写信给一位“莫里森将军”抱怨前东占部的员工受到歧视，在这封六页长的信的结尾部分，他在把以前的同事盛赞为“有想法的欧洲人”后，还夹进了一个“百宝盒”：冯门德在东战部时的工作网络名单，其中包括卡优姆和阿希伯亚等十几个人，其中大多数还困在盟军的审讯营中。

这个信息一定引起了英国人的强烈兴趣。冯门德开列出的许多人是侨民中早期抗苏组织普罗米修斯的成员。在那个时代，英国人担心的是苏联和纳粹分子结成联盟，并曾有过将普罗米修斯成员空降到高加索去炸毁苏联石油设施，以防止德国人得到油料的计划。该地区现在仍然具有重要的战略意义，而没人比冯门德更了解这批流亡人士。

到1946年，冯门德的生活已有了大大的改善。当许多德国人实际上还在挨饿时，他拥有了一辆汽车，家里还有一匹马、一个女仆和一所房子，以及许多别的东西——当时他还没有任何正式收入。早在1946年初，冯门德就将他的活动拓展到了美国占领区。根据1947年美国反谍机构的说法，冯门德开车前往格鲁吉亚的曼奇特市去见他以前在东占部的老同事阿希伯亚王储，大概是为了招募他为英国服务。那一年的晚些时候，阿希伯亚开车到了汉堡，带回了四百包进口香烟、三瓶干邑、多盒巧克力和三盒雪茄。将这些货物在黑市上出售，他就可以过上香车美女的奢华生活。

1940年代后期，新成立的中央情报局决定再来看一看冯门德。他得到了一个难听的代号“山羊客”，意思是有着山羊般的身材。随后他被带到了慕尼黑进行深入的谈话。美国中央情报局让慕尼黑的一所大学给他一份工作，冯门德立刻就同意为大方的美国方面工作。

在这期间，美英两国都渴望利用流亡侨民来开展苏联境内的秘密行动。当时还处在所谓的“反击”时期——与遏制时代不同，这是显示肌肉的时期，十分看重著名的纳粹飞艇计划一类的行动，在这类行动中，冯门德手下的许多流亡侨民带上电台和地图被空投到苏联境内，他们要在地面上探察，找出潜在的破坏对象或建立政治组织的可能性。虽然有些突袭成功了，但是由于特工登陆后很快就会被捕获，这些突袭常常以灾难结束。但是对冷战开始时的盟军情报机构来说，他们似乎更喜欢一种能立即解决西方在苏联根本没有特工可用的计划。

然而，冯门德深知这类行动通常会以失败告终。他喜欢的是另一种方法：收集信息和从事秘密宣传。美国人对此不感兴趣。该项目被搁置了——暂时而已。

1949年，西德在美英法三国战后占领区的基础上成立。西德并不享有完全主权，三大国仍在其国土上驻扎大量军队，外交政策也受限制，主要围绕美国的目标进行。随着西德渐渐变成为一个主权国家，冯门德也得以慢慢地从为外国人工作的状态中脱身出来。他开始把西德政府中可能雇用他、让他实现自己计划的部门和机构一一开列出来：也就是尽可能地仿照东占部，再把那些美国人没能利用的前同事招募到德国政府中来。随着时间的推移，后来他直接受雇于波恩。

冯门德这样做，或许的确出于人道理由，是给离乡背井生活拮据的外籍人士找份工作。但他的这种慈善行为和他的企图心始终如影随形，这才是冯门德。他喜欢苏联的少数族裔，他们也喜欢他。他需要他们，他们也需要他。在东占部，他可以是庇护人，也可以是傀儡师，就看你从哪个角度来看问题。冯门德在东占部的同事称赞他利用手中的权力尽力帮助他们。他写了许多德国人称为“宝莹证书”的证明，“宝莹”是德国最著名的洗衣粉品牌，从适当的人那里得到这样一封信就可以洗去纳粹的污点。他还帮助苏联少数族裔人士接受教育。冯门德一直关照着苏丹，让他去汉堡大学学习法律。苏丹说：“许多民族委员会的人都受到他的帮助，我们都很感激他。”

苏丹去了美解委之后，冯门德很大程度上依赖海伊特和卡优姆两位流亡人士，海伊特一直是东占部的各民族委员会和德国国防军之间的桥梁，他有着为人正直和真正的军人这样的声誉。战争结束后，他将是冯门德最倚重的同事。冯门德聘用海伊特来收集流亡侨民的情报并撰写宣传册，后来，冯门德还派他去海外执行秘密任务。两人也建立起了真挚的友情。

海伊特有一次在去伦敦的路上给冯门德写了一封信，“没有你，我在德国就会像死海中的一座孤岛”。海伊特的信，通常字迹潦草、弯弯斜斜，但总是充满了对冯门德和他妻子小孩的问候。虽然冯门德从未公开表示出什么亲密关系，他为海伊特提供的种种帮助是有目共睹的。尽管已在德国多年，海伊特的德文还是很烂，总是由冯门德在暗中帮他起草那些报告，有时甚至是备忘录，把海伊特文理不通的文章变成顺畅的官样文章和正式的学术文章。

海伊特一直对历史感兴趣，战争结束后，冯门德帮助他从明斯特大学获得了博士学位并写了关于土耳其斯坦历史的书。1956 年，海伊特发表了《20 世纪的土耳其斯坦》一书，并得到了学术期刊撰写的书评，说它即使稍有主观，但仍是一本有关该地区抗俄斗争的重要书籍。他一生出版了大量有关土耳其斯坦的著作。

战争期间以及战后，维利·卡优姆并没有那么锋芒毕露。战争结束后，他重建了他在东占部的民族委员会，命名为“土耳其斯坦民族团结委员会”。大多数为冯门德工作的头面人物都加入了。但卡优姆曾为纳粹服务的经历害了他。1951 年，颇有影响的美国左翼杂志《新领袖》刊登了两篇系列文章，《我们不需要的盟友》，该文详细列出了那些曾为纳粹工作过的流亡侨民，他们现在又是如何在前盟国的支持下成了各种组织的头面人物。第一篇文章批评了俄国团结民族联盟（俄文缩写为 NTS），它曾与东占部联手推行反犹运动。第二篇更是直指西方情报机构在西德境内的组织。它精选了一幅东占部老板罗森伯格的图片，标题写着“百足之虫”。文章深入剖析了反抗布尔什维克民族联盟（ABN）。它把 ABN 的种族主义和反苏言论列为批判对象（一份 ABN 的报纸曾经说过，俄国人从来没能建成“适合人类的社会秩序”），然后一一点名 ABN 中的前东占部的那些爪牙，其中就包括卡优姆。文章发表后，冯门德立刻给 ABN 一位官员写了一封信，征求卡优姆是否要对此回应。他也斥责这个左翼组织使用了煽动性的语言，指称《新领袖》应该是得到了“一个为美国情报机关工作的人告密”。这种指控并非没有道理，因为美解委和冯门德在争取同一批人来为各自的新版东占部出力。

冯门德常常为卡优姆的口无遮拦和贪得无厌气恼不已，不过他确实一直是个照顾人的雇主。冯门德付给卡优姆三千六百德国马克的年薪。卡优姆唯一做的就是时不时给冯门德汇报些流亡侨民那里听来的闲话；从冯门德办公室现存的档案来看，卡优姆从来没有写过什么严肃的报告或分析。冯门德还试着补贴卡优姆的报纸《土耳其斯坦邮报》，“作为对他从前为德国服务的认可”——我们只能假定这指的是他在东占部的工作。

运作冯门德团队的主要是他的一个副手，一个叫瓦尔特·申克的德国人。申克并未在东占部工作过，但冯门德在战时就认识他了，当时他是纳粹帝国保安部伦伯格市办公室的头，他在那里的主要职责之一就是领导负责波兰、乌克兰和犹太事务的3B小组。伦伯格市战争期间是在波兰的东部（两次世界大战之间它有个波兰名字叫利沃夫，而今的乌克兰名字是利维夫），换句话说，申克当时正处在种族灭绝的中心。申克是从大学退学加入纳粹党的，这使他在战后比冯门德更难找到工作。他花了大把的时间为冯门德计划发展组织。

就像美解委的同行一样，冯门德也不停地改换办公室的名字，直到找到适合的。最后定了一个二位一体的名字：东欧研究服务处和故乡局——听起来不那么像是外国人主办的。后者明显是为面临各种问题的外籍人士服务的，前者则是为需要各种信息的政府机关服务的半学术研究机构。在他寻找办公地点的过程中，冯门德主要是在英占区的各个乡村小镇间穿梭：他到过代特莫尔德，于尔岑，布莱克韦德。最后他决定将杜塞尔多夫作为据点，这个城市是西德努力掌控苏联各少数族裔以及日后掌控伊斯兰的中心。

杜塞尔多夫是北莱茵威斯特法伦州的首府，是坐落在莱茵河河畔的一座雅致小城，西德的经济中心，离开科隆只有一箭之遥。杜塞尔多夫这个古老的城市随着邻近的鲁尔谷地的兴起已经变得日渐重要。鲁尔谷地在19世纪就是欧洲的工业带：烟尘漫天的矿业和钢铁城镇一望无际，而杜塞尔多夫可说是该地区的客厅：它是金融中心和时尚中心，也是商业中心。

冯门德的豪华办公室俯瞰着莱茵河。在这个河段，莱茵河并不像上游的那些旅游景点，古堡夹岸，风景如画，一派中世纪风情。在这里，河道既宽且深，各种类型的货运驳船上下穿梭，把鲁尔工业区连成一体。宽阔的海滨公园和高大的护道板栗树将冯门德的办公室遮隐在叶荫之下。从他的窗口能看到树木和一条马车道，在它们后面，就是一片点缀着灌木丛和椴树的田野，绵延直达河边。

他的办公室是西德好几个机构出资供给的。政府的重点是看住战后滞留在西德的大约二十二万无国籍人士。拨款最初来自联邦宪法保卫局，这是西德控制极端分子动向的国内情报机构，后来该局的巴伐利亚分部每月额外支付给冯门德五千马克，要他同时关注慕尼黑的流亡侨民的动静，还把他的办公室称为他们的“北部办公处”。它的任务是要对慕尼黑侨民的整体情况进行评估。后来，他又从外交部那边得到费用，也需要与西德难民部密切合作。冯门德的情报部门坐落在底层。而他的家占用了楼上一个宽敞的公寓单位，这样他就有时间看到自己的家人，他的妻子凯罗·埃斯佩塞丝也能在办公室帮个手。

一如既往，凯罗会帮丈夫写英文信函。即使有语言天分，冯门德对这种新的国际语言仍没什么信心，要靠他的妻子来与外界通信。这可不像冯门德这种语言天才该做的事，他似乎从加入纳粹开始智力就停止发展了。对许多访客来说，他在语言上的局限性根本不是问题。定期来访的许多美解委的官员德语讲得都十分流利。有一次会议是在1954年举行的，当时美解委的政治协调员艾萨克·帕奇正在为如何解决少数族裔之间的内斗而焦头烂额。与会的还有一位退休的外交官罗伯特·凯利，他是来接手慕尼黑工作的，作为自己职业生涯的最后一站，还有来自“苏联研究所”的一位教授巴里斯，这个研究所是美解委在慕尼黑另一个重要的傀儡组织。

凯利和帕奇两人都告诉冯门德，无法让俄罗斯人和非俄罗斯人形成统一的阵线，他们十分沮丧。在冯门德的一份回忆记录中，他不无诡秘地写道，他早就知道这些麻烦要来，这要多亏慕尼黑的一个叫

“V-佬”的家伙。V-佬，是德语中“可靠人士”的缩写，用在这里，是指美方内部给冯门德发送消息的某人。

帕奇让冯门德提些建议。冯门德表示，美解委的政治组织要加强。他注意到自由之声电台是围绕各个主要族裔“台”来组织的。他们负责广播方面的事务，还起着政治方面的作用。就像东占部里的民族委员会，自由之声电台的广播业务还起着流亡政府的功能，反正从人事上来讲与东占部几乎一致。他说，这不错，但效率还得更高，并不是指他们如何经营电台，而是他们的政治功能。按照冯门德的记录，凯利表示同意。他写道：“凯利认为有必要为自由之声电台这个组织确立政治背景。”

关键是要充实这些“台”的人员配置，并提高他们的地位。他们一定要与世界上其他流亡侨民团体携手合作。冯门德谈到了由伊斯梅·阿克博、梅西德·穆萨扎德和法塔里贝（不久后就被谋杀了）牵头的阿塞拜疆小组，他十分赞赏地说，“他们有某种政治权威”，但还得加强。他知道阿克博正在计划去土耳其一次，他建议美解委买单，这样他就可以带回几个在那边的流亡侨民，充实他的部门。帕奇点头同意。

冯门德还给来访小组中的巴里斯教授提了点醒。巴里斯雇用了冯门德从前的一个小跟班克里木，写了一份有关战时克里米亚鞑靼人情况的报告。冯门德冷冰冰地指出，克里木早已经为“英国佬”写过同样的东西；美国人，如果把这种项目让他冯门德来做，就可以省些钱，他这样谈到——暗指他了解英国人手上有些什么情报，他能替巴里斯搞到副本，就不必再花钱去重做了。当然，这也是他了解中情局在找什么材料的捷径。

一年后的1955年，帕奇在慕尼黑的家中准备了一桌丰盛的晚餐，那时他仍然在努力地调和非俄罗斯和俄罗斯员工，但一无所成，帕奇把晚餐安排成一个社交场合，并邀请了冯门德和妻子凯罗来慕尼黑和他们夫妇共享晚餐。前来餐会的还有美国总领事小莱特纳以及领事馆的另一对夫妇。冯门德无心应酬，他想谈的只有一个共同的话题：如何更有效地利用流亡侨民。

冯门德指出，问题的难点在于，如果流亡侨民不能融入西德社会，他们就找不到工作，始终游离在社会之外但如果真能融入当地文化，他们又将失去对西方国家的效用，因为要宣传反共，他们就得以受苦受难的流亡身份，而不是已经调整适应了的移民面目出现。冯门德担心的是，对难民处理不当将“对流亡侨民的士气和西方心理战的努力都造成损害”，小莱特纳对会议作了以上记录。关键的一点，冯门德重点指出，是支持苏联的少数族裔——先把俄罗斯人放一放。帕奇已花了两年时间来试图团结两派，疏离俄罗斯族人士对他来说是难以想象的。冯门德继承的是东占部的老观点：少数族裔是苏联人的阿喀琉斯之踵。如果美国真想要触痛苏联，就应该更强有力地利用他们。

要说服这帮美国人接受他的观点，冯门德面临着一个大问题：因为他的对手都是些亲俄分子。凯利和他的手下身上都有这个问题，他们讲俄语，同这个国家长期打交道，对这个国家心向神往。理智上，他们当然知道苏联是由多个少数民族组成的，但在他们心中，他们不愿意放弃俄罗斯人。不过，美解委的其他人还是接受了冯门德的立场。他们把苏联的少数族裔，尤其是穆斯林，看成是攻击苏联的有力工具。基本的想法并不仅仅是要利用他们去影响苏联境内的穆斯林，而是要影响整个伊斯兰世界。

第五章　进入第三世界的钥匙

朝觐是伊斯兰教的五大功修之一，只要经济和健康条件许可，每个穆斯林在一生中都应去麦加朝觐一次。信徒们前往圣城，亲眼看一看他们宗教的源头，通过仪式重温先知穆罕默德将真主的启示带给人间的过程。经过这样的坚信活动后，虔诚的朝觐者返回家中，激励社群中的其他人遵从真主的命令和圣训。

一些朝觐者觉得 1954 年的朝觐活动与往年有些不同。在中情局的赞助下，两名健壮的年轻穆斯林带足了熟透的西红柿，要把麦加城变成冷战对决的地点。满怀激情的鲁西·纳萨尔和哈米·拉希德走的是一条现在耳熟能详的西进之路：在苏联出生，被德军俘虏，投靠纳粹，最后由美国情报系统招募。他们的目标是来自苏联的朝觐者，他们声称，这些人在从事宣传活动。在美解委的资助下，纳萨尔和拉希德自称是土耳其人，先飞往沙特阿拉伯麦加市附近的吉达，上了一辆载有二十一名从苏联来麦加朝觐者的巴士，就开始了他们的活动。他们试图在苏联的穆斯林心中种下对祖国怀疑的种子，如果不成功，他们就会尾随他们前往麦加，一路质难他们。

这两个美方的宣传员高声嚷嚷："你们不是什么朝觐者，你们是共产党的宣传员！你们为莫斯科的无神论者服务！"

纳萨尔和拉希德还叫来了当地的穆斯林帮忙。他们把反苏的海报贴在街墙上，处处骚扰苏联的朝觐者。有一次，他们甚至在圣城当街投掷西红柿。也许是由于美国人的工作，沙特阿拉伯的沙特国王拒绝了苏联人的见面要求。苏联人确实得到了在一个朝觐者集会上谈谈苏联境内伊斯兰状况的机会。不过就当他们在麦加大清真寺发表讲话时，拉希德当面攻击了他们，责问他们如何能容忍苏联对穆斯林的迫害。一位苏联人回答说施害者一直在受神的惩罚。就这样，在“克尔白”的不远处，拉希德狠狠地指责了苏联人。克尔白，是一间小巧的石头建筑。

“你也是年岁不小、半身入土、不久就要面临圣裁的人了，怎么可以在圣堂前面说这种话！你还有没有一点羞耻心！”

纳萨尔和拉希德的突然袭击被西方媒体描绘成对苏联憎恶的迸发，是两个穆斯林难民在挑战巨人苏联。这是《时代》周刊和《纽约时报》上的说法。事实上，他们的假朝觐活动只是美国抗苏新战场的一部分：第三世界。

到 1950 年代中期，冷战在欧洲陷入僵局。1953 年的东德动乱和 1956 年的匈牙利事件，表明苏联决心继续控制他们的卫星国，西方除了抗议之外毫无办法。双方都试过激进的政策：苏联通过中断地面交通施压西柏林，而美国鼓励了匈牙利的暴动。1989 年将成为共产主义崩溃之地的欧洲，当时还是冷战双方的既定分割线。不过在这之间的许多年里，真正的行动发生在别处。

实际上，第三世界是冷战最重要的战场。就是在这里，而不是在欧洲，战争无比血腥，双方的宣传战也集中于此。美国各盟国和苏联各盟国持续向对方的领土广播公众节目，但只是在第三世界，冷战宣传人员才确实有取得实质进展的机会。

对世界的这一部分有着不同的称呼：发展中世界，第三世界，或者就是南方——因为大多数这样的国家处在南半球。后来一些人觉得“第三世界”这个词含有贬义，似乎是第三世界国家在某种全球竞争中败落第三。该词是法国人口统计学家索维创造的，原本只是为了把那些处在“第一世界”（美国和它的盟友）和“第二世界”（苏联及其卫星国）直接对决之外的部分区分开来，其实就是为了简单实用而已。索维定义为“第三世界”的广大地区包括亚洲的大部分，拉丁美洲和非洲。它们的共同特点是：在 1950 年代，大部分还处在工业化的初期阶段，除去拉丁美洲，大多数刚刚摆脱殖民控制。一些欧洲强国，特别是英国和法国，曾经控制过这些地区。现在，这些垂暮之年的欧洲帝国正在崩溃，它们的海外领地先后获得独立。每隔一年，就有一些新的国家成为独立的民族国家的一员。

超级大国都想找它们做盟友，西方和苏联需要新的贸易伙伴和原材料供应基地。虽然当时这些国家和地区仍然相当贫穷，但它们的战略重要性不容忽视；想一想韩国、中国台湾、新加坡、马来西亚、泰国这些国家和地区，如果当时都成了共产主义而不是全球贸易体系的支柱，今天的世界将是怎样的一个世界。再者，即使是那些今天仍然毫无起色的国家，在联合国仍有着投票权。尽管美国和苏联（再有英国、中国、法国）在安理会拥有否决权，但这两个超级大国仍然都需要支持票来通过决议。虽然今天许多美国人蔑视联合国，但在当年，在冷战初期，这可是一个新颖的理想化的制度。无论是否有效，这都是莫斯科和华盛顿进行对决的唯一世界级论坛。

美国在这场新型的斗争中受到严重掣肘。二战期间美国对欧洲的殖民主义表示了蔑视，大多数美国学者认为欧洲各殖民地将在战后获得独立，而美国将由此得益，毕竟它本身也是由反抗者战胜英国殖民者后创立的。美国与新独立国家同声同气，谁又能比得上呢？

实际情况却大相径庭。由于担心新独立国家转向共产主义，美国开始援助原殖民列强。1954 年，当法国在奠边府受挫后，美国给法国送去了武器重建殖民军。在中东，美国的石油公司似乎继承了旧殖民势力的衣钵。在苏联的怂恿下，许多新的国家开始把美国叫做新殖民者。

两个超级大国都决定利用伊斯兰作为巩固自己地位的武器。对美国来说，对伊斯兰在冷战中作用的关注早在艾森豪威尔当政之前就开始了。在杜鲁门时期，美国情报机关据称一直在寻找能在反共斗争中鼓动穆斯林的魅力型领袖。杜鲁门总统的心理战略委员会制订了中东计划，并在艾森豪威尔就职后不久的 1953 年 2 月获得批准。这份报告指出，“不考虑穆斯林信仰对阿拉伯人思想方式无所不在的影响，就无法理解传统阿拉伯人的内心”，报告进一步警告，伊斯兰并不如西方固有所认为的那样是对付共产主义的天然屏障。许多在这些国家中掌权的改革人士都把经济放在宗教之前，这样就削弱了信仰的作用，因此就容易受到共产主义的影响。在美国早期对伊斯兰潜力的分析中，冯门德和他的团队占有突出地位。1951 年 4 月，中央情报局收到了一位在美国一所重点大学中的线人的报告，说冯门德已经收罗到一些关键的穆斯林人士，正在筹建智库一类的组织。他重建东占部的努力受到了注意。这份密密麻麻打了满满三页纸的报告，就是美国人开始考虑如何利用伊斯兰的一个迹象。

艾森豪威尔政府对杜鲁门政府总的看法是，他们既没有集中精力也没有积极进取，因此新政府加紧了这方面的努力。当心理战略委员会在 1953 年初采纳了新的中东计划时，总统的一位重要的心理战谋士爱德华·利利起草了一份题为“宗教因子”的备忘录，呼吁美国利用它的精神优势，更公开地利用宗教。利利描述了伊斯兰世界正在发生的宗教大复兴。在过去的几十年里，穆斯林思想家一直在试图找出如何利用自己的宗教信仰把他们的国家从殖民主义和屈从西方的地位中解救出来，像穆斯林兄弟会这类团体，就承诺会谨守《古兰经》来拯救国家。利利把它比喻为 18 世纪英国的卫斯理宗基督教复兴。到 1953 年末，他要求他的员工评估美国协助沙特阿拉伯一年一度朝觐活动的可行性；那一年，由于后勤的问题，成千上万的穆斯林滞留途中，无法抵达麦加。今后，美国空军是否能空运他们进去呢？但利利的顾问们否定了这个想法。“将基督教世界和伊斯兰团结起来以维持宗教信仰自由等，虽然这明显值得追求，但我不认为这个计划能有什么太大的作用，”这位官员这样写道，“这看起来像是异教徒蓄意而冷血地组织利用伊斯兰，并会被看成是一种赤裸裸的心理战手法而一败涂地。”

但官员们仍然对用宗教作武器的想法痴迷不已。1954 年，“宗教因子”上报国家安全委员会。国家安全委员会刚刚通过了一项被大多数人称为《162/2 报告》的里程碑式的文件，呼吁大规模报复苏联。人们往往看到的是这份文件对核战争的影响，因为它提出了彻底消灭敌方的理由。但是，文件同时还号召要“动员应付苏联威胁的必要的精神和道德资源”。

国务院、中央情报局和美国新闻署都被要求行动起来，但他们应该如何着手呢？苏联共有三千多万穆斯林，苏联曾多年致力于铲除宗教，关闭清真寺和迫害那些进行宗教活动的人；这也是德国人为什么能在二战期间那么容易就把穆斯林招募进国防军和冲锋队的原因。但到了 1950 年代，苏联——至少在表面上——扭转了它的政策，重新开放清真寺，培训阿訇。纳萨尔在沙特阿拉伯也了解到苏联官员已经在组织穆斯林前往麦加朝觐，想以此在伊斯兰世界获得好评。苏联是中亚地区古老而重要的穆斯林社群的家乡，它想表明穆斯林在那里享有宗教信仰自由并得到了很好的对待。

美国没有那么多穆斯林。有些规模的只是那个叫伊斯兰国（Nation of Islam）的组织，但这个组织跟政府从来就不怎么对付，在它的成员和艾森豪威尔总统和美国的情报官员之间也找不到太多的共同点。即使能达成什么结盟交易，选上伊斯兰国也很可能事与愿违；许多主流穆斯林对他们那些匪夷所思的说教都感到茫然无措。美国不得不寻求其他的帮助。

几十年来，处于凉爽山区的万隆一直是印尼的度假胜地，荷兰种植园园主曾在那里建造了豪华的会所酒店，以躲避热带的酷热。但 1955 年那次一连七天的会议后，它成了第三世界在冷战中处于中心地位的象征。

会议是在康科迪亚社原址举行的，这是荷兰定居者在这个富裕殖民地建造的最高级的俱乐部。这座装饰精美的建筑坐落在市镇中心，里面铺着精选的意大利大理石地砖，摆放着巨大的橡木吧台，挂着水晶吊灯。它有餐厅，会议室和一个十分宽阔的公共区域，供殖民地的欧洲老板社交和洽谈业务。现在这个占地十二亩的建筑群已经交还给了殖民地的人民。这次被称为万隆会议的亚非会议，给第三世界的领导人以了解对方、找到共同点的机会。组织和主办方是印度尼西亚，与会的有好几个摆脱了殖民控制的重要国家，比如印度、斯里兰卡、埃及、缅甸和巴基斯坦等国；这也是不结盟运动的发源地，也就是一批既不想被纳入苏联阵营也不想被纳入美国阵营的国家。华盛顿看待这个运动的眼光不同：这是一批对共产主义存有好感、能为莫斯科所用的国家。中国（在当时仍然是与苏联关系密切的盟友）派来了温文尔雅的总理周恩来。在华盛顿，万隆会议被定义为同摩尼教的一场战斗，一些世界上人口最多的国家处于危险关头。

国家安全委员会在会议开始前就行动起来。1955 年 1 月，它的行动协调委员会在万隆成立了工作组，由中央情报局、美国新闻署、国务院和其他机构的人员组成，“让共产主义阵营国家的与会代表在心理上处于守势地位”。几天后，委员会发布了一份报告，用最严峻的字眼来描述此次会议：“中国共产党将参加亚非会议。共产主义想把自己打扮成地区民族运动的主角、反抗殖民主义的棋手，我们都将看到他们的精彩表演。除非我们能曝光这个计划，并让他们自食其果，否则共产党就会向着他们主宰世界的目标前进一步。”

在官方场合，艾森豪威尔总统将向各位代表表示祝贺。但在幕后，没受邀与会的美国将通过其代理人进行变相的宣传活动。苏联的弱点是明确的：伊斯兰。正如艾森豪威尔政府的一位官员说的那样，美国将利用万隆这个舞台来从事一些“权谋”运作：“我想，我们在万隆的朋友们会在公文包内备妥材料，揭露东方［苏联］的殖民手法，即统治乌兹别克和土耳其斯坦等穆斯林人民的手法。我所了解的……我们掌握着摧毁性的材料，揭露苏联人在战时及战后如何将成千上万人赶出家园、驱赶到陌生的地方以及集体灭绝，来惩处那些‘不配合’的人。”

确实，“摧毁性的材料”早已备妥。这次又是美解委的鲁西·纳萨尔首立大功。在装扮成朝觐者一年后，纳萨尔把他的长袍换成了记者证，取得了《纽约先驱论坛报》万隆记者站的认证。会议期间，美国驻雅加达使馆传回了有关纳萨尔的电报，说他“本周”为该份报纸工作——意味着这是项短期任务或只是个掩护身份——并声称他代表着土耳其斯坦民族团结委员会。这个组织是代表苏联穆斯林声音的最有影响力的流亡团体，它由冯门德资助并密切监控，他的一位受薪特务维利·卡优姆是它的领导。在电报中这位国务院官员还说，他不会再送去纳萨尔在会议上分发的材料，因为他认为华盛顿应该已经见过这些材料，暗示华盛顿如果不是事前批准，那一定也熟悉纳萨尔的工作内容。

苏联人可不是什么好糊弄的傻子。苏联的《劳动报》猛烈抨击纳萨尔是“从西德来的美国特务，在这儿鼓吹土耳其斯坦独立，攻击苏联的民族政策，为美国在会议上‘代理人’提供‘诽谤苏联的材料’”。

在慕尼黑的穆斯林也出手了。除了纳萨尔的攻击之外，卡优姆也代表土耳其斯坦民族团结委员会发出呼吁，他笼统地把委员会称为土耳其斯坦人民解放运动的最高领导机关，是受到家乡的突厥人的委托在为他们发声。这份三页长的呼吁中，罗列了俄罗斯人/苏联人压制突厥人的大量事证。这些共产党人把这一地区割裂为非民族国家，试图分而治之。纳萨尔的文件呼吁成立一个委员会来研究该地区缺乏宗教自由的问题。

在穆斯林的宣传战中，纳萨尔的作用有时并不明确。虽然在麦加朝觐和万隆事件期间他都在媒体上出现过，之后就从公众视野中消失了。他的再次出现，是苏联解体后，作为一名阿克萨卡尔人，或是美国的乌兹别克人社群领袖。我在 2006 年采访他的时候，他已八十九岁高龄，但仍然活跃、敏锐、开朗。他能清楚地回忆起半个世纪前的事情，把来龙去脉理得清清楚楚。

1916 年出生于纳曼干乌兹别克区的鲁西·纳萨尔，对苏联人的暴行有着亲身的体验。他的全家就是在该地区清除知识分子的运动中被驱逐到乌克兰去的。战争爆发后，他躲在一个乌克兰人的家中避过了兵役。德国人占领该地区后，有传说突厥人的伟大领袖穆斯塔法·乔凯正在设法联合突厥人设立流亡政府，后来，他了解到穆斯塔法·

乔凯在巡查一个德国人的战俘营时患上斑疹伤寒过世了。不过，纳萨尔还是加入一个突厥人部队为德军作战，他曾两次受伤，并被送往德国洛林大区（今天的法国洛林省）军官学校受训。纳萨尔后来隶属于德军最高司令部的国防军最高统帅部，并在战争的最后几天设法逃到了奥地利并转往巴伐利亚。一个农民藏了他好几个月，一直到雅尔塔遣返计划终止后他才露面。1946 年，他当选为反布尔什维克民族联盟的代表，但没有接受老朋友贝米哲·海伊特的工作邀请，离开美占区去英占区，为土耳其斯坦民族团结委员会工作。1950 年代早期，他被传奇人物中情局的间谍头子小罗斯福收入麾下，来到美国。只要我一谈到他曾经为美国中央情报局工作——即使只是婉转地提到，他也会火冒三丈。他说，他曾为五角大楼从事过“战略研究”，但从未为他们进行过秘密宣传的工作，事实上，他对美解委嘲讽有加。

“我打心眼里看不起他们。都是些亲苏的家伙，从不关心少数族裔，”纳萨尔这样告诉我。

在本书的调研过程中许多与我交谈过的人都认为自己是民族主义的领导人，在苏联统治的岁月中，保持了独立火焰熊熊燃烧。比如纳萨尔，现在就是个受人尊敬的乌兹别克领导人，一个长老。但他曾为别的国家目标服务的事实与这种形象并不契合。纳萨尔谈到，美解委曾与他接触过多次；他们派来的中间人莱文也曾答应过只要他加入美解委，就在慕尼黑给他“大别墅和汽车”。但他说，他鄙视这个组织。一次去慕尼黑时，他了解到有一位他在战争中就认识的乌兹别克人布迪穆拉在自由之声电台工作。布迪穆拉抱怨说，由于美解委的亲俄倾向，他无法播放他想要广播的内容，纳萨尔把他痛骂了一顿。“我说，你这个白痴，为什么要为这样一个组织工作?!”

纳萨尔可能看不起美解委，但有证据表明他曾为它工作。《纽约时报》和《时代》周刊在各自有关纳萨尔 1954 年朝觐之行的文章里都报道了他是被美解委（被描绘为一个私人组织）派去的。美解委董事会的会议纪要也显示董事会成员视纳萨尔为他们秘密宣传策略的一个关键人物，称“这家伙，在美国委员会几项活动中都十分得力”。

他们还试图让他全职工作。

无论是纳萨尔的效力还是命运使然，在万隆会议上，利用滞留慕尼黑的苏联穆斯林流亡侨民来发难，是美国一次得手的突袭行动，这令白宫欣喜若狂。在 4 月 29 日的内阁会议上，国务卿杜勒斯谈到所有人起初都认为共产党人将在万隆占上风。但是，美国的努力终于获得回报，格局大变。“杜勒斯国务卿认为有一点是很重要的发展，当苏联受到‘殖民主义’的强烈指谪时，［中国总理］周［恩来］没有试图在会议上为苏联辩护。”

华盛顿并不是唯一认识到万隆会议重要性的国家。慕尼黑的许多重量级人物，从穆斯林兄弟会领导人到独立情报人员像美国的小说家卡马尔，都到了那儿。慕尼黑来的阵容中，独缺冯门德。但他的人到了，还给他发去了会议情况及与会者的详细分析。尽管万隆会议的形势比西方预期的要好，冯门德却越来越担心。美国似乎想挖他组织的墙角。比如纳萨尔，就出现在万隆会议上声称代表土耳其斯坦民族团结委员会。冯门德派卡优姆到美国驻慕尼黑领事馆去了解，为什么纳萨尔自称代表卡优姆的组织，卡优姆告诉美国人，他知道纳萨尔在领他们的工资。几周后，在一次与冯门德的会议上，令美国人深感震惊的是，冯门德还了解他们与纳萨尔之间的财务往来。

“冯门德教授说，去年纳萨尔也曾到过麦加，并在那里暗示他是美国人派去的，大家都知道他从美国驻吉达使馆内的中央情报局代表那里收到了六百美元。冯门德教授说，他之所以告诉我们，是因为他觉得就这样搞砸了，对美国利益不利。”

冯门德可能并不在乎行动是否搞砸了。是美国人招募的人激怒了他。两个西方盟国正迈向冲突，这将会打开通向第三势力的大门。

第六章　摸索中成长

到了 1950 年代中期，德国大多数流离失所的人都安顿了下来，外籍战俘被遣送回国，幸存的犹太人移民各国，许多人去了美国和以色列，数以百万计的德裔人士受到安置，大多数留在了西德。不过还有一大类人仍然滞留在难民营中，他们是无处可去的无国籍人士。德国的一家报纸甚至为此造出了一个新词，“营地人”——不得不居住在难民营里的人士，而他们大多数又都是穆斯林。曾有社会工作者访问过在慕尼黑南郊奥托布伦区居住的二百位阿尔巴尼亚人，报道说，他们八人住一间，没有电源，唯一的水源在六百米之外。有几位儿童染上了结核病。大楼外破旧的告示写着：如若进入，后果自负。

并不是所有在慕尼黑的穆斯林都如此拮据，许多人安了家，做起了生意，或者开始为美国委员会工作。但更多人确实需要帮助。伸出援手的是易卜拉欣·加朝格鲁，一位举止粗暴、语言粗俗、但却诚实待人的阿訇。战争期间，加朝格鲁是个受人信任的穆斯林领袖。他 1903 年出生在北高加索地区，对德国人无限忠诚。德军中大部分穆斯林士兵十分年轻，有些还只是青少年，加朝格鲁的年纪足以当他们的父亲。没受过什么教育、为人率直的加朝格鲁写封信都要依靠朋友，但他的虔诚态度和年龄为他赢得了尊重。

1953 年，加朝格鲁创立了一个伊斯兰宗教团体“西欧穆斯林宗教学会”，它的目标是让大约三千名仍然生活在德国难民营里的无家可归的穆斯林维持宗教信仰。在创立伊斯兰团体时，他说过他的目的是防止士兵们失去对德国的忠诚；他认为，营地肮脏不堪，许多人放弃了，回到了苏联人那边。

刚开始冯门德帮助过加朝格鲁的这个新团体，但出于不明原因，他很快开始与它保持距离，或许是加朝格鲁看上去太过粗俗、太过耿直，无法领导慕尼黑的穆斯林；或只是冯门德还没意识到冷战中利用伊斯兰力量的重要性，虽然他也帮过不少穆斯林，但那只是他帮助流亡侨民的一部分；也可能是美国方面给了加朝格鲁更多的钱，又近在身边——冯门德远在杜塞尔多夫，而美解委刚好就在慕尼黑。不过几年，加朝格鲁就在派送美国人道组织“关怀下”送来的食品包了，有些穆斯林说加朝格鲁从驻慕尼黑的美国领事馆接受这类包裹，他还分发托尔斯泰基金会的物资，这个基金会是旨在帮助苏联难民的慈善机构，但与情报单位关系密切。到了 1955 年，美解委直接为加朝格鲁提供资金。他们为社群的开斋节买单，而开斋节，正是穆斯林社群的重大活动。加朝格鲁在德国博物馆举行节庆活动，博物馆有巨大的展馆，展示各种显示德国工业进步和科技实力的展品。他请来了大批穆斯林，也引起了当地媒体的关注。

加朝格鲁看来是个不错的对象。一位曾在中情局在巴伐利亚办的学校里教书的车臣人，热心地推荐他的这位高加索同乡。由于加朝格鲁的那些慈善工作，他有相当一批追随者。时任美解委流亡者部副主任的梅巴迪斯谈到，加朝格鲁有次曾在凌晨 4 点给他打电话，要借他的车去慕尼黑郊外看一位弥留之际的人。梅巴迪斯被他的执着深深打动，跳上车接了加朝格鲁后一直开了两个小时才到那人住的村庄。他说：“加朝格鲁主持了最后的仪式，他是个好人。”

不久，加朝格鲁就彻底投向了美国阵营。“我们帮他忙，他也帮我们忙，”梅巴迪斯解释说，“他为我们做宣传工作。”美国现在手上有了一位能领导慕尼黑穆斯林、抗衡由苏联控制的穆斯林的人。不过此事也有着某种深层次的荒唐意味：莫斯科控制着数百万的哈萨克人、吉尔吉斯人，鞑靼人和阿塞拜疆人；而波恩和华盛顿最多也只能说，波恩有数百人或近千人在他们的影响之下。但媒体时代，重要的是要有个发言人能去参加朝觐活动或是什么大会，声称自己就是西方穆斯林的领导人，谈谈家乡自由的情况，批评几句苏联的压迫，等等。加朝格鲁至少有些信誉，在慕尼黑也确实有些追随者加入了他的组织。

但不满情绪并未就此消停。加朝格鲁可能确实是个正派人，也能和难民营中的穆斯林说上话，但他是否真有资格在世界舞台上代表旅居西方的穆斯林？他能作为领袖，挺身而起，对抗苏联人吗？美解委纽约总部的员工们心存疑虑，他们开始四处打探，寻找其他人选：这个人要有急智，有魅力，能在快节奏的宣传战中从容应对。

最初，罗伯特·德雷尔与穆斯林并没什么交集，但到1950年代末，他将成为与慕尼黑穆斯林交往关系最紧密的人。1950年代早期他一直是亲俄的，陶醉在这令他心向神往的文化中。他身材颀长，面目俊朗，会说俄语，爱喝伏特加，还能跟上要好的俄罗斯朋友的舞步，他参加美解委就是为了要回到德国，找回他作为中情局雇员在此的美好时光。伊斯兰？就像大多数美解委官员一样，德雷尔根本不知道该怎么办。

一切很快就改变了，这多亏了他的同事艾瑞克·库尼豪姆的影响。库尼豪姆是德雷尔的上司，并且至少是在初期，影响力也更大。他是美解委政治方面的领导人，这是美解委除了无线电台和研究所之外的第三个主要业务。政治活动监督美解委在秘密宣传方面的工作，而这方面的工作重心越来越向世界各地的穆斯林倾斜。

库尼豪姆的父母分别是瑞典人和芬兰人，这两种语言他都很流利，也能讲德语和俄语。像这样大都市家庭出身、有着语言天分和相貌，处在美解委的员工中使他有点鹤立鸡群。库尼豪姆对俄罗斯族裔的人士是抱有怀疑的，怀疑他们是否真的要推翻苏联的统治。他认为少数族裔才是关键，他经常花时间与非俄罗斯族的人士打交道，把鞑靼人、乌兹别克人和其他族裔的人请到家里来吃饭喝酒，闲聊家乡的事情。西德情报机构把库尼豪姆定为“分裂分子”——热衷于让非俄裔和俄裔互斗来分裂苏联。

库尼豪姆有多年海外情报工作的经验。在为美国政府工作期间，他注意到并上报了纳粹 1938 年被称为水晶之夜的反犹行动，并目睹了德黑兰的反君主制的骚乱，当时他正在那里督办战时对苏借贷租赁业务。后来到了巴勒斯坦地区，在以色列立国之时，他也对当地的抗议行动进行过观察。在美解委，他的工作主要是策略性的，所以很少出国。工作人员能回忆起他参与制定政策和细则时的情形。

德雷尔和库尼豪姆正相反，这两人真是魅力热情和意识形态狂热的奇怪结合。德雷尔出生在 1916 年，在宾夕法尼亚州的一个德裔家庭长大成人。大萧条深深影响了他的习性：大萧条开始时他才十三岁，他还记得怎样才能省下每一分钱。他靠自己的努力上了拉法耶特学院，每周学习四十个小时，并以优等生的资格在 1938 年毕业。就像许多在那个时代面临困境的美国人一样，他对苏联有关公正和幸福的许诺十分向往。他在新泽西的标准石油公司找到了一份工作。隔了一年，他被纽约的世界博览会深深震撼，他最喜欢的是苏联展馆。他后来写道："从那时起，我对苏联的事就有着强烈的'基于事实的'兴趣，我热切地阅读当时的报道和书籍，当时那些东西几乎全都有着强烈的——回过头来看甚至有些可笑的——亲苏色彩。"

德雷尔刚开始在哥伦比亚大学读工程学的本科，不过，二战爆发后他参加了海军。他的工程学知识让他得到了一份在佛罗里达州杰克逊维尔的文员职位，他在那里协助造船主管工作。随着战争结束，美国海军发出通知征求志愿者来学习俄语。德雷尔报了名，去了一间位于科罗拉多州博尔德的语言学校。他在 1946 年完成学业。到那时，战争结束，他也要退伍了。但就在这当口，驻敖德萨口岸的对苏海军联络官辞了职，他们问德雷尔是否想延长兵役。

"我，延长兵役?"德雷尔反问道，那时他正想去苏联，而冷战的气氛也日趋浓烈。

正是在那里，德雷尔出了一段时间的名。敖德萨是联合国大多数人道主义援助苏联的物资在黑海的口岸。这个国家已被战争摧毁得满目疮痍，大多数物资运送都由美国船只来承担，因此需要海军来监管船队。但两个前盟国之间的紧张关系迅速恶化。还在莫斯科的德雷尔正整理文件准备回国，却在一番扭打后被拘留，并立刻被驱逐出苏联。该事件成了《纽约时报》的头版新闻。美国声称德雷尔是被陷害的。但《真理报》却指责他是个间谍。

苏联的指控不能仅仅解释为是宣传需要。德雷尔确实曾在海军情报局工作，他自己也说过他在敖德萨曾花大把的时间驾车前往各地，沿途让人搭便车，并同任何能搭上的人交朋友。在莫斯科，他和一位医学生谈了恋爱，还参观了她的研究设施。他把自己的报告交给了大使馆里海军方面的负责人，海军上将史蒂文。

在他未出版的俄国冒险纪实的开头章节中写道："在那战后的关键几年中，我比任何一位美国人与俄国人的接触都要更为广泛，横跨教育、专业、经济及政治领域，可能比任何一国外籍人士的交往都更广。我在国家安全部（克格勃的前身）的档案资料，无疑比现今任何外国人的都要厚。"

当他在多年以后追忆被捕的情况时，他说他确信那些搭便车的人都已经被讯问过了，换句话说，他知道他被跟踪了。而那个医学生，他想她已经为自己的不慎重而被捕了，事实上也确实如此，她在古拉格待了八年，修路，吃的只是稀粥。德雷尔指出，逮捕并不是出于他的不慎，而是苏联人的轻率。

这次经历使他成为美解委里铁了心的冷战斗士。被驱逐出境后，他回到了华盛顿海军情报机构的苏联小组，三年后的1951年，他加入了美国中央情报局。在向中央情报局的申请中，他离开海军的原因是想"更直接地为解放运动作些贡献"，这也是美国的新国策，不再是遏制，而是积极地倾覆共产主义。在他加入的时候，中情局仍然处在最新一波巨大斗争的前沿阵地。对罗斯福的民主党而言，他的政治自由主义与秘密行动并不相悖，总统把它看作为击败极权主义国家的一种手段。

从简历看，他做秘密工作正合适。这不仅仅是由于他的俄语能力，或是某种程度上他的德语水平，甚至也不是他有军事情报机关工作的经历，而是由于他个人的生活圈，从申请上看，这个圈子可说是清清白白。他只有三个亲人：父亲、母亲和妹妹，他们全部都在美国出生。他从未结婚，他从不参加政党活动，也不加入任何比斐陶斐荣誉学会和美国机械工程师协会更引人注意的社团。他甚至从未有过借贷。在中央情报局申请表中“借贷信用证明”一栏里，他语带歉意地解释，他是用省下来的现金买了那辆1948年款的雪佛兰车。

美国中央情报局那个时候的背景检查显然不那么彻底。在中央情报局的申请表格里，有关于他生活和历史上是否有任何可能影响工作的事，德雷尔回答说没有。然而，德雷尔是个四处留情的花花公子，常常向同事和朋友夸耀自己如何又搞定了一个。这本身并不会影响他合格与否，不过，在早年的一次慕尼黑之行时，他开始了一段特殊的交往：和一位来自南洋的华人女性有了长期的关系。她给他生了一个女儿，双方把这个秘密一直保存到德雷尔变成个老头的时候。女人和解放运动是他生命的两极。

中央情报局把德雷尔派回慕尼黑一年，但他很快就回到了美国，在纽约新成立的美解委找到了一份工作，他在莫斯科时的老上司史蒂文上将是该组织的领导。实质上德雷尔是中央情报局借调到美解委的联络官，他在中央情报局的职级和工资都维持不变，几年后他还是回到了局里。美解委给德雷尔安排了一个高级职位——广播制作支援部主任——负责在慕尼黑编制的节目，保证传播正确的信息。他的薪水在那个年代也是非常丰厚的：年薪1万美元，是美解委薪水最高的职员之一。

德雷尔和库尼豪姆一起在美解委的纽约总部工作。他们的办公室位于东45街，就在世界广场中心麦迪逊大道旁。大街的那一头是罗斯福饭店，同事们有时下班后会到那里去喝上一杯。办公大楼本身并不张扬：外表是一幢四层的灰砖建筑；里面铺着柔和的地毯，除了荧光灯的嗡嗡声外，秘书们都在无声地埋头工作。这里的员工都穿着传统的西服。一位犹太裔职员还记得它看起来就像一家“老式的盎格鲁-撒克逊新教白人银行”，并让他感到不舒服。

美解委在慕尼黑的官员确实有很大的自主权，但基调和策略是由纽约，尤其是德雷尔和库尼豪姆决定的。这样，慕尼黑的现场行动和纽约总部之间，分歧几乎就无可避免。慕尼黑的工作人员认为纽约总部似乎是些不食人间烟火只知道坚决反共的家伙，无法理解处理同其他文化背景人士之间的复杂关系。当美解委把重心转向伊斯兰时，这种情况变得更加突出。

但是德雷尔对1950年代的美国生活并不热衷。他在格林尼治村一幢没有电梯的灰色公寓里租住了一个套间，过起了单身汉的生活，一边谋求重返海外的机会。想回欧洲还有一个专业上的原因，他认为，电台办得还不错，但秘密行动方面就很不足，需要加强。他还不十分清楚该如何做，这得由他的老板库尼豪姆决定，是他掌管着美解委的策略。

在冷战初起时，中央情报局里像德雷尔这样的人并非少数。该机构由两部分组成：曾在战时情报机构工作过的专业人士，以及新近加入的离心分子。第二批人中，有许多人都亲身经历过二战，中央情报局招募他们是为了特定目的：让机构重新运作起来，这个机构早已臃肿不堪，弥漫着官僚习气。德雷尔明显是第二批人中的坚定分子。

这批人的召集人和榜样就是美国情报界的传奇人物弗兰克·威斯纳。威斯纳来自密西西比的一个富有家庭，在二战参加海军前还在华尔街做过律师。他很快就被调往战时的情报机构——战略服务办公室工作，并目睹了战争的最后阶段苏联人是如何攻占欧洲东南部的。复员后他回到华尔街，战略服务办公室的前官员杜勒斯也在那儿工作。两人常常见面吃饭，说些美国政府解散情报机构的抱怨话。一位曾参加他们某次午餐的朋友记得，他们“渴望回去……两人都是天生的浪漫主义者，都认定自己是世界的救星”。

1947年，国务卿艾奇逊把威斯纳招进了国务院，要他关注苏联在东欧的活动。威斯纳在马里兰州买下了一片农场，在乔治敦买了一幢联排别墅。威斯纳身材高大，孔武有力，大家一致评论他十分聪明。很快，他成了华盛顿精英饭局上的要角，他总是极力鼓吹要对苏联采取行动。同在华盛顿的许多人一样，他也认为美国需要一个新的机构来从事这件事，这个机构不应受政治和行政规章的束缚，要能跟苏联眼对眼，牙对牙。

事实上，美国就有这样一个机构——新成立的中央情报局下有一个由战时情报人员组成的特别行动办公室。但美国中央情报局要向国家安全委员会报告，这就意味着它要为自己的所有行动负责，并且还可能一直追溯到美国政府。就这样，虽然这个特别行动办公室刚刚成功地干预了意大利的大选，防止它变成共产主义国家，它的做法还是被指摘在从事间谍活动，而不是政治活动。更重要的缘故可能是威斯纳看不起这个办公室，他说他们的情报人员都太过于循规蹈矩了——这也许是由于都要为自己的行动负责的缘故。他把他们称为“一帮洗洗涮涮交头接耳的老婆子”。他需要的是行动。

威斯纳开始游说要成立一个新部门，1948 年，他成功了——并被明白无误地定名为政策协调办公室。虽然这个办公室设在中央情报局内，但却直接向国务卿和国防部长报告。威斯纳分管政策协调办公室，并立即成为美国政府中最有权势的人之一。他迫不及待地到欧洲去招募侨民，他们是对共产主义极度不满并希望马上动手的战队——或者这仅仅是威斯纳的想象。为了进行这项任务，威斯纳寻找那些不同寻常的人。他从华尔街也招了不少人，因为相信他们有成功所需的冒险心态。他还从常春藤大学中招募了大量人手并付出相当的薪酬。威斯纳让华盛顿的高官们相信，他的团队里都是精英，这样他们就自动获得了较高的薪酬等级。美国中央情报局的停车场也反映了这一差别：老情报人员驾驶的都是雪佛兰和福特车，而威斯纳的手下开的都是捷豹和名爵车。

看似不可能的计划在这里孵化，有些付诸执行。在朝鲜战争最为激烈的日子里，威斯纳的政协办劫持了一艘驶往朝鲜的挪威货轮。威斯纳有时也会阴沟里翻船，有一次他在一位波兰军官身上足足花了 40 万美元，他曾答应将一架最新式的苏联战斗机飞往慕尼黑，可这位军官把钱都花在了慕尼黑酒店的香槟和妓女上。匪夷所思的事情更是家常便饭，例如，为了显示他们可以做任何事情，两个政协办人员把麦迪逊大道和第42大街的路口封了起来，挖了个大洞，然后扬长而去。"都是些恶作剧的玩意，"一名资深组员这样回忆。威斯纳还会吹嘘他的政协办就像是一架"沃利策钢琴"，无论是外交还是军事行动，他想奏什么调就什么调。他的沃利策钢琴演奏的乐曲，通过那个时代最大的秘密行动计划——自由之声电台和自由欧洲电台这两个功率强大的巨型扬声器，传播出去。

威斯纳领导的这个组织并不是什么阴谋团体。这批阻止了华盛顿1940年代政策转向的政治家、政府官员和新闻人士，确实都一致认为，美国必须要与苏联抗争。这早已不是约翰·勒卡雷间谍小说中的虚拟人物斯迈利的那个时代，需要焦头烂额、精疲力竭地在黑暗中摸索，他们现在是一批野心勃勃充满信心的人，自信能像美国士兵击败希特勒那样打垮斯大林。现在这批狂热的业余玩家准备好了要去面对克格勃，他们所需要的就是在流亡侨民中找出盟友。

1955年9月，艾瑞克·库尼豪姆抵达伊斯坦布尔。他订了去安卡拉的夜车卧铺，然后去了有名的阿卜杜拉饭店简单地吃了晚餐。"然后一切都乱套了"，他在给纽约同事的信中这样写道。抗议希腊在塞浦路斯岛上军事存在的活动演变成了反基督教的排外暴乱，起初只是有些希腊企业被焚毁，但到了晚上，六座教堂被洗劫一空，海事博物馆旁边的大教堂彻夜燃烧，大火照亮了博斯普鲁斯海峡。一如他以前曾多次目睹暴力发生时一样，库尼豪姆写了一份颇为冷静的分析报告。他写道，抗议并非如政府宣称的那样是自发的，而是有狂热反希腊的民族主义团体组织起来的。他进一步建议，解决的方案就是更多的警力。

与库尼豪姆接触的土耳其秘密警察的对口单位，对于这样的立场十分赞赏，他们同样认为需要加强法律和秩序。库尼豪姆土耳其之行的任务相当敏感。他想鼓动穆斯林加入美解委，在第三世界里从事秘密宣传活动，但土耳其担心美国的支持会鼓励流亡侨民要求土耳其政府也向他们提供更多的帮助。土耳其支持库尼豪姆的反共工作，但想确保流亡侨民不失去控制，在当地造成骚乱。库尼豪姆向他们保证要进行的工作是谨慎隐蔽而不动声色的。土耳其人对宗教方面也特别敏感。奥斯曼帝国被推翻后，土耳其采取了军事世俗化的意识形态。内政部长在会面时告诫库尼豪姆不要和“穆斯林议会”搅在一起，它主要由阿拉伯的穆斯林组成，是当时成立的几个组织之一。将军指出，以某种“研究所”的形式，来掩盖中情局“行动委员会”的反苏行动，是可以接受的。土耳其人也向库尼豪姆表示，对早先派遣鲁西·纳萨尔去万隆十分赞赏，言下之意是，纳萨尔之所以成功的主要因素，是他把重点放在了伊斯兰上。

库尼豪姆这次六周的访问，正好是在美解委基本放弃使俄罗斯裔和非俄罗斯裔侨民勉强协同工作的当口。原先的目标是建立一个傀儡组织来经营自由之声电台，这样它看起来就像是由草根人士创办的，而不是情报机构的下属组织，但是，尽管有着老练的外交官如帕奇等人的努力，这目的还是没能达到。很明显，在没有大量的穆斯林可供招募的现实情况下，美国必须要花更多的时间思考如何才能控制利用现有的伊斯兰。而库尼豪姆此行正是为了摸清家底和制定新的规划。他在整个行程上花了近六周的时间，在巴黎、慕尼黑、伊斯坦布尔和安卡拉，他显然和几乎所有的流亡领袖都见了面，他们中的大多数是穆斯林。

其中一个重要的领导人就是赛义德·沙米尔。他出身于达吉斯坦一个著名的大族。在19世纪，赛义德·沙米尔的祖父沙米尔阿訇，领导了抵抗俄罗斯人向高加索地区的扩张行动，战事极为残酷，但他最终还是放下武器投降，随后被软禁在家，最后又被获准去了麦加。老沙米尔在麦地那买下了大片土地，他死后，家人继承了这份财产。到了20世纪，这片土地值很大的一笔钱，家里也变得富裕。他们搬到了瑞士，与留在高加索的人没什么接触。

赛义德·沙米尔也曾参与纳粹设法控制伊斯兰的努力。战争结束后，他回到了日内瓦，积极致力于将世界各地的穆斯林团结起来的活动。1955 年，他与美国人走到了一起。美解委的官员梅尔巴迪说出了美国人对他的看法："出身名门显族，十分富足。我们希望他站在我们这一边。"

美国的情报文件表明，沙米尔提供了流亡领导人的信息。这表明如果他还没直接为美国人工作，也至少是在配合。沙米尔移居外国的生活方式也令许多人怀疑他是否真的能帮助美国。库尼豪姆在报告中提到，沙米尔曾在高加索居住，但自从共产党人掌权后，就再也没有回去过；他在麦地那、麦加、贝鲁特、开罗，当然还有日内瓦之间走动。库尼豪姆在伊斯坦布尔的最后一个晚上，沙米尔为他举行了一次丰盛的餐会。大家十分尽兴，但没人会认为这是由虔诚的穆斯林领袖举办的晚宴。

"我不介意用伏特加连连干杯，"库尼豪姆写信回家说道，"但我受不了用满满的大水杯来灌伏特加。"

在慕尼黑，库尼豪姆再次和穆斯林们见面，几乎所有想要笼络伊斯兰的人都在场，其中还包括被库尼豪姆幽默地称为"长着鹰钩鼻的老滑头"的阿里·康特米和"英国支薪多年的老革命"纳比·马格玛，这两位与美国情报部门都有长年的接触。他还见到了加里普·苏丹等美解委在自由之声电台的员工。他们要求拥有更多的自主权来采取"政治行动"——这是美解委秘密宣传活动的暗语，就像在麦加和万隆取得成功的那种行动，而不仅仅是广播些反苏内容。库尼豪姆告诉他们，政治行动将由伊斯坦布尔协调，美解委正在那里建立据点。

库尼豪姆接下来见的是加朝格鲁，一位有影响的流亡人士，虽然美国已经开始支持他，库尼豪姆对他并无好感。"当时'伊斯兰协会'的加朝格鲁先生还有他的几个心腹，都提出需要帮助，但我没答应他们什么。我不认为我们应该与这个讨厌的家伙有什么瓜葛，他以往的经历疑点颇多，在中东又是声名狼藉。他是一个没有文化教养的人，只是试图利用自己的宗教背景。"

库尼豪姆的这个评价可能过于苛刻。但很显然，就像冯门德一样，库尼豪姆找的人要更具现代作风，更具魅力。像加朝格鲁这样的，没受过什么教育，头脑简单，并不具备美国人感到能将他们的想法传递给伊斯兰世界的形象。库尼豪姆还提到慕尼黑的穆斯林信徒心怀的一个特别愿望：建造一座清真寺。这是第一次提及这个想法，但库尼豪姆认为这是异想天开，否定了这个意见。

1950年代，慕尼黑贝耶尔里奇酒店的交谊室里铺着木地板，到处都摆放着啤酒杯和狩猎奖杯，客人经常会来这里，要上一份简餐，喝一杯浓浓的巴伐利亚啤酒，在繁忙的市中心回味一下朴素的德国风味。1956年8月，这里被改成了另一种样子。梅尔巴迪和其他美解委的员工花了大半天的时间，在四面墙上挂上中亚格调的地毯，撤去啤酒杯，换上印着伊斯兰图案的瓷餐盘，桌上放着异国情调的水果，就连餐巾都小心地换成了绿色：伊斯兰的经典色。

在拥挤的大厅内参加活动的有近五十名的记者。主持人是加朝格鲁，他向来宾们致意，并把加里普·苏丹作为协会成员介绍给大家。加朝格鲁用他破碎难懂的德语谈到，他刚刚朝觐回来，想和大家谈谈苏联境内伊斯兰可悲的现状。然后他把讲台交给了口若悬河的苏丹。

苏丹向大家讲述了他的麦加之行，当时同行的有加朝格鲁和自由之声电台乌兹别克组的维利·祖讷。苏丹揭露了苏联人利用朝觐作为宣传的目的。他声称，苏联来的朝觐者都是政府雇员，并有间谍混迹其中。

当然在宴会厅里的记者们不知道苏丹并不真的是加朝格鲁那个协会的成员，也不知道这个组织原来就是由美解委拨款支持的，而美解委则不过是美国中央情报局的一个掩护组织而已。相反，这些记者都做到了会议召集者希望他们做的事：把宣传活动推向公众。慕尼黑两家最重要的报纸都发布了有关朝觐事件的文章，还发表了一长篇叙述了苏丹经历的特写。就在几周前，在苏丹和祖讷回慕尼黑途中经过伊斯坦布尔时，还接受了《米利叶特报》的采访，该报也发表了一长篇有关他们经历的文章。

美解委对苏丹的表现很满意。罗伯特·凯利，美解委在德国的头头，热情洋溢地赞扬了他“在反布尔什维克的斗争中做出的突出贡献”，以及“让我们更清楚地看透了共产主义在近东日益严峻的威胁”。

然而关起门来，美解委却忧心忡忡。苏丹在他的一份内部报告中写道，公众舆论坚决地站在了苏联一边。“这里要转述一位在朝觐管理处任服务员的普通阿拉伯老人有关苏联的话，”苏丹写道，“在我告诉他我从那儿来后，他立刻回应说，‘莫斯科是好的，那儿还有我们的穆斯林兄弟。苏联的信众每年都来麦加。英国人、法国人和美国人都不是信徒，他们是我们的敌人’。”更为严重的是美解委缺乏“资产”。苏丹和祖讷几乎就没能赶上麦加朝觐，因为他们出发得太晚了，还得靠当时人在沙特阿拉伯的赛义德·沙米尔出手相助，才让当地政府允许两人前往麦加。如果没有他的帮助，这两个朝觐宣传员早就打道回府了。

组织这次新闻发布会也是困难重重。由于加朝格鲁德语不行，就招了苏丹来撑场面，但苏丹并不像一个宗教领袖。他遇到的每个人都认为他是世俗人士，穿着得体，胡子刮得干干净净，人人都知道他喜欢跳舞，偶尔还喝些伏特加。另外，他也很快将被送回美国去美解委“特别项目”处工作。美解委需要新人。像帕奇这样的人，理应鼓动流亡侨民进行秘密工作，但他似乎并没有完成任务。库尼豪姆和德雷尔回到纽约后对他已渐失耐心，尤其是德雷尔，正想去慕尼黑再大干一场，将他的“反击”理论付诸实践。形势比以往更为严峻迫切。

而冯门德，这位美解委曾经的朋友，也在实施他自己的发展计划来赢得慕尼黑的穆斯林。与库尼豪姆不同，冯门德绝不会忽视慕尼黑的穆斯林要建一座清真寺的愿望，这将是他的首要任务。

第七章 “政治妙招”：清真寺出炉

1956年，格哈德·冯门德接到了西德难民部部长特奥多·奥伯兰德写的一份备忘录，文件勾勒出一个重要的国家目标，并需要慕尼黑穆斯林的支持——可以说，这是个非同寻常的做法。文件指出，西德接受了数以千计的流亡侨民，但其中许多人已由外国情报机关如美解委等组织所招募。他说，这情况绝不能再继续下去，因为西德也需要这些穆斯林。不久的将来，共产主义将会垮台，这些人就会回家，并成为国家的领导人。到了那时，这些人将有助于实现西德的最高外交政策目标：与东德统一并收回战后德国割让给波兰和苏联的大片土地。

“流亡侨民在各自的国家里取得的成功将对实现德国的目标产生积极影响。”奥伯兰德随后概括地叙述了这些目标，他用一种异常强烈的复仇语气写道：“德国致力于统一以及消除《波茨坦公告》对奥德河-尼斯河边界的影响力，而政治流亡者的目标与德国这种努力有着复杂的相互依存关系。”

官腔后的信息十分清晰：西德想重划边境线，夺回失去的奥德河和尼斯河以东的领土。几十年来，奥德河-尼斯河边界在德国外交政策中是最敏感的话题。1945年《波茨坦公告》瓜分德国之后，这两条河流一直是隔开东德和波兰的边界线。当年的四强——英国、法国、美国和苏联各取得了一片占领区。后来，苏联区成了东德，西方大国三区合并形成了西德。

鲜为人知的是，奥德河-尼斯河以东还存在着两个占领区。一个由波兰管理，包含了原普鲁士大部、西里西亚和波美拉尼亚，并包括了德国第三大城市，布雷斯劳（现在的波兰名字，弗罗茨瓦夫）。此外，苏联也获得了东普鲁士东部的一片德国土地，包括德国城市哥尼斯堡（后改名为加里宁格勒）。

不像其他地区，这两个地区在战后从未归还给德国。相反，它们被波兰人和苏联人永久地肢解出去了。波兰人并没得到太大的利益；苏联已经从波兰东部割走了土地，德国的土地不过是补偿失去的而已。几个世纪以来，德国的领土一直延伸到东欧，现在却只能以从波罗的海到捷克斯洛伐克国境的奥德河和尼斯河为界了。

坐在舒适的扶手椅中在地图上指指划划十分利落，但重新划分欧洲中部的这条国界，大大加深了战争带来的苦难。德国失去的这些领土主要由德裔人居住。不过在几个月之内，大量的人被残忍杀害或驱逐出境，首先是红军部队这样干，随后由政府支持的屠杀计划也这样干了。加上逃离其他国家的德裔，可称为近代史上最大的难民潮之一，总计有一千三百万德裔难民，被迫离开自己的家园，他们中的大多数最终来到了今天的西德，成千上万的人死在途中。

奥伯兰德是这些“被驱离分子”或是“被赶出去的”的首席发言人。1950 年代和 1960 年代，他们就是抵挡德国人中想与苏联建立外交关系，或承认奥尼边界这种思潮的坚定卫士。奥伯兰德领导着一个关键的政治党派，将自己的态度锁定在德国遭受的损失和委屈上。

正是这个奥伯兰德，参与了 1923 年希特勒失败的啤酒馆政变，也是他，领导了国防军第一支由苏联的少数民族组成的部队。由于出生在波罗的海沿岸，他深深了解非俄罗斯族裔的价值。他曾参与对犹太人的大屠杀，但反对纳粹对占领区的政策。就像冯门德一样，他认为德国应该是非俄罗斯裔少数民族的盟友。

正是因为这样的立场，让他失去了在党内的地位和军事指挥权。但这种挫折在战后却成了一种福气，让他可以把自己定位成一个纳粹受害者而不是内讧的脱党分子。就这样，再加上他的党派的投票权，足以说服西德第一任总理阿登纳，任命奥伯兰德为负责难民事务的内阁部长。

奥伯兰德可能是西德政府中立场最右的成员，在后来的几年中，他被认为是这个年轻民主国家中纳粹根系的化身。在他给冯门德的备忘录中也体现了这种极右立场：他希望重新划定德国边界，并要冯门德配合，牢牢地控制住这些他认为可以帮助实现这一目标的“资产”——生活在西德土地上在战时曾与德国并肩战斗的外国人。

冯门德把大多数流亡团体紧紧地抓在了手里。他花钱帮助保加利亚人、罗马尼亚人、乌克兰人和捷克人。但过去一年发生的事情表明，他正在失去对穆斯林的控制。与美解委相比，他的机构可说是微不足道，大多数的穆斯林也在为美国人工作。库尼豪姆的土耳其和欧洲之行道出了华盛顿更为远大的野心：在全球宣传战中利用穆斯林。

在长达四十年的冷战时期，西德和美国一直是坚定的盟友。美国支持了西德建国，融入世界。西德成为一个坚定的军事盟友，为西方军事联盟提供了大批的军队。

但这种关系并不总是一帆风顺，现在就到了这样一个关头。西德刚刚恢复了完整的主权，正在与苏联暗通款曲，这使得美国人开始担心它是否会接受同提交给奥地利一样的交易：东西统一，换取国家中立。美国官员甚至认为，西德可能会把美解委和自由欧洲电台赶出慕尼黑，他们甚至还讨论了如何疏散相关人员的事宜。

奥伯兰德的计划开始让华盛顿心神不定。美国情报界利用在慕尼黑的苏联少数族裔来运营自由之声电台和自由欧洲电台，进行秘密活动。但如果波恩获得了对这些少数族裔的控制，这种安排就会土崩瓦解。在美国官员的眼中，这个政策背后的推动力是奥伯兰德和外交部的那些外交官，比如布劳廷根，他就像奥伯兰德一样，一直积极地参与纳粹运动。

“他们并不是要把《我的奋斗》放到每个德国人的餐桌上，他们不是这个意义上的纳粹分子，”国务院在一份有关这群人的报告中这样写道，“但他们把民族主义-帝国主义意义上的德国民族国家事业，凌驾于其他任何事业之上。”

国务院的一份保密电报指出：“他们的首领是格哈德·冯门德教授，他们的管理机构是冯门德博士的‘外籍失居人士办公室’。冯门德博士的宗旨并不是这些‘卫星国’人民的命运，而是德国的前程。他和他的团队无意让‘毫无经验的’美国人在这方面指手画脚。”该份电报还谈道，冯门德一直和反民主的流亡团体有联系，其中有一些“实际就是遗留下来的投靠纳粹的通敌分子”。

中央情报局提到冯门德曾协助设立了“前志愿部队互助会”来帮助流亡分子，它是由战时曾领导过苏联少数民族部队，关心他们目前在西德的境遇的德国军官组成，并且，按中情局的说法，冯门德在他杜塞尔多夫的办公室里操纵着这个组织。这种说法可能有些夸张，但这个团体确实存在过，记录也表明它主要是由曾经领导过苏联少数族裔部队的前国防军和前党卫军军官组成，和冯门德的也确实有密切的联系。到1955年底，美国中央情报局已决定采取行动对付他们曾经试图招募的这个人。

“有关此人我已经编制了一份简单的人事关系图，”一位中情局的特工在冯门德的档案里写道，“也许我们应该采取某种行动让他的一个手下倒戈，来获得冯门德档案文件的微缩胶片……”

但几个月后这个特工又有了另一种说法。在美国政府文件中有一份来自美解委艾萨克·帕奇写的说明，他在几个月前曾和冯门德见面。帕奇报告说，冯门德对西德即将与苏联建立外交关系一事十分不安。有位不愿透露姓名的中情局特工意识到了某种机会：“我一直在‘窥探’冯门德的动向，也有洗劫他杜塞尔多夫办公室和档案资料，可能的话加以拍摄复制的想法。但你的最新情报表明，把他招募进来似乎对我们更有利。”这位特工也谈到这将是美国情报机构十一年来第三次向冯门德主动示好了，他还语带遗憾地谈到1949年那次几乎达成的交易。“那次交易突然在慕尼黑破局了，因为冯门德采用了按部就班的态度，而慕尼黑（中情局办事处）正埋身在一个事起仓促、毫无章法的特工招聘计划中。”

这一次中情局采用了冯门德的方式。在正式招聘计划中还附有一份冯门德手下的特工名单，其中当然也包括有维利·卡优姆。该特工写道，卡优姆以鲁西·纳萨尔在朝觐活动中收取中情局款项，散布美国宣传资料为由搞掉了纳萨尔。中情局一直密切监视冯门德，并在1956年3月指出，东德秘密警察国安机构“斯塔西”，正在设法搞到一张他办公室的地图。“这可能预示着斯塔西对冯门德有所打算，”该特工这样写道。

到了1957年初，中情局在德国的派驻机关被要求就招募苏联穆斯林的计划提供意见。这项要求似乎是有两个既与穆斯林有接触又有美国背景的特工被揭发出来而引起的；中情局试图追查活动中是否有其他漏洞。慕尼黑办公室在回应中再次提及冯门德。“如果能招募到冯门德，他可以很容易地开列出穆斯林‘要人名单’。”但是冯门德对为美国人干活似乎兴趣不大，这或许反映了西德逐渐增强的自信心。冯门德对此也十分气恼，因为他把各少数族裔人士包括穆斯林都视为是他个人的资产。并且他已有了赢回他们的计划。

1956年3月下旬，纽累鼎·纳芒加尼来到慕尼黑。这位苏联古拉格集中营的幸存者，党卫军部队的阿訇，高级军事勋章获得者，是把慕尼黑的穆斯林团结起来的理想人选。

至少在冯门德的眼里看起来如此。为了满足奥伯兰德掌控流亡人员的热切希望，冯门德把纳芒加尼请到德国来领导一个新的旨在团结德国穆斯林的办公室。在此之前，德国可以说只有一个组织在做这件事，那就是加朝格鲁的伊斯兰协会，但现在它已经深受美国的渗透影响。纳芒加尼是冯门德的人，有着战时忠于德国的良好记录。

事实上，纳芒加尼的任命文件在走层层叠叠的程序中就可看出，他的主要资历就是对德国的长期服务。这不是一个会为美国人分发关怀包或为他们的记者招待会站台的人。他确实是一个政治动物，是忠诚服务于西德的政治动物，是国家的受薪雇员。

冯门德已经为纳芒加尼的到来计划了一段时间。1956年初，奥伯兰德的部门已经就有关资助加朝格鲁的组织同冯门德联系了。在德国所有的流亡人员中，穆斯林似乎是最混乱的，部里对加朝格鲁是否是团结这些人的合理人选提出了怀疑。当加朝格鲁在前一年给巴伐利亚社会事务部写信要钱的时候，处理官员说："上述团体中的大多数穆斯林们都在德国国防军服务过……因此，他要求便宜行事。"

冯门德把这事挡了回去。他写信给联邦政府指出，对加朝格鲁一次性的资助或许能在"东方伊斯兰国家"中造成有益的反响，但德国需要的更多——德国需要一位穆斯林的大阿訇。德国没有这样的人，他写道，但他知道有这样一个人会很高兴回到德国，"照顾"穆斯林。他就是纳芒加尼。

冯门德和纳芒加尼是老朋友了。纳芒加尼在土耳其斯坦被苏联秘密警察内务人民委员会逮捕过，并被投入俄罗斯西部的一所监狱。德国入侵一个月后，德军占领了监狱，他被解放了。四个月后，在早期"乙虎行动"中他成了450团的阿訇。他在战争中升职成为党卫军东突厥武装部的首席阿訇。该单位扑灭了1944年的华沙起义。由于杰出的服务，纳芒加尼还获得了一级和二级铁十字勋章，这两个德国最高级的军事勋章。

在战争结束时，他在美军设在意大利的战俘营里待了两年，然后来到德国生活。他是冯门德家的常客，常过来做点乌兹别克的食品，和他的靠山交流些小道消息。后来他去了土耳其，可能是去做些流亡团体的工作，也可能是（按他自己的说法）去接受神学理论训练——他自传中这部分的细节并不清楚，也没有他曾做过这样研究的记录。

朋友们回忆起他时都说他不苟言笑，毫无幽默感。有一次当一个基督教和伊斯兰混合家庭的女主人竖起一棵圣诞树时，他批评了他们，认为女主人应该转换信仰，整个家庭都应该成为穆斯林。一位在1941年曾在德国战俘营中见过他的年轻的乌兹别克军官说："那里的人都不怎么喜欢他，因为他有着极端的宗教狂热。"除了他是冯门德亲手任命的之外，纳芒加尼似乎威信不高。在纳芒加尼抵达后不久，维利·卡优姆在一封写给冯门德的信中写道，在纳芒加尼离开伊斯坦布尔之前，慕尼黑就开始流传“谴责”他的言论。确切的原因尚不清楚，但在未来几年里有关纳芒加尼是纳粹中坚和不称职领导人的指摘将深深困扰他，比如他那结结巴巴的德语就让他很难和前军人的下一代交流。

纳芒加尼的那点儿纳粹经历，在为德军战斗过的人看来再正常不过了。毕竟，这只是 1950 年代，一个纳粹健忘症的时代，人们都想着如何跨越过去面向未来——直面战争创伤是在 1960 年代才起步的事。但纳芒加尼已是高度政治化的人物，一个作战部队的阿訇，他曾直接参与过纳粹的军事领导。这样他就不仅仅是一个战地阿訇，他是那个与邪恶结盟并把人们引向一场毫无希望的战争的政治机器的一部分。此外，与纳粹的关系也不是我们以为的那样毫无问题。比如，到了 1960 年，连奥伯兰德都由于自己的纳粹经历被揭发出来而下台了。他受到东德和苏联有关参与反犹太屠杀的宣传攻击。对他的控罪成立，由此去职，并要花上未来四十年的时间来试图洗清自己的名声。

纳芒加尼才刚刚来到西德两个月后，斯塔西就开始对付冯门德了，它发起了一项背景调查——很可能是应苏联的要求，可能是要搞清为什么这个小小的“研究室”发动了那么多的反苏宣传运动。苏联人早就开始攻击贝米哲・海伊特，这位冯门德手下最有价值的员工了。1956 年 7 月，塔什干电台推出了一档内容翔实的攻击海伊特的节目，讲述他战时的工作，以及他如何在战争快结束时只管自己逃生，而让手下听凭命运的摆布。不过，斯塔西从未全面攻击冯门德的工作，或许是想在日后集中火力对付奥伯兰德吧。有一点很明确，像纳芒加尼这样的人是很容易被攻击的。

一群不是穆斯林的西德人怎么可以指定任命一位穆斯林领袖呢？这个问题似乎从来没有让冯门德和他在政府里的同事为难过。对他们来说，唯一要做的事就是打败加朝格鲁，打败美国人。他们把这个问题视为一个战术问题，并开始四处探听增加纳芒加尼吸引力的方法。

刚开始的时候，冯门德有些举步维艰，因为他正在患病。这个长年的老烟枪在1956年发了一次心脏病，有好几个月无法工作，慢慢才有所恢复。在这段时间里，加朝格鲁向奥伯兰德要求支援。但到了年底，冯门德又回到全职工作，进行了火力全开的反击。他抨击加朝格鲁是美国的傀儡。在一封他写给奥伯兰德的难民部的信中说："正是因为没有一家德国机构能资助（加朝格鲁），美国委员会就对这个协会产生了兴趣，想利用它作为一块跳板，在联邦共和国境内以及境外的东方地区发动政治宣传活动。"

冯门德说，证明就是加朝格鲁和苏丹在朝觐活动后的8月召开的那次新闻发布会，冯门德把它视为美解委在第三世界宣传攻势的一个转折点。"自从他们回国以后，美国委员会就一直试图在伊斯兰世界展开自身的政治宣传活动。"他语带讥讽的写道，现在苏丹已经开始自我尊称为"觐圣加里普·本·苏丹"，来指明他完成过朝觐。冯门德暗示，对那种为了非宗教理由进行朝觐活动的人来说，这个称号极不严肃。冯门德继续写道，苏丹也试图在加朝格鲁的组织中取得领导职位，一定要阻止这个组织，而只有纳芒加尼能做到。

难民部副署同意并规定了纳芒加尼的职责。"纳芒加尼先生的任务，首先是把无国籍的伊斯兰外国人士和非德裔难民组成一个宗教社群，以消除不利的并对联邦共和国可能有害的美国影响。"另一位官员写道，问题的关键是穆斯林不服从西德的政治目标。一位波恩的官员这样写道："我无法忍受的是无国籍穆斯林外国人目前正受到各种情报机关和政治阴谋的操弄，而这一切都发生联邦共和国的土地上，我们的信誉由此受损；如果我们能成功地组织起一个真正的宗教社群，这将为我们赢得政治影响力。就此会有更多的口头报告。"按照部里的说法，主要的障碍是美解委。"美国布尔什维克解放运动委员会本地办公室的凯利先生据称在最近表示，穆斯林侨民的事务绝不能落入德国人手中。"

西德决定结束已经持续了一年的有关纳芒加尼的争论，干脆任命他为穆斯林大阿訇。为了要这样做，他们需要的是主要穆斯林团体来支持纳芒加尼。人数并不重要，只要有那么几组貌似代表了慕尼黑穆斯林社群的人马出头支持就足够了。于是，在 1958 年 3 月，一批接近冯门德并都曾在东占部的各民族委员会中工作过的穆斯林来到了慕尼黑的雄狮酒家——一家广受欢迎的啤酒餐厅——举行会议。

与会者将他们的团体说成是一个联合会，代表着来自五个地区的少数族裔：北高加索、阿塞拜疆、土耳其斯坦、伏尔加乌拉尔和克里米亚地区，由资深的土耳其斯坦活动家阿里·康特米领导。该团体的成员坚称，他们在人数上同跟从加朝格鲁的穆斯林人数相当，虽然这个说法值得怀疑。在大会上，他们觉得自己的组织需要一位阿訇，而纳芒加尼就是他们的人选。

不过他们还需要某种合法的形式。这个团体就在德意志联邦共和国内成立了“穆斯林难民宗教管理处”并选举纳芒加尼为主任。宗教管理处成为西德政府的一个机关部门，直接从奥伯兰德的难民部开支。纳芒加尼每月可得六百五十马克，他的助手每月一百五，备用金四百，用来支付旅行费用和直接资助陷于困境的穆斯林（当时一万四千四百马克的年度预算相当于今天的三万马克）。

加朝格鲁对这个政府新机关的反应是立即挖苦。他把亲纳芒加尼的 3 月会议称为“一批专业政客，一小撮气味相投的人，就是为了开这个会才被召集起来，被选为所谓的宗教管理处的领导，还自夸代表着联邦共和国的愿望”。他说到了点子上，这个团体就是政治性的，没有任何群众基础。但波恩的官僚们早就料到了这种情况。几个月前难民部就有增加纳芒加尼在信众中的感召力的主意：一个可供慕尼黑穆斯林祈祷的中心地。

为建设一座清真寺出力是每个穆斯林能够做的最棒的虔信行为之一。先知穆罕默德离开麦加，流亡麦地那，他在抵达后的第一件事就是建一座清真寺，当然他在其他到过的城市也建造了清真寺，这样能更好地向主祷告。清真寺不必太花哨，但起着穆斯林社群中心的作用；每周五聚集在一起做祷告是信众团结的标志。

如果纳芒加尼可以和这样一件大好事联系起来，他就极有可能把慕尼黑的穆斯林团结在身后，团结在西德身后。但这个想法并不是他的，想出这个办法也不是出于宗教虔诚的原因。相反，波恩的官员对此有着十分具体的政治目标。就像一位官员在一份 1957 年的备忘录中明确表示："一间中心位置的穆斯林祈祷室，考虑到许多有伊斯兰信仰的外籍人士也会路经慕尼黑，这将向他们提供除了巴伐利亚那几座永久场所之外的一个地方，使他们可以参加穆斯林的仪式。(因此）谈到伊斯兰国家的影响时不应错过重点，这将有益于生活在德国的穆斯林并有益于德国和伊斯兰国家的关系。"

到 1958 年底，纳芒加尼谈论的不再是一间祈祷室，而是一座完整的清真寺。他得到了他在战时认识的一位反复多变的德国军官哈伦·拉希德的支持。哈伦·拉希德出生时的名字是亨特萨茨，后来才转变信仰，他曾是党卫军东突厥武装部的头——就是纳芒加尼担任大阿訇的单位。两人从战时起就了解对方并一起被美国人俘虏。哈伦·拉希德给联邦总统西奥多·赫茨尔写信，说明纳芒加尼是"德国真正忠诚的朋友"，他"对德国的爱"促使他在土耳其学习伊斯兰后回到德国。在信中，哈伦·拉希德总结了西德的动机和意图，有时还用黑体字来强调效果。

德国慕尼黑的穆斯林缺少一座政治上自由的附带小学校的清真寺，学校可以用于宗教和语言训练（也可当做会议室)。与西方国家，法国、英国和意大利的情况不同，德国的穆斯林缺乏一座像样的宗教和文化中心。德国，在他们眼中仍是伊斯兰真正无私的朋友。

这绝不是理想的状况。并且作为德国人，我还想说，给德国真正的朋友这样一个场所，不正是个政治妙招吗？我毫不怀疑东方伊斯兰国家会给这个德国和穆斯林之间友谊的象征以极大赞誉。

1958 年底，一切准备就绪。12 月 22 日，纳芒加尼召开了一次第尼依德会议——这是宗教管理处的突厥语名称。会议的目的是：建一座清真寺。

第八章　拉马丹博士出场

1956年3月的一天，法学教授格哈德·凯格正在他科隆大学的办公室里坐班，这是他每周的咨询时间，一位身材矮小须发修剪整洁的男子来到他的门口，征询有关博士论文的建议。在了解了他的学习背景后，凯格同意带他。这位访客就是赛义德·拉马丹。他自己介绍是开罗的律师，专程来欧洲学习法律。很多教授可能对此很吃惊，但凯格确实是个热心的人，是个众所周知愿意带任何学生尤其是外国学生的老师。他每年平均带七位博士研究生，在他漫长的职业生涯中已经为四百五十人提供指导。德国大学通常不要求修博士学位的学生再学什么课程，所以，学生只需要有相当于硕士的学位就行了。

刚开始时，凯格与拉马丹并没有太多的接触。再有几个星期就过三十岁生日的拉马丹，比凯格的大多数学生都要成熟，并知道他想要写的是什么——伊斯兰教法。他一开始就全身心投入，“他给人留下了一个好印象。聪敏，可敬。”

拉马丹经常出国。凯格刚开始认为他只是为了最终移居欧洲做准备。不过拉马丹倒是一直把自己的行程告诉他的指导教师，并从日内瓦、大马士革和耶路撒冷给他寄信件和明信片。随着时间的推移，这位和蔼可亲的教授开始了解他的学生的实际生活。那不是律法。是革命。

19世纪，对除了西方以外的几乎所有国家，都是变化深刻危机深重的年代。以先进经济和政治体系武装起来的西方国家，入侵征服了世界上广袤的地域。曾经认为自己是最先进的或最有文化的各民族，很快就被西方的军事力量所击溃。从中国到摩洛哥，大片的地域沦为殖民地，精英阶层被推翻，人民遭受外国人的统治。这种屈辱，没人能比伊斯兰世界更有切肤之痛。这是一个可以追溯到 7 世纪的伟大文明，深受伊斯兰教义的影响，阿拉伯的征服者们也曾踏向全球，所到之处，新信仰迅速扩散，王国兴起，而这些，又滋养了众多杰出的思想家、科学家和艺术家。但到了 20 世纪初，没有一个伊斯兰国家仍然由穆斯林在领导：从印度次大陆的英国人，印度尼西亚的荷兰人，一直到北非的法国人，基督徒几乎统治了每一个人。只有土耳其还保持着独立。但它已经彻底世俗化，哈里发制度——伊斯兰世界的正式国家元首——已被废除。伊斯兰世界被割裂，被征服。

穆斯林试图找出衰败的原因，只有两种观点听起来有理：基督徒们找到了更好的政治和经济制度，或是穆斯林没有遵从真正的伊斯兰原则。对许多人来说，只有后者才有道理，并想要找出穆罕默德的信徒们在哪里走上了歧途。穆斯林和其他人都有一种想法，可以从西方引进一些实用的技术，但一定要排斥他们的思想体系。例如在中国，“洋务运动”就呼吁在坚持中国固有思想体系的同时采用西方的技术，尤其是他们的武器。被拒之门外的是这些新技术得以发展起来的思想环境——是什么样的科学方法在起着作用？它又隐含着政治上和宗教上，个人与权威之间怎样的关系？

19 世纪开始，伊斯兰世界开始着手解决这些思想问题。在那个世纪的开头几年，如埃及的学者里法・塔塔维通过翻译书籍，推动形成民族意识来对付西方思想的入侵，随后，贾迈勒・阿富汗尼和穆罕默德・阿卜杜哈等人倡导更为公开的政治和宗教活动，后者还出版了报纸，呼吁恢复伊斯兰的最初理想。又过了一代人后，这些思想由拉希德・里达等人继承，他们指责知识阶层顽固不化，以及穆斯林未能坚持伊斯兰真正的教义才造成了伊斯兰世界的软弱。里达在 20 世纪初还出版了一份颇具影响力的杂志，激励了许多重要的政治活动分子。

随着20世纪逐步展开，更为明确的政治主张破土而出。一些思想史学者把这现象称为伊斯兰激进主义运动，并把追随者称为伊斯兰激进分子。根据这一学派的思想，伊斯兰激进分子与传统的穆斯林信众不同，他们通过宗教、民主或暴力，来追求自己的政治目标。在与伊斯兰有关的具体问题上，例如要在社会中实施伊斯兰教法，信众就会团结一致。伊斯兰激进主义运动中隐而不宣的是对西方社会及其价值的排斥，并认为它们与伊斯兰格格不入。一些政治分析人士更喜欢使用“政治伊斯兰”来描述这一运动。

但是政治伊斯兰的概念值得探讨，因为它暗指先前的伊斯兰都不是政治性的。事实上，伊斯兰从一开始就是一个包罗万象的信仰，也不排斥世俗权力。哈里发制度本身就是从穆罕默德个人生活经历中演变而起的。他深深地参与政治军事的日常事务，组建小国家，对敌对部落发起攻击。同时，伊斯兰激进分子这个词现在有些贬义，因为它在2001年纽约和华盛顿恐怖袭击后，实际上被广泛使用为恐怖分子的同义词。

然而在20世纪，伊斯兰是大量政治活动的源头。跨国界的政治活动家们声称自己是真正宗教信仰的合法继承人，试图把最初来自同一地区但已在几个世纪的演变中发展成具有各自独特宗教习俗的穆斯林纳入他们的那一套做法，通常也就是他们想象中的穆罕默德当初的做法。就这样，阿拉伯长袍和头巾传播开来，禁止西方音乐，限制妇女在社会中的地位。这些激进分子通常按字面意义来解释《古兰经》，这是一种忽略伊斯兰学者在几个世纪中发展起来的复杂的教法理论的做法。相反，他们还推出一种非常现代的理念：任何人都能理解《古兰经》，那些传统的学者群体非但不必要，而且还可能是有害的。同时，这个运动拒绝其他现代观念，比如在解释古代文献时应当参照当时的历史背景。像许多其他的学者一样，当代的伊斯兰激进分子将下列观点视为异端：某些规则在《古兰经》创立之时或有意义，但现在对《古兰经》的核心思想已不再重要。因此，当代的伊斯兰激进分子成功地争辩说，高中女生不应参加班里的远足，因为旅行的距离比一匹骆驼在一天的时间内能走的距离要远。早在先知的年代，这是判断一个女人安全旅行的距离，但对于这些人来说，就成了不论时间地点的硬性规定。

从这种传统中演变而来的最具影响力的政治运动派别是穆斯林兄弟会，即穆兄会。穆兄会是由尼罗河三角洲某个小镇上的教师哈桑·班纳在 1928 年所创立的。当时，埃及仍处在英国的殖民统治下并在快速现代化，经历着经济与社会变革的阵痛：开罗工业化，农民迁向城市，传统分崩离析，习俗一日三变。作为拉希德·里达的杂志的忠实读者，哈桑·班纳为这样交织着民族压迫和社会急速变迁的现实苦恼不已，他开始整理资料撰写自己的著作。班纳的作品不仅包括了对英国的激烈抨击，也包含对自由思想和不道德的，特别是在首都兴起的种种现象的批评。就像前辈知识分子和拉希德·里达一样，他的解决方案是伊斯兰。班纳的独特之处在于他是个民粹主义的政治活动家。穆斯林兄弟会的成员不希望成为老派的“乌理玛”，即伊斯兰宗教权威那样的知识分子，他们比近代的知识分子阿富汗尼、阿卜杜哈和里达等人更加面向基层。他们通常穿着西方服饰，满口新词，使用简单的语法，回避传统学者们所谓的经典名句。更重要的是，他们组建政党、青年团、妇女会等西式组织，以及准军事的分支。他们成了替代性的政府，补充了当局所不能。这就使得他们对伊斯兰世界崛起中的中产阶级具有吸引力。他们说出了穷人的不满，但同时却总是在受过教育但对自己祖国饱受西方屈辱陷于贫困而不满的阶层中寻找自己的领导层。穆兄会并不以种族或国籍为藩篱，由此从北非一直蔓延到东南亚。

“班纳教长和其他教长不同，”一位生活在开罗的穆斯林兄弟会的资深会员阿卜杜拉·卡勒克这样回忆，“他把伊斯兰描述成新的东西。”卡勒克会去参加班纳在小镇或是在开罗召集的集会，他很早就加入了这个团体，并在 1942 年领导了学生分部，然后在 1944 年成为“舒拉”或指导委员会的成员。他也为自己的行为付出了沉重的代价，在埃及的监狱里度过了十二年。“有人说做好事上天堂，做坏事就下地狱。他却说你必须为自己的国家做些有益的事，在这个世界上，在这个现实环境中做些有益的事。这就是我们以前所不了解的伊斯兰；它并不是传统。”

班纳用来赢得他人皈依的方法在于他能找出一个社群面临的问题，然后加以解决。他的组织会协助建造清真寺、学校，或帮助发展当地的工业。这样大家就会相信，他领导的运动待人以诚，是以解决问题为导向的。他们不仅直接在清真寺，也在咖啡店，甚至在集市上招募新人。

政治在埃及一直是个敏感话题，所以班纳很小心地把穆兄会称作一种运动，而不是一个政党。但班纳深深地卷入了政治，反对与英国相勾结的君主政体。他的这种兴趣导致了该运动在 1931 年的首次分裂，一队人马退出。他们认为穆兄会应该是一个传统型的福利组织，并反对把伊斯兰政治化。后来，穆兄会在 1952 年支持了一位埃及军官贾迈勒·纳赛尔的政变，推翻了君主制。

到了 1930 年代，穆兄会甚至从纳粹间谍那里接受资金。二战初期英国缴获的文件披露，穆兄会从一个与德国驻开罗使团有联系的德国记者那里获得了大量资金。纳粹的这些钱是用来建立穆兄会的准军事“特别机构”。对班纳来说，宗教团体拥有军事机构一点都没什么奇怪的。穆兄会最初的设想是一个民粹主义政党，可以走上街头，进行抗争或战斗。它至今也没有放弃暴力，它的领导人仍然主张在某些情况下可以用恐怖主义手段来对付以色列平民。但是穆兄会也把自己定位为亲民主的组织。这使得组织可以根据当时情况，或以革命，或以改良作为自己的重点。这种政治方面的工作没有一项违背班纳意义上的宗教。穆斯林一直把伊斯兰视为是一体两面的整体，涵盖了传统上的“宗教”领域和世俗世界。从根本上说，他们确实尝试把真主的律法运用到这个现实世界。在历史上的大多数时期，伊斯兰容纳了世俗统治者，但就其核心价值而言，并不接受政教分离的观念。

班纳接受了《古兰经》的要旨：国家和宗教之间并无区分，这也反映在这个团体最著名的口号中：“《古兰经》是我宪法，圣战是我方式，牺牲是我愿望。”在一篇短文中他这样写道：“如果有人对你说‘这就是政治！’你就说：‘这是伊斯兰，我们不认为可以这样区分。’”在另一篇中他这样说：“穆斯林弟兄啊！告诉我，如果伊斯兰不是政治、社会、经济、法律和文化，而是别的什么东西，那它能是什么呢？难道只是没有心脏的躯壳在跪拜？”

随着穆兄会的壮大，这颗“心脏”开始把注意力集中到两项全国性的事务上。一项是反对殖民主义，这是所有埃及人都能认同的。另一项是反对犹太人移居以色列。穆兄会为巴勒斯坦的阿拉伯人筹集钱款，并在1937年和1938年冲击了开罗的犹太人店铺和其他目标，由此开始形成了穆兄会的特色：反犹太主义。

“伊斯兰世界”这个词语是有歧义的。因为从一开始伊斯兰就不是在真空中生存，而总是要面对其他宗教。在7世纪伊斯兰教创立时，其追随者与基督徒、犹太人和其他宗教信众，甚至包括多神教徒都有接触。伊斯兰容纳不了多神教，因为穆斯林认为多神教徒是无神论者、异教徒，是拜物教。根据《古兰经》，这些人的归宿是明确的：“你和你的偶像将为火狱的燃料。”

与多神教徒不同，基督徒和犹太人都受到穆罕默德的尊重。就像穆斯林一样，他们从事的是“天启宗教”——基于神启。此外，伊斯兰教和犹太教、基督教一样，崇拜一个神，承认相同的先知。在某种程度上，他们还被视为是伊斯兰的宗教先驱。但两者并没有被看作是平等的；犹太教显然地位较低。传统的《古兰经》学家同意这个看法。例如9世纪的学者穆罕默德·泰伯里就曾经说过，基督徒“不喜欢犹太人，这些人总是在密谋伤害神的使者和先知，反对神的教诲和诫命，《圣经》中透露他们还毁坏神的经文。”

伊斯兰为什么不接受犹太人有好几种说法。基督徒可能不认为穆罕默德是一位先知，但至少基督徒承认耶稣，而耶稣正是伊斯兰的一个重要先知。因此，在这个方向上基督徒比犹太人就进了一步，后者连基督都不承认，还被指控谋杀或漠视先知。然而，最要命的问题也许就是穆罕默德本人与犹太人有着不愉快的经历，当他逃离麦加在麦地那建立了第一个伊斯兰社群时，他也曾希望犹太部落会接受他。但他们拒绝了他的启示，保持了自己的信仰，这令他失望万分。当他们和他的对头联手时，他就发动了先发制人的打击并诛杀了数百人。《古兰经》中描写此事的经文充满了愤愤不平，这些都被用来证明对犹太人的攻击是合理的。

许多学者都正确地指出，尽管有种种问题，伊斯兰还是为犹太人和基督徒提供了保护。理论上，这些人属于叫做“齐米”（dhimmi）的少数阶层，这就免除了他们遵守许多伊斯兰教法的义务。在当年，齐米身份的设立是进步的表现，与此对比，中世纪的欧洲基督教用隔离区和大屠杀来对待犹太人，更不用说最近的那次大屠杀了。

随着现代伊斯兰激进主义运动尤其是穆斯林兄弟会的兴起，反犹太主义被推高到一个新水平。一如穆兄会利用法西斯风格的现代政治结构，他们还采用了西方的反犹成见和论点，关键的一点就是犹太人是社会中主要问题的祸根。二战期间，纳粹的宣传为这种观点火上浇油；德国电台向中东地区定期播放反犹节目。开罗曾经有过欣欣向荣的犹太社群，在 1933 年还举行过反纳粹的示威大游行，但到了 1945 年这个城市却成了前纳粹分子逃避正义惩罚的天堂。

穆斯林兄弟会站在了日渐升温的反犹太主义前沿。班纳不能接受纳粹思想的全部，尤其不能接受德国人是上等种族的概念。但纳粹间谍还是支持他，反犹也成了他政治活动的一个重要组成部分，这也体现在穆兄会和 20 世纪阿拉伯历史上争议更大的人物阿明·胡赛尼之间的紧密关系上。胡赛尼，很多人都知道他是耶路撒冷的大穆夫提，是巴勒斯坦广受欢迎的领导人，也是狂热的反犹分子。就是这个人，曾与冯门德合作，意图在克里米亚建立某种宗教体系，并探望了为纳粹战斗的穆斯林部队。

胡赛尼可不仅仅是纳粹的一个偶然同路人。一些传记作家对他在三四十年代的职业多加掩饰，说他最坏不过是有些不明智的机会主义行为。但他早在 1933 年就与纳粹接触，并特别提到要剔除犹太人对政治和经济的影响。一个可能的解释是，这是他对于犹太复国主义和犹太人移居到巴勒斯坦的反应。但从一开始他就显出了对犹太人的强烈仇恨，1929年他在英国调查委员会作证时，甚至还引用了《锡安长老议定书》这份臭名昭著的反犹文献。

胡赛尼投靠纳粹并不仅仅限于向冯门德就宗教政策事务提些建议，他为他们招募士兵，宣称他们的事业是正义的事业。最出名的是，他还曾就纳粹要将罗马尼亚的七万犹太儿童送往巴勒斯坦的计划提出警告，说这将会增加该地区的犹太人口密度。他自己曾经说过，他是纳粹的客人，交往长达三年，并游走于纳粹最高层，所以，他毫无疑问知道大屠杀，充分意识到如果这些孩子不离开罗马尼亚那就必死无疑。

战争结束后，法国逮捕了战犯胡赛尼，但他还是被允许返回巴勒斯坦，因为英国人担心，将他审判定罪会激起穆斯林社群的愤慨。到1948年，他又领导了反对犹太移民的运动。尽管在纳粹德国见到了种种事情，他仍然不同情这些新来的人，这些刚刚逃离了大屠杀成千上万投奔而来的人。胡赛尼继续与前纳粹党人如宣传官冯·莱尔斯周旋，后者已移居开罗并改名为阿明·拉哈尔。冯门德的情报显示，拉哈尔已经与德国穆斯林联盟的成员有过联系，这是一个以汉堡为基地的移民团体。另一份报告指出，拉哈尔“打算通过这个团体在联邦共和国发动反犹运动。耶路撒冷前穆夫提，阿明·胡赛尼为拉哈尔的计划提供资金……他的目标是：反犹主义”。

有人或许会说胡赛尼只是个异数。然而，他与班纳以及班纳的继任者关系都十分密切。从其行为和世界观来看，胡赛尼就是一个典型的伊斯兰激进分子，在纳粹时代和后纳粹时代都是如此。他在这个慕尼黑故事中会不时出现，并不仅仅出现在冯门德的报告里，他也和小说家、活动家或情报人员艾哈迈德·卡马尔等各色人等都有往来。

1948年阿拉伯军队攻击以色列时，可能是胡赛尼和穆兄会的联盟最为紧密的时候。急需兵源的胡赛尼转向穆兄会的头头班纳求助。“穆夫提告诉他，你该出手了，”当时在穆兄会的舒拉工作的卡勒克这样回忆，“他们（犹太人）将接管这个地方，并残忍地对待穆斯林。”班纳同意提供帮助，穆兄会开始招募去巴勒斯坦战斗的士兵。为了负责这次行动，班纳找到了他手下一位正在上升的新星，赛义德·拉马丹。由此开启了一段持续二十年的紧密合作。

赛义德·拉马丹第一次见到班纳是在一个室外的复兴励志会上，他在发表讲话。每次这样的集会后，班纳会叫人到舞台上来，就像要向运动效忠。参加了五次集会后，时年十四岁，身高刚过一米五，只是由于练习摔跤而十分壮硕的拉马丹，最终走上了舞台。

“怎么花了这么长时间?”班纳问道。教长一直都知道他未来的下属就在人群中。他只是在等，等他迈出第一步。

这是拉马丹喜欢向朋友和助手们谈起的故事。他觉得，人们常常把班纳误解为一个彻头彻尾的政治人物，但其实他有着深沉的精神，甚至神秘的一面，正像拉马丹谈到的，他每个月会在墓地里睡一夜来提醒自己最终的归宿。这两人的追随者经常会提到他们的体格力量。班纳要求成员进行体育锻炼，接受西方身心同等重要的观念；而拉马丹的身材精干矮小——成年后他也不过一米七，但却受到极大的敬重，部分原因就是他充满了男性活力。他的下颌坚实，修剪整齐的胡须更是强化了这个印象。他的眼神柔和而专注。人们不可避免地会谈到他吸引人的体格特征，和一进房间就立刻能感受到他存在的气场。

“他的身体非常强壮，”一位在 1976 年见过拉马丹的非裔美籍皈依教徒这样谈道，“我感到他特别吸引人的地方就是，你很少能看到智力超群的人有这样的好体魄，他小时候就是个体操冠军，那当然有魅力。当你面对一个能站着说上三小时的人，那就有体格方面的因素。”

就像他那一代中大多数西化的人一样，拉马丹通常西装领带，只在特殊场合才穿传统的阿拉伯服装。他说话时总是与人的眼神直接接触。

遇见班纳后，拉马丹变得热衷政治，不时帮手组织集会。他在大学学了法律，成了一名律师。1946 年，他被聘为班纳的私人秘书，并迎娶了他的一个女儿，使两人关系牢不可破。“他口才很好，”和拉马丹一起在开罗大学学习的卡勒克回忆道，“并且很有魅力。很适合派到困难的地方工作。”

有关他在巴勒斯坦工作情况的记述千差万别，有的说他是耶路撒冷防御以色列军队入侵的关键；有的说，他只是在那里组建了穆兄会的青年小组；又有人写道，他在毗邻的约旦建立了穆兄会的分支机构并成立总部来协调他们在 1948 年的战争行动。约旦给他签发了护照，他也用了多年。

穆兄会积极激烈的政治活动被很多政府视作威胁。在埃及于 1948 年禁止了该组织活动后，拉马丹去了巴基斯坦一年，那里的政府给了他一个无线电广播电台，双方合作密切。随后，在他 1949 年回到埃及后不久，班纳遇刺身亡。拉马丹还太年轻，不可能被推举接岳父的班，他因此继续在海外搞组织工作。

“如果穆兄会设立部长职位的话，他就是外交部部长，”运动创始人的弟弟贾迈勒这样解释，“他雄辩滔滔，英语流利，在海外关系广泛。”拉马丹大多数时间致力于伊斯兰组织工作，并不是要在争战不已的各伊斯兰教派间达成某种神学上或教会组织上的协定，目标是政治性的。理论上来讲，穆斯林应该由哈里发统治，哈里发通过世俗政府强制实施伊斯兰教法，他是伊斯兰教法的世俗统治者。最后一任哈里发驻跸伊斯坦布尔，但土耳其在 1924 年就取消了他的办公处。从那以后，伊斯兰激进分子就一直梦想着要恢复。

从 1926 年开始，激进分子就试图通过某种哈里发联盟或大会这样的替代形式来团结穆斯林。如果伊斯兰世界确实四分五裂而无法由一个领袖来领导，那么这样一个代表性的组织至少可以提供某种形式的协调框架。1949 年，拉马丹和大穆夫提带头创议建立这样的一个机构，并于 1951 年在巴基斯坦卡拉奇市成功召开了世界穆斯林大会，拉马丹当选为大会的三位秘书长之一。拉马丹立即开始抨击土耳其的世俗政府，他和大穆夫提还在耶路撒冷伊斯兰代表大会中积极活动。

这种种政治活动中的另一个关键人物是赛义德·库特布，他是20世纪最有影响力的伊斯兰激进主义理论家。他认为，任何人，即便他是穆斯林，只要不同意穆兄会的观点就是叛教者，就该杀。

在这些大会上，拉马丹所追求的一个关键目标就是反抗共产主义。虽然西方国家被视为堕落腐败，但共产主义国家禁止或严控宗教，因此它们成了伊斯兰激进分子的首要对头。大穆夫提反对共产主义的声音特别高昂，根据解密的美国战争部战略情报局1946年的评估文件："信息来源指出，拉马丹还向他的追随者发出信息，提醒他们共产主义原则与《古兰经》教义天差地别。"

这样的主题会在中情局对大穆夫提的监控报告中被一次次提及。他是个出了名的反共分子，并由此引人注意，但他的纳粹经历又让他难以被人接受成为盟友。拉马丹就不同了。

美国官员和拉马丹之间的第一次交往发生在1953年夏天。白宫当时接到了一个紧急的要求：几位著名的穆斯林人物将到普林斯顿大学参加"伊斯兰学术研讨会"，总统能接见他们吗？刚开始时，见面一事看来不大可能，因为艾森豪威尔总统已经离开了普林斯顿。然而，美国情报机构负责与白宫联络的副主任沃什伯恩，想到了宗教在总统的个人生活以及地缘政治策略中的优先地位，早先也有过关于如何在全球政治中更有效地利用宗教的讨论，爱德华·利利也刚刚散发了他那份影响广泛的"宗教因子"备忘录。虽然并没有明确纪录表明沃什伯恩曾见过这份备忘录，不过总的感觉是明确的：美国必须抓住这个机会。

沃什伯恩给总统的心理战略专家杰克逊写信，告诉他研讨会是由美国新闻署、国务院国际信息局（国信局）、普林斯顿大学和国会图书馆联合主办的，用他的话来说，这是一场影响伊斯兰世界的"四人剧"，沃什伯恩继续写道："希望得到的结果是，给穆斯林留下美国道德和精神力量的深刻印象。"

白宫有些举棋不定，沃什伯恩再次催促。他指出，艾森豪威尔总统坚信美国必须要在精神优越性上战胜苏联。“这些人士可以对穆斯林的思想方式产生深刻而广泛的影响，他们这种长期的支配能力可能大大超过他们各自国家的政治领袖。”白宫同意了，八天后，邀请发出。会见在总统的约会登记上有记录：1953 年 9 月 23 日上午 11 点 30 分。代表团的一位成员是“赛义德·拉马丹，穆斯林兄弟会代表”。

总统属员清楚表明，这次会见呼应了普林斯顿研讨会的纯政治目的。当然有一些与会学者提交了论文，但研讨会的主要目的是展示美国欢迎穆斯林知识分子。“表面上看，研讨会像是纯研究活动，实际上这正是所需的印象，”一份给国务卿杜勒斯的秘密备忘录这样谈道，“国信局按着这个思路促进了这次研讨会并给予了它财政及其他援助，因为我们认为，在这个时间节点上，这种心理的方法对于美国在伊斯兰地区远期和近期的政治目标贡献颇著。”

这份备忘录后还附有即将举行的研讨会的情况分析。目标就是要引导和促进伊斯兰“复兴”，其中影响力最大的是穆斯林兄弟会。有趣的是，文件也承认，一些与会者的身份会有问题。根据法律，国信局是负责促进文化交流的，而穆斯林兄弟会是个公开的政治团体，并不符合这一定义，这就使得国信局难以资助拉马丹和其他政治领导人的与会费用。文件指出“由于交流计划无法给一些赴会人士拨款，因此，希望外界可以提供少量的财政援助”。私人赞助来了。美国-沙特阿拉伯石油巨头“阿拉伯-美国石油公司”支付了部分旅行费用。国信局也拨了款，为两名前往中东亲自邀请与会代表的普林斯顿教授支付了旅行费用。

1953 年 7 月，当大部分与会代表选定后，有人问美国驻开罗大使馆，拉马丹是否可以参加，拉马丹想去访问美国的穆斯林中心。大使馆向华盛顿转交了这个请求，并随附他经过修饰处理的职业生涯，例如，略去了他与大穆夫提的密切联系，他对抗以色列的斗争活动等细节。大使馆提出了让他参加的建议。

会议本身持续了十天；各主讲人就教育、青年、艺术和社会改革等议题进行了演讲。与现在的会议相比，研讨会的节奏十分从容，每天只安排两到三场讨论，有足够的时间进行深入和广泛的交流，晚上还安排有社交活动。研讨会从新泽西开到华盛顿，并随着拉马丹和其他与会者和艾森豪威尔总统的会面而结束。当时的照片象征着那个时代利用伊斯兰力量的最初探索。在照片上，拉马丹在画面的右角，看着艾森豪威尔挥动着手，在强调某个观点。会见很顺利，研讨会被认为大获成功。

但拉马丹并不是一个容易交往的盟友。在会议后中央情报局有一份分析报告提到他是个政治煽动者。“邀请拉马丹是由于埃及大使馆的敦促。他是研讨会的麻烦分子，因为他关心的是政治压力，而不是什么文化问题。”另据报道，他不做私下谈话。在一次晚会上，当被问到是否应该鼓励埃及年轻人去从事社会活动，他答道：“埃及青年唯一感兴趣的就是把英国赶走。”这份报告的作者进一步提出了对拉马丹的个人评价：“我觉得，拉马丹在政治上是保守的，是法西斯或右翼法朗吉党式的人物，而不像另外三个参加会议的教长那样是宗教上的保守分子，”报告的作者继续写道，“看来拉马丹就是法西斯分子，只对把人组织起来获取权力感兴趣。除了穆兄会的那些观点之外，他并没有表现出太多的想法。”

拉马丹继续在美国外交界现身。1956 年，他在摩洛哥首都拉巴特会见了美国官员，强调他要把犹太人驱逐出巴勒斯坦的要求。这些观点使得拉马丹和美国之间无法建立牢固的联盟。但对抗共产主义又让双方相互吸引是显而易见的。那年晚些时候，拉马丹和耶路撒冷伊斯兰代表大会的其他领导人（大穆夫提的组织）承诺在反对共产主义斗争上持强硬立场，指明共产主义和伊斯兰是对立的。但他也承认，在中东让人接受这点并不容易，因为共产主义被视为是反西方的，而大多数阿拉伯人都指责西方允许以色列立国。

拉马丹还有自己眼前的问题。1954 年，纳赛尔政权破获了一起据称是穆兄会一个同伙实施的暗杀行动，行动流产后，纳赛尔镇压了该组织。拉马丹逃往沙特阿拉伯，再经叙利亚和巴基斯坦，到了约旦。开罗褫夺了拉马丹和其他几个领导人的国籍并指控他们犯有叛国罪。后来埃及官员还试图诋毁他是个同性恋。没几个国家想招惹埃及这个地区强国，拉马丹不得不四处漂泊。也许是出于感激他在1948年的工作，约旦让他保留了外交护照，这个小王国还派他去西德担任无任所大使。随后，也许是出于对学术的真正兴趣，也许是作为其他活动的掩护，他现身于凯格教授的门外。

在凯格教授同意接受拉马丹为学生五个月后，他收到了这个年轻人的一封信，信是写在“耶路撒冷伊斯兰代表大会”的信笺上的，发出地注明是大马士革。“亲爱的凯格教授，我再次需要您的帮助……我还没有找到写论文的好材料，”他用英语写道，“但在许多新获独立的伊斯兰国家里，有种新的明确回归‘伊斯兰教法’的趋势。我是否能围绕各地实施伊斯兰教法的努力进行比较来写论文呢？等待教授您的回话：行，还是不行!”

凯格吃不准如何回应。因为他的工作是民事法方面的，这位四十四岁的学者是西德最重要的法律思想家。他的学术作风严谨，喜欢他学生的论文在传统的主题中选题。他希望他们挑出某些判例或别的什么实证案例，再用自己的想法加以诠释以作为论文的题目。拉马丹提出了完全不同的东西：指导实施伊斯兰教法。如果拉马丹要想成为学者，他的论文要经得起严格的审查，这位年轻人的兴趣似乎更像一个业余爱好而不是什么学术研究。但凯格还是通融了，批准了计划。

1956年底，拉马丹回到了中东。他给凯格发了一封电报：“在离开欧洲前夕，我觉得要表达我深深的感激之情，我将永远记住受到的体面对待和在科隆度过的美好时光。”拉马丹在他作为世界穆斯林大会秘书长在各国间马不停蹄地赶来赶去的过程中，还在继续撰写他的论文。1958年6月，拉马丹再次给凯格写信，谈及大马士革“情况恶化”，使得他要举家迁往耶路撒冷。后来他来信说他去朝觐并见了一些埃及人——这也佐证了埃及情报部门认为，正是在这些朝觐活动中，流亡中的穆兄会开会讨论了战略问题。

那年8月，拉马丹决定搬回日内瓦。瑞士官员当时似乎并不了解他要搬回来永久居住，直到数年后，他们才讨论他似乎已在日内瓦安顿了下来的问题，而这样做是非法的，但他们还是决定让他留下来，这是因为他有强烈的反共倾向。拉马丹日后解释说他对此很感激，因为他的一个儿子有病需要治疗。

1958年末，拉马丹完成了他的论文。12月15日，凯格给了他一个“很好的”近乎A的分数，相当于英语国家的“荣誉”学分。凯格写道，“作者是一个有能力的人”，并指出拉马丹的论文比他读过的其他近东和中东的论文要“高出一截”。但凯格在他两页的评价中也提到这是个不同寻常的课题，相对法学方向，更靠近神学和政治学，这是要把伊斯兰教法，运用于现代世界的一次尝试。

“论文很精彩，思虑周全，”凯格在一次采访中回想起四十五年前的往事时这样说道。

不过凯格还是开始怀疑起拉马丹。当我向他问起拉马丹时，凯格初始的答案简短直接：“让我来形容，他很聪明，有点狂热。”

拉马丹试图建立一个宗教乌托邦。凯格并不反对空想主义者，但他不喜欢排外性的做法——把一种信仰置于其他宗教之上。凯格觉得，这肯定会导致心胸狭隘。在二战前，还是年轻学生的凯格的老师就是著名的犹太法学者恩斯特·拉贝尔，1939年后，纳粹的作为让犹太人不可能再从事正常的学术生活，他老师移居国外。“（拉贝尔）是我终身的榜样。他是狂热盲信的受害者，我忘不了此事。我了解那种狂热，深感不安。”

尽管凯格有种种疑虑，他和拉马丹还是以朋友相待，凯格的评论中也包括了几封拉马丹前往伊斯兰世界时寄来的手写信件。凯格还为拉马丹的论文写了序言并最终在1961年出版。这是凯格所指导的论文中最畅销的一本。今天，《伊斯兰教法：范围及衡平原则》已是伊斯兰事务的经典著作。该书被广泛翻译，在欧洲各地受穆兄会意识形态渗透的清真寺和文化中心都能见到它的身影。

慕尼黑中央火车站附近的圣保罗教堂，是欧洲早年敬畏上帝时代的一个见证。建于1906年，教堂曾有过六千信徒供奉，他们慷慨而野心勃勃，雇用了一位名望颇著又刚刚完成了新哥特式市政厅的设计师，请他来建造城里最高的教堂，并希望能超过城市的中世纪地标——圣马利亚教堂。圣保罗教堂表现了新德意志帝国的信心和骄傲。只是由于主教的干预，才让教堂的尖顶停止在九十六米的高度，让圣马利亚教堂保持其城市最高建筑的地位。二战期间，盟军的轰炸机让教堂只剩下些断垣残壁。虽然厚重的石头墙体抵抗住了爆炸的冲击，但炸弹撕裂了屋顶，炸空了内部。1958年，教堂虽然重建，但格调平淡，几乎看得出受到过创伤。屋顶和窗户都置换过了，但教堂的管理层决定不再重修华丽的装饰。取而代之的是简朴的雕塑，透明的玻璃，露着的砖墙。它时时提醒着意识形态的破坏力，这种破坏力让这个国家对一切“信仰”疑虑再三，并对所谓的“必然”深感怀疑。

就是这座教堂，在1958年圣诞节后，有五十多人拖着脚步慢慢聚拢过来，有的是乘电车，有的是乘地铁过来的，他们迎着寒风，顶着大雪，穿过战争遗留下的堆堆瓦砾和片片残垣。他们到这里来不是为了赞美耶稣，而是要追随冯门德，把德国的穆斯林团结起来，一起建设一座清真寺。在冯门德挤掉加朝格鲁的组织后，纳芒加尼的宗教管理处渐渐上路。现在，纳芒加尼的协会声称代表了德国所有的穆斯林。德文和阿拉伯文写就的请柬要求退役军人，以及居住在受邀人同一座城市的“其他兄弟——德国、巴基斯坦、波斯、阿拉伯和土耳其来的兄弟——出席会议，因为每一个信仰安拉和先知的穆斯林，如果不出席或不转告其他兄弟，最后仍要面对安拉的质问。”邀请卡上的用词丝毫没有重建后教堂的那份严肃持重。相反，是老一套的末日启示：“世界末日随时随地发生。因此，我们不可能两耳不闻窗外事地活在这个世界上。我们沉睡了太久，是时候作为一个整体挺起腰杆了。”

这次会议之前，在22日，宗教管理处还开过一次小会，当时决定建立清真寺建设委员会，并选举纳芒加尼为主席，尊敬的赛义德·

沙米尔为名誉主席——就是几年前搬到沙特阿拉伯去的那个达吉斯坦人。四天后，该组织再次集会，这一次有学生与其他穆斯林在场，赛义德·拉马丹是当天的主宾。有位当时二十一岁的医科学生费亚丹清清楚楚地记得：“房间里挤满了人，空气中弥漫着兴奋的气息。我们觉得，我们正在做一件美好的事——建造一座清真寺。”这是德国所有穆斯林的清真寺。“拉马丹博士来了，我们每个人都特别兴奋。他有伟大的人格，是世界穆斯林大会的领袖。他名望很高，可是，他就在我们中间，要帮我们建一座清真寺。”

拉马丹用他个人的人脉关系把情绪带上了高潮。当天募到了一千一百二十五马克，其中有一千来自拉马丹本人。他被推举为清真寺建设委员会名誉委员。拉马丹是受一位年轻的叙利亚学生加勒卜·希马特的邀请与会的，这位学生自称是穆斯林兄弟会的成员。

“希马特请他来接管领导，”阿富汗裔医科学生、穆斯林著名领袖人物的儿子奥卜杜拉·莫加迪这样谈到。他也出席了会议并在其后的几年里与拉马丹过从甚密，作为他事实上的私人秘书。“当时的想法就是要有一个著名人物来担任领导。”

莫加迪回忆道，拉马丹曾说过他十分希望能在欧洲扩大自己的影响。日内瓦是他的总部，但离东北角不过一天车程的慕尼黑，则是一个绝佳的前方基地。莫加迪对拉马丹充满敬畏，但是，他对把这样一个政治人物推向前台也心存疑虑——或许这只是事后的清醒，或许一直以来就有这想法。

“个人来说我是反对的。并不是反对赛义德·拉马丹本人，而是反对穆斯林兄弟会成员、穆兄会领导人、政治人物拉马丹博士，他不仅仅是个宗教人士，”他这样说道，“我认为，如果中心带上穆兄会的标记就不妥了。我们应该为伊斯兰而不是一个小团体服务，无论它是什么团体。”

但是，拉马丹让人迷惑，十分有魅力。学生，其中大多数都在十九和二十岁，正是易受影响的年龄，都把他视为一个明星，是领导这个古老宗教重新复兴时期的人物。他与殖民主义者和独裁者交手。他们热情地拥戴他为自己的领袖。

“学生们都受过良好的教育，”穆罕默德·凯格林这样回忆，他是一位德国的皈依者，是长期的伊斯兰激进分子，“他们对伊斯兰问题有深刻的了解，特别是有关穆兄会的事。他们从哈桑·班纳身上学到了教训。”

拉马丹意识到他必须要拜会冯门德一次，但他还有其他的事情要做。于是打发莫加迪代表前往。“会后，我去了（杜塞尔多夫）冯门德那里告诉他会议情况。原来他早就知道了，”莫加迪大笑着回忆，他并不知道纳芒加尼就是冯门德的人，并一直都在密切关注事情进展。不过，拉马丹可说是个谜，冯门德立刻派人探听消息，他到底是盟友还是对手？不久，冯门德整洁的人事卡片里多了一个新条目：“赛义德·拉马丹，36，穆斯林兄弟会首领，有一辆凯迪拉克，是沙特政府送的礼物。”

第九章　权宜之计

1957 年的夏天，罗伯特·德雷尔终于等到了回慕尼黑的机会，也带来了整顿美解委，更积极地利用流亡侨民尤其是穆斯林的任务。他一直急切地渴望有个实施反击计划的机会，并能在抗苏宣传上取得一些成绩。但他还有其他的原因。在积极进取的中情局干员形象的背后，他并不是个墨守成规的人，也不喜欢 1950 年代美国的种种清规戒律。打击共产党确实让人心满意足，但德雷尔还把欧洲看作是能满足他别的欲望的地方。

他去慕尼黑的路线反映了他这种内心的涌动。他没有直飞德国，而是在巴黎降落，然后换乘火车和轮船去了法国本土海岸外的日出岛——裸体主义者的大本营。他见到了老朋友也认识了一些新的，但最重要的是那些照片："昨天收到我的柯达彩照，有些棒极了！"

在吸引女性方面他似乎没什么困难。一米八的身高，身材匀称，体重八十公斤，德雷尔有着 1950 年代好莱坞典型的模样，梳着整洁的深色头发，英俊的脸颊皮肤细洁，又富有幽默感。在每一张照片上他都在微笑，那一口洁白的牙齿让他像极了奥斯卡男星加里·格兰特。

"我可不是只守着一个女人的男人，"他打趣地告诉卡琳·韦斯特，她是个波罗的海的难民，在美解委的一家研究苏联的智库工作。韦斯特对德雷尔的乱交行为不怎么困扰；她是他的柏拉图式的朋友，红颜知己，冒充他的妻子，使俩人都能进入德国著名的 FKK 裸体度假村。FKK——裸体文化，并不是为了德雷尔这种找乐子的单身人士开办的，而是从19世纪“回归自然运动”脱颖而来的，访客们应该是那些正经、严肃，结了婚的人士。但对德雷尔来说，所谓的精神境界与他无关。

有时候，他的这种生活方式也让自己痛苦不已。在给家里的信中，他会具体描述他遇到的那些可爱的女孩，语气就是那个在欧洲的罗伯特，那个一辈子的单身汉，只想找点乐趣。但有一次，悔意一阵阵袭来，他写道：“在内心深处，我知道是我不合拍，我决心回到上帝的脚下，我要面对自己的问题。”

他的第二次欧洲之行，按照员工和同事们的回忆，似乎有点古怪，有点人格分裂：既想追求大家都不认为有效的艰苦途径，又往往受困于他那种放荡不羁。他的主要问题有：找到合适的敞篷车（奔驰车太贵；大众车又过于平淡），找到合适的HiFi音响（德国的音响系统看起来不错，但听起来不怎么样），找到合适的女人（她们总想着结婚）。

许多美解委雇员都成了流亡侨民文化语言方面的专家，并就此赢得了尊重。但德雷尔没有。在回答中情局申请表上的问题，为自己的业余爱好打分时，他答道，在跳舞、戏剧和乒乓方面，他“非常好”；在网球、帆船和摄影上，是“良好”；但在阅读方面就只是“尚可”；语言是另一个薄弱环节：俄语和德语阅读还过得去，但在德国生活那么多年，他的德语还是那么结结巴巴。最多的就是那些彩照——他也喜欢拿出来向那些目瞪口呆的流亡人士炫耀，一些人回忆说照片根本就看不下去。德雷尔明显还没注意到这一点；还把它们放在他写字台的镜框里。真是奇了怪了，就是这样一个50年代享乐主义的典型，决心要来整顿美解委。方法是：与赛义德·拉马丹和穆斯林兄弟会合作。

在艾森豪威尔的第二个任期内，政府决定要认真对待伊斯兰问题。1957年，总统宣布了“艾森豪威尔主义”，针对侵略行为，无论是实际行动还是威胁，美国都将进行武装干预。这一政策是美国针对苏联在中东地区，尤其是在埃及不断增长的影响力的反制措施。但艾森豪威尔总统私下对于如何进入伊斯兰世界有所担心，他给基督教长老会领导人爱德华·埃尔森写信，谈及伊斯兰和中东问题一直压在心头："我向你保证，我在和阿拉伯领导人之间的交流中，无论是口头还是书面交流，从来就没忘记强调我们关系中精神因素的重要性。我一直强调对神的信仰理应在他们和我们之间形成反对无神论共产主义的共同目标。"

在白宫会议中他表述得更为直白。在与中情局的"秘密行动沙皇"法兰克·威斯纳和参谋长联席会议委员们的会议中艾森豪威尔谈到，阿拉伯人应该从自己的宗教中寻找打击共产主义的灵感。

在一份摘录谈话的备忘录中："总统说，他认为我们应该尽可能地强调'圣战'。""杜勒斯先生评论，如果阿拉伯人要发起'圣战'，那就是要攻击以色列人。不过，总统回忆说，沙特（国王伊本）来访后，呼吁所有阿拉伯人反对共产主义。"

行动协调委员会是个为了实施美国中央情报局和其他机构秘密计划而设置的机构，它现在要插手伊斯兰事务。对于佛教，它早就编订了详细的研究计划以及如何利用此宗教来进一步为美国利益服务。1957 年，委员会成立了一个"伊斯兰特别工作组"，包括了来自美国新闻署、国务院、中情局的官员。根据第一次会议备忘录的记载，小组的目标是摸清美国的公共和私人组织里伊斯兰事务的现状，并提出了"行动计划纲要"。纲要有两个主要组成部分，两者都得到了慕尼黑中央情报局的行动呼应。首先，美国要避开传统的穆斯林而偏向"改革"团体，如穆斯林兄弟会等。其次，现在的情况是，穆兄会回归想象中的伊斯兰国家的激进政治目标，由于其成员采用西方服饰和习俗等现代象征而混乱不堪。"委员会主席和中央情报局官员都认为，由于伊斯兰世界目前分为保守和改革阵营，将重点放在增强改革团体阵营的力量，可能会带来更大的利益。"

5 月，协调委员会批准了对现状摸底和行动计划，结论清晰简单：伊斯兰是天然盟友；共产党已经在利用伊斯兰；伊斯兰影响着各方势力间的平衡。文件列出了十几条加强与伊斯兰组织关系，尤其是与那些有强烈反共倾向的组织关系的建议。一如既往，这类行动是秘密的。“间接的难以追溯的方案更有效率，还可免受有关我们在为政治目的利用宗教的指控，”报告得出结论，“要避免公开利用伊斯兰组织灌输强硬立场的宣传活动。”

这恰恰是德雷尔和美解委追求的战略。因为中情局的相关档案仍未开放，就不可能确定美解委是否直接资助穆斯林兄弟会和拉马丹，但即便是没有美国中央情报局的资助单据存根，其他迹象都表明德雷尔和美解委都在使用金融和政治杠杆让穆兄会在欧洲的人员占有先机。

在他离开美国赴慕尼黑之前，罗伯特·德雷尔还担任美解委主席的特别助理，列席美解委的董事局会议。他的任务是组织秘密宣传来让美国人民相信，存在着一个由苏联侨民组成的强有力的独立运动，但这个运动事实上并不存在。

这些经历，使他完全胜任自由之声电台侨民关系协调专员这个新职位。他是去替代艾萨克·帕奇的，帕奇已被派驻此地多年，任务是融合互相敌视的苏联少数族裔，建起某种可靠的幌子来掩饰中情局的幕后资助与操作控制。作为职业外交官，帕奇被认为是个和蔼可亲的共识寻求者，一个人人喜欢的顾家男人，但他缺乏德雷尔那种只争朝夕的思想。德雷尔急于要重振与侨民的关系，不仅在自由之声电台的播报工作上要使用侨民，他还想推动类似万隆和麦加行动的秘密宣传活动。

德雷尔的新同事对此并不怎么热心。在美解委纽约总部里德雷尔这类情报人员比比皆是，但慕尼黑大不相同。在这儿，大家对经营电台深感兴趣；大家自认为是电台记者，只是服务的老板有点奇怪而已。德雷尔对他们而言是个提醒，他们只是美国中央情报局的前台角色。员工们都猜想，他在此地的作用就是要确保意识形态的内容不受新闻运作的排挤。他们还怀疑他要采用的策略。在 1956 年匈牙利事件期间，自由之声电台的姐妹台自由欧洲电台曾鼓动叛军，最后只能眼看着苏联人把起义镇压下去。对慕尼黑办公室的大多数人来说，那次失败让所谓的“解放运动”和“反击运动”都露出了空谈的本来面目。德雷尔似乎还未吸取教训。“我们都认为苏联体系会自掘坟墓，”德雷尔的一位副手威尔·克朗普这样谈起，“不过我吃不准德雷尔是不是这么想。”

德雷尔开始鼓动更积极地利用侨民，并把他的策略分为“进攻性”和“防卫性”。后者指的是提防阻止苏联召回前苏联公民——苏联展开了更为积极的宣传，用保证特赦和工作来赢回难民。许多人十分想家，一部分回去了；莫斯科欢呼他们的回归，指出这证明了西方所谓的吸引力是空洞无物的。

然而，德雷尔真正感兴趣的是进攻。在这方面，比如向苏联境内空降苏联侨民等早期作为，都以灾难结束；但现在到了冷战止步不前的形势，需要再一次把重点转到采取大胆行动的方向。德雷尔的老板，中央情报局政策协调办公室的沃伯尔·戴维斯也在大力提倡这样的举措。大多数侨民急切地想参与进来，德雷尔手上显然有资源。他设定了自动付款计划，确保资金定期流向侨民团体。拿钱的人可能并不怎么上档次——有时甚至可能是凶手——但付钱总是准时的。每个人都知道中情局才是总出纳，而德雷尔正是他们在慕尼黑的人。

1958年，第二次万隆会议召开。与上一次1955年的会议不同，这次会议成了美国的灾难，虽然现在回过头来看，华盛顿当时的担忧似乎有些小题大做。第二次会议表明了1955年的事件并不是孤立的，不结盟国家的某种联合将不可避免。事实上，“不结盟运动”在冷战的中期发挥过一定的影响。虽然它的重要性会逐渐减弱，但华盛顿把1958年会议看作是一个危险的新联盟的开始，尤其它还包括了中国共产党的关键作用。

美国外交官当年也在反思为什么自己国家的工作成效那么糟糕，得出的结论是，自己的强项只限于有些靠得住的朋友。赛义德·沙米尔用电报给与会代表发去了请愿书，呼吁反对苏联对伊斯兰的压迫；

在朝觐活动和第一次万隆会议期间为美解委工作的鲁西·纳萨尔，亲自参加了那次会议，对苏联代表团发动了猛烈抨击，迫使它只能被动防御。可惜沙米尔和纳萨尔在伊斯兰世界并不处于领导的地位，美国人需要信誉更高的代言人。

按德雷尔当时的助手，现在是哥伦比亚大学名誉教授的爱德华·奥沃斯的说法，这时就得靠德雷尔出手了。当时还只是一位中亚历史方面的新进学者，奥沃斯中断了一年的研究，利用自己的语言技能去慕尼黑为美解委工作。奥沃斯证实德雷尔确实试图利用拉马丹，并由纳萨尔充作两人之间的联络员（纳萨尔拒绝对此发表评论）。在接受采访时奥沃斯是这么说的："鲁西·纳萨尔试图将世界穆斯林大会与慕尼黑和东南亚的事件联系起来。"

目前还不清楚 1958 年当拉马丹在圣保罗教堂隆重宣布他的计划时，这个结盟是否已经存在。大约就在这个时候，西德的情报部门在其他报告中明确指出，美国已经为拉马丹办妥了约旦护照，让他逃到欧洲，瑞士的情报还声称他是美国的间谍。拉马丹的家人对此没有发表评论，而美国中央情报局仍然封存着拉马丹的有关档案。可以肯定的是，拉马丹安顿下来不久，他就和德雷尔一起合作了。

这种安排的一个明显的迹象出现在当年 2 月。当时有两个接近美解委的人拜访了冯门德。其中一位来访者是资深政治活动家，东占部前雇员艾哈迈特·麦格玛。几年前，当美解委的艾瑞克·库尼豪姆在德国土耳其长途穿梭时，他曾向艾瑞克要过工作。这次陪他一起来的就是达吉斯坦德高望重的领袖赛义德·沙米尔。两人向冯门德递交了一份公开信，呼吁扩大纳芒加尼的宗教管理处的范围，使它不仅包括老兵，还要包括所有穆斯林，尤其是拉马丹的信众。两人还要求成立伊斯兰欧洲代表大会，要由赛义德·拉马丹来领导。麦格玛和沙米尔谈到，纳芒加尼干不了这事。向他寻求宗教指导的信众也感到自己对伊斯兰的了解比这位前党卫军阿訇更多。他们还说，拉马丹对他也有类似的印象。

冯门德为美国人抛弃纳芒加尼来支持拉马丹的想法感到怒火中

烧："我的印象是，提出这种批评有其目的，是有意避开事实真相来贬低纳芒加尼的责任和影响力。"至于拉马丹，冯门德也故意轻视地说他在伊斯兰世界并无影响——多么荒谬的误判。

沙米尔告诉冯门德，他的担心无甚意义，因为计划已经展开了。他说，德雷尔愿意为代表大会支付费用。他们需要冯门德支持的是让西德外交部给前往慕尼黑参加会议的穆斯林发签证。冯门德把他的会议记录交到了外交部，其中指出，大家都知道沙米尔是美国在中东地区的代理人，西德应该对由拉马丹来领导代表大会保持警惕，"因为很明显，沙米尔努力的目标在于创建一个新的平台，让他（拉马丹）能代表美国人在近东和中东地区活动"。很显然，冯门德的担心被忽视了；美解委在西德影响力巨大，外交部发出了签证。

西德渐渐失去对局势的控制。冯门德从某个渠道获得了一份报告，苏联大使馆正在招募阿拉伯学生并计划在科隆一家广受欢迎的啤酒馆"方济各酒窖"为穆斯林学生举行联欢会；东德还为埃及学生和其他阿拉伯人提供奖学金。冯门德如果再不行动，苏联人就会插手这个庞大的后备资源。

几乎在同一时间，苏联人打上了冯门德手下关键人物的主意。某位阿卜杜拉教授从叙利亚来到汉堡，打电话给纳芒加尼，问他是否愿意获得清真寺的建造资金。去一次开罗就能搞定。纳芒加尼找了卡优姆商量，后者把信息传给了冯门德。冯门德迅速让纳芒加尼离开慕尼黑，并把他和卡优姆一起招到杜塞尔多夫来当面谈谈。冯门德认为，这次出手是莫斯科对美国人组织代表大会的反制。苏联人绕过美国人由自己来出资建造清真寺。纳芒加尼被告知不要去开罗。

为了对付超级大国，冯门德在中东开展了自己的秘密活动。在1959年朝觐期间，他把海伊特和纳芒加尼派去中东散发反共亲西德的宣传资料，后来的汇报让他陷入了烦恼。由于拉马丹的活动，伊斯兰世界获得的印象是，慕尼黑清真寺是美国人的项目，而不是西德人的——这是拉马丹为美解委做了大量工作的新迹象。纳芒加尼向他的老板报告说，"对付'全美布尔什维克解放委员会'我们确有困难"，看来“难以逾越”。在这场赛事中，西德人还不属于“超级大国联盟”。在内心深处，西德人希望穆斯林在某种定义模糊又不切实际的事业上发挥作用——在未来的某一天帮助德国统一，收复失去的领土。反观超级大国们，他们对伊斯兰就有着全面的战略上的以及直接的目标。西德，不过是竞技场而已。

拉马丹的影响力在这个阶段达到了巅峰。在欧洲赢得了强有力的盟友的同时，他在伊斯兰世界也成为一支实力派力量；例如，他恢复了耶路撒冷的世界穆斯林大会。设立这个组织是为了团结全世界的穆斯林，但到1950年代，它已经退化成一个由穆斯林兄弟会和耶路撒冷大穆夫提为主导的论坛。没几个穆斯林来参加，影响不再。但是拉马丹来了，他在1960年召开了世穆会的第三届大会并取得了巨大的成功。除了有流亡的穆兄会成员，印尼总理穆罕默德·纳赛尔也出席了会议，还有其他十二个伊斯兰国家的代表。此外，这次会议还得到了一批包括沙米尔在内的著名知识分子和文化领袖的支持。大会的议题包括了巴勒斯坦和共产主义。代表们谴责了“共产党对穆斯林的统治”——远远超过了1955年万隆会议及其后的1959年会议，当时全靠着美国方面的鲁西·纳萨尔等人的努力，才总算搞出了一份对共产主义有所抱怨的批评性文件。拉马丹认同美国的立场，他的思想体系也可以从一封他写给中央情报局在慕尼黑的外围组织“苏联问题研究所”的信中看出。拉马丹给研究所的《阿拉伯评论》写信说，他非常喜欢阅读这本杂志，并提议由他来向整个阿拉伯世界分送这本刊物，他说，把杂志寄到世界穆斯林大会在耶路撒冷的办事处，能寄多少寄多少。

不过同时很明显的是，拉马丹的工作基地在向欧洲转移。虽然在中东的穆斯林团体中他也算是个人物，但他在那儿觉得不安全。1959年时他还生活在苏丹，但最后他还是决定把全家一劳永逸地迁往日内瓦。一封给凯格教授的信中谈到，他受够了政变和独裁。

他在德国露面的次数直线上升。就在他把全家搬到日内瓦一个月后，拉马丹参加了德雷尔资助的那个欧洲代表大会，它是要代表德国和欧洲的所有穆斯林的。加朝格鲁在 1959 年 4 月的一封信中谈到了此事；基于他与美解委的密切关系，毫不奇怪，信的内容反映了美解委的想法。加朝格鲁把慕尼黑描述成了今后伊斯兰的世界中心。这座清真寺将是所有穆斯林的清真寺，而不仅仅是冯门德的宗教管理处的清真寺。加朝格鲁写道："这座将要建立的清真寺不应该只是为了现有的团体；它首先应该是全世界穆斯林的一个聚会场所，是伊斯兰的一个思想中心，是一个伊斯兰和德国艺术可以融合的地点。"

这些目标都体现在拉马丹所建立的那个新机构中。当退役士兵和其他信徒于 1958 年平安夜在慕尼黑聚会时，他们创建了清真寺建设委员会，并由纳芒加尼为主席，拉马丹为名誉会长。在 1960 年到当地法院注册成立正式组织之前，它一直是一个非正式团体。在德国，注册意味着该组织的名称要注上后缀"e. V"来表示这是一个经注册的团体，这给了该委员会一定的法律权利和义务。好处是有了法律实体的地位，它就可以进行法律诉讼。义务则是需要章程，要选举董事会，要有会议记录，要有一个主席——而这个人，就是拉马丹。

其中的过程不怎么清楚。委员会是纳芒加尼的主意，他却签署信件通知法庭，拉马丹是主席。这可能仅仅意味着在早期两人还不是对头的事实。纳芒加尼也可能认为清真寺建设委员会不过是他的宗教管理处的一个行政附属机构。不过数年之后，纳芒加尼的表现似乎可以看出他当时并没认识到正式注册委员会的意义——考虑到他的教育水平，这也并非不可能。相比之下，拉马丹刚刚在法律教授凯格指导下完成了博士学位。不管怎样，拉马丹突然以法人的面目出现了，负责修建清真寺，这是美国人找对了人的另一个迹象（纳芒加尼一直在负责宗教管理处，但清真寺并不由它管。）。找来纳芒加尼并提出建造清真寺设想的德国人，一下子就被挤到了门外。

拉马丹利用自己的新地位快速出手。当纳芒加尼在 1958 年第一次提出清真寺的想法时，没有一个人有如何为建造清真寺筹集数十万马克资金的计划。现在，1960 年年中，拉马丹宣布他要去参加一年一度的朝觐，并会把钱带回来。这时清真寺的建筑成本估计为一百二十万马克（合今天的二百二十万马克），一位建筑师已制订了一个阿拉伯风格的建筑计划，有着完整的圆顶和尖塔。

拉马丹继续试图接近冯门德，赢得他的支持，这可能是由于美国人建议他与过去的情报关系网建立联系。否则就难以理解为什么拉马丹会主动这么做。清真寺建设委员会在礼拜堂举行了第一次会议后，他又派了一位年轻的助手去冯门德那里寻求支持。这次他与海伊特见了面，试图推动建立一个更广泛的能包容所有穆斯林的组织。海伊特的反应充满了愤怒，他在一封 1960 年写给冯门德的信中沮丧地写道："德国是一扇没人看管的门。大家想来就来，想做什么就做什么。"

一个月后，海伊特报告说，美国又在试图改变纳芒加尼的组织的重心，要把它扩展成能处理全球伊斯兰事务的组织。清真寺应该成为批评苏联伊斯兰事务的一个机关。海伊特向冯门德写道："相信全美布尔什维克解放委员会正在试图通过他的人手，来利用这个宗教办事处达到它为自己宣传的目的。"

这些情报机构越是研究拉马丹，就越不了解他。海伊特在一份给冯门德的报告中写道，拉马丹正在计划和土耳其斯坦的穆夫提，斯乔丁·巴巴奇诺夫和另一位苏联干部会面，巴巴奇诺夫同意为清真寺出钱。计划虽然流产了，但它也显示了这位美解委决定支持的人物的复杂多面性。

德雷尔一直在设法让西德也能参与其事。他在 1961 年 5 月打电话给冯门德，劝他去见见拉马丹。冯门德十分郁闷，因为他知道美解委认为拉马丹"太过被动，太过保守"而拒绝过他——这早就体现在若干年前中央情报局把拉马丹指为"法西斯化"的评论中。到了现在，德雷尔却争辩说，西德的穆斯林组织间的相互竞争毫无意义，既然这样，那么为什么不支持更佳人选呢？拉马丹在中东联系广泛，一定有利于自由世界对抗共产主义的斗争。

冯门德勉强同意见一见拉马丹。拉马丹来到了杜塞尔多夫，两人在冯门德巨大的办公室里进行了长时间的讨论。拉马丹提出向下一届联合国大会派送一个穆斯林代表团的建议，这让这个德国人感到完全出乎意料。这个代表团可以呼吁宗教自由，当然还能攻击苏联。拉马丹同沙米尔和加朝格鲁两位助手将带领这个代表团。冯门德认为这个建议很可笑。他写道："这两位绅士在慕尼黑的工作所得到的评价，不总是正面的。因此，拉马丹提出的这两个人选，并不能满足应有的条件。"

然后他又向西德情报部门的内线写信，谈到他不知道"拉马丹是在为哪个美国机构活动"。也许，虽然在冯门德的档案资料中，有他在美解委的眼线所报来的大量信息，有些还谈到这个组织内部运作的许多方面，但冯门德并不真正了解德雷尔的美国中情局联络官的身份。

冯门德还担心拉马丹的朝觐计划，他认为，这个所谓的筹款活动只是一个获得更多注意的幌子，这样就可以让拉马丹更容易来取代纳芒加尼。对美解委来说，这是个攻击苏联的绝佳机会；拉马丹本人不仅可以为受压制的穆兄会，还可以为他个人建立一个团结的伊斯兰世界代表的形象，并进行游说活动。

拉马丹离开后，忧心忡忡的冯门德坐立不安。他好几次告诉美解委的"绅士们"，他们没能在穆斯林侨民中精心挑选出支持对象。但如果德雷尔认为拉马丹有那么广泛的联系，值得支持，那也许是冯门德自己应该改变主意——也许是他在当初把拉马丹放到一边时过于轻率了？

冯门德想到只有一个办法来检验德雷尔的判断：进入拉马丹的办公室，盗走他的文件。因此，他做了一件普通办事员会做的事：打了一份陈述问题和解决方案的报告。拉马丹，"继续配合美解委"，受到"小部分阿拉伯狂热分子的追捧"，但被大多数人归类为埃及强人纳赛尔的对头。他的档案文件，就会显示他在伊斯兰世界到底有多少影响。

冯门德花了一段时间来设计偷盗的程序，注明“H博士”——应该就是指海伊特——会组织这次行动。他把这个主意告诉他在西德联邦情报局（BND）的联络人，后者书面确认了拉马丹的确在与“美国人联手工作：同时，他的费用由美国方面资助”。到最后，虽然盗窃行动取消了，但冯门德的担心是合理的。拉马丹已经完全接管了清真寺项目。就像通常一样，由冯门德可靠的助手海伊特给他带来了消息，提请他注意此事；也像通常一样，消息是用直截了当且文理不通的德语写的。

“这事令人震惊。又出现了一个伊斯兰组织，这次以赛义德·拉马丹为首。组织林立，人浮于事似乎成了时尚。”然后海伊特还提到了另一个谋求控制慕尼黑的组织：“协会”。这是“伊斯兰协会”的缩写，这是华盛顿来的一个行事古怪的穆斯林慈善团体，由口无遮拦的作家艾哈迈德·卡马尔领导。

第十章　小说家讲故事

巴伐利亚州难民部的官员有着帮助当地穆斯林的责任，但到了1960年他们感到越来越难以分清这些相互争吵不已的服务对象了：各种各样的团体——美国人的，波恩政客的，退役士兵的，还有就是拉马丹一类的阿拉伯人。现在，在毫无预警的情况下，他们又要来面对艾哈迈德·卡马尔这家伙。艾哈迈德·卡马尔是位作家、探险家、间谍，他也是美国控制利用伊斯兰种种企图中出现的最有魅力（也是最捉摸不透）的人物。从加利福尼亚到土耳其斯坦，从印度尼西亚到阿尔及利亚，他一直声称自己是受压迫的穆斯林的代表，虽然他不时也为外国情报机构干些活。他来到慕尼黑不是以自己的名义，而是披着他最新的迷彩外衣，一个名叫“伊斯兰协会”的慈善组织。他的目标是：控制慕尼黑的穆斯林社群。

1960年1月，伊斯兰协会宣布将他们的业务从奥地利迁到慕尼黑。各类解释该机构背景起源的宣传资料纷纷涌进政府处理社会事务的机关办公室，让这些德国官员不知如何应对。“我根本不认为可以把这些敌对团体协调起来，宗教管理处（冯门德的组织），伊斯兰大会（加朝格鲁的组织），还有这个新来的伊斯兰协会，”一位在波恩失居人士事务部工作的官员给他在巴伐利亚的同事的信中这么说。

冯门德的手下一直在试图削弱拉马丹，他们要巴伐利亚的官员压制他建造清真寺的企图。但官员们现在似乎忙于应付卡马尔，没时间来回应冯门德。无论有意还是无意，卡马尔现在是在为拉马丹制造干扰烟幕，让低级官员们晕头转向，使拉马丹得以无所阻碍地向前推进。

只要读过“协会”分发的小册子，就不难理解为什么那些巴伐利亚人死也搞不清的难处了。介绍这个机构起源的文章逻辑不通，行文荒诞——几乎可以肯定这都是卡马尔小说家想象力的产物。他把协会描绘成一场千禧运动，这是在战斗中凝结的神圣兄弟情意的表现，现在则成为为全世界被压迫的穆斯林发声的斗士。“伊斯兰协会是 1868 年到 1869 年间在土耳其斯坦创建的，当时正是沙俄围剿中亚的布哈拉和希瓦民团的年代。不同阶层、不同职业的人团结在协会身后，而协会也把保护突厥人，遏制俄国扩张视为自己的神圣使命。”

故事后面还谈到护乡团如何败给了沙皇军队，协会又如何来到海外，成为慈善机构，并且，它也会支持军事起义；例如，印度尼西亚在荷属东印度群岛获得独立的过程中，它就曾派观察员去该地区。在雅加达，协会协调了来自突尼西亚、摩洛哥和非洲其他地区的志愿战士。再后来，故事变得更为古怪荒诞：协会派遣了“探险队”去非洲，还在那里收集到了六百六十公斤的贵金属，这增加了这些中亚老战士的个人财产。到 1957 年底，协会有价值 328 556.98 美元的资产（相当于现在的 240 万美元）。然后就在约旦设立机构，帮助主要是巴勒斯坦人的穆斯林；还在维也纳开设了办事处，协调对生活在那里的穆斯林的援助活动。

协会的所有活动似乎都是围绕着慈善工作进行的，但它所散发的三十二页的宣传册中没有谈到任何特别项目的实质内容。多数文章都在论述伊斯兰的未来以及基督教救助组织如何忽视穆斯林民众。协会唯一真正的援助实绩是向“美国逃亡者计划”分配资金，这是冷战时期一个典型的旨在鼓励人们逃离共产国家的项目。当叛逃者来到西方后，这类项目就会提供资金，帮助他们安顿下来。伊斯兰协会似乎是在尽力把尽量多的逃亡者和难民留在自己的名单上，以此来保证不仅能从联合国难民事务高级专员办公室获得该组织的项目援助资金外，还能从美国的救援机构获得稳定的资金来源。但是欧洲的难民局势正在改善，协会难以找到新的对象，尤其是穆斯林。这就形成了所谓的

“偷”难民。据协会人士说，在意大利开展工作期间，当它的成员企图让那些已在天主教机构登记的穆斯林再来重新登记时，就与教会的机构起过冲突。在奥地利，协会还与美国国务院下属的难民及移民事务办公室就自己所管理的难民个案数目有过争议。该办公室削减了协会的经费，在卡马尔组织穆斯林首领举行了抗议后才得以恢复。协会来到慕尼黑后，第一步就是派代表探望城市各处的流亡人士的宿舍。卡马尔自己还在这样一间贴有健康警告的破败公寮前照了张相。考虑到当时正在迅速缓解的难民问题，怎么看也像是个噱头。

尽管如此，协会还是受到了重视。卡马尔暗示他的团体是由美国政府支持的，强调这是唯一得到美国“志愿机构理事会”认可的穆斯林慈善团体。理事会是美国一个咨询性质的组织，专门登记各个慈善机构，但这并非意味着认可或支持哪一家组织。不过它的名字听起来很官方，协会的信件也总是强调这种关系，自己在美国的免税地位以及与联合国难民事务高级专员办公室的联系。政客们也出面支持。当巴基斯坦总统阿尤布·汗元帅 1961 年访问德国时，就在慕尼黑与卡马尔见了面，并承诺支持协会。同年，伊斯兰协会在慕尼黑举办了一次“伊斯兰与西方”的大型报告会，协会的最高层领导人以及包括巴伐利亚州劳工部长沃尔特·斯丹在内的高级政府官员都出席了会议。冯门德对这个组织也颇为青睐，他手下的宗教管理处也鼓励自己的成员去协会登记。在一封写给他们的信中，纳芒加尼指出协会是世界上唯一获得官方认可的穆斯林慈善机构。

一年不到的时间，协会就名声大噪，当地的传媒都认为是它在执行清真寺项目。到 1961 年初，《慕尼黑水星报》把清真寺项目描述成事实上是由协会在主管，并刊登了一张协会官员视察清真寺计划的照片。

《水星报》这样报道，“巴伐利亚州的首府最近已成为生活在西欧的穆斯林的中心”，并援引说协会迁址慕尼黑是关键证据。“这个伊斯兰组织已肩负起为同信仰的兄弟提供文化支持的责任，要在慕尼黑建造清真寺，文化中心和一所幼儿园。”

从今天的角度来看，这怎么都像是精心制作的骗局。但这并不是全部。协会几乎可以肯定是由美国情报机构支持的，而卡马尔也可以说是被派到慕尼黑来支持拉马丹的，以确保由美国的组织来影响穆斯林在慕尼黑的宗教生活。美国政府不知道的是，卡马尔不仅才华出众，还很不可靠。他们可能也不知道他的整个人生经历就像他的小说那样全是虚构的。

要理出一个人参与情报活动的经历非常不易，而卡马尔这个人的公共生活，更是让此事难上加难。与到处受到人们喜爱的德雷尔和乐于藏在幕后的冯门德不同，卡马尔丝毫没有躲开公众的想法。在过去十年的大部分时间里，他是一个小说家，只想把作品卖掉，但他同时创造了一个怪异的公众形象，使其真正的自我几乎不复存在。

正式的说法虽然有些异国情调，但还不算复杂。卡马尔的儿子在2000年出版了一本卡马尔的再版小说，封底上有作者的生平简介，我们从中可以了解到，艾哈迈德·卡马尔，1914年在科罗拉多州的原住民保留地出生于一个“突厥-鞑靼”家庭，他们为躲避沙俄的迫害逃到当地。“卡马尔的家庭传承，影响了他所从事的活动。他的家族成员曾经是深海潜水员、战机飞行员、骑士、武士，或是民族自决的倡议者，”简介这样拉拉杂杂地介绍道。

按这个说法，卡马尔在成年后还回到过自己祖先的出生地土耳其斯坦。在当时，苏联正在对该地区实施沙俄式殖民控制，他“领导了”反抗苏联的巴斯马哲起义。其后，他也曾与中国西部的穆斯林反叛者并肩战斗。他还支持过阿尔及利亚和印度尼西亚的独立运动，并“曾在1980年代出任缅甸联邦穆斯林解放军的总指挥”。

这个简介提及的大部分事件都是事实。不过只要稍稍一想就会看出破绽，如果卡马尔确实出生于1914年，那他怎么可能参加发生在1920年代的巴斯马哲起义，更不用说什么“领导”了？档案资料甚至提出了更多的基本问题，比如卡马尔的真实姓名以及据说是激励他奋斗的族裔背景。

联邦调查局里的卡马尔档案表明，他是1914年2月2日在丹佛市的一个富裕区阿瓦达出生的，名字叫西马伦·哈撒韦。父亲是詹姆斯·沃斯·哈撒韦，母亲是卡洛琳·哈撒韦。母亲的娘家姓格罗斯曼，照片上的她明显没有中亚人的特征。至于父亲，卡马尔好多年的护照申请表都说姓哈撒韦，但在一份1952年的表上他把父亲的姓名填为加拉·优素福。据卡马尔的女儿说，卡马尔的父亲比母亲大得多，六十四岁的老汉娶了十六岁的新娘，并在土耳其斯坦还有别的妻子。他离开了卡马尔的母亲并回到家乡，可能是去参加巴斯马哲起义。这或许可以解释有这样一个叫詹姆斯·沃斯·哈撒韦的男人，或许是他母亲在被那个老男人遗弃后守寡再醮的继父？

联邦调查局的记录还表明，大约在1935年左右，西马伦·哈撒韦去了中亚。这里，他的小说或许能为编制他的生平提供某些线索，或者至少能帮助我们了解他离开的动机。在他的一本小说中，有一个自传作者的角色，他外出去找自己的生父并皈依了伊斯兰教。不过到1935年，巴斯马哲起义早就被平息了。可能的情况是，哈撒韦看望过几个战败的战士，想象自己也曾和他们一起并肩战斗。根据联邦调查局的档案，他在中亚结了婚，但他十七岁的妻子在婚后一个月就死了，她是中国新疆一场未详细说明的暴力行动的受害者，当时正是反抗政府统治的叛乱时期。哈撒韦被中国政府指为间谍并在哈密被捕，但他从监狱逃了出来。

哈撒韦回到美国后出版的第一本书是极富想象力的《帖木儿七问》。这本书讲述了14世纪一位突厥-蒙古统治者帖木儿的传说故事，他的军队曾横扫辽阔的欧亚大陆。帖木儿问了有关宇宙的问题，并从一位普通士兵那里得到了答案——这很可能是年轻的哈撒韦在故事中想象自己和父亲的关系。

利用那种老派的讲故事的手法，哈撒韦把自己定位为古文献的通译者，在封面上加上了下列说明："根据卡鲁·优素福·卡拉·雅各的后裔阿玛德的突厥原稿翻译。"卡鲁·优素福这个名字与卡马尔护照申请表上的"加拉·优素福"遥相呼应。这本装帧精美的小说由圣塔安娜一间小型艺术出版社出版，里面有着对勇冠当世的帖木儿的大量描写和他鞑靼宫廷的插画。书只出了几百本，并且还是手写的编号。除了收藏在美国国会图书馆的那一本外，几乎很难再能找到另一本。这时，西马伦·哈撒韦已经在把自己转化为艾哈迈德·卡马尔上做了不少事。这本书的版权属C.A.K·哈撒韦所有：估计是指西马伦·艾哈迈德·卡马尔·哈撒韦吧。1938年11月1日，好莱坞地方法院核准其永久改变姓名，此后，这位曾经的哈撒韦就成了艾哈迈德·卡马尔。

卡马尔很快和自己的母亲有了距离，对她不问不顾。当她过世多年后，他的女儿看到卡马尔在办公室里哭泣，她问他为什么，因为她以为父亲从来不爱他的母亲。他回答说，“我在为不存在的爱流泪”。他们关系恶化的真正原因可能要靠心理治疗师的工作才能找出，但日后一份护照申请表上他填写的名字大概也透露出一些端倪，他把母亲的姓名填写为“卡洛琳·卡马尔·哈撒韦”，或许是要为她想象出一个穆斯林身份？还是很反感她未能把他作为穆斯林养大，还得他自己去寻找已过世的父亲？这能解释他那激烈甚至暴力支持穆斯林的原因吗？

1940年，卡马尔出版了一套在土耳其斯坦探险的书。不过这一次十分高调，他与美国当时最负盛名的出版社查尔斯·斯克里布纳签约，这也是大作家海明威的出版社。《没有笑声的家园》以通常的苦难历程开始，严冬时节，主人公卡马尔在群山中跋涉，出印度，过西藏来到今天的新疆。这很可能是在复述卡马尔自己在1935年回到土耳其斯坦万里寻父的经历。书中谈到他遇见中国的叛军将领马世俊(Ma Hsi-jung)，描写细致入微——单靠想象似乎很难办到。马将军当时正在挑战摇摇欲坠的国民党政府，争夺对该地区的控制权。卡马尔在马家军中做了军官，随后被派到国外去采购武器。当他打算穿过内陆去华东，再找一艘船返美时，他被人告密并被送进了监狱，最后靠逃跑才回了家。《纽约时报》为该书写了长长的介绍文章，称其“浅薄浮躁，自吹自擂，但又奇思妙想，也算引人入胜”。然而怪异的正是，这样一本书是由一位鼓吹穆斯林事业的人写成的。在书中，卡马尔就像是一个无知的局外人，将各个族裔混为一谈，全都叫做鞑靼人。这些人的行为总是残忍无比，说话粗鲁呆板——一派旨在吸引西方读者的异域风情。

卡马尔声称他在1941年曾返回土耳其斯坦取回文件；战争爆发了，日本人扣押了他。这时他遇见了他的第二任妻子阿米那，鞑靼人，一位记者和语言学家，当时她已在天津的白俄罗斯侨民群里生活多年。两个人在拘留期间花了大量的时间写作，卡马尔用突厥语写作，并告诉日本人是在默写《古兰经》才瞒过了他们，这至少是卡马尔1945年回家后对《洛杉矶时报》的说法。那篇采访还附了一张卡马尔的照片，照片里卡马尔神情紧张地注视着母亲，她正在翻看那本假的《古兰经》。

体格健壮，心理坚韧，这就是同时代的人所能回忆起的卡马尔。就像赛义德·拉马丹，他并非身材高大，气势逼人，但每个人都能感到他的存在，他有那种自然折射出的力量。他身高约为一米七六，微瘦但健壮。直到三十多岁他还有着一头像火苗奔突般的红发；他把它剃到极短，就像光着头。最终他的头发都脱光了，这让他看上去更是一脸严肃。一小簇胡须凸出在他的脸上，皮肤紧致，额头前倾，两眼像烧红的铁块一样闪闪发光。在他的右脸颊上有一条小V字形的疤痕。他看上去没什么变化，从三十岁到七十岁，外表似乎都没怎么变。

卡马尔不能容忍任何反对意见，来自家人的也不行。他信奉严格的纪律，他用冷冰冰的口吻告诉孩子他杀过人，其中还包括一位敢于反对他的毛拉。他的女儿杜拉认为这里面有吹嘘夸大的成分，不过在离开家并和其他认识他的人交谈后，她开始相信他的说法。“他确实杀过人，”杜拉·卡马尔·海勒说道，“我以为他是在编故事。因为这对我们这里的生活来说难以想象。不过，其他人告诉我这是真的。”

无论他在中国写了什么，卡马尔回到美国时心中确实充满想法。在其后四年的时间里，他出版了三本书。令人费解的是，这个当初满脑子是土耳其斯坦和自己族裔传统的浪漫想法的人，如今却写起了商业作品并与 Doubleday 和兰登书屋等主流出版商签约出书。并且，他的作品之间没什么关联。有一本小说描写了佛罗里达塔彭斯普林斯捕捞海绵的希腊移民潜水员的故事；另一本是关于一条狗的回忆录；第三本《出教者》却是一本与英国作家查尔斯·博斯合写的以上海为背景的浪漫惊悚小说。博斯，多年居住在加州，写过许多非常抢手的小说和剧本。卡马尔小说的评价良好，剧本创作的合同也纷沓至来。他的写作生涯可说是蒸蒸日上——然后，戛然而止。1950 年出版的《出教者》标志着卡马尔流行小说写作生涯的结束。在公众眼中，他消失得无影无踪。

不过事实上，两年后他又写了另外一本含有卡马尔情报生涯某些线索的书。《神圣旅程》最初用阿拉伯语发表，在书中，他试图尽量准确客观地介绍什么是朝觐活动。到 1961 年，这本书才有了英语版。这次延迟有些不正常，尤其是考虑到卡马尔 1953 年就在《星期六晚报》上公开他正在写一本有关麦加的书。也许这与该书的格调有关，卡马尔的早期作品都是探险故事，而《神圣旅程》几乎用的是人类学的方法，在精准性上到了煞费苦心的地步，描述一个典型的朝觐者去麦加的每天的生活。与他其他的书籍相比，这本书非常枯燥，不过是在干巴巴地复述事实。这自然就无法让太多的纽约编辑感到激动，事实上它是由一家小公司出版的。

卡马尔在英语版的说明中谈到手稿是在他万隆生活时写成的，万隆，正是召开那次著名的 1955 年会议的印度尼西亚城市。协会有一本宣传手册声称，他们曾把雅加达作为资助造反派的基地。或许是真有其事，卡马尔很可能已经在为美国情报机构观察各伊斯兰团体；在他离开美国之前，他也曾告诉一个朋友他去那里是为美国政府工作。在联邦调查局的档案中，记录有一笔他欠美国驻印尼雅加达大使馆的 1 877.40 美元的款项，这是政府预支给他的搬家费。明显，他在离美之前就与美国官方合作了。

这是西德情报部门的看法。冯门德 1955 年的档案中有一封关于印尼的报告。在当时，这个年轻的国家是亲共和反共势力角力的战场。反共方包括由一位前政府部长担纲的伊斯兰组织，他用存放在瑞士银行的钱，资助反对共产党人的破坏行动。按照德国人的说法，这位部长的海外接头人正是卡马尔。报告指出卡马尔在雅加达经历过两次暗杀企图，随后逃去了巴塞罗那。

有趣的是，这份报告提到卡马尔拒绝了直接为中情局服务的邀请，因为他认为该机构已经被大量的苏联间谍渗透，名声不佳。随后美国政府又主动提议，卡马尔直接为副总统理查德·尼克松工作，副总统同时还负责国家安全委员会。根据德国人的说法，卡马尔接受了这个职位。事情的变化看起来似乎有点牵强，但国安委通过“心理战略委员会”和它的后继者“业务协调委员会”兼管着情报和心理战事务。也有可能那份情报简化了指挥系统，把卡马尔直接置于尼克松之下。这两个机构的档案都没有卡马尔的任何信息；但这并不奇怪，文件中通常都会剔除间谍的姓名，即便是获批解密的文件也要照此办理。卡马尔到印尼无疑是在为美国的目标服务。根据这份西德的报告，除了帮助反共叛乱分子，他还利用自己在政府中的影响力尝试取消万隆会议。在事情发展的过程中他曾在当地现身，但由于安全方面的担心，只逗留了二十四小时。

卡马尔那时生活在弗朗哥统治下的西班牙，他的家人学会了西班牙语，儿子还师从西班牙著名吉他手安德烈·塞哥维亚学习音乐。在西班牙安家看似出乎意料，但美国情报机构在那里根系广泛，比如自由之声电台就在西班牙安有大功率的发射装置。同样，卡马尔也把它作为安全基地。他的目标是：为北非沿地中海地区的暴动和慕尼黑的穆斯林提供支持。要做到这一点，他需要招收一名忠诚的手下。

图哈米·鲁哈拉在一个阿尔及利亚大家庭中长大，到了十四岁，他的父亲就送他去工作。凭着对数字的敏感，他取得了一份小小的奖学金并在1949年去法国学习飞机设计。在那里，他开始与其他阿尔及利亚学生交往，意识到应该为自己的祖国摆脱法国殖民统治贡献力量。他开始做通信员，开车去瑞典从阿尔及利亚抵抗组织“民族解放阵线”那里取回宣传材料。1956 年，他抄近路借道瑞士朝着法国马赛返回。瑞士的边境警察正等着他，他被关进了监狱。

救援很快就来了，正是艾哈迈德·卡马尔。卡马尔从民族解放阵线听到鲁哈拉被捕的消息后，为他安排了一个律师。这位大律师成功地把鲁哈拉描述成热心过度的瑞士总检察长的一位受害者（后来有人指控这位检察长向埃及和阿尔及利亚在法国的间谍提供信息，他自杀了）。1957 年 1 月 1 日，鲁哈拉获释，并又由卡马尔出资，直接飞往利比亚。

“他既不讲法语，也不讲阿拉伯语，而我不会英语，我们无法沟通，”鲁哈拉在他法国蒙特利马尔市外的家中接受采访时说，“他说，‘图哈米，你看，如果我们要交流，你就要学英语’。”

卡马尔给鲁哈拉搞到了一份利比亚护照，送他去伦敦学英语。鲁哈拉不会英语，到了外国一定会手足无措，这点卡马尔也替他想到了。他让协会在华盛顿的代表詹姆斯·普赖斯飞来帮鲁哈拉安顿。两个人花了几天时间开银行账户，租用公寓，并到学校注册。普赖斯甚至还带他去马莎百货，给他买了一套衣服和一把伞。在一段时间里，卡马尔严格地辅导鲁哈拉如何经营一个组织。“他很严格，但也很客气。他不大声嚷嚷，但你会知道要去做什么。他就是那样的人。”

卡马尔喜欢喝上好的威士忌和红葡萄酒。鲁哈拉也喝烈酒，并用他自己对《古兰经》的理解来解释这一行为：《古兰经》说，你不能在思维混乱时祈祷，但并没说一定要彻底戒酒。这两个男人对自己信仰中的这个禁忌持有相同的看法，随着时间的推移，卡马尔成了鲁哈拉的导师。这个年轻人让他的孩子 6 点起床，在去学校前用阿拉伯语、英语和西班牙语反复练习，这也是他记得卡马尔在马德里时教他孩子的方法。鲁哈拉成了卡马尔最信任的手下。他被派到意大利、黎巴嫩和维也纳，最后到了慕尼黑。他行事十分谨慎。他声称在黎巴嫩时，主持了一个缝纫班，用收益帮助在阿尔及利亚的难民。

一位同时代的法国记者看法不同。这位《费加罗报》的记者，

1958年小说《阿尔及利亚叛军》的作者瑟奇·布隆伯格写道，所谓协会，只是为从印尼到阿尔及利亚反叛活动提供资金的一种隐秘渠道而已。布隆伯格写道，在法国和英国于1956年入侵埃及后，埃及无法再为民族解放阵线供应武器。于是，协会介入了，并开始发放武器，因此，也有可能缝纫班本身就是为了提供武器而设立的一种伪装。当然，这只是推测，但这种推测不仅符合时间上的整体发展，也符合卡马尔代表穆斯林持续煽动的做法。它与美国的目标也没什么矛盾；华盛顿的许多人都认为法国应该撤出阿尔及利亚，没有人会太关心卡马尔是否在资助民族解放阵线。布隆伯格的问题是准确性，他把协会和一个名字接近但更出名的巴基斯坦团体弄混了。所以，他的各种说法很难证实，1959年一位评论者就这样说过："实在搞不清什么是事实，什么是虚构。"

鲁哈拉断然否认协会向阿尔及利亚运送武器，但他不排除卡马尔的钱用于武器的可能性。"他并不是直接为了枪炮筹措钱款，筹钱是出于人道主义的目的。钱送到了那里，然后……"鲁哈拉耸了耸肩。至于中情局，鲁哈拉说该机构完全了解协会的所作所为。"中情局盯着他（卡马尔），"鲁哈拉如是说。

我问他卡马尔的反应。

"他采取了十分聪明的手法，让一个中情局的间谍为他工作。"

"是谁？"

"詹姆斯·普赖斯。"

"就是那个飞来伦敦帮忙的人？他是卡马尔身边的中情局间谍？"

"是，他为他们工作。但这对卡马尔来说没什么。他说：'你们可以看我们所做的一切，我们没有什么要隐瞒的。你们可以派个人与我们一起工作，了解所有事情。所有事情。看着我们在做什么，报告上司。然后你们就会知道我们没有隐瞒任何事。'"

这当然有可能。另一个原因是，卡马尔其实已经与美国中央情报局密切合作了，而这个普赖斯正是联络人。后来普赖斯在他与美国中央情报局的关系被曝光后，去了国会图书馆任职，并在那里撰写了一份有利于自由之声电台的报告。很明显的一点是，他与驻慕尼黑的官员有着密切的关系，美解委的工作人员在了解到由普赖斯来撰写这份报告时都深表欣慰。档案材料也表明，在报告公布前，他与他们曾在信件中讨论此事。但更大的问题还是难以确定：中情局以“国家安全”为由拒绝按信息自由法来公布任何协会的信息。普赖斯还活着，但却几次拒绝了采访的要求。

鲁哈拉抵达慕尼黑的时候，正是亲法恐怖分子攻击那些卖武器给阿尔及利亚叛军的德国商人的时候。1960 年 10 月 17 日，慕尼黑商人威廉·贝斯纳坐进自己的车里，打火启动，汽车顷刻起爆，他被炸得几乎弹出车顶。一枚连在点火开关上的炸弹炸断了他的双腿，还伤了其他路人。奇迹的是：贝斯纳没被炸死，但信号已经发出：西德商人应该停止出售武器给反法的穆斯林叛乱分子。贝斯纳是西德最臭名昭著的军火商，前纳粹高层，美国外交官相信他现在是在为北非的叛军供应物资。鲁哈拉说他与出口武器毫无关系，他说，他到那里只是去取代协会在当地的代表艾哈迈特·巴拉基加的，后者据称告诉德国人，协会不过是隐蔽活动的伪装。

在接下来的一年里，卡马尔小组的活动越来越难以捉摸。1961 年，协会撤出了约旦，并在一份通讯中指出，约旦王国因为他们与犹太慈善团体合作，禁止了该机构的活动。这种解释听起来不像是真的，因为美国政府的文件表明没有其他美国慈善机构在约旦被禁。相反，可能是由于卡马尔帮助巴勒斯坦民族主义分子的活动才被逐出约旦的。卡马尔在自己的几篇文章中强调，他是在帮助巴勒斯坦人。这让约旦很担心，因为他们有兼并约旦河西岸的计划，当然对于任何推动巴勒斯坦人权利的组织不会笑脸相迎。卡马尔与耶路撒冷大穆夫提的关系也十分密切。他请他为《神圣旅程》撰写后记，并雇用了与穆夫提关系密切的穆罕默德·穆夫提克，冯门德觉得他是穆夫提在德国的人。比起协会的麻烦是由于与犹太团体关系的说法，这样的解释来得更为有力。

之后，在 1961 年底，协会向“全体成员”签发了一封愤怒的信件，谈到过去几年里协会的行为，尤其是牵涉教会时，更是谨慎小心，但西方的宗教团体还是蔑视协会。“现状迫使伊斯兰协会承认，以前我们所有的自我约束全是错误的，”信中说，协会的董事会于 10 月 17 日在纽约喜来登酒店召开会议，卡马尔决定，“伊斯兰协会撤回其不采用极端手段的声明。”该团体还警告西方当局要改变他们的做法，不然将会失去穆斯林的支持。第二天，协会“基于某种原因”将巴拉基加解雇，并立即生效。

从巴伐利亚一般政府官员的眼光来看，协会的行为难以理解。因为巴拉基加一直很活跃，每个人都认为他是在替协会管理清真寺项目。他那连绵不断的信件、探访和媒体的互动，都使得巴伐利亚人认为他们是在和一个重要的穆斯林组织，而不是和一个单干的傀儡组织打交道。德国人也信任曾在二战中在穆斯林部队服过役的巴拉基加。官员们当然有理由怀疑这种举动；开除巴拉基加的时间恰好跟协会的解体重合。

或许是为了要控制住卡马尔，或者也可能是巧合，华盛顿来了命令要审核协会管理的逃亡者计划。该团体已把自己的宣传手册和夸张的历史读物的制作成本打入了美国的逃亡者计划，现在必须偿还，还要偿还欧洲部主任一半的工资以及与难民无关的行政开支。

在慕尼黑的官员们被告知了有关情况，他们心存担忧，最后都过来请冯门德出面。冯门德把巴拉基加和他的继任者分别请到了杜塞尔多夫。继任者语焉不详地指控了巴拉基加贪腐，巴拉基加却声称，协会曾一次性向美国逃亡者计划申请要求四千人的难民牛奶金，而事实上协会只有四百人。巴拉基加还对巴伐利亚官方提出过警告，要他们停止资助协会活动，“因为该团体只会用这些钱为其宣传服务，包括反基督教宣传”。冯门德写了一份记录谈到，巴拉基加被解雇有可能是因为他对德国人比对美国人更忠诚。好像是为了强调这一点，他几天后又写了另一封信，说巴拉基加要为穆斯林开一家小餐馆，并愿意与西德官方合作，提供情报。

1962年3月，协会发布了一份更奇怪的公告：来到德国仅仅两年后，它现在要离开了，以后将把重点放在非洲撒哈拉沙漠以南地区，并且，又是立即生效。协会关闭了所有的办事处，并通知所有来信都应寄往旧金山。德国和美国双方的官员们都松了一口气。“我想，”志愿组织理事会在写给德国对口单位的一封信中指出，“我们不必再担忧了。”不过协会并没有迁去非洲；它彻底消失了。鲁哈拉回到阿尔及利亚加入了民族解放阵线的政府。几年后，卡马尔也回到加利福尼亚继续他的秘密工作。1969年，他向缅甸反对派领导人吴努提出，如果吴努能推翻该国的独裁者奈温，他愿意出资二百万美元。

很难知道这个奇怪插曲背后的原因。卡马尔也许相信他自己关于协会就是救世主的描述，真的认为协会是穆斯林的救星；也可能他感到接受美国人的资助只是帮助别人的一种手段；又或许是他的行为变得太不稳定——在约旦河西岸挑事并向阿尔及利亚派送了太多的武器，美国人想要切断援助了。然而，同样的事实是，他从未停止同美国情报机构的合作，在某种程度上正是他帮助了美国人，在一旁为拉马丹起到干扰作用。卡马尔在慕尼黑可能只是一种保险，是一旦拉马丹起不了作用时的后备计划，不过到1961年，他要么是失去作用了，要么就是控制不住了。无论如何，项目结束了，伊斯兰协会立刻烟消云散。

弄倒一个美国人后，西德方面的好消息接踵而来。巴拉基加写信给冯门德说，老兵们厌倦透了拉马丹，都想选阿里·康特米为清真寺的头，康特米是北高加索德高望重的老兵，冯门德的密友。他能团结各派把清真寺建起来。拉马丹有关清真寺的宏伟计划将被废除，取而代之的是修建一座小型的更简便的祈祷室。德国人很兴奋，拉马丹和美国人总算是被挡住了。

第十一章　赢得清真寺

赛义德·拉马丹在争夺慕尼黑清真寺项目控制权的斗争中有位强有力的竞争对手。像阿里·康特米这样的人，可能在各自的社群里受到尊重，但他们的信誉都由于二战中的经历而败坏了。康特米近乎失明，每月靠编辑美解委的《阿拉伯月刊》挣几百马克。拉马丹的境况则完全相反，在全球飞来飞去，帮助领导伊斯兰革命。

“亲爱的凯格教授，”他在1960年7月写道，“我刚刚从沙特阿拉伯和东非回来。这确实是一次非常有趣的旅行。在索马里，我见证了共和国安静的出生典礼，很高兴看到我的索马里流亡老友又回到建设自己祖国的工作岗位上。其中有一位成了共和国的首任总统，另一位则是反对党的领袖。”拉马丹回到欧洲的时间只够他找到为他出书的出版社，随后又上路去朝觐了；他一路旅游回到欧洲，只逗留了一小会，又上路去了土耳其和巴基斯坦。

1960年他在欧洲的一次逗留期间，拉马丹向清真寺建设委员会发表了谈话，谈到他的募捐活动很成功。他单独觐见了沙特统治者本·沙特国王，国王陛下承诺给清真寺一大笔资金。约旦国王侯赛因以及利比亚和土耳其的商人，都作了相应的表示。拉马丹对委员会说，他在麦加、麦地那、吉达和贝鲁特都设立了“分支机构”来开展工作，很可能他已经任命了荣誉理事来为这个项目筹集资金。听得呆若木鸡的清真寺建设委员会的理事们忙不迭地向他连声道谢。

然而，一些人也表示了担心。哈桑·卡沙杰，162步兵师（土耳其斯坦师）的老师长开口了。他已经结婚，有了家庭，现在在做地毯生意。他接下委员会秘书长的职位就是为了要建一座清真寺。他对于这种周旋于国王和王储之间建立什么秘密政治联系的事，不太支持。就像其他的委员会理事一样，他甚至都没有意识到拉马丹到过中东。卡沙杰问起两人的旅行费用是如何解决的。拉马丹的回答是，“清真寺项目”在不同国家有“分支机构”，是它们出的钱。这样的解释意味着这个项目在伊斯兰世界引起了广泛关注，也许是在穆兄会的追随者中引起了关注。卡沙杰警告说，我们这个团体不应该太政治化。“我们的任务是在慕尼黑建造一座清真寺，”卡沙杰还在会议上指出，“而不是为了参与政治。”

整整一年，这些担忧在暗中涌动，而拉马丹仍然以他的高层策略，飞来飞去，在各种会议上讲话，攻击共产主义——还都是以清真寺建设委员会和德国穆斯林的名义。卡沙杰和纳芒加尼写信给巴伐利亚的社会事务部，请求其帮助协助建设委员回归其原来的目标。但也就是在这个时候，巴伐利亚正在为伊斯兰协会的突然到来而晕头转向，卡沙杰和纳芒加尼的呼吁明显无人关心。情况持续到 1961 年。当年 2 月，卡沙杰与巴伐利亚政府官员见了面，解释了为什么拉马丹是问题根源的种种原因。由于他的政治活动，拉马丹在许多阿拉伯国家是不受欢迎的。即使他在伊斯兰世界算是一个人物，但他实际上并无法筹集资金，去年朝觐时承诺的款项没有落实。事实上，清真寺建设委员会的银行账户里只有 78 890 马克（约合 2008 年币值的 145 000 美元），而整个项目的估值在 120 万马克（220 万美元）。卡沙杰表示，他希望有人能取代拉马丹。

大约也就是这个时期，1961 年，德雷尔派拉马丹去见冯门德，而冯门德正在考虑进入拉马丹的办公室。冯门德在西德联邦情报局的内线劝他不要实施这个计划，不过他本人办公室里的混乱情况对于他决定放弃这个计划，可能也发挥了一定的作用。他计划要海伊特溜进去，但海伊特和冯门德的另一个明星间谍卡优姆正闹得不可开交。是卡优姆挑起了这次争端，他跑到海伊特在科隆的家里并对他说，他知道所有他为西德政府工作的事情。海伊特找到冯门德，后者写信给他在联邦情报局的联系人，表达了他对于卡优姆能知晓这些安排的忧虑。（有趣的是，冯门德并没有否认海伊特为联邦情报局工作。）

工资也是另一个问题，冯门德的资金一直紧巴巴的，这也是西德无法与美解委巨头竞争的另一个迹象。海伊特向冯门德抱怨说，他的才能并没有受到重视，即便他在 1942 年就开始与德国人合作，当时他在由苏联少数族裔组成的飞艇部队短暂工作过。西德有很多钱，但在穆斯林身上花得太少了，他在信中进一步写道："然而我们还要求这些穆斯林一直做我们的朋友。自欺欺人!"卡优姆也常常给冯门德写信谈及资金方面的问题。1961 年，冯门德每月给他 450 马克的工资，"这是对他以前为德国服务的认可"。

冯门德最后让卡优姆和海伊特起草了一份有关拉马丹的报告。他们颇有远见地把重点放在拉马丹的主要助手加勒卜·希马特身上，就是这位日后领导清真寺三十年并将它改造成全国网络和国际伊斯兰激进主义中心的人。在 1960 年代初期，对眼光锐利的观察者来说，他的影响力就已相当明显了。还在学生时期的希马特出主意邀请拉马丹来慕尼黑，从冯门德和老兵们手里接管清真寺项目。他现在是清真寺建设委员会的财务主管，并跟随拉马丹进行中东的筹款之旅。1961 年年中，他从日内瓦返回后，为拉马丹和巴伐利亚的政府官员安排了会面日程。他一直在拉马丹身边，并且在他不在时，代替他处理事务。卡优姆和海伊特在他们给冯门德的信中谈到，希马特还发行了一份亲共的黎巴嫩报纸《阿姆塔莫报》，暗示希马特有同情共产主义的倾向。此事是真是假还不清楚，但这是一个预兆，显示希马特有自己的国际关系和利益点。

尽管与美解委相比，冯门德的工作微不足道，但他在西德政府中有他的影响力。巴伐利亚社会事务部的官员开始向拉马丹询问那些老兵们关注的棘手问题。在一次会面中，他们问拉马丹到底筹措了多少资金，拉马丹重申了 100 万马克的数额，但不肯说出是谁承诺的。当官员暗示说他才是问题所在时——让组织分裂并没有真正筹集到任何资金——他回信提出了辞职。清真寺，他保证说，不会政治化。

但清真寺已经政治化了。一开始西德就把它作为一个政治项目，现在内部又分裂了。两年多来，阿拉伯学生一直在说那些退役老兵们的坏话；纳芒加尼受到尖锐的批评。最后，纳芒加尼受够了。11 月 7 日，他给拉马丹写了一封短信，辞去清真寺建设委员会名誉主席的职务。他说委员会不够专业，还批评拉马丹没有清楚地解释他在阿拉伯世界的筹集资金之行。他还谈到他过去提起此事时，拉马丹曾威胁过要起诉他。委员会定于当月晚些时候举行会议，纳芒加尼请拉马丹出席回答筹款旅行的问题，这是关于清真寺控制权的一次最后摊牌。

经过一再取消，一再推迟，清真寺建筑委员会终于在 11 月 26 日会晤。委员会的三十个老兵和学生全部到场。拉马丹发表了长篇讲话，为自己颇有争议的领导职责进行了辩解。他谈到，钱，正在源源而来，清真寺，也只等筹满全款这阵东风了，他还挑明了 100 万马克的捐款人是沙特商人的身份。加上其他较小的捐赠，已经很接近他们的目标了。许多委员对此是有怀疑的。有传言说希马特在去年朝觐期间丢失了捐款的收据，这意味着他签发了收据，接受了款项，但声称收据已经丢失，而某些收据从未签发过，这样他既可以解释缺损的收据，也可以把相应的钱款放入自己的口袋。希马特辩解说，丢失的只是少数几本空白收据。委员会的老兵要求了解是谁给希马特和拉马丹支付了旅费，是谁在支持他们?

在这当口，拉马丹做出了一个精明的政治举措，他没有回答任何问题，而是辞职，并离开了会场。如果他得不到重视，那就一拍两散。委员会举行了新主席的选举，学生们还是缺席提名了拉马丹。不过这一次老兵们显示了自己的力量；主要是由于会期安排上的混乱，给那些穆斯林兄弟会的年轻成员造成了不利，一会儿说是 10 月，后来又是 11 月，而他们主要分散在德国南部。拉马丹没能像原先设想那样赢得新的任期，而是以两票之差落选了。北高加索老兵阿里·康特米当选，接替了他的位置，这让冯门德的人又控制住了清真寺项目。这时拉马丹回到会场，期待能听到自己连任的结果；但当他看到投票结果时，他冲了出去并回到了附近的酒店。他声称自己是一个“阴谋”的受害者，并当天就飞回了日内瓦。拉马丹看起来已经完了：在中东，他正在失去朋友，就在一个月前，约旦为了修补与埃及的关系，注销了他的外交护照——而在这里，他在慕尼黑设立中心并以一个年轻的理想主义学生为主管的设想也泡了汤。但他并不像表面上看起来那么软弱。康特米虽然赢得了投票，但委员会章程要求主席以三分之二多数当选。虽然拉马丹未能召集到所有学生来参加这次会议，他还是动员了足够的票数来阻止康特米。拉马丹并没有注意到这个差异，直到后来一位仔细的德国官员在会议记录的空白处潦潦草草地划上“不到三分之二”。康特米未能赢得票选，拉马丹还是主席。

这次事件实际上结束了老兵们在委员会里的作用。他们意识到搞不过拉马丹。卡沙杰辞去了秘书长职位，老兵们拒绝再参加活动。这就让学生们，也就是美国人实施了控制。不过奇怪的是：西德对委员会的影响力由于西德官员发现的一个技术问题而告终。冯门德曾千方百计地利用这个官僚体系把纳芒加尼收入麾下，创建自己的团队，并让清真寺计划上路，这一切都是为了要形成一个忠于西德政治目标的穆斯林核心团体。现在，他败给了更厉害的对手。

冯门德的错误在于依赖有历史污点的人：东占部的前工作人员。他们之前的工作保证了他们会忠于冯门德和德国的事业，但他们在纳粹时代不光彩的活动也很容易让他们名誉扫地。在第三世界里，苏联的宣传把他们描绘成纳粹，而拉马丹这批伊斯兰激进分子又看不上他们苍白无力的宗教背景。即使是加朝格鲁那个老家伙都能多次打击纳芒加尼，把他称为是纳粹的傀儡。这些都让拉马丹有机可乘，吹嘘自己的国际关系，承诺一座全新的清真寺。

这次失败的选举活动是清真寺的一个历史转折点。德雷尔和他的美国同伙把自己同拉马丹绑在了一起，满心希望他能给西方在伊斯兰世界中赢得一个可信的发声机会，而清真寺就应该是他的舞台。为此，美国情报机构据称迫使约旦给拉马丹签发了护照并资助提高他声誉的活动项目，比如德雷尔组织的欧洲伊斯兰代表大会。现在，这些计划成功了，穆兄会控制住了清真寺项目。余下的问题就是拉马丹，他是会帮助他的老朋友，还是走自己的路。

老兵走了，拉马丹立即出手。首先，他让阿奇麦德·希米德占了卡沙杰辞职后留下的清真寺建设委员会秘书长的空缺，这是一位年轻的德裔皈依者，在1958年就出版了《泛伊斯兰》杂志。《泛伊斯兰》成了委员会的一个官方组织，成为拉马丹远景规划的一个重要组成部分——创建一个类似于穆斯林兄弟会的结构。这就需要一组机构，而不仅仅是一座清真寺。其中需要一个宣传机构，《泛伊斯兰》恰好胜任。

1962年3月，拉马丹把德国的穆斯林学生都团结在一个被称为“德国伊斯兰社群组织理事会”的组织之下。选择利用学生来成立理事会是一种典型的做法：与清真寺项目一样，他对退伍士兵那样的老派穆斯林不感兴趣，他们可能沉迷于喝两口，或忘了古怪严格的祈祷文。同所有的伊斯兰教徒一样，他想打造一支素质更好的新一代穆斯林干部队伍。这意味着与学生联手，他们更年轻，不拘泥于成规，通常也更容易受影响。理事会会议在3月17日和18日两天在美因茨市召开，有十几个西德城市的学生团体与会。

约五十名代表出席了会议并选举希米德为秘书长协调工作。据冯门德的消息来源说，是拉马丹资助了会议，但这也引出了另一个问题，又是谁资助了拉马丹。档案并没有提到。会议的主要目的就是批评拉马丹的两个主要对头：纳赛尔治下的埃及和以色列。拉马丹攻击纳赛尔的有关文章一定让他的美国支持者情绪亢奋，但很难知道他们对于他批评以色列的态度作何感想。华盛顿和特拉维夫当时的关系并不像现在这样牢固；也许局里还是可以接受拉马丹对以色列的态度，以换取他强硬的反共立场。

夯实了德国后方基地后，拉马丹又开始了他在国际上的攻坚战。5月，拉马丹和希米德前往麦加，协助启动直到今天仍然是世界上最重要的穆斯林组织：世界穆斯林联盟。这是几十年来所有要把穆斯林团结起来的各种努力的结果——即便不能像过去那样由一个哈里发来领导，至少也要有一个世界性的组织，可以发出指示，统一号令。在联盟的成立过程中拉马丹起了重要作用，帮助制定了规章制度。他在会上代表了“新萨拉菲耶”派，也就是穆斯林兄弟会的那些人。它的目标是使联盟更政治化，特别是在攻击以色列这件事上更激进。拉马丹在会议上有好几个身份，他以耶路撒冷世界穆斯林大会——他和耶路撒冷大穆夫提恢复起来的组织——首脑的身份参加会议，他也是西德穆斯林的代表。有一点很能反映联盟成立的重要性，冯门德把卡优姆派去那里收集情报。他发回了一个有关新组织的详细备忘录，但西德并没能发挥什么影响力：当会议结束时，十六名沙特高级官员访问了西德，但他们是来见拉马丹的，而不是冯门德或其他政府官员。虽然对此次行程并没什么太多的信息，但也说明了拉马丹推动德国穆斯林和清真寺项目的国际化已经到了冯门德无法想象的程度。

拉马丹的名气似乎对美国有利，但华盛顿不可能知道拉马丹做的所有事。特别像德雷尔这样的人，他似乎很愿意支付拉马丹的会议开销，但同时对这些年轻的伊斯兰激进分子的活动知之甚少，也不了解拉马丹本人是个坚定而独立的人，不会受任何人的摆布——连穆斯林组织都不行，更不用说别的非穆斯林组织了。但在短期内，拉马丹参与世界穆斯林联盟有助于加强该团体的反共背景，这也是华盛顿的着眼点。虽然当时许多观察家都认为伊斯兰是共产主义的天然敌人，但这并非铁板钉钉。联盟成立仅仅九天后，又一个竞争对手“世界穆斯林大会”，在巴格达召开了会议。这是当时世界上最重要的穆斯林团体，世穆会的会议由伊拉克领导人阿卜杜勒·卡里姆·卡塞姆赞助，他是左倾的军事独裁者，在1958年推翻了君主制。通常情况下，由于对组织穆斯林有兴趣，拉马丹应该是会出席会议的，甚至会去竞选职位。但世穆会由卡塞姆引导，正向亲苏的方向转，总之拉马丹感到参加会议可能会有生命危险。他打发他的盟友穆罕默德·穆夫提克去了那边，他是前波斯尼亚党卫军军士，与大穆夫提和德国汉堡的穆斯林联盟都有联系。

这可能是拉马丹一生中最危险的时段。纳赛尔宣布拉马丹是穆斯林兄弟会的首领，瑞士警方相信有一个六人小组已来到瑞士，要刺杀拉马丹。警察逮捕了其中一些成员，他们刺杀拉马丹的阴谋没能成功，但拉马丹不愿冒任何风险。据瑞士刑警透露，他让他的前助理为他买了一把可以随身带的瓦尔特牌手枪。因为害怕有生命危险，他没去参加巴格达的大会，不过他还是帮美解委弄进去一个最有能耐的穆斯林煽动者——加里普·苏丹。

苏丹一直在美国为美解委砥磨自己进行秘密宣传的技能。典型的工作就像他在广受尊敬的费城国际学舍的那次讲话，这是一家创立于1919年的非营利机构，是一个国际学者交流分享信息的场所。他以鞑靼学者的身份出现，并在会上宣读了一份十九页的论文《殖民主义的现代形式》。

苏丹以攻击殖民主义开场，这是所有来自发展中国家的学者都会认可的思路。但他话锋一转，扩展了这个论点并将苏联包括在内：它奴役了十数个国家。讨论十分激烈。几天后，苏丹写了份备忘录给艾萨克·帕奇，后者被德雷尔挤出慕尼黑后，担任了纽约美解委“特别项目”部的负责人。

“以我的判断来说，这份论文达到了目的，”苏丹在报告中这样写道，“就报告展开了热烈的讨论，我的印象是，虽然这些学生在美国学习，他们接受的不是美国的观点，反而是苏联的。也可能是他们根本不了解美国到底是什么观点。”当时苏丹已是美国公民。他在1957年从慕尼黑移民美国，令慕尼黑陷于无人能在电视镜头前缓和加朝格鲁粗鲁形象的地步，这个危机也是德雷尔急于向拉马丹示好的原因之一。但苏丹并不完全置身事外。他继续为美解委的特别项目工作，在美国本土用自己的方式抵抗共产主义。他的伪装众多，而且富有创意，他总是想办法把它们搞得像是真的一样，以创立让人信任的傀儡组织。在现身国际学舍的时候，他被介绍为是苏联研究院的高级研究员，这正是美解委的另一个傀儡组织。不过他还是美国共和党与民主党选民俱乐部的正式代表，美国劳工联合会《工会信使报》的自由撰稿人，以及名目繁多的各类团体的创始人，比如“苏联伊斯兰人民革命解放组织”和“苏联穆斯林难民组织”。他还是后一组织中“作家组”的头，并于1962年去开罗并发表了“苏联亚裔作家及创意问题”的讲话。

这是显示关系网实力的时候，苏丹利用他在巴基斯坦的熟人弄到了一张参加巴格达会议的邀请函。他先写信给伊斯兰中心研究院的艾哈迈德，问他是否愿意担任某个民族自决大会的负责人，并随后从“自决委员会”寄去了一张200美元的支票。这是个从事秘密宣传活动的组织，属于美解委的姐妹组织自由欧洲民族委员会。苏丹在信中也提到他想参加巴格达会议。艾哈迈德回信谈到，因为伊拉克的独裁领导人卡西姆反对有美国人参加，所以要给苏丹搞邀请函的事有困难。不过他答应去游说他的私人朋友，巴格达会议的秘书长因默·汗。苏丹随即与拉马丹取得了联系，拉马丹也答应让他的盟友为苏丹讲讲话。卡西姆最终还是同意了让苏丹作为美国的唯一代表出席。

苏丹充分利用他在那里的每一天。他私下与穆斯林名流举行了秘密会谈，让他们相信共产主义是个毒瘤，他还采访了苏联代表团的团长，并接受了巴格达电视台的采访，当然也发表了演讲，大爆苏联和中国在中亚的活动。但巴格达的局势并不稳定，他们警告苏丹离开。苏丹在采访中说，“有人告诉我，我会被绑架或暗杀”，他因此离开了巴格达。但这次会议仍然是他职业生涯的一个高点，也是1950年代美国利用伊斯兰的一个高潮，当然这部分也得益于拉马丹的活动。

最大的输家就是慕尼黑的穆斯林。最初，西德官员热衷于支持清真寺项目——毕竟，这是冯门德的主意，也一直有他的手下纳芒加尼管着。到后来当拉马丹负责这个工程时，冯门德仍然认为德国还是应该支持，因为它是一个积极的公关项目。他对拉马丹的委员会颇有指摘，但认为德国应该继续这个项目，应该批出一块土地并捐赠10万马克来把它完成。

但现在很明显的是，冯门德的那些老兵战友们完全被排除在计划之外，西德的慷慨一无所获。当希米德、希马特、拉马丹及其他的副手在1962年和巴伐利亚社会事务部联系要求帮助寻找地块时，他们被婉转地拒绝了。他们被告知，项目原本是为了难民，所以社会部介入管理。但现在，委员会中不再有难民成员，它也不再需要政府的支持了。西德保障宗教自由，学生们可以自由地追求自己的目标，但他们不会得到政府的支持。回绝拉马丹可能让人感觉不错，但它却表明冯门德和他在巴伐利亚和波恩的盟友们把事情办砸了。一年后，纳芒加尼报告说，圣保罗教堂——就是在1958年圣诞节后的风雪之夜整个想法得以出炉的那个教堂——不再向退役士兵提供祈祷的房间。这也就意味着这些人连一个祈祷室都没有了，更别说什么清真寺了。

纳芒加尼十分苦恼。在分道扬镳的会议的四个月后，在纳芒加尼和退役士兵们无法把拉马丹赶走的情况下，这位年长的党卫军阿訇写下了他对事件的看法。有人，也许是冯门德，也许是纳芒加尼的老朋友哈桑·卡沙杰的德国妻子，润色了纳芒加尼的报告。报告中带有对拉马丹的明显挖苦；例如，它谈道："攥住清真寺建设委员会显然是他最后的希望。"除去这些表面的辞藻，纳芒加尼的评论可谓十分精到，显示了他对拉马丹和伊斯兰激进分子今后几十年的行为和动机有着深刻的洞察力。

纳芒加尼提到，拉马丹批评这些难民既不了解伊斯兰又好酗酒。纳芒加尼说，拉马丹应该更人性化地试着来了解这些老兵们。他们无知并不奇怪，因为他们来自系统性地摧毁他们宗教的共产国家。对此，拉马丹非但没有表现出任何同情或提供善意的指导，仅仅叫纳芒加尼做这做那，还威胁说要给当局写信揭露他的错误；他对纳芒加尼说，他之所以还没这样做，只是因为不想去刺激德国人，说他们挑了这么一个干不了事的阿訇。虽然拉马丹本人主持过许多穆斯林的庆典活动，但在纳芒加尼主持的活动场合他却不见踪影。他不尊重老人，这是个明确的迹象，他就要他的革命，不想与传统有任何瓜葛。从拉马丹的观点来看，纳芒加尼就是一个反动派，纳芒加尼对这种指谪也有所耳闻。他以前也被这样指谪过——那是在苏联，由于不够革命，他被扔进了古拉格。

纳芒加尼这样谈到拉马丹："在他的某一本书中，他宣称正在德国学习的穆斯林将是伊斯兰世界未来的统治者，而我们这些难民，还是顺从的好。"他还说，拉马丹曾说过，这些老家伙回不了自己的国家是因为他们不是真正的穆斯林。如果他们回去，只会制造麻烦，苏联没他们才好。

现在当然不可能知道拉马丹到底说过些什么。这些只是反映纳芒加尼观点的记录。但有些拉马丹的年轻助手的回忆也与此吻合，他们承认，他们也不怎么看得起退役老兵。一些还活着的当年的学生在访谈中表明，他们对退役老兵们的伊斯兰观念有看法。拉马丹的观点浓缩了伊斯兰激进主义思想，代表了赛义德·库特布和后来的奥萨马·本·拉登的传统。所谓退役老兵不配回家，他们比共产党更坏的说法，与伊斯兰激进主义是一脉相承的，它们认为，不赞同宗教激进主义观点的人都是叛教者，可以毫无顾忌地被虐待或杀害。

跟往常一样，言辞一向直截了当的加朝格鲁也提醒人们失去了什么。这位举止唐突，教育不佳的阿訇，在十几年前就创立了西德第一个救助难民的团体，在现实中被想要得到美援的德国人抛弃，随后又被美国人抛弃，转而支持更有风度的拉马丹。他是被政治操作所利用的人，不过一路来他的主要目标始终是帮助德国南部的穆斯林难民。正如他一贯直来直去的风格，他指责冯门德五年前把纳芒加尼招来的不是。

"当国外的客人来电询问我们是否有祈祷室和清真寺，而我们又不得不回答没有这类场所时，这让我们伊斯兰协会很难堪。联邦共和国是想要补偿德国人在二战中造成的损失，为什么又是伊斯兰难民——在上次战争中失去了一切的人——受到如此忽视呢?"

第十二章　失去控制

已是午夜时分，庆祝德雷尔四十五岁生日的聚会也进入了尾声。几十个朋友同事又跳又喝的已经好几个钟头了。此时，德雷尔的天体营好友卡琳西站了起来，开始读她当场写的顺口溜。

暖心暖心德雷尔，
长出白发心唏嘘。
只顾自己回家转，
留下朋友好戚戚。

直到此时大家才意识到这是个告别聚会。在慕尼黑当了四年侨民关系的头头后，德雷尔到了要告别的时刻，他要回华盛顿，要回美国中央情报局“总部”去了。他喜欢在慕尼黑的生活方式，他热爱这座城市，这里的人，以及他每年要蓄起胡须参加的狂欢节。不过他在这儿的旅程结束了。

你的工作难猜透，
还要蓄个小胡子，
左看右望眨眨眼，
一笑活像人面狮。

混乱不堪戈壁中，

远东各国有身影，
波罗的海乌克兰，
俄国突厥通古斯，

鞑靼突厥高加索，
吉尔吉斯好稀奇，
基督菩萨穆斯林，
公主舞女天体营。

各国侨民纷纷起身，向德雷尔致谢。大部分人都是在自由之声电台工作的俄裔流亡人员中的老一批人马。拉马丹和德雷尔新招的穆斯林在这样的聚会上大概会感到不自在。最后，德雷尔想尽办法用他断断续续的德文说道："我们大家的目标是一致的。我认为我们所有人都有相同的目标。"人群中响起一阵叽喳声。一位前格鲁吉亚大公干笑一声，插嘴道："我可不想听那些政治说教！"

东方风情各国有，
有些甚至傻瓜精。
围成一圈说谢谢，
因为有钱攥手心。

这才是你真工作：
移民关系大主任。
其他都是平常人，
要的无非是信任。

远方人们想知道：
我们偶像干什么？
他会给我说些啥，

远在美国小鲍比？

这也一直是德雷尔同事们心中的问题。与前任艾萨克·帕奇不一样，德雷尔把这个组织培养成了一个更为大胆的战略的一部分。无论是穆斯林学生还是拉马丹，都得到了几年前想都想不到的支持。就在告别晚会几周前的1961年12月16日，拉马丹扛过了冯门德手下老兵们的夺权企图，成了清真寺建设委员会无可争辩的首领。部分原因就是德雷尔的出手相助：他资助了拉马丹的会议并支持他为旅欧的埃及伊斯兰激进主义分子创立了活动平台，同时又争取德国人从前的合作者如高加索领导人麦高玛和达吉斯坦老资格首领赛义德·沙米尔等人的支持。美国以往曾试图要让冯门德来经营侨民事务，德雷尔事实上把他晾在一边。另外，德雷尔在帮助拉马丹在欧洲安顿下来上，可能也起了作用，比如帮助获得签证等，都要花费精力，还要主动积极。这正是人们可以依赖德雷尔的地方，这位冷战斗士，从敖德萨到莫斯科的老手，这个中情局的家伙，一心想把慕尼黑电台那些渴望当记者的人重新组织起来。

然而从这一切中美国又得到了什么呢？德雷尔显然赢得了一位重要盟友。在打击共产主义方面，穆斯林兄弟会和美国是心心相通的。1961年底，拉马丹曾致函美国新任总统肯尼迪的主要顾问小亚瑟·施莱辛格，信中写道："当敌人由极权主义意识形态所武装并受盲从信徒所追随时，那些在政治上与他们相反的力量必须动员人民的力量才能与之抗衡。"拉马丹还写道："他们采用的战术本质上必然是反宗教反信仰的。只有让人民的力量真正参与进来，真正代表自己，才能对付共产主义的渗透威胁。"这封信很可能是要求肯尼迪新政府继续维持美国和拉马丹等伊斯兰激进分子之间的战略伙伴关系。

但在慕尼黑发生的事情不由让人对所谓联盟的价值产生怀疑。拉马丹现在是清真寺项目的负责人，但他的工作都是独立于美国的。德国人和美国人有同样的想法：控制清真寺，控制当地的穆斯林，然后利用他们对抗共产主义。当地的穆斯林身在慕尼黑，从这个意义上来说他们仍可以用于进行秘密宣传，但拉马丹不会是他们在世界舞台上的领袖。与美国盘算的不一样，拉马丹对团结穆斯林并对抗共产主义似乎不怎么关心。1953 年中央情报局的一份分析一针见血：他最感兴趣的是把人团结在自己周围以获得权力，他有传播穆斯林兄弟会那套伊斯兰的愿景。他把那些不能帮助他实现这个目标的人晾在一边，在慕尼黑，大多数穆斯林对他都没用，他们只是些年长的退役老兵，宗教知识极其有限。更为重要的是，他们都是成年人，太世俗，太专注于他们自己的故土，思想又太固执。拉马丹要的干部是容易受影响的年轻人，用来传播他的世界革命理论。他在领导一场新的运动，一场试图通过宗教来解决世界问题的运动。难怪他没有去统一慕尼黑的穆斯林；这远不是他心中所考虑的东西。他要的不是一个综合体，他要的只是一个细胞小组。

与此同时美国人也改变了想法，美解委决定不更换德雷尔，相反，他的副手威尔·克朗普将继续给那些老侨民团体提供资金，但不再招收新人，也不再和一心扑在穆兄会上的拉马丹联络。他对慕尼黑的美国人已经没有用了，谁都没有自动想要恢复关系。这期间，拉马丹写给施莱辛格的信也没获回音。侨民部最终被解散，美解委有过象征性却又意义明显的变动：就像历史上已经发生过多次的那样，委员会在 1964 年更名为自由之声电台委员会。从那以后，它将重点转向了广播。到了 1970 年代初，当中情局在这些组织中的作用被曝光之后，自由之声电台从中情局剥离出来，并和他的姐妹电台自由欧洲电台合并。两个电台都置于国际广播局的领导之下，并由国务院进行管理。

美国重新定位的标志就是派德雷尔去了越南。在那里，他帮助南越经营秘密电台，它们是中情局暗中支持的特种单位，越南军援司令部—研究观察组。德雷尔在该单位的秘密宣传部工作，只起一个作用。如同在慕尼黑一样，德雷尔似乎与周围的环境格格不入，也不知道他的工作到底有何作用，他不会说越南语，也不知道在广播些什么。他在那里担任顾问，经手几百万美元用于他根本不了解的某种活动。

1972年，德雷尔以五十五岁的年龄退休，他已为政府服务超过了三十年。在弗吉尼亚，他有着一套十分漂亮的公寓，正好远眺国会山。他的海外旅行活动终止了，人生翻过了又一页。2004年，他由于跌倒带来的并发症，死于一家老人护理院。

1962年9月，在华盛顿的中东研究所举行了有关伊斯兰在苏联的会议，会议上明星云集。这一曾经默默无闻的研究领域，重要性日渐增长。会议在豪华的希尔顿酒店举行，该活动部分资金由美国国务院资助，有意在美国"打开中亚研究的大门"。该领域的重要人物都到场了，苏丹、海伊特，以及世界各地的重要学者：独缺冯门德。

"没接到邀请，可能就是你告诉我的原因，"冯门德给苏丹的信中如此写道，希望他能动用他在美解委的关系搞到一张邀请，"另一方面，海伊特博士也在受邀之列，他只是东欧研究服务处的一个员工，而我，据称是个大纳粹，正是管这个处的……我觉得这种做法至少是不公平的。"

不论公平与否，它标志着一个新的时代，一个越来越难以忽视像冯门德这样与纳粹有关系的人的时代，来临了。种族灭绝的设计师之一阿道夫·艾希曼刚刚在耶路撒冷被处死，劳尔·希尔伯格也刚刚出版了他引起购买热潮的《欧洲犹太人的毁灭》。1940年代和1950年代，种族灭绝几乎成了一个禁忌话题，一个使大多数人都深感尴尬，不愿面对或选择遗忘的话题。此时，它成了进行严肃研究的领域，人们也开始意识到是谁在当初参与其事。"大家都知道他是纳粹，这肯定是他没接到邀请的原因，"当时协助组织会议，还是哈佛年轻教授的理查德·帕佩如此回忆道，"他的名声让此事毫无悬念。"

冯门德越来越被排除在清真寺项目以外。他现在与清真寺建设委员会没有任何联系。1963年初，退役老兵们宣布从该团体退出后，事实上已经有一年多了。与此同时拉马丹却在向前推进。为了强调他对这个组织的远大抱负，他把它的名字从清真寺建设委员会改为德国南部伊斯兰社区。

1963年，冯门德遭受了又一次损失。来自高加索少数族裔的首领，为对抗拉马丹而被提名的候选人但又仅以数票之差败落的七十五岁的阿里·康特米，去世了。多年来，冯门德一直在帮助这位已然半盲的领导人。此时他写信给情报系统的熟人，要求他们抹去这些帮助的痕迹。“与我熟识的阿里·康特米先生，曾为德国的情报机构工作了好几年，也曾受到德方资助。因此，在我看来，搜查他遗留物品中涉及这些活动的部分，对德国的利益有着直接的关系。”

冯门德的无力也反映在对土耳其裔“外来工人”或称“客籍劳工”的调查中。自1960年代起，西德经济蓬勃发展，一直吸引着外国劳工。现在，随着他们人数的增加，冯门德在情报系统的一位熟人写信来问起他们是否有引起动荡的潜在危险。这个问题令人啼笑皆非：许多年来，冯门德手中还没有多少穆斯林时，就已制定了利用伊斯兰的大策略，现在许多穆斯林真的来到西德，他却失去了对清真寺——这个控制穆斯林的工具——的一切控制。冯门德试图招募新的下线，海伊特已成功渗入科隆的一个穆斯林学生团体，冯门德也开始往那里投钱。不过他只是在外围活动。拉马丹才是赢家。

东德的国安部门斯塔西似乎注意到了冯门德的边缘化。1962年1月16日，它的密探停止了“亚洲移民行动”，即他们进行了七年之久的一项监控冯门德的行动。也许是斯塔西搞掉冯门德的旧上司特奥多·奥伯兰德后已经心满意足；也许他们感到对东占部已经追打得差不多了。无论是什么原因，冯门德已经不再那么重要，连他自己政府的注重点都已发生了改变。西德希望同东德改善关系——作为缓和的第一颗种子。海伊特还被派去参加另一个会议，这次是在新德里，德国外交部告诉他要保持低调。几年前，这样的指示是不可想象的。

冯门德开始神经紧张。1956年他曾遭遇过一次严重的脑中风，当时医生要他戒烟。但在1963年，他又吸了起来。基本上是两个人——他自己和海伊特——要唱一台戏的压力显出了后果。12月中旬某个星期一，在俯瞰莱茵河的办公室里，冯门德正在阅读堆在办公桌上的文件。这是一份有关苏联最近时事的总结。桌上的文件摊开在面前，他突发了严重的心脏病，当场死亡。

作为情报工作的先驱，冯门德的工作并不符合惯常的范式。他并不为西德的联邦情报局工作，也不为其国内问题的对应单位——捍卫宪法办公室工作。然而，他却有各方面的资金来源。捍卫宪法办公室资助了他的办公室，但西德外交部也有资助。他的工作更像德国典型的中型家族企业——这些企业是西德经济的支柱。他的办公室位于他住宅公寓的楼下，他的妻子凯罗在他的工作中起着重要作用，尤其是处理英语国家事务或和苏联民间人士进行重要社交活动的场合，而他的孩子们都帮忙做文书工作。

外交部同意为冯门德的葬礼支付费用，这是"考虑到死者在外籍失居人士办公室主任和东欧研究所主任职位上做出的重要贡献"。但部里提出了一项条件："此事保密，并要采取特别措施不能让外交部在公开场合以经济资助人的面目出现。"

寻找冯门德的继任者十分棘手。联邦政府首先考虑了他在联邦情报局的老熟人西格弗雷德·恩格曼，但很快放弃了这种想法，原因是这会让情况变得太复杂——冯门德理应以独立于政府的面目出现，但恩格曼一直有着公务员身份。许多侨民团体都为恩格曼，或者说任何人来接手进行了游说，但最终政府决定还是关闭了事。

事情在最后变得十分不堪：原来，冯门德的孩子们也在员工名册上，现在他们要求赔偿。他的儿子还说从办公室里拿走的东西中有他们的家庭物品。后来，他的妻子询问是否还可以继续使用东欧研究所这个名称，很显然，她想让这个组织成为一个家族企业。外交部回应说不。甚至对冯门德的文件也有争议。他去世近一年后，这些文件仍然保存在他那俯瞰莱茵河的豪华办公室中不加保险的文件柜里。官方担心大量"保密"级的文件会落入敌方手中。

他的孩子掌握着他的私人文件，即使有许多文件是与工作相关的。冯门德的工作材料，大约有一百多个档案夹，并没有收入情报部门的档案室，就比方像中央情报局的文件一样，那里的文件只要没有销毁，就一直会被锁在档案柜中。但在经过反复的官僚扯皮后，这些文件落入德国外交办公室手中。就这样，几十年后，这些文件被解密，成了现在公开记录的一部分。

随着德雷尔的离职和冯门德的死去，两大西方竞争对手悄然退出历史舞台。美国的兴趣点也已转向别处，尤其是转向越南。它对把伊斯兰当做冷战武器的兴趣，一直要到十五年后苏联入侵阿富汗时才有所恢复。到那时，五角大楼的评估办公室将委托兰德公司撰写冯门德如何利用穆斯林的报告。兰德公司一位极具事业心的高级研究员亚历克斯·亚历克维写就了一份有关东占部的秘密报告。他在报告中提出，美国武装苏联穆斯林来对抗莫斯科的道路，对其本身也有明显的影响，“对开始从战略角度来审视解决苏联民族问题的军事和战略规划者而言，这项研究应该会有所帮助”。亚历克维回顾了东占部的陈年往事，以及德国人在利用苏联少数族裔上颇有成效的原因。而刚刚入侵阿富汗的苏联军队的一部分，正是由这些少数族裔所组成，因此，美国就有可能复制德国当年的策略而不必重复当年的失误。他还指出，许多这类穆斯林少数族裔也生活在阿富汗，这就给了他们一个打击莫斯科的强有力的理由。

亚历克维的研究只是一个广泛讨论的一部分，这样讨论的最终结果是武装穆斯林圣战战士来对抗苏联。这与德国人当初利用他们的方式十分相像；德国人培植了耶路撒冷大穆夫提，成立了阿訇培训学校，并试图在苏联的穆斯林社群任命宗教领袖，所有这些都着眼于激励穆斯林军队的战斗意志。在另一个层面上来说，华盛顿有着明确的先例，来支持阿富汗的圣战战士——支持穆夫提的盟友，穆斯林兄弟会。采取支持拉马丹的立场，华盛顿与这个伊斯兰激进组织结盟，他们是阿富汗圣战战士的榜样，而后者更是以圣战者而闻名于世。由于无法看到中情局的有关文件，我们不能确定慕尼黑和阿富汗之间有任何因果联系，但可能的情况是，对穆斯林兄弟会的早期利用使得美国情报机构在武装阿富汗人时更为得心应手。二十年后，“9·11”袭击发生，这种支持寿终正寝，许多人都想在阿富汗找到它的历史基础。这并没有错，只是很少有人意识到它的原型在慕尼黑。

西德早已开始与东欧重修旧好，官方也不再利用穆斯林。冯门德之死事实上结束了西德对伊斯兰激进组织的监控，这种情况一直持续到1990年代，到那时，基地组织崛起，伊斯兰激进主义的恐怖活动使得统一后的德国国内情报机关重新关注这些组织。只有到那时，慕尼黑清真寺和阿拉伯学生们——现在都已长大成人了——重新又受到了盘查。

但是其中有一个组织仍活跃在舞台上：穆斯林兄弟会。它的成员并没有失去兴趣或迷失方向。他们牢牢抓住了西德和美国的情报机构为他们铺就的那个小小的立足点，在悄无声息中把慕尼黑清真寺变成了锲入西方世界的一个据点。

当 代 战 争

个中答案，也许早有，
能来回答你的提问：
谁能体会诗中之我，
我中有你，无分你我？

第十三章　穆兄会大胜

这一刻终于到来了：1973 年 8 月 24 日，在崭新的慕尼黑伊斯兰中心，一位宣礼员发出了祈祷呼召。这是巴伐利亚历史上第一次有记载的在一个清真寺里做祷告，而这座清真寺，也是西德境内仅有的六座之一。这个耗资 300 万马克（2009 年币值为 500 万美元）的建筑，明亮现代，有着泛伊斯兰风格：耀眼的三十五米高的细长尖塔顶端是金色的半月标记。螺旋阶梯一直延绕到尖塔半腰的祈祷台，虽然祈祷台本身只不过是个象征性的建筑；穆斯林并不想用室外祈祷来惹恼他们的德国邻居。祈祷室在一个椭圆形的大厅中——绰号“原子蛋”，钢筋混凝土结构，外覆钴蓝色的瓷砖，里面有会议室和办公室以及一个图书馆。这是一个土耳其裔德国建筑师的作品，他花了很长时间来完成这项物美价廉的建筑设计。

大约二百名政要和外交官员出席了开幕式，其中包括十五年前夺得工程控制权的许多年轻学生。但任何了解清真寺历史的人，都会觉得眼前的场面有种说不出来的怪异。到了该由清真寺主事人向主要赞助方颁送金钥匙的时候，将山羊皮小盒亲手递给远道而来阿拉伯酋长的荣誉，并不属于拉马丹，反是落到了一位巴基斯坦学生的头上。拉马丹不仅缺席。他满心厌恶地离开了这个项目，差不多是被逐出了委员会。

十一年前，当拉马丹的权力处于顶峰时，他帮助创立了世界穆斯林联盟，他不知疲倦地工作了几十年，就是要把全世界的穆斯林团结到一个共同的事业中来。以这个联盟为基础，他成功地建立了一套永久性的组织系统。拉马丹当时的影响力是如此之大，以至有人说在那次决议会议上，是拉马丹亲手将设立联盟的正式建议书递到了沙特国王手中。

拉马丹曾想过要取消各民族国家的边界，让伊斯兰来作为最高的统治力量。但是，正像成立仪式所表明的那样，沙特阿拉伯从一开始就在联盟中占着主导地位。沙特王国占据着所有的主要职位，也在资金上支持这个团体。穆斯林兄弟会的许多人和沙特人达成了和解。这个王国有许多伊斯兰最神圣的地点，国家很富足，所以它几乎可以支持任何尝试，图书馆、学校培训中心和国际传教运动。除此之外，占统治地位的家族还支持保守的穆斯林派别，这在某些方面倒是与穆兄会相似。许多在自己国家受到迫害的穆兄会成员都能在沙特阿拉伯避难。几乎所有人都拿了沙特的钱。然而拉马丹却固执地走上了不同的路，即便是在沙特给他很大压力的岁月里，仍然决定要维持自己的独立性。1963 年，世界穆斯林联盟要求拉马丹把他的日内瓦伊斯兰中心作为它的第一个海外办事处，拉马丹拒绝了，同时也拒绝把他的杂志《泛穆斯林》变成联盟的一个正式下属机构。他写给联盟拒绝接受他们钱款的信件的签发地，是一个虚构的地名“伊斯兰斯坦”，这是个明确的信号，他不想有任何国家来控制他和他的工作。沙特并没有立即与拉马丹断绝往来。他仍持有外交护照，并有着世界穆斯林联盟无任所大使的头衔。后来，可能也是出于对沙特的日益失望，他开始用巴基斯坦护照旅行。

随着在伊斯兰世界权柄易手，学生们纷纷离开拉马丹。有好几项因素促成了此事，当然，钱，是其中特别重要的一项。纳芒加尼说拉马丹眼高手低或许是带有偏见，但也不是没有一点道理：拉马丹这个人的争议性非常大，承诺提供资金的人只有一小部分真正完成了捐赠。最大的承诺来自一位沙特商人——既然拉马丹现在与沙特分道扬镳，他得到钱的机会也就很渺茫了。

在这幕“恺撒之死”中出演叛变谋杀角色的就是拉马丹的亲信加

勒卜·希马特。有些学生猜测，民族认同感可能是一个因素——希马特是叙利亚人，而拉马丹是埃及人。叙利亚有着穆斯林兄弟会中最活跃的分部，首脑是伊萨姆，他早在1960年代起就流亡欧洲。希马特原来可能是想把伊萨姆而不是拉马丹弄到慕尼黑来（他后来也娶了伊萨姆的女儿）。伊萨姆回绝了，在德国亚琛定居下来，并在那里建立了一个伊斯兰中心。其他人认为，真正关键的问题在于希马特并不认同拉马丹的理想，拉马丹的想法是通过教育和传教来传播伊斯兰，而希马特的政治倾向更为明显，事实上，他将领导中心在日后走上一条暴力动荡之路。“赛义德·拉马丹是传统的伊斯兰激进分子，他了解哈桑·班纳教长的思想，他曾经住在他家，”1990年代穆斯林兄弟会的正式发言人卡马尔·赫巴维谈起这两位他都认识的男人，“也许有些新成员对教育不怎么感兴趣，更倾向于政治。也许有些人没有太关注班纳教长的全部教诲。”

到1960年代中期，拉马丹受够了这些学生，拉马丹在德国的一位早期追随者这样表示，他在拉马丹离开后留在了清真寺。他说：“他很讨厌他们（学生），他说，‘我不想再和你们有什么来往’。”

希马特的回忆有所不同。他说，拉马丹的离去与民族或企图心的差别没有任何关系。他说，拉马丹在清真寺项目中从来就没有发挥过多少作用，后来他又太忙了。“他是来参加过几次会议。过了一段时间，他说他非常抱歉，不能再继续下去了。我不知道是为什么。在慕尼黑为我们斗争对他来说是个负担。”

在他最终离开慕尼黑之前，大约在1966年，拉马丹提醒他的继任者，年轻的巴基斯坦人法萨·亚兹丹尼，他的周围全是政治投机分子。拉马丹半开玩笑地警告他要警惕政治阴谋，因为阿拉伯人自认为要比其他穆斯林高出一头：“你马上就会知道阿拉伯人是一群什么样的家伙了。”

刚开始学生似乎真的倒霉了。失去拉马丹后，他们缺少有经验的组织者。他们不知道如何游说资金，也缺乏进行募捐旅行的费用。退役老兵们的离开更使他们步履艰难。当冯门德的人仍在项目中时，穆斯林还可以指望免费得到一块地，政府也可能承认他们的事业是慈善性质的——即捐赠都可以得到免税待遇。但此时的德国官员在这两项优惠上拒绝让步。两年来，学生们的筹款活动毫无结果。

法萨·亚兹丹尼出手相助了。1960 年，拉马丹从他身上看到了理想主义，邀请他加入了清真寺建设委员会。亚兹丹尼出身于良好家庭，与伊斯兰世界有广泛的联系。拉马丹的内心是个国际主义者，可能他不想让阿拉伯人来独霸这个项目。他的选择十分明智；这位年轻人证明了自己是致力于这一事业的。他的父亲把他送来学医，但他放弃了他的研究，转而为清真寺工作，在拉马丹于 1965 年离开后，他成了德国南部伊斯兰社群的主席（也即清真寺建设委员会的新名字）。他的父亲是个成功的巴基斯坦商人，通过这层关系，亚兹丹尼被介绍给巴基斯坦驻西德的大使，并通过他介绍，进入了其他伊斯兰国家的大使馆。这些大使馆的抗议压力，使得西德外交部迫使巴伐利亚的官员授予这个社团免税的地位，这项宝贵的特权在接下来的三十五年里为他们省下了成千上万的美元。

学生们最终筹集到足够的资金，在慕尼黑市郊购买了土地并雇了一位建筑师。那块地并不是最理想的——地下水位很高，清真寺的地下室部分会淹在水里，需要昂贵的改造费用。但他们正一步步向前。1967 年，清真寺奠基，巴基斯坦大使莅临致辞。项目的完成似乎近在眼前。

然而，另一场危机发生了。亚兹丹尼的主要资金来源是利比亚。希马特通过穆斯林兄弟会同那边有接触，王室会资助这个项目。地基打好，混凝土外墙竖起，甚至供暖管道和暖气片也都安装完毕。然而，穆阿迈尔·卡扎菲 1969 年的军事政变结束了利比亚的君主制，资金一下被终止了。清真寺那时不过是个空壳，风吹雨淋下，管道开始生锈。绝望中，亚兹丹尼又来到已在卡扎菲控制之下的利比亚大使馆，请求他们解囊相助。大使派了一位秘书来慕尼黑查看了工地。出于渴望提升自己在伊斯兰世界的声望，卡扎菲同意支付大约 150 万马克的余款。1971 年，资金又开始源源到来，两年后，清真寺开放。

几个月后，南部德国伊斯兰社群的成员们再次相聚慕尼黑。本次会议将确定清真寺在今后几十年的特质，它将被牢牢地掌握在政治扩张分子的手中，也即由沙特资助的穆斯林兄弟会分部的手中，换言之，是在希马特的手中。如同每一个这种两年一度的会议，最为关键的决定就是由谁来担任主席。亚兹丹尼从 1965 年起一直担任该职，连任似乎是囊中取物。还有就是阿奇麦德·希米德，是拉马丹在 1962 年为成立世界穆斯林联盟时带进来的德籍皈依者，他所有的工作几乎就是为了建筑清真寺募集资金。

但亚兹丹尼并没有参加会议。他的父亲病了，他回到巴基斯坦去陪他。在他缺席的情况下，有人开始暗中活动，流言蜚语中暗示亚兹丹尼通过项目自肥。这些指控后来被证明毫无根据，最终消散无形。所有主要的承包商都直接由利比亚大使馆付款，这使得想揩油十分困难。但这些谣传让亚兹丹尼饱受攻击，有一派阿拉伯学生起身反对他。正如十年前发生的那次阿拉伯学生逼走穆斯林侨民一样，这次投票的结果也不差上下，饱受争议。阿拉伯人提出了两位候选人，希马特和一名埃及人。在第一轮的选举中，没有人拿到三分之二的多数票。随后埃及人弃选，阿拉伯人团结在希马特身后，他赢了。当亚兹丹尼了解到这个情况后，他崩溃了。

“我想要说的是，我很高兴它能建成，”亚兹丹尼这样说道，“但有时我对这个结果还是有点失望。它没有我想象中那么理想。”他说问题之一就是把阿拉伯人置于其他穆斯林之上。“我跟他们谈过，应该包容不同的穆斯林，但他们不想这么做。他们只想要一种穆斯林，就是阿拉伯人。”

认为阿拉伯人抱团来驱逐一名巴基斯坦人，这听起来有点像阴谋论——或像是败落者的牢骚。也许这次与上次驱逐中亚退役老兵的相似纯属巧合。但隔年的事件表明了这个团体的排他本质。1974 年，一百名土耳其客籍劳工对德国南部伊斯兰社群提出了申诉。土耳其人声称，即使组织章程中有“任何支持本社团宗旨和目标的穆斯林都可以成为本社团成员”的规定，他们和其他人却一直不能入会。土耳其人说他们确实支持组织的章程。他们支持建造清真寺，现在想帮忙经营它。这栋建筑的设计师就是个土耳其人。但这个团体投票反对土耳其人加入，并称这将会损害其凝聚力。

1975 年，土耳其人又试了一次，这次得到了亚兹丹尼的支持，他仍然是清真寺的正式成员。会议不对外开放。亚兹丹尼要求在清真寺筹备阶段出力的每个人都应该被允许参加会议，许多土耳其人都来了，希望能击垮只有阿拉伯人的派系，亚兹丹尼希望大家赞同。但希马特和他的支持者投票决定继续这次闭门会议。亚兹丹尼随后又提出了一项动议，指责清真寺已经被穆斯林兄弟会劫持了。根据会议纪要，希马特和他的追随者指出这种指控是荒谬的，亚兹丹尼没有任何证据。他被投票开除出了这个团体，这也结束了他与清真寺的任何关系。在未来的岁月里，他成了一名法庭翻译，远离清真寺。

清真寺团体再次讨论了是否允许土耳其人加入的问题。等在外面的许多人是外来劳工，这是全新的前所未有的来欧穆斯林移民潮。他们说，有人告诉他们可以来参加会议。德国没几座清真寺；大多数都是移民租用的小型祈祷室。这些人就是想加入一个真正的有着圆顶的清真寺，而且，还是一个仿奥斯曼风格的尖塔建筑。此外，南部德国伊斯兰社群已经扩展到包括纽伦堡和乌尔姆的清真寺——这也是为什么要改名。土耳其人认为，这座清真寺应该有更广泛的基础，而不仅仅是过去十五年里主持这个项目的几十名学生。

领导层拒绝了这项包容性建议。随后这个团体又投票修改章程，限制新会员。在过去，章程规定，任何人对清真寺感兴趣即可加入；现在则改为两类成员：可以参加清真寺活动的普通成员和清真寺的管理成员。这一决定意味着土耳其人可以祈祷和捐款，但没有投票权。这是个辛辣的讽刺，反映了他们在德国的社会地位：他们是外来务工人员，不是完全的公民。

会议的官方记录显示，核心小组希望维持小型化，这样才能采取更有效的有时是必要的及时行动。在召开此次会议时，德国南部伊斯兰社群共有四十一名成员，与十年前的人数大致相同，当时它还只是清真寺建设委员会，正全力以赴地建设慕尼黑清真寺。现在它的成员们遍布整个德国南部，但却一直保持着集中化的领导。

在未来二十五年里，希马特会充分利用这种集中特质，将慕尼黑的伊斯兰中心引上一条冒险之路。它最终会成长为一个全国性的组织，在大西洋两岸发芽，奠定我们今天还能见到的各种欧洲组织的基石，确保穆兄会的伊斯兰激进主义成为西方最有影响力的势力之一。清真寺将会遭到爆炸和焚烧的攻击；它将成为圣战的一个支点，招募年轻的穆斯林去波斯尼亚打仗。日后被定犯下恐怖主义罪行的人们会把这里作为他们自己的清真寺，而当希马特被指控资助基地组织时，最后也不得不从领导层辞职隐退。

但在这一切发生之前，希马特找到了一个帮手来弥补自己的弱点。希马特是个隐士，住在离清真寺很远的地方，也不大在公众场合露面。很难找到他的照片，多年来他也从不接受采访。优素福·纳达与他正相反：性格外向，好出风头，一心想着出名。他还给希马特带来了宝贵的人脉。他年长几岁，是个资深的穆斯林兄弟会成员，他为清真寺确保了埃及方面的资金以及那里的人脉。如果说拉马丹卓有远见，希马特是新的名义上的领导人，那么纳达就是实践家，是把人和钱融合一起的人物。

优素福·纳达加入穆兄会的时候还是个年轻人，那是在他的家乡尼罗河三角洲上的亚历山大市，与这个运动的创始人哈桑·班纳属于同一地区。他还记得小时候两组不同团伙的孩子们如何在大街上互相斗殴。穆兄会的青年支部——类似于现在的青年团——插手平息了争斗。不久之后的 1948 年，纳达加入，同年，班纳遇刺身亡。他成了穆兄会的热心成员，把它当做寻求国家解放的途径。他二十三岁时，遭到了逮捕，并被投入监狱。那是在 1954 年，纳赛尔把所有与穆兄会有关的人都囚禁起来，禁止了该组织的活动，并把它的成员打得四散飘零。这也是拉马丹差一点就没能逃掉的那一波逮捕浪潮，纳达则没那么幸运，在监狱中度过了数年。

“我受过电击、火燎、冰水澡、鞭打、倒吊在天花板上，还有狗咬，”纳达这样说起那段岁月。然而也是在监狱里，他遇到了许多穆斯林兄弟会的高级领导人，为他积累了终其一生的关系网。

刚开始的时候他专心做家族的乳制品生意。但他难以忍受纳赛尔统治下的生活。纳达仍然对穆兄会有心灵相通的感觉，但这个团体已经被禁，并且他能感到监控的压力。他找到出路，并最终在1960年来到奥地利学习奶酪制作，他希望能在回埃及后做这样的生意。他开设了向埃及出口埃曼塔尔奶酪的企业。在奥地利，纳达很快就与流亡在那里的穆兄会会员接上了头，也听说了慕尼黑学生们的事。1960年，他从自己在格拉茨的新家一路驾车来到慕尼黑，参加学生们的拜兰节。

就是从这时开始，他同希马特有了联系。开始的时候两个人并不经常见面。纳达会时不时地去慕尼黑一趟，但他并不是这个团体的成员。在他同利比亚建立了商业联系后，与慕尼黑的联络就更少了。“（利比亚）那里的学生吃金枪鱼三明治。我让王室相信学生们应该吃奶酪，王室接受了。金枪鱼吃起来容易弄得一片狼藉，奶酪则更好处理。吃加工过的奶酪不大会让油滴在书上。”有了这样的认识后，纳达收拾行装，去了的黎波里。正是在那里，他帮助慕尼黑的学生们搞到了清真寺的第一批筹款。

纳达谈到，利比亚王室十分看重他的建议，并请他担任该国的农业顾问。“我说，‘好的’。”他还获得了从奥地利进口建筑材料的优惠。就像纳达的大多数成功企业一样，这也是一个准垄断企业，一个依靠良好人脉运作的企业。1969年卡扎菲政变期间，这些关系烟消云散，纳达出逃国外。他声称，他与王室的关系十分紧密，个人也是偷偷出境的。他先是逃去了突尼斯，然后转道希腊，最后到了德国。他的生意一败涂地，他也患上了神经衰弱症，去了德国威斯巴登温泉镇的一家诊所治疗。也就是那里，他和希马特成了密友，他当时住在慕尼黑，离那儿不过几个小时路程。纳达决定在欧洲安顿下来，并开始寻找一个永久根据地。他搬到瑞士卢加诺湖附近有“意大利贤宾区”之称的一个意大利人小区。那个时候，纳达和希马特已成了无话不谈的朋友。希马特邀请纳达加入德国南部伊斯兰社群，1971 年，他加入了。很快，希马特也搬到了意大利贤宾区，就住在离纳达几个门牌远的附近。

1973 年，该团体再次召开会议，他从贤宾区驾车而下——日后的三十年里，无论是清真寺还是它在德国伊斯兰中心日益增长的网络，都将从这个意大利人小区接受号令。1973 年，由于拉马丹多次没任何解释就不参加会议，他被正式开除了；纳达投了支持票。

纳达协助将清真寺转变成沙特穆兄会体系的一部分。他与还在埃及的穆兄会关系仍然十分密切，他说，他几十年来都是这个团体的非正式外交部部长。并不能完全确定他的这种说法是否可靠，但他确实为穆兄会在伊斯兰革命时去伊朗执行任务，并去阿富汗支持圣战者。纳达想与各国政府和平共处，他有着很大的商业计划，这就要与当局合作，而不是冲突。从这个意义上讲，纳达与拉马丹也不同，拉马丹从来不怕与政府正面对抗。但在其他方面，纳达比拉马丹要更革命。当拉马丹身在日内瓦，处在无人关心的境地时，纳达的商业和外交努力风起云涌，占据着伊斯兰世界革命活动的中心。沙特的资金，再加上穆斯林兄弟会的意识形态，不仅在整个伊斯兰世界，而且在整个西方世界，都成了伊斯兰激进主义思想传播的舞台。纳达，希马特，慕尼黑的伊斯兰中心正处于整个运动的震中。

第十四章　超越慕尼黑

铁锈剥落的窗花，斑驳陆离的墙面，这是开罗标准的中产阶级公寓楼，除了那两辆停在外面的警车。公寓中，可以看到有一个单元中总有人进进出出，这就是穆斯林兄弟会的总部。

自 1954 年被禁后，穆斯林兄弟会在埃及依然是非法的，但并没有被赶尽杀绝。当局发动零星的镇压，但会员们可以聚会，也可以发表意见书。团体被允许推选候选人参与国会选举；而在最近的一次选举中它还赢得了 19％的选票。外国政府认为，在埃及这样的国家，半个世纪的独裁统治已经系统地摧毁了任何有组织的反对派，穆兄会可说是残留下来的最后有真正独立意义的团体。其有关宗教复兴的观点，埃及政府曾避之不及，但随着时间的推移，又慢慢地接受了，并把他们对于伊斯兰的支持视为巩固自己统治的一种方式。穆兄会的影响实在太大，无法完全根除。

在公寓里，这个团体的战斗性倾向一览无余。杀身成仁的兄弟们的照片，被悬挂在墙上，其中包括 2004 年被以色列杀害的哈马斯领导人谢赫・艾哈迈德・亚辛。年轻人往来穿梭，带来各种报告信息，并把政策文件发送到全国各地成千上万的核心小组。负责人是穆斯林兄弟会的“最高导师”，马赫迪・阿克夫。身材不高，敏捷灵活的他，出生于 1928 年，自从 1939 年听了哈桑・班纳的演讲后，他就成了穆兄会的一名成员。他的办公室就是这套单元的主卧，里面满满当当地放着一张办公桌，两个沙发，以及那张包罗万象的伊斯兰世界地图，每个国家都用颜色来表示穆斯林人口的密度，整张地图的四周印满了著名的清真寺——就像那张我在伦敦书店见到的一样。“从这间斗室，我们领导着全世界的伊斯兰运动，”阿克夫这么说着，不免夸张，但出自这么有影响力的团体负责人之口，又完全可以理解。

就像希马特和纳达一样，阿克夫代表着穆兄会中试图与当局和平共处的那部分人。与拉马丹或更为激进的理论家不同，阿克夫热衷于让政府接纳，希望穆兄会能参与政治进程。他当然希望在埃及实施伊斯兰教法，但他说，他只会慢慢来，先建立基层的支持而不是像伊朗那样自上而下地推行。伊斯兰激进运动的许多前辈，都蹲过多年的监狱，不同的是阿克夫一蹲就是惊人的二十三年。之前的二十年从1954年对穆兄会的首次镇压开始，一直到1974年萨达特总统宣布特赦该组织的所有成员为止。第二次则是从1996年到1999年，当时萨达特的继任者穆巴拉克时不时地采取行动抑制穆兄会。

1974年获释出狱后，阿克夫迅速与运动中的其他实用主义者联手，如优素福·卡拉达维，由于电视广播和书籍的推广，现在他在伊斯兰世界十分出名。阿克夫联手一份萨达特允许出版的杂志《达瓦党人》。它对新闻事件进行评论，坚持四条基本准则：反犹，反“十字军”（即反基督教），反共，反世俗。但它并不挑战政府，它的许多支持者非常富有，他们都躲过了纳赛尔和萨达特的囚禁，来到沙特阿拉伯定居。这本杂志预示着一个新的方向，一个更加务实的穆斯林兄弟会，一个淡化针对国家的暴力言论，使自己更能为当局所接受的组织。希马特和纳达与这个团体十分接近，伊斯兰研究学者吉尔斯·凯佩尔把这个团体称为“新穆斯林兄弟会”。

阿克夫的一个目标，是重建由于镇压被捕和主要成员流亡国外而受到重创的穆兄会的组织系统，这涉及十分细致的基层工作，但带来了穆兄会人数的惊人上升；此时，它已经是埃及最有影响力的政治运动。但阿克夫希望还有一个与此相当的精心组织的国际网络，这样就不必受制于任何一个像纳赛尔那样的暴君。这把他带到了慕尼黑的希马特和纳达身边。

从1984年到1987年，阿克夫在慕尼黑生活，他是清真寺的首席阿訇。这一时机并不是偶然的。萨达特于 1981 年遇刺后，形势对穆兄会特别严峻，而慕尼黑的伊斯兰中心就成了阿克夫的避难所。他是它精神上的领袖，而希马特从他意大利贤宾区的家里操控着这个合法组织。他一边凝视着世界地图一边说道："穆斯林兄弟会在慕尼黑有一个大型的伊斯兰中心。"

这是阿克夫的一段快乐岁月。他学过体育教育，现在几乎天天都去游泳，他特别强调他是和德国人一起游的。他说，他对当地人没有任何不满，虽然他责备他们把清真寺设置于垃圾场和污水处理厂边上。他把这件事归咎于偏见而不是学生们缺乏资金："这是政府唯一会同意的地点。"垃圾场最终通过花费巨大的政府项目被改造一新，现在被改造成了能跑步和骑自行车的小道。对他来说，这是穆兄会的另一次胜利。"是我们让这片地方变美的，现在应该已是绿树成荫，"阿克夫的声音在回忆中渐渐低沉下去，"这是德国最漂亮的地点之一。"除去在城市改造中起的作用，正是他，把伊斯兰组织在欧洲推到了空前的高度。

在 1973 年慕尼黑清真寺启用前几个月，欧洲各伊斯兰文化中心和机构在伦敦的剧院区开会，讨论建立一个由志同道合的团体组成的网络，有好几十名积极分子出席了会议，其中包括崭露头角的德国南部伊斯兰社群新首脑希马特。大会主席是沙特，这反映了沙特阿拉伯要主宰各伊斯兰组织的努力。希马特当选为理事会委员，同时当选的还有巴基斯坦有影响力的活动家胡希德·艾哈迈德。虽然伦敦会议没能立即成功建立一个泛欧网络，但毕竟走出了第一步。

四年后，兄弟会获得了成功。1977 年的那次会议是在瑞士卢加诺湖畔的度假胜地举行的，从希马特和纳达住的街再往上走一段就到了。纳达对与会者表示欢迎，其中很多是他的老相识，许多人在日后成为他商业上的伙伴。其中最令人印象深刻的是卡拉达维，他当时在《达瓦党人》杂志社工作。这个时期，他已经被广泛接受为穆兄会的精神领袖，从 1950 年代初以来，他一直是个重要的人物。纳达回忆说，在 1955 年他同其他穆兄会的成员们蹲监狱的时候，狱警甚至还允许他们做祷告。当祈祷声响起时，他说："我简直不敢相信这是真的。（这是）我第一次在监狱里听到，卡拉达维带领大家祈祷。"

现在与当初的困境早已不可同日而语，卢加诺湖畔的会议将商讨如何开始重建穆兄会组织的艰苦工作。如今，人在欧洲，受到法律和民主制度的保护，他们可以自由地建立永久性的机构。第一个要建立的就是国际伊斯兰思想研究所，尽管"思想所"这个名字有点学术，但它的功用绝不是神学。它的目标是为伊斯兰在西方的传播提供理论基础。它要举行会议，让穆兄会和类似组织的领导人互相见面并交换意见，它还要刊发文章和书籍，培养促进伊斯兰激进主义哲学在全球的兴起。一年后，该组织在沙特阿拉伯再次召开会议并决定迁址美国。曾参加卢加诺会议的重量级伊斯兰激进主义思想家，伊斯梅尔·法鲁基，奉命前往宾夕法尼亚，在他拥有教职的天普大学附近开设一个中心。

还有两个对在美国扩大穆兄会影响至关重要的人物也出席了卢加诺会议：贾迈勒·巴尔基奇和艾哈迈德·托托奇。在法鲁基 1980 年创立思想所时，签署登记文件的正是巴尔基奇。这两位与纳达的关系十分密切。巴尔基奇还是纳达一家于 1978 年开业的公司的高管，并为他工作了五年。纳达在美国还培养了另一位伊斯兰激进主义坚定的拥趸，希沙姆·阿塔利布。他也曾在纳达的公司里工作，而纳达介绍他加入了德国南部伊斯兰社群。1978 年慕尼黑伊斯兰中心的一次会议上，尽管阿塔利布根本不住在欧洲，更不要说在慕尼黑，纳达还是把他推举为清真寺有投票权成员的候选人。

托托奇、巴尔基奇和阿塔利布都来自伊拉克，都在英国学习过，然后又在 1960 年代初去了美国。托托奇和其他几个人在 1962 年创立了"穆斯林学生协会"，一般认为，这是美国的第一个穆兄会组织。因此，他们参加卢加诺湖会议也可说是一个标志，也就是说除了欧洲，穆兄会在美国也已站稳脚跟。他们为纳达工作，参与清真寺事务，纳达也在美国生活了一段时间，这都显示了跨大西洋联系的加强；实际上，纳达的三个孩子都是 1978 年和 1982 年间在那里出生的。纳达住在印第安纳波利斯，正是在那里，巴尔基奇和托托奇等人致力于把那里的学生组织转变为全国性的运动。从很多角度来讲，他们不过是在重复纳达和希马特在德国做过的事情：组织学生群体，推向全国，然后把它改造成一个用沙特的资金和穆兄会的意识形态联系起来的组织。正如纳达在慕尼黑所做的那样，他显然是在帮助印第安纳波利斯的总部组织融资。这个占地两百四十多亩的场地，很快就有了一个清真寺，教室，宿舍，健身房和一个八万册藏书的图书馆。到了 1980 年代，它成立了诸多总部，包括北美伊斯兰信托基金，穆斯林学生协会以及新成立的全国性组织，北美伊斯兰协会。

与此同时，慕尼黑伊斯兰中心的重要性不断上升。1982 年，中心更名为德国伊斯兰社群，反映了它在全国的地位。慕尼黑伊斯兰中心是一个全国性的组织，目前总部负责一大批清真寺和文化中心。虽然 1980 年代的确切历史数据并没有被记录下来，但它在西德的几乎所有主要城市中都有分支。

也是反映出它的国际重要性，这个组织不断从国外吸收成员，把清真寺会员资格变成一种荣誉标记。在赶走了一位巴基斯坦人和拒绝了土耳其人成为会员不过短短几年后，这个组织接受了一批非阿拉伯人；不同的是，这些都是著名的伊斯兰激进分子，不是普通的信徒。譬如胡希德·艾哈迈德就加入了。他曾经参加了 1973 年的伦敦会议，是穆兄会在巴基斯坦的翻版“伊斯兰促进会”在欧洲最重要的代表。另一位极为重要的新成员是魅力十足的伊萨姆·阿塔，穆兄会在叙利亚分支的头头，他在 1960 年代早期移居比利时，并最终于 1968 年来西德亚琛市定居。这两个人的加入标志着伊斯兰激进运动的国际化和克服民族背景差异的能力，正是这种差异分裂了伊斯兰世界。虽然大家喜欢希马特，阿塔和艾哈迈德也有着各自意识形态上和个性上的差异，但在欧洲，他们之间的共同点远比与其他非穆斯林之间的要大。从他们的角度来看，他们正是西方这新一波伊斯兰激进运动的先锋（基督徒家园中的少数族裔）。不过显然他们并不住在慕尼黑，或跟那里的清真寺有任何瓜葛；清真寺不过是为了实现奋斗目标的工具。希马特俯瞰卢加诺湖的别墅离慕尼黑足足有四百多公里，在那份用挂号信寄出的1982年的会议记录中，希马特强调了穆兄会组织和西德本土之间缺乏紧密联系的问题。

就像马赫迪·阿克夫把穆兄会的办公室安在开罗一样，这个要协调建立一整套组织网络的中心也显得相当不搭调。穆兄会在欧洲的基地坐落在马克菲尔德会议中心，这个中心原先是紧急救护人员在马克菲尔德郊区的训练场，处于莱斯特城外毫不起眼的一个社区，只有一座小教堂和三个酒吧。马克菲尔德位于伦敦以北两小时车程处，远离欧洲的穆斯林人口中心，本身只是一座破落的纺织业的小镇。这个中心看起来像一片校园：平缓的草坪上点缀着宿舍、礼堂和书店。其中一座大楼内有欧洲伊斯兰组织联合会，以及它的首脑艾哈迈德·拉维的办公处。

拉维，1947年出生在伊拉克的一个同名小镇。穆兄会是社区生活的重要组成部分；它的成员是社区中最为积极的一部分。在采访中拉维承认，他曾经一直认为自己就是穆兄会的成员，但他也强调，他从来没有正式加入过。1960年代末，军事独裁兴起，伊拉克越来越不适宜居住。

1975年，拉维到英国攻读结构工程。他在苏格兰邓迪大学获得了博士学位。作为穆兄会在英国和欧洲三十年扩张的推手，他有权决定联盟的驻地，虽然他还得着意强调这种选择背后的逻辑。“我们是在中部地区，”他说，“我们是方方面面的中心。这儿有个机场，并不那么偏僻。”

还有另一个原因。马克菲尔德会议中心由伊斯兰基金会拥有，它的创始人和组织者与伊斯兰促进会走得很近。基金会促进跨宗教对话，甚至连查尔斯王子都来访问过。不过，那都是在以前，好多情况还未为公众了解之前发生的：基金会的导师们都支持恐怖组织哈马斯，它的书店里堆满了伊斯兰激进主义的经典著作，作者包括赛义德·库特布，哈伦·叶海雅，当然不能忘了穆兄会人人敬仰的精神领袖，优素福·卡拉达维。拉维在这个知识分子群体中十分自在。就像卡拉达维一样，他认为，只要是针对以色列的犹太人，即便受害人不过是些孩子，自杀式炸弹袭击也是合理的。正像卡拉达维明确提出的那样，其理论就是以色列的儿童长大后就是以色列的成人，因此，这是公平的游戏。拉维在声明书上署名，承认可以在以色列进行自杀式炸弹袭击，并且还提出，在他家乡的西方士兵也是自杀性炸弹袭击者的合适目标。

拉维的小办公室里，一张伊斯兰激进主义规范的世界地图十分显眼，穆斯林为主的国家都印成绿色，其他国家则有着深浅不同的色调。拉维是个矮小的人，穿着整洁，蓄着银白色的短须，眼睛中透着友善。他的英语还不十分流利，他耸耸肩来强调立场的合理："这不是自杀。任何人都会同意他们有抵抗的权利。就像美国占领下的伊拉克，我们不能否认他们的抵抗权。我们希望是和平的抵抗和公民不合作，但他们有保卫自己的权利。这同当初法国的抵抗运动是一个道理。"

拉维代表的是所谓的"工程师伊斯兰"——由接受过职业训练但又没有太深的宗教或其他教育背景的人士操控的伊斯兰激进运动。事实上，从哈桑·班纳一直到现在，参与穆兄会建设的人士中接受的正式宗教教育都十分有限，有的甚至根本就没有。拉维是位专注的干员，他能组织起跨宗教的对话，但对自己的和他人的宗教并没有什么深入的了解。

他的观点是从几十年的组织工作中磨炼出来的。他 1977 年来到英国，两年后，他领导了穆斯林学生协会。到了 1984 年，也就是马赫迪·阿克夫来到德国当上中心首脑的那一年，拉维担任"大圆桌会议"——八国代表会议的英国代表。德国的代表是总部位于慕尼黑清真寺的德国伊斯兰社群。五年后，联盟成立，由原有的八个国家和新加入的七个成员组成。"我们意识到我们已经不是学生了。我们生活在这里，需要像当地人一样应对社会，我们不应该把它视为外国。"

联盟已经成为一个牵头的骨干团体，下属二十多个国家的穆斯林组织，与穆斯林兄弟会都有着理论上或组织上的关系。拉维自己就承认有这种关系。“一出欧洲，我们什么都不是，但我们和穆兄会有着良好的关系。他们知道我们有自己的想法和目标。我们之所以相通是因为我们有着共同的观点，”他说，把双手的手指像齿轮一样交叉在一起，“我们的关系和谐紧密。”

联盟成立后，各种组织的建设如雨后春笋。隔年，1990 年，联盟设立了培养阿訇和穆斯林精英的人类科学研究所。1997 年，建立欧洲教法判例与研究委员会，旨在向整个欧洲大陆普及穆兄会的宗教观。同时还建立了欧洲信托基金来筹集该运动所需的资金。除了作为这些团体的领头单位，联盟还有一个公开作用，那就是唯一横贯欧洲大陆的穆斯林游说团体。它与梵蒂冈和欧盟举行会议。它的主要资助者是一家总部位于卡塔尔，与穆兄会有千丝万缕关系的马克图姆慈善基金会。

这一波近乎狂热的建立组织的活动，也点出了穆兄会的一个重要特质：它并不是一个有着神学目的的宗教社团。它确实有过一两个重要的思想家，但他们的主要观点十分简单：对《古兰经》的解释应该更基于原文，并来一次重塑世俗社会方方面面的运动。穆兄会的主要目标就是实现这一愿景，为了这个目的，它需要建立机构。在埃及，在它被禁之前，穆兄会组建政党，经营报纸，成立青年和妇女团体，并有一个模仿 1930 年代法西斯风格的准军事分支。在欧洲，许多相同的结构（除了军事部分）都被复制。与当年唯一不同的是，穆兄会一直作为一种非主流教派存在，也就是说，它利用这些机构不是为了让主流社会伊斯兰化——这个任务在目前还不现实，而是要统领西方的穆斯林社群，意图保护他们免受西方世俗社会的侵蚀，为其成员提供可以替代现实的另一种选择，并把其他穆斯林转化为“更好的”穆斯林，即顺从穆兄会狭隘的伊斯兰观的穆斯林。

现代伊斯兰并没有严格的宗教结构，只要有一个团体建立组织机构，声称代表了穆斯林，是很难与之对抗的；唯一可行的途径似乎就是再创建一个对立组织。穆兄会凭着自己组织上的优势，正在快速地吸收其他组织的成员，从1960年代就由中情局资助的拉马丹的欧洲穆斯林代表大会，到现在拉维的伊斯兰联盟。在这两件事上——以及在此期间的其他许多事上，穆兄会都能获得外来资金，并不是偶然的。这是因为在它的内心深处，埃及境外的穆兄会不仅仅是一个大众组织。这是一群精英，他们构建组织机构，在西方世界界定什么是伊斯兰。慕尼黑伊斯兰中心及其所有继任组织，从来不过就是几十人的规模。但这些人不是为慕尼黑的穆斯林服务的——1970年代占慕尼黑穆斯林人口90%的土耳其裔穆斯林就被拒绝了会员资格。事实上，领导层要的就是这些组织机构。在冷战期间，这些组织除了与共产主义斗狠，为人火中取栗，对其他世界事物并无太大影响。但等他们发展起来，原先没想到的事情出现了：欧洲，这片原先伊斯兰世界以外的地方，却成了它未来的中心。而经过多年胼手胝足耕耘基层的穆兄会，突然站到了领导席上。

第十五章　争论的内涵

1966 年，一位西德官员跟一批正要离开伊斯坦布尔去科隆工作的土耳其人谈话，他预言道："你们中的许多人将在德国建立自己的全新生活，扎下自己的根。今后，你们将以访客的身份回到你们的故土。"

那个时候，无论哪一方都没把这话当真。对西德来说，土耳其人不过是填补了缺乏劳动力的迫切需要，并由此创造了经济奇迹。德国失业率几乎接近于零，各种公司快速扩张。今天的公司能像"玩跳方"一样把工厂一下就开到世界上劳动力富裕的地区；而在当年，还在全球化之前，德国公司需要在他们的工厂周围寻找工人。这个国家已经从意大利、西班牙、希腊和葡萄牙引进了劳力，并将于未来数年，在突尼斯、摩洛哥和南斯拉夫也这样做。无论在什么情况下，"客籍劳工"都被视为是临时来客，因为他们不过几年就要轮换一批。

土耳其劳工也把自己当做临时工。他们大多数来自土耳其的非工业化地区，特别是安纳托利亚中部的乡村地区。对他们来说，这是一个千载难逢的机会：在西德工作并享受工会会员的待遇，作为半熟练工人，他们在这里挣的钱要比他们在国内赚的多上许多倍。他们的目标很简单：让家里的生活好起来，退休时去黑海边上，住用德国打工时省下的钱买的房子。事实上，这些工人许多年来生活简朴，把钱都寄回家。从没有人想过要在西德置产。

光阴荏苒，客籍劳工的概念慢慢变味。雇主开始抱怨一批批新员工的培训成本太高，而工人又想一直留下来。因此，有关规定放宽了，客籍劳工不必再要轮换，他们被允许留下来。此外，德国政府开始允许工人把他们的家小也带来。当西德在1971年停止引进劳动力时，已有超过七十万的土耳其人生活在那里了。在接下来的几年中，移民潮实际上还在持续，这是因为土耳其人被允许迁往西德与在那里生活的家人们团聚。那么多穆斯林移居国内，在德国历史上还是第一次。今天，大约有二百万土耳其人生活在德国，大多数是穆斯林。另外还有一百五十万来自世界其他地区的穆斯林，尤其是来自波斯尼亚和北非的穆斯林，也在这里建立了自己的家园。

就算是整个欧洲大地，人口的构成也在发生变化。在伟大的伊斯兰征服时代，在欧洲的边缘，在科索沃、波斯尼亚和克里米亚，都留下了大量的穆斯林人口；好几百年间，奥斯曼帝国的前身穆斯林倭马亚的哈里发统治着圣安达卢斯地区，即今天的西班牙一带。这种与伊斯兰世界的往来和相互作用产生了深刻的影响，为西方重新带来了科学、文学、哲学和数学著作。在罗马帝国衰落后，欧洲失去了这些知识成果，但它们被保留在伟大的伊斯兰图书馆内。然而总体上对欧洲来说，无论是伊斯兰还是它的子民，似乎都十分遥远，鲜有交集。15世纪以来，当最后一个穆斯林酋长国格林纳达被西班牙征服后，几乎就再也没有穆斯林生活在西欧了。他们成了完完全全的局外人，要说近，他们有些异国情调，要说远，他们有时又令人心烦意乱。起先他们被视为是恐怖的对象（他们的黑牢和弯刀，他们名声在外的专制和残暴），到了后来，穆斯林又成了迷恋和想象的对象（他们的后宫和妖术，他们的飞毯和头巾）。

即便是在战后移民潮后，这种刻板的印象仍然存在，但活生生的穆斯林突然来了，就生活在西欧人中间。就像西德一样，经济需要倒逼着政府引进劳动力。以前的殖民地成了优选对象。有时这意味着非穆斯林民众，比如印度教徒去了英国，来自非洲中部的基督徒或泛灵论者去了比利时。但在大多数情况下，外来的移民是穆斯林信众。当东欧为铁幕所阻时，欧洲南部地中海两岸的北非穆斯林和土耳其人，是最容易找到的低薪劳工。

在法国，受去殖民化进程和阿尔及利亚内战的影响，该国的穆斯林从二战前微不足道的数量增加到今天的四百万以上。根据某些统计，人数或高达六百万，即人口的10%。（如同许多欧洲国家一样，法国的人口普查员并不询问宗教或种族背景。）在英国，殖民时期主要作为商人来到的穆斯林，形成小块的飞地。二战后，印度内战引发了大量移民逃离南亚次大陆。英国的穆斯林人口数量从二战结束时的两万三千人增长为1971年的三十六万，再到今天的近两百万之众。在整个西欧，穆斯林人数在一千五百万到两千万之间，是美国的四倍，虽然两者的总人口数相当。

起先，宗教因素并没有在穆斯林客籍劳工的日常生活中起太大的作用。公司偶尔也会配合新来员工的信仰，为他们设立简陋的做礼拜的地方。例如，鲁尔河谷杜伊斯堡市的曼内斯曼冶炼厂在1965年就开设了祈祷室。工人自己担任阿訇，由声音响亮且宗教知识丰富的人带领大家祈祷。但随着时间的推移，正常宗教生活的愿望越来越强烈了。大多数穆斯林移民生活并不富裕，也没能力建造清真寺，所以他们租用商用场地并把它改造成祈祷室。这些隐性的清真寺，往往被作为对穆斯林歧视的证据。确实，许多地方政府都妨碍或阻止建造真正的清真寺的尝试，但移民们当时仍在（现在也是）攀爬经济地位的阶梯，他们还缺乏经济能力来建立大型而昂贵的礼拜场所，也是不容忽视的事实。

对许多团体来说，宗教仍然是与故土联系在一起的。来到德国的土耳其人，既带来了苏莱曼大帝时代的宗派也带来了内吉梅丁·埃尔巴坎的拥趸。前者都是些虔敬的保守派人士，他们创立了伊斯兰文化中心联盟（德文缩写是VIKZ），向年轻人提供《古兰经》教育。后者成立了穆兄会在土耳其的翻版宗教团体“穆斯林团契”（Milli Görüs）。在故国，政府对这些宗教团体多有控制，但到了西方，宗教思想不再受到限制，得以自由传播。土耳其官方担心在西德的土耳其人受宗教狂热的影响并进而蔓延至国内，因此在德国建立了土耳其宗教局的下属机构，一个被称为第梯勃（Ditib）的组织。多年来，它资助了德国许多大清真寺的建设，并为德国输送了许多阿訇。2007 年，德国和土耳其签署了一项条约，对这部分工作予以规范。欧洲其他国家的情况也与此类似。在法国，巴黎大清真寺就是由一名阿尔及利亚公务员主导的。英国许多奢华的清真寺都是由波斯湾的酋长们出资的。换一个时代，移民们要花上数十年才可能在当地留下地标性的建筑；可是在 20 世纪的欧洲，一切来得是那么迅速。

这种人口结构的变化并没有逃过伊斯兰世界的眼睛。当拉马丹在 1950 年代第一次踏上欧洲土地时，正因为它不是伊斯兰世界的一部分，可说是一个天堂。欧洲是独立的，安全的。在国内的组织建设主要是为了应对当局的压迫。但随着欧洲穆斯林人口增长到可观的数量，它曾作为伊斯兰世界一个区域的历史地位，又逐渐浮现。传统上，伊斯兰思想家把整个世界划为两个部分。在“伊斯兰之地”，真主的戒律就是最高准则。它的反面是“异教徒之地”。许多个世纪以来，欧洲是后者的地盘。但到了今天，已有数百万穆斯林在此生活，它又回到了伊斯兰世界的怀抱。无论是纯粹运气或是天才的预见，在这历史性演变的关头，穆兄会已经把自己的根系深深地扎进了西方社会。

时值 2004 年，在伦敦市郊的一家小酒馆。穆罕默德·哈瓦利正在对一批研究古代伊斯兰教法学的专家学者发表讲话。这些人要帮助欧洲的穆斯林融入西方，要把伊斯兰的要求与东道国的世俗法律联系起来。由于伊斯兰规定了许多世俗的具体事务，比如说财务，祈祷的时间，食品等，因此，它比其他绝大多数宗教更需要有实用和切实的建议。问题可能非常复杂（我可以向以利息为基础的养老金系统缴费吗？伊斯兰可是禁止资本生息的。），也可以十分具体（在夏至时分太阳迟迟不落的斯堪的纳维亚北部，人们该在什么时刻进行日落祷告？），还可能与世俗有关（如果我找不到清真食品吃怎么办？）的问题。哈瓦利和几位学者都能回答这类问题。这些具体的问题都有答案，答案看似简单，但意义十分深远。是的，你可以交纳生息的养老金，但不要接受利息。对于那些日出和日落时间随季节剧烈变动的地区，有现成的祈祷时间表可参考。至于清真食物，伊斯兰是一种注重实际的宗教，对具体困难可以变通处理。如果你真的饿了，并危及生命时有什么就吃什么。

在这次会议上，专家组决定要解决家庭生活。哈瓦利，这位来自德国亚琛的科学家新星，提出的是任何现代父母或祖父母都耳熟能详的一个关键问题：性。这位六十三岁的长者谈到，穆斯林儿童，已被西方的性革命所波及。但他们必须保持纯洁和贞节，性关系，要留给婚姻。这是传统美德的常规诉求，在世界各地的清真寺，在教堂，在寺庙，随时都能听到这样的教诲。

讨论到这里，哈瓦利的口吻突然有了令人不安的转变，他告诉这批学者，性革命的根源，在犹太人身上。犹太人有一个通过弱化具有其他宗教信仰的家庭来接管世界的秘密计划。哈瓦利对那些手拿笔记全神贯注的学者们说，这绝不是无中生有的想象。他有证据：会议记录，他现在就要念给他们听。

哈瓦利读道："我们要寻求道德四处崩坏，以方便我们施行控制，弗洛伊德是我们的一份子。他将继续强调性关系的作用，让它在青年们眼中不再神圣，直至他们主要关注如何满足自己的性欲，到那时，他们的道德将整体崩溃。"这段引文摘自《锡安长老议定书》，是西方历史上反犹运动中最臭名昭著的著作之一。议定书被视为犹太人妄图通过对西方文明釜底抽薪来密谋接管世界的阴谋记录。该书由沙皇的手下在19世纪炮制出来，而当时沙皇正站在一场新的更危险的反犹运动的最前沿。比哈瓦利的引文更为令人吃惊的可能是它所引起的反应：波澜不兴。

这是欧洲圣令与研究委员会的一次会议。这些人讨论了欧洲穆斯林向他们提出的一系列问题。哈瓦利和其他导师对此做出了回应，签发被称为圣令的宗教意见。该委员会不仅是塑造欧洲伊斯兰宗教观点最有影响力的机构，并通过它的姐妹组织，也是在美国这方面的主导力量。它为宗教提供了讨论的基调，确定穆斯林该做什么，不该做什么。虽然这种意见并不具有约束力，但它们被公布在网上，并印成书籍出版，分发至遍布整个欧洲的各个清真寺。阿訇们参加委员会举办的学习班，并被要求他们用同样方法来回答各地参加祈祷的信众们所提出的问题。对欧洲而言，有这样一个委员会或许只是时运不济，或许只是移民们想回归故土的社会习俗或传统——移民过程中出现的典型问题。但这种想法是错误的。正像我们在上一章所看到的，这个委员会由欧洲伊斯兰组织联盟创建，而联盟本身则是慕尼黑清真寺的直系分支。

也许可以说这个联盟，这个圣令委员会，或其他任何穆兄会创立的组织，无非就是少数族裔想建立自己的地盘而已。每个社会都有这样的组织：想一想美国基督教门诺派的严谨派。他们所遵从的生活标准意味着要重塑以往的理想化生活，并与现世主流一刀两断。那么若有些伊斯兰激进分子企图为自己创造一个类似的社区呢？如果欧洲没有这么大的一个穆斯林移民社群，这种想法可能有些道理，但正是这规模，彻底改变了局面。建立规则远不是仅仅管理一个边缘少数群体，圣令委员会方针指导的对象，是数千万欧洲公民和永久居民，是欧洲第二大宗教的成员。圣令委员会的牵头组织，欧洲伊斯兰组织联盟，也同样在游说欧洲政客，试图造成这样的印象，他们的伊斯兰——比如妇女需要戴头巾——才是真正的伊斯兰；选择穿不同服饰的穆斯林被视为“被同化的”，不正宗的。另外，门诺派并没有像穆兄会那样产生恐怖组织。

尽管穆兄会表明只在某些情况下，通常是指反对以色列的情况下，才支持恐怖行动，但它为恐怖主义提供了精神基础。这种心态将世界分成两个阵营，那些被保护的（少数“好的”穆斯林）和可以被毁灭的其他人（包括许多其他穆斯林）。也有一些宗教团体采用类似摩尼教的角度来看世界，但很少有团体在过去几十年来造成了那么多暴力。因此，每当圣令委员会做出决定时，件件都事涉紧要。

比如说哈瓦利，并不想造成什么反犹效应；他的演讲是要作为一个圣令的理论基础，一个关于宗教信仰问题的回应。这个问题就是离婚的合法性。一位法国穆斯林向委员会写了信询问，是否她丈夫发酒疯时喊三声“我要跟你离婚”就真的算是离婚了。根据伊斯兰教法，只要把这句话重复三次就足以确认离婚。委员会面对的问题是那个男人的清醒度；学者们仔细考虑了他的酒醉程度，并考虑了他清晰思考以及意识到在说什么的能力。他们判定，他知道他说了什么，因此，离婚有效。但学者们从未将一个更基本的因素考虑在内：婚姻纠纷是在法国发生的。根据法国的法律，离婚需要由法国法院裁定。换言之，这跟她男人叫不叫没有任何关系。

哈瓦利引用《议定书》是他的委员会与现实社会脱节的另一个例子。西方社会一个最大的创伤就是大屠杀，从 20 世纪中叶以来，至少大多数受过教育的人具备了对反犹主义的某种警惕心态，也能识别虚假恐吓的种种说法。哈瓦利对此却视而不见——无论是选择性无视还是真正缺乏认识，而委员会没能就引用这类文献提出责问，是一个明显的迹象，这个团体本身并没有融入主流的西方思想。这倒也符合穆兄会的结构。该组织目前的首脑（以及慕尼黑伊斯兰中心以往的首脑）马赫迪·阿克夫，就把大屠杀称为神话，并向同样对此怀疑的伊朗领导人表示支持。

只要了解委员会的人员组成，它的成员们接受这种思想也就不足为奇了。委员会有三十五个成员，三分之二是中东和非洲来的穆兄会积极分子。他们的头头就优素福·卡拉达维，他曾在 1970 年代与阿克夫一起重建了穆兄会。他通常被认为是穆兄会的第一阿訇，当然这不是指上下从属的刚性结构，而是对他个人魅力和影响力的认可。或许也可以这样说，他不仅是穆兄会，也是整个伊斯兰世界中最有影响力的宗教人物，他有一个广受欢迎的网站和一档电视节目。他的观点经常被认为是主流观点，甚至渐渐成为中东的标准观点；他鼓励女性出去工作，允许听那些会让宗教激进分子皱眉头的音乐。但他也赞成针对以色列平民的自杀式炸弹袭击以及用石刑处死同性恋。他否认自己反犹，但他只和极少数的犹太人有共同语言，就是那些圣城派的极端人士。这个小派别的传统犹太教人士反对以色列国的存在。他们有时会在公共场合出现在卡拉达维身边，古往今来的弄臣们有时也会显示自己的宽容：犹太人在我们的伊斯兰中也能扮演一定的角色，只要他们知道自己的位置即可。

多年来，穆兄会不仅通过圣令委员会，也通过其他许多方式，包括举行会议，主持研讨会，开办短训班，在欧洲强力推行这类伊斯兰。在大多数欧洲主要国家中，穆兄会早已是最有影响力的团体，法国伊斯兰组织联盟（法语缩写为法伊联）、英国穆斯林协会，德国伊斯兰社群及其土耳其族裔意识形态上的孪生兄弟穆斯林团契。在伊斯兰社群中，是穆兄会在区分谁才是真正的穆斯林，什么是穆斯林的正当行为。当然，这些准则是基于比人们以往遵循的《古兰经》教义更为狭窄的宗教激进主义释义。

巴黎城外。小清真寺。星期五晚祷后，穆拉德·阿姆利奥正在向听众讲些鼓励的话，慢慢调动他们的热情。“就在附近，就在转角边上的夜店里，法蒂玛们和穆罕默德们在喝酒，”这位二十六岁的前说唱歌手使用了穆斯林男女常用的名字，“你们能相信吗？你们能接受吗？”

人群传来一阵阵赞同的嘀咕声。他继续说，生活，生活的中心应该是清真寺。不仅仅是祷告时去一下，一切的一切，从小孩的语言班到我们的社交生活，都要以此为中心。不然的话，他说，穆斯林将和他们的法国邻居没有区别。他告诉听众：“社会，一定得以伊斯兰为根本。”

我认识阿姆利奥这位年轻的穆斯林已经好几个月了。他不在法伊联总部工作，而是去了法伊联负责培训和与其他活跃分子联络的办公室。他研读圣令委员会的决定，并把卡拉达维视为当代最深刻的思想家。他游离于法国社会之外，总是驾着他那辆小菲亚特在巴黎的环城路上绕来绕去，路名倒是蛮般配的。

就在当天，阿姆利奥在奥贝维利耶的贫民区，做了一次快速“干预”，就是他用来动员群众投身伊斯兰激进运动的励志讲话。在进入清真寺的路上，他还温和地为几位小孩理了理凌乱的头发，后者们正在用黑白相间的巴勒斯坦围巾募捐。这笔钱将用于帮助巴勒斯坦孤儿的慈善活动。

“讲，讲，讲，我去讲我的那部分，而后就离开了，”他说道，“我要到好几个不同的清真寺去祈祷。总是在赶、赶、赶。我所有的时间都花在了路上，每天不同的时间去不同的清真寺。但我喜欢的还是法伊联，我喜欢他们做的事情。我认识这里的一些头头，了解他们的一些著作。”

阿姆利奥在巴黎长大，他是一个阿尔及利亚移民家庭九个孩子中最年轻的一个。他曾涉毒，在网上出过一张说唱专辑，还坐过监。五年前，他被“宣教团”的一位当地会员从街头小混混“皈依”进了伊斯兰教，宣教团是非政治的严格虔诚的组织。他今天仍然穿着他“前伊斯兰时期”厚厚的连帽运动衫，不过现在已经有了一顶无边便帽平衡，有时候他还套上长及膝盖的罩袍。

他对犹太人兴趣特别浓厚。作为典型的伊斯兰教徒，阿姆利奥将穆斯林和二战前的欧洲犹太人做过大量比较，结果暗示另一场大屠杀迫在眉睫。他说，他住的巴黎社区里没有清真寺，但却有六座犹太教教堂，“即使我们的数量要远远超过他们”。他根本不考虑犹太人在法国已经存在了好几个世纪，并通过斗争才在社会中赢得了地位；对穆拉德来说，犹太人的成功标志着社会不公。

最近，阿姆利奥崇拜的偶像是富有感召力的牧师哈桑·依柯辛，由于其反犹言论，媒体对他多有指责。在一份畅销全法国清真寺的演讲录音中，他反复提出典型的伊斯兰激进主义的反犹言论：犹太人从众多先知那里受益，但就是罔顾上帝；因此，他们所受的一切不过是活该而已；他们是“毒蛇”，他们在“杀害自己的先知时毫无顾忌；他们在一个早晨就杀死了七十个。就一个早晨”。如此等等。

对于阿姆利奥来说，媒体的反应正说明了主流社会是反对穆斯林的。他认为这是揪住讲话中的枝节问题来抹黑。“如果他算得上是激进分子，那我们就全都是。法伊联对此毫不上心，事件出来后他们只是大笑不已，大家都把这当笑话。一盘三年前的旧录音带，他不过是脱口而出，每个人都会说那种话。”

阿姆利奥的讲话总是很短，但却能打动人。他会讲述自己的故事，他会谈到毒品，谈到他睡在公寓楼的地下室来避开他的父母。坐在前排的一个老人开始抽泣，可能是想到了自己家中的成员，也许是他的儿子。然后阿姆利奥就开始了对误入歧途的穆斯林的批判，那些跳舞和社交的男人，那些不戴头巾和男人交往的女人。一百五十多个人在倾听，嘴中嗯嗯地应着。最后，他们为演讲者鼓掌，并给他端来茶水和糖果。随后他跳进他的菲亚特，驾车回家。现在已是晚上10点，他将有幸在晨祷前睡上六个小时，再做点事，然后就是更多的探访。

在整个1990年代，直到新世纪，像阿姆利奥这样的穆兄会积极分子的工作在加速。因为基本避开了公众的视野，穆兄会的基层工作在欧洲定义了什么是伊斯兰。但一个明显的灾难改变了这一切：与欧洲穆兄会有着千丝万缕关系的“9·11”袭击。经过几十年的暗中运作后，穆兄会再次来到了舞台中心。

在1950年代和1960年代，德国国内情报机构一直关注着退役老兵和阿拉伯人争夺清真寺项目控制权的努力。宪法保护办公室在巴伐利亚的分支机构监控着国内的极端主义活动，并付钱让冯门德监视清真寺。但在冯门德死后，监控停止了。西德基本上错过了慕尼黑伊斯兰中心转变为伊斯兰世界中心的整个过程。

既接近清真寺又受外界关注的人并不多，艾哈迈德·冯丹弗就是其中的一个。他出版《泛伊斯兰》杂志，这是清真寺，也可说是更广义的德国伊斯兰社群的一个组织机构。杂志是由阿奇麦德·希米德在1950年代创办的，之后由清真寺接手，先是由希米德，然后由冯丹弗经营，一直到2003年停止发行。现在它只有一个网站。冯丹弗深受巴基斯坦版穆兄会“伊斯兰促进会”的首脑胡希德·艾哈迈德的影响。1980年代，冯丹弗在加入了清真寺管理委员会后与艾哈迈德有交集往来。后来，冯丹弗远赴英国，到深受促进会影响的伊斯兰基金会做研究，并用英语和德语出了几本书，这些书都反映了典型的伊斯兰激进主义思想，即所有问题都只能由伊斯兰才能解决。1980年代，他创建了一个慈善机构，并把募集资金送到阿富汗。冯丹弗否认了用慈善捐款来支持圣战战士，但在当时，以巴基斯坦为基地的阿富汗慈善团体实在是圣战的同义词。这是二十年来的第一次，德国国内情报机关把清真寺列入非正式的观察名单。

很快，有关清真寺重要地位的更多迹象浮现。1990年，有伊斯兰事务专家声称，慕尼黑清真寺正在决定整个伊斯兰世界的政策，这种指称受到了《泛伊斯兰》的尖锐批评。冯丹弗和其他伊斯兰中心的人员同样也去海外参加了由许多穆兄会著名领导人到场的会议，比如那次在苏丹召开的由当地强有力的伊斯兰政治领袖哈桑·图拉比主导的会议。伊斯兰中心还与德国国内影响最大的伊斯兰研究中心，汉堡东方学院，起过争议。学院的一位研究人员写道，冯丹弗的著作有着“明确无误的反德、反犹、反民主、种族主义、歧视女性、反对融合、好为伊斯兰激进主义辩解的倾向”。

慕尼黑清真寺与恐怖活动也有着令人不安的联系，虽然在当时这些都被当做偶然事件或纯属巧合而束之高阁。1980年代，马哈莫德·阿布赫利马是清真寺的常客，时常从当时的首席阿訇艾哈迈德·哈利夫那里寻求精神指导。不久后，阿布赫利马就去了美国，1993年，由于试图协助炸毁世贸中心，他被定罪并判入狱。当然还有马姆杜·马哈茂德·萨利姆的案例，他被普遍认为是基地组织的首席财务官，是本·拉登的个人导师。1998年，他在去德国的出差途中，在清真寺附近一个小镇上被逮捕，其后，在被引渡去美国之前，他致电哈利夫寻求精神辅导。（他后来在纽约受审，被判入狱三十二年。）哈利夫承认确实与这两个人会过面，但他说，这只不过是巧合而已，因为他不可能了解来来去去的那么多人，而他又得接待每个访客。

话虽这么说，德国的情报部门却慌了神，发起了对所有与萨利姆有接触的人员的全面调查。结果还真有一位：马蒙姆·达卡赞利，叙利亚商人，常住汉堡。他在一个叫阿尔基德的小清真寺做礼拜。德国警方窃听了达卡赞利的家并跟踪了他在清真寺的接触对象，其中有一位很特别的男士，穆罕迈德·阿塔。过了好一阵，警察也搞不清他们有什么事，所以就放弃了对他们的调查。两年后，2001 年，阿塔驾驶着第一架飞机撞进了世贸中心。阿尔基德清真寺原来就是劫机者激进化的地点。虽然达卡赞利从未被起诉，但他是慕尼黑伊斯兰中心和极端分子之间一个可耻的环节。

为“9·11”袭击感到震惊之余，美国政府狠狠打击了穆兄会。调查人员对纳达投资工具之一的阿塔克瓦银行，兴趣特别浓厚。希马特是它的董事会成员，并且几乎每个在欧洲的伊斯兰激进分子都拥有其股票，它的股东名单简直就是欧洲穆兄会的名人录。纳达设立的这个银行是作为按伊斯兰教法经营的第一个银行。它非但不给储户利息，还致电客户和投资者，按银行贷给他们的款项提供利润。但他的投资水平实在业余——纳达承认自己把大部分钱都在 1997 年亚洲金融危机前投给了马来西亚的企业，银行破产了。但美国的检察官坚持说，银行只是恐怖分子的一个资金管道。华盛顿宣布纳达和希马特为恐怖分子的金主，并得到联合国的认可。两人的银行账户被冻结。

德国伊斯兰社群突然面临金融危机。作为社群的最高官员，希马特要为团体支票签字，但现在他碰过的东西都被冻结。（他们已经失去了亚兹丹尼在 1960 年代花了极大力气才争取到的慈善机构待遇。但这事与恐怖袭击无关，它发生在 1998 年，原因是清真寺的职员未能及时填写延长资格的申请报表。）然后，一篇令人尴尬的访谈发表在《泛伊斯兰》上，在访谈中哈利夫试图解释，由几十年从未在慕尼黑居住的希马特来领导这个团体的正当性。就这样，经过了二十个年头后，希马特于 2002 年年初辞职。

在其后的数年里，又发生了马德里和伦敦的恐怖袭击事件。而受怀疑的对象都是些在欧洲出生的第二代或第三代年轻穆斯林，这让调查人员万分震惊。在大多数情况下，年轻人在开始自己的极端分子生涯时和穆兄会的意识形态有过接触，受其乌托邦内容的吸引，并学会了将世界分为两极：信徒和异教徒。与恐怖分子的关系似乎让穆兄会走到了头。它的源头清真寺的领导人去职，它的拥护者受到了恐怖主义的指控，穆兄会在欧洲的据点似乎面临崩溃。但是，转机出现了。一如 1950 年代，西方政府由排斥转而迷恋。伊斯兰中反民主、反西方的派系又时髦起来——当初是为了对抗共产主义，现在是打击恐怖主义并且与极端主义斗争。

第十六章　1950年代的回归

房内的豪华装饰犹如帝王家。优素福·纳达没精打采地蜷缩在古色古香的扶手椅中，透过高窗，俯瞰欧洲大地。别墅坐落在山坡上，毗邻卢加诺湖。卢加诺湖犹如一条阿尔卑斯山麓间逶迤穿行的蟒蛇，通身透着暗绿的幽光，茂密的森林一直延伸到湖岸边沿，除了沿岸极少的几个小镇子打破一片宁静和谐，这一带仍是一派史前风貌。落地窗的周围，摆满了他代表穆兄会在世界各地穿梭途中带回来的纪念品。小桌上，是一个深蓝色的玻璃花瓶，来自巴基斯坦；另一个银烛台，来自北非；第三件，则是一颗形状奇特的白蜡浇注的花生，默默地纪念着他与农业打交道的岁月。那巨大的来自中亚的手工地毯的周围，摆放着远东风格和西方格调的家具。纳达虽然有些虚弱，但依然衣冠楚楚，穿着灰色衬衫，扣着法国袖饰，系着绣花的领带，着黑色外套和灰色法兰绒长裤。深褐色的眼睛深深埋在眼窝里，薄薄的胡须。他神态疲惫，但接着他探身向前，语带急切地解释他到底是怎样一个人。

“工程师？我是。

“商人？也可以这样说。

“银行家？

“知识分子？

“政治家？

“活动家？

“伊斯兰激进分子？

“我是，我都是。”

“恐怖分子？我不是。”

很难能驳倒这份条式简历。以事后的眼光来看，对纳达的恐怖主义指责看来也似乎正是美国政府一个失措而绝望的举动，以满足“9·11”事发后那种无论什么，但一定要做些什么的心态。这其实就是德语中所谓的 Aktionismus，即为行动而行动。尽管纳达多年来与德国人有着广泛的交游往来，但他仍然很难用德语来沟通，不过他却知道这个词。他用更清晰的发音又说了一遍：“无非就是 Aktionismus。”然后他满足地靠回椅背上。我可能不是个语言学家，但你能明白我的意思。

实际上，即便美国和瑞士的检察官有着十分密切的合作，对纳达资助恐怖主义这个罪名从未被证实，也从未以公开的方式做出过令人信服的解释。仍以事后的眼光来看，对穆兄会的成员来说，纳达的阿塔克瓦银行非但不是什么秘密协助恐怖分子的资金渠道，还得说是笔灾难性的投资。或许能够证明的是，最初有些利润落到了哈马斯一类的恐怖组织手里。投资者给了纳达很大的捐献年度慈善款项“天课”的处置权——这是他们自己的那份“什一税”，伊斯兰的“五功”之一。就这样，在早期银行的资金源源而来且有盈利的日子里，他被授权抽取 10%的“天课”并把钱捐给他选定的任何慈善机构。可以想象，有些钱流进了某些与穆兄会接近的可疑团体，但这些并没有被证实。具体的银行转账都是通过主流瑞士银行进行的——当局能取得所有数据，没有一项足以让检察官提出指控，更不必说什么定罪了。

纳达和希马特从未被庭审。过去几年的艰辛显然使他们斗志更为旺盛。纳达一扫被动防卫的角色，建立了网站来批驳那些针对他的荒诞无稽的指控。他花了无数时间向记者、学界、检察官反复宣讲他的伊斯兰激进主义经历。在半岛电视台的一个采访系列中，他甚至宣称自己曾是穆兄会的外交部长。确实，希马特不得不从德国伊斯兰社群首脑的职位上退下来，但他也像纳达一样，仍住在自己的别墅里，基本上过着退休的生活。他们两人现在都已年过七十。

他们的命运指明了一个有意思的进程：从某个角度讲，“9·11”对穆兄会是最好的事情。是的，政府下了重手，穆兄会也受了一阵子难。但更为重要的是，袭击事件让大多数西方人评判伊斯兰激进分子的标准变得单一：他是恐怖分子吗？如果是，政府的全部力量即会加诸其上：从酷刑和战争，到起诉和监禁。但如果不是，他就是个好人。他不是基地组织的？那他不会去炸东西。非但应该容忍他们，还要重视他们。他们的极端主义和反民主的观点不仅没问题，还是一种直抒胸臆的可信标识。他们可以跟“穆斯林街”沟通，他们是民主制下最有价值的商品：对话伙伴。

巴黎市中心有座外表像希腊神庙的十分宏大的马德琳大教堂。在它的对面有一间小咖啡馆，室内橡木环壁，铜饰绕柜。时间还是清晨，步伐轻快地踱进门来的正是赫尔维·特雷尔，这是他去法国内政部上班途中，他的工作是制定国内有关穆斯林的政策。我在2004年第一次见到他时，法国真的烧了起来：穆斯林聚居区里遍地都是燃烧着的汽车。但特雷尔丝毫不受干扰，因为他深知法国有着正确的战略选择：与穆斯林兄弟会合作。

法国有超过四百万的穆斯林，是整个欧洲最大的伊斯兰人口。移民，为日渐老去的共和国注入了青春元素，他们帮助建立了与伊斯兰世界的业务往来和文化联系。但他们大部分都集中居住在阿姆瑞一类的贫民区里，游离在法国的主流社会之外，教育无着，就业前景暗淡。“9·11”将人们的注意力集中到这些社区，这里的青年被招募去阿富汗打击西方。2005年，成千上万的人上街暴乱，夜夜有汽车被点着。一批高级官员被召集起来，负责起草解决方案。特雷尔是其中之一。

2003年，法国官方认定穆斯林需要有发声的渠道，并因此建立了法国穆斯林宗教委员会。这个组织应由选举产生，但官员们遇上一个问题：谁该投票？法国公民不必登记自己的宗教信仰，所以国家没有对穆斯林的统计数据。解决之道是由各清真寺推举出代表。大清真寺会得到更多的席位，因为理论上他们代表着更多的穆斯林。这个公式尤其帮助了一个特殊的团体：法国最接近穆斯林兄弟会的组织，法伊联。

法伊联是由好几个伊斯兰团体组合起来的，与赛义德·拉马丹的日内瓦伊斯兰中心有着盘根错节的关系。1989 年，由于两个女孩子戴头巾上学被学校开除的事件，让法伊联进入了全盛时期。法伊联组织抗议活动，并迅速地在法国各主要城市的贫民区中扎下自己的根系，成为一支力量。在此之前，法国的穆斯林组织都是按自己母国的不同，四分五裂。相比之下，法伊联提倡的是某种“法国伊斯兰”，虽然花的是外来资金，但它并不认为这有什么不妥。这个团体从阿拉伯国家获得大量的资金。即使在今天，法伊联的官员说它年度预算的四分之一，换句话说有 300 万欧元，或 400 万美元来自海外捐助人，特别是来自沙特阿拉伯、阿联酋和科威特等国家。这种资助意味着法伊联的清真寺更大，在委员会选举中能得到更多的席位——远超法伊联的实际实力。2003 年选举中，在二十五个代行中央委员会职权的地区委员会中，法伊联赢得了十二个委员会的控制权。它突然间被推上了权力的中心。

法伊联隶属于穆斯林兄弟会，特雷尔立刻就承认了，但他能轻松应对这个问题，他抬了抬眉毛说道：“如果说法伊联与穆斯林兄弟会无关，那是睁着眼说瞎话。有关系。但他们也要接受这里的规矩，要按规则出牌。这就是为什么他们对那些不了解实情的人有如此吸引力的原因。”

我不知道他是否也属于这一类。不然的话，为什么将投票规则制定得有利于沙特资助的大清真寺呢？也许，内政部原该设立投票规则，以接触到那些更为世俗化的而不是成天混在清真寺里的穆斯林民众？

特雷尔加重语气表示反对。“有利于穆兄会才是要点。对付他们不是问题；恰恰相反。放眼欧洲，最想要在社会上找到自己位置的就是伊斯兰激进分子。”没错，穆兄会并不代表所有的穆斯林，但对特雷尔来说，他们之所以吸引人，是因为他们有着同他们谈话的政府官员一样的“智力水平”。换句话说，他们穿着西装，有大学学位，并能以政治家所能理解的方式来提出自己的主张。这不仅让我想起了美解委抛弃老派穆斯林领袖易卜拉欣·加朝格鲁，转而支持拉马丹的那一幕。普罗大众不善言辞，不善交际。他们没有可供讨论的政治计划。普通人麻烦，没有条理。

法伊联另一个吸引人的地方是它帮助填补了一项官方不愿插手的社会服务。法伊联的清真寺为妇女们提供校后辅导和日托服务。这项工作的一位外部支持者是都娜·波扎尔，著名的法国穆斯林社会学家，她在2001年的一本书中提出，穆兄会这类组织，在法国社会和穆斯林移民之间起到了极有价值的联络人作用。它们的服务，她强调说，是在帮助穆斯林融入社会。但在观察了其后几年的事态发展后，波扎尔改变了她的看法。非但没有帮助穆斯林融入，穆兄会这种兼容并包的伊斯兰形式在人们四周编织起了一道屏障，让他们不必再与主流社会接触。教育往往受到阻断，职业生涯十分有限。“这是一种将社会割裂成两大阵营的观点：伊斯兰和非伊斯兰。他们有把一切都伊斯兰化的需求”，波扎尔这样谈到。通过接受像法伊联这样的组织，西方政客们参与到这样一种范式中，默认伊斯兰激进分子所声称的只有伊斯兰才是一切问题答案的说教。

波扎尔和其他一些穆斯林开始意识到穆斯林面临的大多数困难与宗教无关，因而让一个宗教团体来负责解决问题毫无意义。穆斯林的问题是所有贫困移民的共同问题：失业，教育不足，街头犯罪。穆斯林有这些问题没有什么特别。然而，认为伊斯兰就是答案的想法实在迷人，很快华盛顿也制定了类似政策，呼应半个世纪前它自己的所作所为。

2005年年底，美国国务院做出决定，欧洲穆斯林需要美国的帮助。太多人生活在与主流彻底绝缘的化外社会；极端主义盛行，暴力活动猖獗；“9·11”的四名劫机者中有三名是在欧洲被“极端化”的，在伦敦，在马德里，几百人死于恐怖分子之手，绝不是偶然的。国务院认为，欧洲所需要的，是在建立讨论“异化和极端化”问题的国际网络上给予协助。

这种说法令人心动。美国曾经是伊斯兰激进分子的目标，但它自己的社会内部并没有产生常见于欧洲的暴力行为。多年以来，专家们都在争论原因。有些人指出，移民到美国的穆斯林往往都是有工作的，或是计划要进行学习。而在欧洲却正相反，来的穆斯林想要找的是已经不存在的工作岗位，而教育水准低下，缺乏技能的现实，也妨害了他们找新的工作，就这样，许多人深感沮丧，手头又有大把时间。社会福利被认为也与这个问题有关。在美国，失业的穆斯林并没多少社会福利可以帮到他们，要想生存，就一定要长时间工作。而反观欧洲，那些没有工作的人能够申领相对宽松的福利，又有时间沉浸在极端主义的政治中。有人也提出其他解释：伊斯兰激进主义暴力主要是阿拉伯和巴基斯坦的现象，欧洲的穆斯林移民中很大比例就是来自这些地区，而那些到美国去的，来源则更为广泛。

在形成国务院计划中，有人提出了一个观点，并没受到任何质疑：美国有更好的穆斯林领袖。2005年11月15日至16日，国务院举办了“穆斯林社群参与社会：美国—比利时对话”的会议，六十五位来自比利时的穆斯林和北美伊斯兰协会（美伊协）的美国教师与会。美国外交官对美伊协十分看重，它似乎被指定为会议的协办单位。

从历史的角度来看，这一幕似乎有些可笑——仿佛在关公面前舞大刀。这个美伊协，正如第十四章里谈到的，是由那些与纳达关系十分密切，与欧洲穆斯林兄弟会的领导层过从甚密的人所创立的。国务院带来了根系原本就在欧洲穆斯林中的穆兄会极端分子，回过头来告诫欧洲的穆斯林应该如何组织和整合。甚至还有更想不到的，某些受邀的欧洲穆斯林本身就是穆斯林兄弟会体系的一部分。

其中一位与会者，时任沙特—穆斯林兄弟会组织“欧洲穆斯林青年与学生组织论坛”副主席的马克·普勒沃是一位比利时皈依者。这个组织是直接在欧洲的穆兄会牵头组织欧洲伊斯兰组织联盟的支持下创立的。普勒沃还是“比利时韦尔维亚地区伊斯兰高等教育文化机构”的副秘书长，这是布鲁塞尔的穆斯林兄弟会的一个活动中心。这个机构也是为哈马斯筹措资金的“阿克萨基金会”的基地（鉴于它为恐怖主义提供支持，好几个欧洲国家取缔了这个组织，其中包括德国和荷兰）。会议为普勒沃这样的穆斯林兄弟会活动分子提供了与他们的美国同行会面的机会。此外，国务院还协助比利时的穆斯林来到美国——参加美伊协开办的芝加哥夏季课程，培训阿訇。总之，这是穆斯林兄弟会一次建立人际关系网的机会，并且全由美国纳税人买单。

国务院官员承认，他们邀请的对象中有人因为极端主义受到指控，但又说他们不在乎以往的经历记录，相反，要紧的是这些团体或个人的现状。美国驻比利时大使汤姆·科罗洛戈斯在参议院外交关系委员会作证时说：“与会的一些人员或组织受到极端分子方面的指控。这些组织的某些成员发表过可称为极端主义的言论，这完全可能。但是，我们的观点是，我们选择的依据是这些组织和个人，对穆斯林和谐融入美国和欧洲社会所做的既定政策和具体行动。”然后，在大讲了一通诸如此类的话后，他得出结论：“有四五次这样的会议就可以在温和的穆斯林中建起一个联络网。”

然而，在内部通讯中，科罗洛戈斯先生的办公室职员透露了他并非那么高尚的目标。在一份 2006 年年底发出的电报中，美国驻布鲁塞尔大使馆承认“大使馆与比利时穆斯林的接触，被主流社会的一部分民众，以及一部分穆斯林，视为对比利时内部事务的干涉”。但电报强调，这种做法是必要的。这不是为了建立一个温和派的网络，而是“增加我们在主流社会和穆斯林民众中的信誉，并达至为美国政策、社会和价值观创造更为积极的形象这个最终目标”。

2007 年，在德国也举办了类似的项目。美国驻慕尼黑领事馆积极推动在彭茨贝格创立一所伊斯兰学院。学院背后的团体与穆斯林团契的关系十分密切，穆斯林团契在本质上就是穆斯林兄弟会的土耳其翻版，它的名字也经常出现在德国极端主义组织的名单上。这也就是为什么由保守党基督教社会联盟领导的巴伐利亚州政府反对建立这个学院。局面有些复杂——在彭茨贝格的那个团体成员似乎做出了某种友善的动作，他们力图与极端主义者保持距离。但许多德国官员还是不怎么相信，他们更愿等一等，再看一看这个团体新展现的温和派面目到底会如何发展。因此，美国国务院轻易接受这样一个团体造成了一种奇特的政治景象：曾经再三痛斥“欧洲佬”在打击极端主义上软弱无力的布什政府，正积极地削弱欧洲的保守政府强硬对付伊斯兰激进分子的努力。

大使馆的行为是更广泛战略调整的一部分——但有关讨论基本上是秘密进行的。用 2006 年从美国驻柏林大使馆发出的一份电报上的话来说，这个战略就是“利用美国的穆斯林来影响其他穆斯林的政策”。这与美国在 1950 年代为了类似的公共关系目的而争取慕尼黑穆斯林的努力有异曲同工之处。虽然有些操弄伊斯兰的味道，但这项活动在许多方面是无可指责的：为什么不让美国公民来讲述自己的美国故事呢？真正的问题在于由谁来讲。正如在 1950 年代和 1960 年代，美国的人选是：穆兄会。

公开倡导这一新战略是尼克松中心智库的著名政治学者罗伯特·莱肯。他和他的同事史提芬·布鲁克，在一份流传广泛的关于外交事务的文章中，提出了许多明智观点。例如，他们指出，穆兄会往往被视为是一个整体，西方官员也常常忽略这个运动中的温和派。他们进一步指出，恐怖分子也经常责难穆兄会没能全盘采纳全球圣战——因此，在中东政治的背景下，穆兄会并不是最极端的组织。他们还正确地提出，美国不应该惧怕穆兄会或任何团体，只要它们能促进美国的利益。

这些意见都有道理，但文章在好几个问题上不得要领。比如说，穆兄会没有采取反西方的全球圣战，这没错，但它对以色列和伊拉克境内圣战者的支持就意味着它明确支持恐怖主义。作者也没有直面该团体那么多年来——直至今天——比比皆是的反犹言论，他们承认，有这个问题；但他们的出发点是，这是一种历史事实，而并非是眼前的还在蔓延的现实。为了解释穆兄会如今的想法，这两位政治学家引用他们在伦敦旁听的一次温和的布道。值得思考的是，作者是否受邀参加了清真寺的布道，而布道者是否是特意讲给客人们听呢？作者也没有试图去平衡这种积极发展与反复出现问题之间的关联，例如，优素福·卡拉达维这个人的持续作用。他们仅仅注意到法国的法伊联不再邀请这位阿訇参加他们的会议，但不愿承认他通过圣令委员会、网站和电视节目在定义欧洲规范方面所起的作用。

也许更要紧的是，该文将中东和西方的穆兄会混为一谈。有人认为，西方国家应该主动接触受到专制压迫的埃及穆兄会，但这并不意味着我们也要赞同穆兄会在西方所起的作用。在埃及是温和的做法，在巴黎和慕尼黑可能就是激进的。对穆兄会的支持开始蔓延到国务院系统之外。美国国土安全部继续反对穆兄会，与该组织任何形式的关联，都将成为拒绝入境美国的理由。因此拉马丹的儿子塔里克·拉马丹，这位广受年轻欧洲穆斯林欢迎的讲师，被拒绝入境。除了家庭背景，这位小拉马丹还为一本卡拉达维圣令委员会签发的圣令选集作了序。该部门决定的合理性或可探讨——这位小拉马丹并非恐怖分子，如果他的观点是错的，可以拿出来讨论，而不是把它消灭。不过，这不过是种防卫动作。到了21世纪初最初十年的下半叶，甚至连中央情报局也支持穆兄会了——这反映了它1950年代的心态。2006年和2008年，美国中央情报局都签发了有关该组织的报告。前者更为详尽，还提出了处理该组织的方案。报告题目是“穆斯林兄弟会：欧洲伊斯兰政治中举足轻重的角色”。报告谈道：“穆兄会组织在欧洲未来的伊斯兰政治运动中极可能是关键力量……他们的内在活力、组织机构和运用媒体的力量，都令人印象深刻。”该报告承认：“欧洲情报机构认为穆兄会是安全威胁，包括已多元化的穆斯林在内的对手也批评它阻碍了穆斯林的社会融合进程。”但报告仍然认为：“穆兄会相关组织是提供某种可以替代更具暴力倾向的伊斯兰激进运动的一个途径。”

奥巴马新政府显示出了相似的支持态度。总统竞选期间，奥巴马团队任命了马珍·阿斯巴希为穆斯林外联活动协调员，虽然他与穆兄会组织有着千丝万缕的关系，甚至还是有着慕尼黑清真寺背景的穆斯林学生协会的首脑。在竞选活动中，在批准他的任命时，这个信息或是被错过了，或是被有意置之不理。他只是在2008年当有专门关注穆斯林兄弟会的网上新闻把这些事实挖掘出来，并在全国性报纸上曝光后，才辞去了职位。

掌权后的奥巴马政府萧规曹随，继续支持伊斯兰激进分子。例如，在2009年1月，国务院组织了德国穆斯林领袖对穆斯林兄弟会在美的主要据点之一，伊斯兰思想国际研究所进行访问。研究所是那次1977年在希马特家附近的卢加诺湖召开的划时代会议后成立的。德国访客包括了政府中负责少数族裔融合，以及招收他们进入警队的主要官员。报告人（做简报的人员）是贾迈勒·巴尔基奇——在第十四章可以见到该员在1970年代就为纳达工作，其后，他又是在美国比照穆兄会结构建立一系列关键组织的三驾马车之一。

像许多与穆兄会有关的团体一样，思想所在“9·11”后也淡出了公众视线，只是在最近才有所恢复。思想所与北弗吉尼亚一大批伊斯兰激进组织都有密切的联系，而这些组织都由于涉嫌与伊斯兰极端分子关系密切受到了联邦警方的突击搜查。与各地的类似行动一样，其中显现的模式是一致的。有关组织，包括思想所，主要问题都是意识形态方面的，即他们试图推广穆兄会有关伊斯兰化社会的理念，而这显然与多元文化格格不入。但是，没人在思想领域挑战他们，在这个领域很容易就能证明他们的信念与民主理想背道而驰，相反，他们被指控的罪名是支持犯罪活动，并被搜查。影响是双重的，局面诡异而讽刺：一边是政府的执法部门拼命要起诉这些团体，另一边是政府的外交部门把它们树为融合的模范。此外，不能给这些穆斯林定罪就等于为他们平反，几乎就是批准赞同。

没几个人能像易卜拉欣·扎耶特那样能说得清西方对穆兄会既迷恋又排斥的心态。扎耶特，这位在2002年加勒卜·希马特被迫离开德国伊斯兰社群后接下舵柄的年轻的穆斯林领袖，时年仅三十三岁，一跃成为该组织的第四号人物，排位仅在拉马丹，法萨·亚兹丹尼，以及掌权近三十年的希马特之后。扎耶特代表了新的一代人，在某种意义上，这可以说是伊斯兰激进分子长年努力，要在欧洲立足并建立持久功业的一种成果。

出生在一个父亲是埃及人母亲是德国人的家庭，扎耶特完全熟悉西方的那一套，与故土又有密切的联系。他说一口流利的德语和英语，并在一所德国大学获得了政治学硕士学位。他知道德国是如何做政治决策的——在智库，在教会，在政治基金会，各路“意见领袖”会面讨论，然后通过政党达成共识，最终付诸实践。这绝不是什么草根行动或组织，而是一套由权力精英组成的系统，他们要剔除偏激的观点，找出合情合理的解决方案。需要的是老辣的游说，扎耶特深知这一点。有些时候，他看上去除了一个接着一个开会，什么也不做：去新教教会的政治学院会议，去天主教教会的圆桌会议，去社会民主党的跨文化对话，去欧洲议会的少数民族事务委员会，林林总总的会议，他总是到场，总是令人印象深刻，通常他会穿裁剪得宜的蓝色西装和熨得笔挺的白衬衫，戴着线条丰富的领带，外表一如投资银行的初级主管。

但把其他有政治野心的同龄人远远抛在身后的是他与伊斯兰的关系。他的父亲，一个埃及人，在马尔堡定居下来并成为当地穆斯林事务的领袖。扎耶特继承了他的衣钵。那些新近在欧洲成立的与穆斯林兄弟会有关的组织，要不是他参与建立，要不就与他有密切的关系。这些组织包括欧洲信托（董事会，代行全权），欧洲伊斯兰组织联合会（董事会），穆斯林学生联盟（前主席），欧洲清真寺建设和支持社群（代行全权），穆斯林青年世界大会（欧洲代表），伊斯兰教育研究院（成员），穆斯林的社会科学家学会（副主任），欧洲穆斯林青年和学生组织论坛（董事会）。

不过这些都只是他的无偿工作。他也通过伊斯兰赚钱。他是SLM流程管理有限公司的头，这是一家代表各清真寺购买和销售房地产的公司。他最大的客户之一就是土耳其的伊斯兰激进团体，穆斯林团契。考虑到德国人口中土耳其族人众多，穆斯林团契甚至与穆斯林兄弟会的影响力相比也不遑多让，但扎耶特通过他的生意和人际关系弥合了这一差距。1997年他创立SLM时不过二十九岁，一同参与其事的还有另一个年轻的伊斯兰教徒，奥古斯·乌聪楚，穆斯林团契的现任领导人。扎耶特娶了马赫迈提·易巴干（穆斯林团契的前任领导人）的女儿，也是纳克迈丁·易巴干（该运动的创始人）的侄女为妻。扎耶特与全球各地的伊斯兰激进运动关系十分广泛，他在德国主要媒体上被连篇累牍地报道。在一篇耸人听闻的报道中，他被描述成占据着恐怖主义网络中心的那只蜘蛛。在一本名为《我们城市里的战争》的书中，事实混乱，危言耸听，以致扎耶特的律师花了整整一天的时间来要求出版社删除这些段落或者召回书籍。但是，书中总的观点并没错：扎耶特是全欧洲最有影响力的伊斯兰激进分子之一。

尚未解答的问题是，扎耶特或其他像他一样的人——从芝加哥美伊协的干部到巴黎法伊联的职员——是否都能被视为是穆斯林兄弟会的成员。这些人大多出生在西方，遵守当地的法律习俗，可能根本不会说阿拉伯语和乌尔都语，这样指称他们是否有失公平？以扎耶特为例，埃及政府直接把他当做穆兄会的成员，暗指穆兄会在海外还有人员网络工作，他们从开罗的阿克夫那里接受指令，并支持埃及国内的运动。埃及政府还在一个军事法庭上缺席审判了他。然而，埃及在人权事务上的记录惨不忍睹，对穆兄会的迫害无出其右，他们官方的说法又能有几分可信。更有趣的是，穆兄会的官方网站Ikhwanweb也承认他是成员。只不过随后发布了一份更正声明以及扎耶特本人的否认函。

从某种角度来说，这个问题毫无意义，因为穆兄会现在其实有两种面貌：其一，它是狭窄意义上的埃及的一个政党组织。其二，跟21世纪的西方社会更为有关，它是一种意识形态大杂烩，其中包括了卡拉达维和库特布的思想，包括拉马丹，包括冯丹弗，甚至在更广泛的意义上还包括了世界上几乎所有相似的运动，包括巴基斯坦的伊斯兰促进会和土耳其的穆斯林团契。从这个角度而言，由于和这些团体盘根错节的关系，扎耶特很难撇清与穆兄会的关联。虽然他本人总是防备着不愿让这个标签贴到自己的头上，但看来似乎已经招架不住。2005 年，他在德国起诉一位国会议员，意图阻止她在谈到他时采用这个标签，但未成功。法院支持议员有权表达自己的看法，而他“显然是穆斯林兄弟会的一名工作人员”。

在我们的谈话中我避免了这个标签。经过多年的往来，我已经相当了解他了。我采访过他两次，和他一同参加过许多活动，其中还包括由天主教教会发起的，旨在打破伊斯兰激进分子和德国安全机构壁垒的闭门圆桌会议。就是在其中这样一次会议上，我见过他情绪激昂地捍卫穆兄会是一支重要的改革力量——在埃及的政治环境中这无疑是正确的。但我也可以理解他为什么拒绝这样的标签。他出生在德国，他把孩子送入蒙台梭利学校，他有着尖锐的带点苦涩的幽默感。他不想被视为是阿克夫或是穆兄会开罗总部其他老人的傀儡。

我们最后一次会面是在他科隆的办公室。接任后，扎耶特大体上把德国伊斯兰社群的业务从慕尼黑迁往了科隆，虽然这个团体在场面上仍以慕尼黑清真寺为基地。在某种程度上，这反映了该团体强人统治的历史。当希马特主导时，他以瑞士为基地。现在是扎耶特的时代，那就来到科隆。清真寺仍然在慕尼黑，它只是更大斗争中的一枚棋子。

扎耶特的办公室坐落在奥斯特拉特大街，这里也是多家有伊斯兰激进主义倾向组织的本部，包括穆斯林社会科学家学会，穆斯林学生联盟，一家穆斯林书店，一所为德国伊斯兰社群服务的幼儿园，也是伊斯兰全国理事会的总部——这是许多伊斯兰团体，其中还包括引人注意的穆斯林团契的牵头组织。我很早就到了，坐在书店里等他，店员带着多疑的表情同我打了招呼，他咕哝了一声什么，用手指了指一把椅子，但在我请他推荐一本有关伊斯兰的入门书后，他的态度慢慢温和了起来。他塞给我一本由冯丹弗编撰的论文集，内有多位著名的伊斯兰激进作家的文章，其中还有冯丹弗的导师胡希德·艾哈迈德的文章。

几分钟后，扎耶特走了进来，他比上次见到时更有精神，头发也更白了，不过他的专业风度一点没变。我们走了出去，坐进他那辆宝马三系轿车，这是一台带有老式汽车电话的旧款车，舒适，有些凌乱。当我们驶进车流，我想起来我为什么喜欢他。

“许多人都会说伊恩·约翰逊是中央情报局的特工，因为你写的作品那么少。”

“我的老板也这么说过，”我答道。

“勤快些。懒惰是罪。”

我们在车流中左冲右突，在去吃午饭的路上，交换了更多的趣事和笑话。

我们停稳了车，来到了一家土耳其自助餐厅。扎耶特立即掌控了一切，他要了一大盆汤，一大盘浇上蒜蓉酸奶的肉片。在收银台前，我还没来得及反应，他就拿出钱包付账。“你现在是和一个阿拉伯人在一起，你没机会了!”他这样说着，带我们来到一张桌子前。

扎耶特日子一直不好过。德国官员希望与“穆斯林”对话。从某种角度来讲，“穆斯林”这个词有点怪，怪就怪在它把完全不同的人糅合在一起，从第一代不懂德语的突厥人，到波斯尼亚移民，以及当地的皈依者。他们知道，扎耶特和他在穆斯林团契的盟友们代表着许多穆斯林，特别是那些问题青年，正是这些人带来了最大的安全隐患。但德国方面也一点点开始看清扎耶特的关系网，并且，他并不总是受到欢迎。比如，那个联邦政治教育中心曾把他列入可邀请的穆斯林事务的演讲人之一。这是很有说服力的，因为这个中心是战后为了在西德社会里进行民主教育而建立的，它推荐的人也通常被认为是安全的。但是当有评论家指出扎耶特与穆兄会的意识形态世界的关系时，中心很快就把他的名字从其网站撤下。在他参加了德国联邦政府组织的伊斯兰大会之后——这是政府试图与穆斯林社群建立某种正式对话渠道的努力，他又似乎取得了某种突破，但当扎耶特与会的消息被公开后，他又失分了。2009 年，警方突击搜查了几座与穆兄会有关的清真寺和祈祷室，一些德国报纸报道说，这个组织在德国的首领就是扎耶特，这让他的名声蒙上了污点。

这一切使得扎耶特脱离了大家可接受的对话伙伴的名单，但他继续进行组织工作并保持团队的功能，帮助其他人走上前台。这样一种幕后工作可能并不是他内心想要的，但就是这些事务，是他和穆兄会多年以来所熟能生巧的。就在几年前，他还曾把钱汇到一个波斯尼亚的宗教激进主义团体“泰博国际援助会”。他承认钱是他转的，但坚持说他这样做，只是代表了沙特捐款人的意愿。当我问他怎么和沙特人搞到了一起，他的回答令人失望：“防止更糟的事情发生。”这是标准的在不良团体里待了太长时间的人的回答。

“我不否认加入了这些团体，”他神情有些紧张地谈道，“只要有人直截了当地提问题，我就会如实回答。”

不过，这只是问题的一部分。穆兄会的头脑们和各个团体都一直否认他们与极端分子有什么往来，但只有被问到具体事例时才会承认互相之间的联系。他们从未发表过言辞明确的声明，也没有跟历史一刀两断。比如，德国的伊斯兰社群就从不承认与过去有什么关系，对以往的历史也没有太大兴趣。2008 年底，在他们的年度会议上，该组织庆祝其成立五十周年，尽管它一直到 1960 年才合法建立起清真寺建设委员会。官网表明，它是由退役老兵成立的（他们的第一次会议是在 1958 年，所以才有了五十周年一说），但网页并没有明说老兵们都被赶走了。它开始向致力于其事业的人颁发赛义德·拉马丹奖，但也没有提到拉马丹也被赶走了。它承认，清真寺曾经来来去去过好几个极端分子，但强调说每个人都只是例外。历史，总是这样被人改写，或为人提供借口。

但这并不妨碍扎耶特有好多朋友。有些人受到该组织宣称的影响，即它毛糙的做法正是它真实的地方。其中就有德国著名的人类学家维纳·希法尔，他撰写了大量关于土耳其和德国境内的伊斯兰激进分子的书。他遵循的方法十分现代：消息源用假名列出，对他们的陈述宁信其有。除了审核这些故事的内在逻辑，他不做什么别的背景调查——他从不查阅公共记录或试图创造一种历史性的叙事。他的研究也是他的罪恶感使然：德国是压迫性的社会，而外国人正是受害者。因此他成了穆斯林团契这一类组织的拥护者；例如，他就曾为该团体的一个成员做过有利的证词。我记得亲眼看到他的内心世界与扎耶特的穆斯林科学家学会迎头相撞的情形，学会在其年度大会上向希法尔颁发了奖状，而他作为友好的代表在大会上发言，当他谈到穆斯林像同性恋一样都是这个社会的受害者时，会场一下炸了锅。到处是愤怒的呼叫。一个男人暴跳如雷，不得不被人扭送出会场。希法尔还同这个男人争论了一会儿，并说自己并不在乎他是怎么想的。大体上，穆斯林只是该作为某种研究的对象而行动，以为把穆斯林定义成受害者的理论提供证据。

扎耶特说培养友谊十分重要，但他也要我明白还有更重要的东西。我们的午餐早就结束了，餐后茶也喝完了，他挥了挥手，把所有他参加过的组织和遇到的麻烦撇到脑后。这其中有很重要的教训，而他想告诉我。我把身子探过去，专注地听着。这与一个想在柏林建造一座清真寺的团体有关，它就是伊桑协会（伊桑文化互动协会）。这个团体是穆斯林在“9·11”恐怖袭击后建立的，需要资金支持。扎耶特通过欧洲的信托基金捐出了数百万欧元在柏林买了一块地。由于扎耶特在其中的作用，当买地的事曝光后，公众的愤怒一下就爆发了，当地政府也拒绝批准伊桑的建筑申请。我问扎耶特，这是不是由于他的组织卷入了此事呢？

“不，不能这么说。只要让人知道是建清真寺，每个人都会反对。清真寺只能暗中建造。”

我说这不可能是真的。我去过许多德国城市，看到穆斯林与当地社区成功建立了联系并赢得了他们对于各种项目的支持。事情不总是这样，确实，种族主义仍然是一个大问题，但在我看来，就长期而言，公开透明，实在是最好的选择。事实不正是伊桑清真寺项目被穆兄会背后资助的一小帮活动分子所劫持了，才造成现在的问题吗？

扎耶特的回答了无新意，冯门德当初也可能这样回答，或是德雷尔和拉马丹，都可能这样回答："不，不是这个原因。是保密。如果不公开，你就可以建造任何清真寺，不管它的背后是谁。你只需要暗中进行。"

尾声　圆顶之下

这是 12 月里一个平常不过的日子，慕尼黑伊斯兰中心空荡荡的。通体的瓷面反射着高大窗户的光亮，使里面看起来暖洋洋的，只是混凝土的墙体挡不住初冬的天气。热气关了，清真寺冷冰冰的。

艾哈迈德·冯丹弗穿着风衣，急急地穿过清真寺大厅。他是个五十五岁的汉子，身材魁梧，留着厚厚的胡须，如果不是里面那件长及膝盖露出风衣的罩袍，他就像个巴伐利亚的森林护林员。这件外科手术服般绿色的罩袍是冯丹弗的制服，它向外界宣告，他不仅皈依伊斯兰，还属于它的一个特定分支：巴基斯坦的伊斯兰促进会运动。

冯丹弗的父母在拉脱维亚的首都里加市出生，这里也是冯门德的老家。这个汉莎同盟的成员城市，是由骑士与商人在中世纪创立的。德国人一直是这里一个很大的族裔，这种情况一直延续到 20 世纪的德国崩溃，那时德国不仅失去了大片国土，还失去了它在东欧的主导地位。战后，他的父母被驱逐，最后在莱茵定居，冯丹弗就是在那里出生的。出生于 1949 年的他是个典型的德国婴儿潮时期的孩子，他在法兰克福这个德国的金融首都顺利成长，拿到了高中毕业文凭，然后去服兵役。就是在那里，他接触到了伊斯兰教："部队里，空余时间太多。那时的兵役是十八个月，我就一直在看书，看书。我看各种各样的宗教书。只有伊斯兰最有道理。"

他开始时不时学些宗教仪规，还慢慢地搬到了慕尼黑。1970 年代末，他开始定时来慕尼黑伊斯兰中心，那时它开张才没几年。当时穆斯林兄弟会在经受了多年的压迫后正试图卷土重来；它积极地发展组织。即便普通的土耳其穆斯林被拒之门外，清真寺还是修改了自己的章程，允许世界各地主要的伊斯兰激进组织者加入理事会。其中就包括了伊斯兰促进会的领导人胡希德·艾哈迈德和库朗姆·穆拉德。冯丹弗谈起，穆拉德对他一生的影响都很大。不久，冯丹弗就去了促进会设在英国的莱斯特中心学习，后来又转到巴基斯坦接受高级培训。那是在阿富汗反苏圣战期间，而巴基斯坦正是政治伊斯兰的温床。

在多年的岁月里，冯丹弗只是清真寺许多资深的阿拉伯和巴基斯坦政治活动家身边一个年轻的德国皈依者。但随着岁月流逝，他慢慢开始负起了责任。他用英语和德语编写书籍，宣传政治伊斯兰的经典立场：穆斯林要有自己的集居地，要在西方国家实施伊斯兰教法，要在穆斯林可能遭遇麻烦的地方支持武力圣战。他成了清真寺的领导人物。

冯丹弗十分愿意谈清真寺的往日岁月。绝大多数外人都想了解它与恐怖主义和极端主义有什么关系。马哈莫德·阿布赫利马，第一次世贸中心的爆炸案，这类提问他已经回答过很多遍了，更不用说提到萨利姆和基地组织；还有“9·11”，希马特的财务被冻结，以及他的去职。最近，德国联邦警察还突击搜查了慕尼黑伊斯兰中心，想找出洗钱和其他金融不当作为的证据。

但冯丹弗更愿意讨论1950年代的历史。他知道老兵的事，不过坚持他们是自愿离开的，而不是被撵走的。他隐晦地承认，学生们有着让伊斯兰在国际上复兴的远大抱负。

“他们之间看法不同，”冯丹弗谈道，“是面向当地的难民，还是面向国际学生。”

他知道赛义德·拉马丹。这个运动在割断自己的历史，从这个角度上讲，他有关拉马丹的说法很恰当。他说，“如果你去问那些来这里祈祷的人，没几个会知道他的名字。”

虽然赛义德·拉马丹可能被排除在慕尼黑清真寺和穆斯林兄弟会

复兴运动之外，但他在政治伊斯兰世界中仍然是个带有神话色彩的人物，甚至在他退回日内瓦后还是如此。他留在了瑞士，悉心培育自己的对外形象，时不时在某个争论中心冒一下头。

他在60年代退出后，又立刻成了“穆斯林兄弟会事件”的焦点。这是一次暗杀纳赛尔的企图。事件曝光后，埃及人指称拉马丹是事件中心人物。纳赛尔的秘密警察出示了大批的文件、枪弹、金钱来证明这点。但由于这都是从一个独裁者那里来的，很难判断哪些材料是真。瑞士警方激烈讨论了拉马丹的作用。他们当时得出的结论是：“除去其他身份，赛义德·拉马丹至少是英国人和美国人的代理人。”在另一份报告中，一位瑞士官员提醒当局，拉马丹与瑞士联邦警察也密切合作。他被允许留了下来。

就在这段时间，就在1965年，他收到了马尔科姆X的一封来信（此信后来大出风头），向他寻求建议。后来，他去伊斯兰世界作了一次旋风式访问，公开抨击纳赛尔。苏联报纸声称，他是美国的代理人，在试图推翻阿拉伯联合共和国——那次短命的社会主义领导之下实现埃及和叙利亚统一的实验。

像许多穆兄会成员一样，拉马丹对1979年发生的伊朗伊斯兰革命心向神往。虽然他本人是穆斯林逊尼派而伊朗人是什叶派，他仍与德黑兰建立了良好的关系。这种关系，让他在80年代初期陷入了一生中最具争议的大麻烦：在华盛顿刺杀一名伊朗外交官。这位外交官仍然忠于伊朗国王，促使一位美国狂徒达伍德·萨拉赫丁刺杀了他，他穿上了送货员的服装，按响了外交官的门铃。萨拉赫丁的包裹中藏有手枪。门刚一打开，萨拉赫丁就开了火。萨拉赫丁逃脱了，他去了日内瓦，是拉马丹向他提供了去德黑兰的安全通道，他今天仍然住在那里。萨拉赫丁指出，拉马丹绝对没有参与谋杀。他只是想保护他，不要受到任何指控。两人在1970年代中期曾见过面，当时拉马丹正在华盛顿讲课。萨拉赫丁显然仍然很尊重他。但他在实质上也承认了，拉马丹在日内瓦掩护和协助他逃脱的事实，说明拉马丹在事件中也起了同谋的作用。萨拉赫丁在德黑兰接受电话采访时承认，“如果不是他的那几通电话，我是来不了这里的。”

在他生命最后的十五年中，拉马丹销声匿迹。伊斯兰激进主义勃然而起，但拉马丹疾病缠身，很多人都认为他已经死了。他的儿子塔里克，自身就是著名的伊斯兰激进分子，在一篇让人热泪滚动的文章中谈到了父亲的衰落：许多年来，父亲只能远远注视着世界的演变，他经常“长时间的一动不动，沉浸在对往日的回忆及思考中，心中充满苦涩”。

那么，另外那些被排除在清真寺事务以外的人呢？冯门德去世后，流亡团体失去了他们最主要的庇护人，但他们并没有四散而去。维利·卡优姆承担起了领导土耳其族人的责任。贝米哲·海伊特继续为德国官方服务，并一直是苏联新闻中被攻击的对象。他的学术工作也没有停，写了一套有关巴斯马哲起义的书，那是中亚地区抗击共产主义统治的一次大暴动，也就是小说家艾哈迈德·卡马尔声称参加过的那一次。

不禁使人好奇，如果冯门德活得长些又会怎样。由他的手下来控制清真寺？有可能，但值得怀疑。冯门德死后的三年，办公室落到他的副手瓦尔特·申克的手中。但情况变得越来越不合时宜，只是一小群死硬分子企图在日渐缓和的世界里挣扎。办公室最终在1966年关闭，出于同冯门德一样的原因，与纳粹曾经的紧密关系，让申克找不到有意义的工作，最后只落得酗酒身亡的下场。也许冯门德走的是一条类似的路，但他不是喝酒，而是劳累担心而死。不能想象，东欧研究服务所对德国境内新的伊斯兰进程还能发挥什么作用。

但冯门德手创的其他一些事业仍在继续。纽累鼎·纳芒加尼持续管着他的那个最初设立了清真寺建筑委员会的宗教管理处。后来他退休了，搬到了土耳其，先是从西德，然后是从统一了的德国，收取养老金。直到最后，他和易卜拉欣·加朝格鲁两人还在继续他们的角力，就像两个在场地上扭打成一团的摔跤手。加朝格鲁偶尔还会写信给巴伐利亚或联邦政府的官员，指责纳芒加尼的种种无能和不堪。纳芒加尼死于 2002 年。不管他们之间有多少差异，加朝格鲁和纳芒加尼命运相同。直到最后，谁也没能为自己的信众造起一座清真寺；两人都不得不租用工厂背面的廉价小房间来办公；两人都没有参加慕尼黑伊斯兰中心。那个先为东占部后为美解委工作的年轻士兵加里普·苏丹，在美国秘密宣传战线上工作多年后，回到了慕尼黑。到 60 年代中期，美国人开始专注于电台广播时，他还当了鞑靼台的头头。退休后，他仍住在慕尼黑。他也避开了清真寺。那些草根穆斯林呢？一些留在了纳芒加尼和加朝格鲁身边。斗转星移，土耳其移民成千上万地来到慕尼黑，来追寻繁荣经济下的机会，他们淹没了当初的那些草根穆斯林。他们有些会在重大节庆时来到清真寺露露面；更多人就此销声匿迹。

冯丹弗做完午后祈祷又转了回来。“清真寺的经历，”他刚开口就陷入了沉默。是的，它曾经很重要，甚至有其国际意义。但是现在，它就是一个地方小机构。即便这样，它也被历史抛到了身后。谈话快一个钟头后，冯丹弗感到有些冷了。现在不过是下午时分，但太阳已经快落山了。清真寺，笼罩在一片淡红的暮霭中。正是冬季日落时。要真正了解慕尼黑当初到底发生了什么，看来已变得慢慢难以实现。冯丹弗语带宽慰地提醒：“那是战后十五二十年的事。情况完全不一样了。那些事情的背景，现在难以想象。”

致　谢

这是迄今为止我所做过的最复杂的大工程：三年调研，一年写作，行迹遍及十数国，阅读档案无数。此时重提这段经历，我要说的是，如果没有各方人士的倾力相助，此书绝无可能完成。虽然大多数读者完全可以跳过这一节，但我觉得致谢是绝对必要的……

特别是：

《华尔街日报》驻柏林分局的调研员和记者 Almut Schoenfeld，当我 2001 年回到柏林时，有幸能与她一同工作。她充满激情和探索精神，感染力极强，因此也从现实和历史中发掘了许多令人难以置信的成果。没有她的工作，本书无从谈起。

David Crawford，也在《华尔街日报》驻柏林分局工作，是作者二十多年的朋友和同事，我们联手报道过德国境内伊斯兰激进主义恐怖运动初起时的新闻事件。更重要的是，David 让我认识到有一个更大的故事等着人来书写。

Steve Merley，杰出的调研员，为我核实了无数有关穆斯林兄弟会的细节。可以说他是西方对沙特与穆斯林兄弟会之间关系了解最深的人。没有他的帮助，这本书的最后一部就不可能完成。

欧洲部分：

特别要感谢的是 Ahmet Şenyurt，德国当代伊斯兰研究的领军人物。Ahmet 的存在本身，就不断地提醒着我们：从来就没什么伊斯兰问题，只有机会主义者，各色政客，被误导的理想主义者滥用宗教的问题。

Stefan Meining 博士，巴伐利亚广播台记者，他的专业知识和同行情意都让我感怀至深。正是 Stefan，首先在巴伐利亚州立档案馆的档案堆中寻找了清真寺的历史线索。他还为德国的公共电视台制作了一部长达一小时的文献纪录片。

还要感谢下列人士：

Malik Aoudia 和 Samir Benyounes，感谢他们的同事情谊和调研支持，尤其是他们在伦敦以及巴黎市郊的伊斯兰圣令委员会会议中的协助。

Sylvain Besson，瑞士 *Le Temps* 报社，为我指明瑞士国家档案馆中的有关文献。

Abby Collins，哈佛大学“柏林对话”成员，2007 年曾邀请我就慕尼黑清真寺演讲，我们也有过多次启发性的交流谈话。

Johannes Kandel，柏林 Friedrich Ebert 基金会，曾主持多次以欧洲穆斯林为主题的研讨会。

Gilles Kepel，任职于巴黎政治学基金会，就欧洲的伊斯兰激进主义进行过多次讨论。

Kristina Klein，Nicole Menck 和 Ruth Scherpf，《华尔街日报》驻柏林分局。

Bertil Lintner（瑞典，取道清迈），帮助确认了艾哈迈德·卡马尔在缅甸方面的工作。

Juergen Micksch 博士，德国跨文化推广委员会，安排我参加了有关伊斯兰的多次研讨。

Herbert Landolin Müller 博士，德国巴登-符腾堡州地区宪法保卫局，穆兄会问题专家，向我指明了情报工作的本质。

Gary Smith，柏林美国学人协会，Gary 鼓励我为协会的《柏林学报》撰写伊斯兰教法方面的文章，并同我多次进行别开生面的谈话，开拓了我的思路。

Riem Spielhaus，柏林洪堡大学助理教授，与我多次畅谈。

Ursula Spuler-Stegemann 博士，马尔堡大学教授，德国早期有关伊斯兰激进主义深具预见力的作者。

Guido Steinberg 博士，德国政治学学会，曾与我就伊斯兰激进主义交流。

Michael Whine，就职于伦敦的慈善组织“社群安全信托”，他的公平观念启人深思。

Raimund Wolfert，挪威历史学者，对凯罗·埃斯佩塞丝（冯门德太太）的经历颇有见地。

埃及部分：

Mandi Fahmy，高级研究员。

Gamal al-Banna，与我就其兄哈桑的生平多有交流。

档案资料：

本书的许多内容取自档案资料。许多私人藏家不辞辛劳，为我进行检索并提供了相关材料。本人在此特别感谢：

Salim Abdullah，索斯特市的德国伊斯兰档案馆。

Simon Braune，华盛顿中东学会。

Caroline Gigl 博士，慕尼黑重要文献档案馆。

David Haight 和 Chalsea Millner，堪萨斯州阿比林市艾森豪威尔总统图书馆。

Scott Koch，中情局信息隐私协调员。

Ingo Loose 博士和 Ilona Kalb，洪堡大学档案馆。

Knud Piening 和 Johannes Freiherr von Boeselager，柏林德国外交部政治档案室。

Anatol Shemelev，胡佛档案馆，加利福尼亚帕洛阿尔托市。

Ruth Stalder，瑞士联邦档案馆。

John Taylor，Sammy Popat，Matthew Olsen，Paul Brown 以及 William Cunliffe，华盛顿国家文献记录管理局。

Scott S. Taylor 和 Nicholas B. Scheetz，乔治城大学特别资料室。

侨民家属方面：

要是没有多位侨民和他们的家庭向我开放私人档案——即便有时意味着重温痛苦的经历——并给予友情支持，本书也难以完成。本人为此感谢：

Baymirza Hayit 博士，已故。

艾哈迈德·卡马尔家属，他们回忆了这位身世扑朔迷离的教长。

格哈德·凯格教授（已故），提供了有关赛义德·拉马丹的私人档案。

额林·冯门德教授，提供了其父的部分档案。

Ehrenfried Schütte，坚持不懈的《雅尔塔协定》受害者事务活动家，提供了许多有关东占部极有价值的回忆及资料。

加里普·苏丹，深具鞑靼人的热情好客，数次邀我去做客。

凯薇西，提供了价值极高的回忆录，以及罗伯特·德雷尔卸职告别会的录音。

美国部分：

因为初期的调研在柏林进行，我得到了好几位美国研究人员的协助。Chris Law 就是其中之一，这位国家安全新闻服务处驻华盛顿的前记者，目前任职参议院财政委员会的调查员，协助从中情局和军方情报机关获取信息公开法辖下的有关信息，该项义举令人肃然起敬。他还协助厘清了那个时代的中情局特工人员。本人对 Chris 在国家安全新闻服务处的前同事 David Armstrong 和 Joseph Trento 也表示感谢，两位都提供了宝贵的意见。此外，Chris Conkey，《华尔街日报》华盛顿分社的原新闻助理（后成为记者），也帮助我从各种档案中梳理获取文件。

本人对以下人员表示感谢：

Zeyno Baran，Eric Brown，Hillel Fradkin 和 S. Enders Wimbush，哈德森学会，我们曾有过多次讨论，我在 2007 年受邀前往发表有关慕尼黑清真寺的演讲，并提交论文。

Daniel Benjamin，战略及国际研究中心，有过多次恐怖主义方面的讨论。

Richard Breitman，美国大学教授，按《纳粹战争罪行披露法》规定协助争取到了相关档案的解密。

Ron Bright，协助搞清了艾哈迈德·卡马尔的部分经历。Ron 通过《信息公开法》取得了有关卡马尔的中情局文件，并与我分享，在此感谢；感谢 Ric Gillespie，历史性飞行器收集处国际小组执行董事，该组织出版了 Ron 的论文。

Jeffrey Burds，美国东北大学，曾就冷战期间秘密活动提供建议。

Stephen L. Crane，一本流传不广的有关突厥裔纳粹军人的杰出作品的作者，向作者开放了私人档案。

Jim Critchlow，他那本有关自由之声电台的书，取材讲究，写作严谨；并在作者试图解密 1950 年代对外广播和流亡政治人物的历史时提供了帮助。

Bob Dreyfuss，向作者开放了他有关赛义德·拉马丹普林斯顿之行的档案。

Jim Engell，哈佛大学英文系，讨论了写作问题。

Jenny Fichmann，帕罗奥图市独立研究人员，提供了胡佛档案查阅的帮助。

Merle 及 Marshall Goldman，哈佛大学，提供支持及建议。

Hope Harrison，乔治·华盛顿大学，有许多富有成果的交谈，还曾组织过讨论会，指出我论文初稿中的不足之处。

Stephanie Ho 和 David Hathaway，招待和支持。

Nancy Kobrin，开展过哲学和恐怖主义方面的讨论。

Anita Kolaczkowska 和家属，讨论了艾哈迈德·卡马尔。

Mark Kramer，尼曼基金会叙事写作计划的前负责人、作家，参与了本书的编辑工作并讨论了本书的结构。同时也感谢 Mark 叙事写作班的学员们不吝批评。

Mark Kramer 教授，哈佛大学冷战研究计划，提供支持和对谈。

Andreas Krueger，当时供职于德国驻华盛顿使馆，为我组织了一次面向美国国会的有关伊斯兰激进主义的演讲。

Jonathan Laurence，波士顿学会，他们就如何与穆斯林兄弟会打交道组织过多次公开和内部的讨论。

Robert Leiken，尼克松中心，就穆兄会进行过多次热切的讨论。

Jim Mann，霍普金斯大学高级国际事务研究所，提供了《信息公开法》方面的建议。

Tom McIntyre，旧金山，就写作进行过讨论，并招待支持过本人。

哈佛大学尼曼新闻学基金会及其理事 Bob Giles，2006—2007 学年曾资助我。在那里的日子大大扩充了本书的内容。

Kenneth Osgood，佛罗里达大西洋大学，提供了秘密宣传方面的专业知识。

Christian Ostermann，威尔森中心冷战国际史计划，提供建议和批评。

Richard Pipes，回忆了冷战时期苏维埃-伊斯兰学的研究情况。

Glenn R. Simpson，《华尔街日报》，提供观点和笔记。

Gene 及 Gloria Sosin，为我花了大量的私人时间。

Scott T. Taylor 和家属，对华盛顿事务的洞见。

Roger Thurow，《华尔街日报》，陪伴并汇集瑞士方面的反馈建议。

Tim Weiner，《纽约时报》，提供大量资料及建议。

读者，文学评论和作者家人

我很感激这几年来多位读者和编辑帮助并引导了这个项目，其中包括科罗拉多州的张彤禾和彼得·海斯勒；密苏里大学的 Doug Hunt；多伦多的 LorneBlumer；西雅图 Charleston 的 James Scott 和 Craig Welch；《华尔街日报》的 Yaroslav Trofimov，《日报》的编辑人员，尤其是 Mike Miller 和 Mike Allen，不过作者最需感激的是前任主编 Paul Steiger，他在新闻业衰落的年代慧眼识珠，认定该故事最初时的价值，给予我工作时间，还安排了六千字的版面。

特别要感谢 Houghton Mifflin Harcourt 出版社的 Andrea Schulz 和 Tom Bouman，他们对本书进行了深度编辑和支持，使其成为现在这个样子；文稿编辑 Susanna Brougham 仔细阅读了书稿；当然，作者的代理、Sterling Lord Literistic 的 Chris Calhoun，贡献甚巨，使本书得以出版。

最后，对家人的支持不敢忘怀：父亲 Denis，从本书的最初设想开始就时时讨论，妹妹 Cathy 和她的全家（和 Longmorn 一起住在达斯）的支持；还有 Elke 多年来的支持和帮助。

资料来源

Archives

Public

AA B40 Auswärtiges Amt, Berlin, Bestand 40, "Referat IIA3, Ost-West-Beziehungen" (Foreign Office, Berlin, Record Group 40, "Division IIA3, East-West Relations")

AAPA ZA Politisches Archiv des Auswärtiges Amt, Zwischenarchiv (Political Archive of the Foreign Office, Temporary Archive), Berlin Amstgericht München, Registerakten (Sonderband) VR 6256, Islamische Gemeinschaft in Deutschland e.V.

BA Bundesarchiv (Federal Archives), Koblenz

BA-MA Bundesarchiv-Militärarchiv (Federal Archives-Military Archives), Freiburg

BAR Schweizerisches Bundesarchiv (Swiss Federal Archives), Bern

BAR Ramadan BAR E 4320(C) 1994/120, Bd. 220, Dossier (4183:0) 420/36 Ramadan, Said, 1960–1988

BAR Touhami BAR E 4320-01(C) 1996/202, 34 Fiche Louahala, Touhami, 1956–1986

BayHStA Bayerisches Hauptstaatarchiv (Bavarian Central State Archives), Munich

BayHStA LaflüVerw Landesflüchtlingsverwaltung (State Refugee Administration), Record Groups 1894 and 1900

BStU Die Bundesbeauftragte für die Unterlagen des Staatssicherheitsdienstes der ehemaligen Deutschen Demokratisch Republik (Federal Commissioner for the Records of the State Security Service of the Former German Democratic Republic), Berlin

CIA Central Intelligence Agency, Freedom of Information Act release to author, "Subject: von Mende, Gerhard" and "Subject: Gacaoglu, Ibrahim"

Georgetown Georgetown University Special Collections: Diplomacy, International Affairs, Intelligence, Name file on "Kelley, Robert F." and "Lodeesen, Jon D."

GHWK Haus der Wannsee-Konferenz, Gedenk- und Bildungsstätte (House of the Wannsee Conference, Memorial and Educational Site)

Hoover Hoover Institution Library and Archives, Stanford University, Palo Alto, CA

Hoover Dallin Hoover "Alexander Dallin" collection

Hoover Henze Hoover "Paul B. Henze" collection

Hoover RFE/RL Hoover "Radio Free Europe/Radio Liberty Inc." collection

ICRC International Committee of the Red Cross, Geneva

Islam-Archiv Islam-Archiv Deutschland, Soest (Islam-Archive, Germany, Soest)

IZ Institut für Zeitgeschichte (Institute for Contemporary History), Munich

NA National Archives, Kew Gardens, UK

NAFO 141 NA Foreign Office (Egypt: Embassy and Consular Activities)

NARA National Archives and Records Administration, Washington, DC

NARA RG 59 NARA, General Records of the Department of State

NARA RG 263 NARA, Records of the Central Intelligence Agency, Directorate of Operations, records released under the Nazi and Japanese War Crimes Disclosure Acts, including separate name files for "Kedia, Michel," "von Mende, Gerhard," "al-Hussaini, Amin," and "Unglaube, Heinz"

NARA RG 319 NARA, Records of the Army Staff, Investigative Records Repository, unprocessed files for "Ibrahim Gacaoglu Personnel File Folder XE306651," "Gerhard von Mende Personal File Folder D007362," "Gerhard von Mende Personal File Folder XE007362"

NAWO 208 NA War Office (Military Intelligence, Middle East and Egypt)

UAHUB Universitätsarchiv, Humboldt Universität Berlin (University Archive, Humboldt University, Berlin)

WASt Deutsche Dienststelle für die Benachrichtigung der nächsten angehörigen von Gefallenen der ehemaligen deutschen Wehrmacht (German Authority for the notification of next of kin of members of the former German Wehrmacht who were killed in action), Berlin

Private

Dreher Dreher, Robert, papers relating to CIA service of Robert H. Dreher in Germany and Vietnam. In possession of the Oerkvitz family.

Hoffmann Papers and correspondence relating to works of Joachim Hoffmann. In possession of the Hoffmann family.

Mende Personal and work correspondence, 1945–1963, of Gerhard von Mende. In possession of the von Mende family.

Narzikul Papers relating to wartime service of Isakjan Narzikul. In possession of Stephen L. Crane.

Schütte Personal papers, Ostministerium files, and correspondence of Dr. Ehrenfried Schütte. In possession of Dr. Schütte.

Sultan Personal papers and letters of Garıp Sultan. In possession of Mr. Sultan.

Ungermann Personal papers, British intelligence documents relating to Siegfried Ungermann. In possession of the Hoffmann family.

Unglaube Manuscript of autobiography of Heinz Unglaube. In possession of the author.

Interviews

Abdel Khalek, Mohamed Farid. 13 September 2004, Cairo.

Abdullah, Mohammad Salim. 14 December 2004, Soest, Germany.

Akef, Mahdi. 14 September 2004, Cairo.
Allam, Fouad. 15 September 2004, Cairo.
Allworth, Edward A. 7 January 2006, New York City.
Alshibaya, Nina. 16 August 2004, Munich.
Amriou, Mourad. 10 September, 1 November and 3 November 2004, Paris.
Banna, Gama al-. 13 September 2004, Cairo.
Bouzar, Dounia. 4 September 2004, Paris.
Critchlow, James. 3 February 2006, Cambridge, MA.
Denffer, Ahmad von. 9 December 2004, Munich.
Grimm, Muhammad Abdul Karim, 21 October 2004, Hamburg.
Hayit, Baymirza.† 25 October 2004, Cologne.
Helbawy, Kamal al-. 20 October 2005, London.
Himmat, Ghaleb. Telephone inteview, 1 June 2005, Campione d'Italia.
Kamal-Haller, Tura. 16 June 2006, Munich.
Kassajep, Margaret.† 17 August 2004, Munich.
Kegel, Dr. Gerhard.† 25 October 2004, Cologne.
Klump, Will. 17 January 2006, New York City.
Kolaczkowska, Anita. 12 April 2007, Palo Alto, CA.
Kuniholm, Bruce. Telephone interview, 18 April 2006, Durham, NC.
Lahaty, Mohamed. 2 September 2004, Paris.
Louahala, Touhami. 30 July 2006, Montélimar, France.
Mahgary, Mohamad Ali el-. 17 December 2004, Nuremberg, Germany.
Melbardis, Alexander. 6 September 2005, Pfaffing, Germany.
Mende, Dr. Erling von. 31 January 2005, Berlin.
Mogaddedi, Obeidullah. 1 February 2005, Springe, Germany.
Murphy, David E. 7 May 2006, Punta Gorda, FL.
Nada, Youssef. 2 June 2004, Campione d'Italia.
Nasar, Rusi. 10 May 2006, Falls Church, VA.
Oerkvitz, Chuck and Helen. 7 February 2006, Gwynedd, PA.
Patch, Isaac. Telephone interview, 23 May 2005, Franconia, NH.
Pipes, Richard. 25 October 2006, Cambridge, MA.
Rawi, Ahmed al-. 21 July 2004, Markfield, UK.
Rhoer, Edward van der. Email exchanges, 31 January and 1 February 2006, Washington, DC.
Said, Refaat al-. 14 September 2004, Cairo.
Salahuddin, Dawud. Telephone interview, 28 February 2006, Tehran.
Schütte, Ehrenfried.† 27 January 2005, Munich.
Sosin, Gene and Gloria. 3 May 2006, White Plains, NY.
Stewart, Gaither "Jack." 1 October 2005, Rome.
Sultan, Garip. 27 January and 9 March 2005; 28 March and 31 May 2006, Munich.
Terrel, Hervé. 14 May 2004, Paris.
West, Karin. 27 March 2006, Munich.
Yazdani, Faisal. 28 January and 13 December 2005, Munich.
Zaidan, Amir. 18 March 2005, Berlin.
Zayat, Ibrahim el-. 19 April 2005, Cologne.

†deceased

Books and Articles

Abu-Rabi', Ibrahim M. *Intellectual Origins of Islamic Resurgence in the Modern Arab World.* Albany, NY: SUNY Press, 1996.

Ahmed-Ulla, Noreen S., Sam Roe, and Laurie Cohen. "A Rare Look at Secretive Brotherhood in America." *Chicago Tribune* (online edition), 19 September 2004.

Alexiev, Alex. *Soviet Nationalities in German Wartime Strategy, 1941–1945.* Santa Monica, CA: Rand Corporation, 1982.

Altalib, Hisham. *Training Guide for Islamic Workers,* Herndon, VA: International Institute of Islamic Thought, 1991.

Andrew, Christopher, and Vasili Mitrokhin. *The Mitrokhin Archive: The KGB in Europe and the West.* London: Allen Lane, 1999.

Armstrong, Karen. *Islam: A Short History.* New York: The Modern Library, 2002.

Awaisi, Abd al-Fattah Muhammad el-. *The Muslim Brothers and the Palestine Questions, 1928–1947.* London: I. B. Tauris Academic Studies, 1998.

Barbour, Nevill. Untitled review of Serge Bromberger, *Les rebelles algériens. International Affairs,* Vol. 35, No. 1 (January 1959): 113.

Battle, Joyce, ed. *U.S. Propaganda in the Middle East—The Early Cold War Version.* National Security Archive Electronic Briefing Book No. 78, 13 December 2002.

Bigart, Homer. "Coney Islander Assails Red Crimes at Bandung." *New York Herald Tribune,* 21 April 1954: 53.

Birn, Ruth Bettina. "Austrian Higher SS and Police Leaders and Their Participation in the Holocaust in the Balkans." *Holocaust and Genocide Studies,* Vol. 6, No. 4 (1991): 351–72.

Bostom, Andrew, ed. *The Legacy of Islamic Antisemitism: From Sacred Texts to Solemn History.* Amherst, NY: Prometheus Books, 1968.

Bräutigam, Otto. *So hat es sich zugetragen: Ein Leben als Soldat und Diplomat.* Würzburg, Germany: Holzner, 1968.

Breitman, Richard, *Architect of Genocide: Himmler and the Final Solution.* Waltham, MA: Brandeis University Press, 1992.

Breitman, Richard, et al. *U.S. Intelligence and the Nazis.* New York: Cambridge University Press, 2005.

Bromberger, Serge. *Les rebelles algériens.* Paris: Plon, 1958.

"Bundesweite Razzia bei Islamisten," *Süddeutsche Zeitung,* 11 March 2009: 5.

Burds, Jeffrey. "The Soviet War Against 'Fifth Columnists': The Case of Chechnya, 1942–44." *Journal of Contemporary History,* Vol. 42, No. 2 (Spring 2007): 267–314.

Caeiro, Alexandre. "Transnational 'Ulama,' European Fatwas, and Islamic Authority: A Case Study of the European Council for Fatwa and Research" in S. Allievi and M. van Bruinessen, eds., *Production and Dissemination of Islamic Knowledge in Western Europe.* London: Routledge, 2008.

Cakars, Maris, and Barton Osborn. "Operation Ohio: Mass Murder by U.S. Intelligence Agencies." *Win* (Brooklyn, NY), 18 September 1975: 5–19.

Caroe, Olaf. *Soviet Empire: The Turks of Central Asia and Stalinism.* 2nd ed. New York: St. Martin's Press, 1967.

Carruthers, Susan L. "Between Camps: Eastern Bloc 'Escapees' and Cold War Borderlands." *American Quarterly,* Vol. 57, No. 3, September 2005: 911–42.

Caute, David. *The Dancer Defects: The Struggle for Cultural Supremacy During the Cold War.* Oxford, UK: Oxford University Press, 2002.

Central Intelligence Agency Political Islam Strategic Analysis Program. "Muslim Brotherhood: Pivotal Actor in European Political Islam." Unpublished report, 10 May 2006.
———. "Muslim Brotherhood Rhetoric in Europe: Deception, Division, or Confusion?" Unpublished report, 29 January 2008.
Coll, Steve. *Ghost Wars: The Secret History of the CIA, Afghanistan, and bin Laden from the Soviet Invasion to September 10, 2001.* New York: Penguin Books, 2004.
Copeland, Miles. *The Game of Nations: The Amorality of Power Politics.* London: Weidenfeld and Nicholson, 1969.
Crane, Stephen L. *Survivor from An Unknown War: The Life of Isakjan Narzikul.* Upland, PA: Diane Publishing Co., 1999.
Critchlow, James. *Radio Hole-in-the-Head/Radio Liberty: An Insider's Story of Cold War Broadcasting.* Washington, DC: American University Press, 1995.
Cwiklinski, Sebastian. *Wolgatataren im Deutschland des Zweiten Weltkriegs: Deutsche Ostpolitik und tatarischer Nationalismus.* Berlin: Klaus Schwarz Verlag, 2002.
Czechowicz, Andrzej. *Sieben schwere Jahre.* Berlin: Militärverlag der DDR Berlin, 1977. [Originally published in Polish as *Siedem Trudnych Lat.* Warsaw: Wydawnictwo Ministerstwa Obrony Narodowej, 1974]
Dallin, Alexander. *German Rule in Russia: A Study in Occupation Politics.* 2nd ed. London: The MacMillan Press Ltd., 1981.
Dalton, William D. "Islamic Society of North America," in *Encyclopedia of Indianapolis.* Indianapolis: The Polis Center, 1995.
Dawood, N. J., trans. *The Koran.* London: Penguin, 1999.
Denffer, Ahmad von. *ABC der Zeitschrift al-Islam: Stichwortregister, 1958–1992.* München: Islamisches Zentrum München, 1993.
DGAP, "Geschichte des Hauses Rauchstrasse 17/18." Information Brochure from DGAP. http://www.dgap.org/dgap/ueberuns/geschichte_haus/.
Dorril, Stephen, *MI6: Fifty Years of Special Operations.* London: Fourth Estate, 2000.
Dreyfuss, Robert. *Devil's Game: How the United States Helped Unleash Fundamentalist Islam.* New York: Metropolitan Books, 2005.
Elpeleg, Zvi. *Grand Mufti: Haj Amin al-Hussaini.* London: Frank Cass & Co., 1993.
Espeseth, Karo. *Sår som ennu blør* (*Sores That Still Bleed*). Oslo: Gyldendal Norsk Forlag, 1931.
———. *Livet Gikk Videre* (*Life Went On*). Oslo: Gyldendal Norsk Forlag, 1983.
Feferman, Kiril. "Nazi Germany and the Mountain Jews: Was There a Policy?" *Holocaust and Genocide Studies,* Vol. 21, No. 1 (2007): 96–114.
Forrest, Fred. "Allies We Don't Need." *New Leader,* 3 September 1951: 19–20.
Frangenberg, Helmut. "Kleine Migrationsgeschichte der Türken nach Köln," in Franz Sommerfeld, ed., *Der Moscheestreit: Eine exemplarische Debatte über Einwanderung und Integration.* Köln: Kiepenheuer & Wisch, 2008.
Gaddis, John Lewis. *We Now Know: Rethinking Cold War History.* Oxford: Clarendon Press, 1997.
Gensicke, Klaus. *Der Mufti von Jerusalem, Amin el-Husseini, und die Nationalsozialisten.* Frankfurt am Main: Peter Lang, 1988.
Golan, Galia. *Soviet Policies in the Middle East from World War Two to Gorbachev.* Cambridge: Cambridge University Press, 1990.

Grose, Peter. *Operation Rollback: America's Secret War Behind the Iron Curtain.* Boston: Houghton Mifflin Company, 2000.

Hawari, Mohammad. "Sex and Sexual Education Under the Light of Islamic Shariah," in European Council for Fatwa and Research conference material for July 2004 meeting. A copy of this paper is available at www.iandjohnson.com.

Hayek, Lester "Target: CIA." *Studies in Intelligence,* Vol. 6, No. 1: 29–56. (Internal CIA publication, Approved for Release 2005103115: CIA-RDP78T03194A0001000 60001-8.)

———. *"Basmatchi": Nationaler Kampf Turkestans in den Jahren 1917 bis 1934.* Köln: Dreisam Verlag, 1992.

Hayit, Baymirza. *Turkestan im XX. Jahrhundert.* Darmstadt: C. W. Leske, 1956.

Heiber, Helmut, ed. *Hitlers Lagebesprechungen: Die Protokollfragmente seiner militärischen Konferenzen, 1942–1945.* Stuttgart: Deutsche Verlags-Anstalt, 1962.

Heine, Peter. "Die Mullah-Kurse der Waffen-SS," in Gerhard Höpp and Brigitte Reinwald, eds., *Fremdeinsätze: Afrikaner und Asiaten in europäischen Kriegen, 1914–1945.* Berlin: Studien/Zentrum Moderner Orient 13, 2000: 181–88.

Henker, Michael, ed. *Bayern nach dem Krieg: Photographien 1945–1950.* Augsburg: Haus der Bayerischen Geschichte, 1995.

Hentges, Gudrun. "Reeducation — Propaganda — Heimatdienst: Kontroversen um die Gründung der Bundeszentrale für Heimatdienst / politische Bildung," in Heinz-Werner Wollersheim, ed., *Jahrbuch der Theodor-Litt-Gesellschaft 2004.* Leipzig: Leipziger Universitätsverlag, 2005.

Herf, Jeffrey. *Nazi Propaganda for the Middle East.* New Haven: Yale University Press, 2009.

Hoffmann, Joachim. *Die Ostlegionen, 1941–1943.* Freiburg: Verlag Rombach, 1986.

Höpp, Gerhard. "Frontenwechsel: Muslimische Deserteure im Ersten und Zweiten Weltkrieg und in der Zwischenkriegszeit," in Gerhard Höpp and Brigitte Reinwald, eds., *Fremdeinsätze: Afrikaner und Asiaten in europäischen Kriegen, 1914–1945.* Studien 13. Berlin: Das arabische Buch, 2000.

Höpp, Gerhard, ed. *Mufti-Papiere: Briefe, Memoranden, Reden, und Aufrufe Amin al Husainis aus dem Exil, 1940–1945.* Berlin: Klaus Schwarz Verlag, 2004.

Höpp, Gerhard, Peter Wien, and René Wildangel, eds. *Blind für die Geschichte?: Arabische Begegnungen mit dem Nationalsozialismus.* Berlin: Klaus Schwarz Verlag, 2004.

Johnson, Ian. "The Beachhead: How a Mosque for Ex-Nazis Became Center of Radical Islam." *The Wall Street Journal,* 12 July 2005: A1.

———. "Conflicting Advice: Islamic Justice Finds a Foothold in Heart of Europe." *The Wall Street Journal,* 4 August 2005: A1.

———. "A Course in Islamology." *Berlin Journal,* Autumn 2005. Berlin: American Academy.

———. "How Islamic Group's Ties Reveal Europe's Challenge." *The Wall Street Journal,* 29 December 2005: A1.

———. "The Muslim Brotherhood in Europe." Testimony to House Human Rights Caucus, 9 February 2006. Published online at http://lantos.house.gov+C6/HoR/CA12/Human+Rights+Caucus/Briefing+Testimonies/02-23 06+Testimony+of+Ian+Johnson+Muslims+in+Europe.htm.

Johnson, Ian, and John Carreyrou. "Walled Off: As Muslims Call Europe Home, Dangerous Isolation Takes Root." *The Wall Street Journal,* 11 July 2005: A1.
Johnson, Ian, and Alfred Kueppers. "Missed Link." *The Wall Street Journal,* 19 October 2001: A1.
Kamal, Ahmad. *Full Fathom Five.* Lincoln, NE: toExcel, 2000. [Originally published by Doubleday, 1948]
———. *Land Without Laughter.* Lincoln, NE: toExcel, 2000. [Originally published by Charles Scribner's Sons, 1940]
———. *One-Dog Man.* Lincoln, NE: toExcel, 2000. [Originally published by Random House, 1950]
———. *The Sacred Journey.* Lincoln, NE: toExcel, 2000. [Originally published by Duell, Sloan and Pearce, 1961]
———. *The Seven Questions of Timur.* Unbound folio edition, undated. Bound book published at Santa Ana, CA.: Fine Arts Press, 1938.
Kamal, Ahmad, and Charles G. Booth. *The Excommunicated.* Lincoln, NE: toExcel, 2000. [Originally published by The Falcon Press, 1952]
Kepel, Gilles. *Les banlieues de l'Islam.* Paris: Éditions du Seuil, 1991.
———. *Jihad: The Trail of Political Islam.* Cambridge: Harvard University Press, 2002.
———. *The Prophet and Pharaoh: Muslim Extremism in Egypt.* London: Al Saqi Books, 1985.
———. *The War for Muslim Minds.* Cambridge: Harvard University Press, 2004.
Kirimal, Edige. *Der Nationale Kampf der Krimtataren.* Emsdetten (Westf.): Verlag Lechte, 1952.
Kozlov, Victor Ivanovich. *The Peoples of the Soviet Union (Second World).* Trans. Pauline Tiffen. Bloomington: Indiana University Press, 1988.
Kračkovskij, Ignaz. *Der historische Roman in der neueren arabischen Literatur.* Trans. Gerhard von Mende. Leipzig: Oto Harrassowitz, 1930.
Küntzel, Matthias. *Djihad und Judenhaß. Über den neuen antijüdischen Krieg.* Freiburg: Ca Ira Verlag, 2003.
Leggewie, Claus, Angela Joost, and Stefan Rech. *Der Weg zur Moschee—eine Handreichung für die Praxis.* Bad Homburg v.d. Höhe: Herbert-Quandt-Stiftung, 2002.
Leiken, Robert S. "Europe's Mujahideen." Center for Immigration Studies newsletter, April 2005.
Leiken, Robert S., and Steven Brooke. "The Moderate Muslim Brotherhood." *Foreign Affairs,* Vol. 86, No. 2, 107–21.
Lia, Brynjar. *The Society of the Muslim Brothers in Egypt: The Rise of an Islamic Mass Movement, 1928–1942.* Reading, UK: Ithaca Press, 1998.
Loftus, John. *The Belarus Secret.* New York: Penguin, 1982.
Loose, Ingo. "Berliner Wissenschaftler im 'Osteinsatz' 1939–1945: Akademische Mobilität zwischen Berliner Universität und Reichsuniversität Posen," in Christoph Jahr with Rebecca Schaarschmidt, eds., *Die Berliner Universität in der NS-Zeit, Bd. 1: Strukturen und Personen.* Stuttgart: 2005.
MacDonogh, Giles. *After the Reich: The Brutal History of the Allied Occupation.* New York: Basic Books, 2007.
Mallmann, Klaus-Michael, and Martin Cüppers. *Halbmond und Hakenkreuz: Das*

"Dritte Reich," die Araber, und Palästina. Darmstadt: Wissenschaftliche Buchgesellschaft, 2006.
Mattar, Philip. *The Mufti of Jerusalem: Al-Hajj Amīn al-Husaynī.* New York: Columbia University Press, 1988.
Matthews, Weldon C. *Confronting an Empire, Constructing a Nation: Arab Nationalists and Popular Politics in Mandate Palestine.* London: I. B. Tauris, 1988.
Meining, Stefan. "Die Islamische Gemeinschaft in Deutschland: Vom Moschee-Bauverein zum politischen Islam." Unpublished essay, 2005.
Mende, Erling von. *Turkestan als historischer Faktor und politische Idee: Festschr. für Baymirza Hayit zu seinem 70. Geburtstag.* Köln: Studienverlag, 1988.
Mende, Gerhard von. *Bulletin des Presse und Informationsamtes der Bundesregierung,* No. 881/S. 736, 11 May 1955.
———. "Erfahrungen mit Ostfreiwilligen in der deutschen Wehrmacht während des Zweiten Weltkrieges." *Auslandsforschung 1,* 1952: 24–33.
———. "Kaukasuspolitik." Unpublished essay, c. 1951, from Schütte archives.
———. *Der Nationale Kampf der Rußlandtürken: Ein Beitrag zur nationalen Frage in der Sovetunion.* Berlin: Mitteilungen des Seminars für orientalische Sprachen. Beiband zum Jahrgang XXXIX, 1936.
———. *Nationalität und Ideologie.* Duisdorf bei Bonn: Selbstverlag der Studiengesellschaft für Zeitprobleme, 1962.
———. *Studien zur Kolonisation in der Sovetunion.* Breslau: Verlag Priebatsch's Buchhandlung, 1933.
———. *Die Völker der Sowjetunion.* Reichenau/Saale: Rudolf Schneider Verlag, 1939.
Merley, Steve. "The Muslim Brotherhood in Belgium." Published by the Hudson Institute, http://www.futureofmuslimworld.com/research/detail/the-muslim-brotherhood-in-the-united-states, 6 April 2009.
Mitchell, Richard P. *The Society of the Muslim Brothers.* Oxford: Oxford University Press, 1969 (1993 reprint).
Mühlen, Patrik von zur. *Zwischen Hakenkreuz und Sowjetstern: Der Nationalismus der sowjetischen Orientvölker im Zweiten Weltkrieg.* Düsseldorf: Droste Verlag, 1971.
Munoz, Antonio J. *Forgotten Legions: Obscure Combat Formations of the Waffen-SS.* Boulder, CO: Paladin Press, 1991.
Murphy, David E., Sergei A. Kondrashev, and George Bailey. *Battleground Berlin: CIA Versus KGB in the Cold War.* New Haven: Yale University Press, 1999.
Neupert, Jutta. "Vom Heimatvertriebenen zum Neubuurger. Flüchtlingspolitik und Selbsthilfe auf dem Weg zur Integration," in Wolfgang Benz, ed., *Neuanfang in Bayern.* München: C. H. Beck, 1988.
Nielsen, Jørgen. *Muslims in Western Europe.* Edinburgh: Edinburgh University Press, 2004.
Osgood, Kenneth. *Total Cold War: Eisenhower's Propaganda Battle at Home and Abroad.* Lawrence: University of Kansas Press, 2006.
Parker, Jason C. "Small Victory, Missed Chance: The Eisenhower Administration, the Bandung Conference, and the Turning of the Cold War," in Kathryn C. Statler and Andrew L. Johns, eds., *The Eisenhower Administration, the Third World, and the Globalization of the Cold War.* Boulder, CO: Rowman & Littlefield Publishers Inc., 2006.

Pätzold, Kurt, and Erika Schwarz. *Tagesordnung: Judenmord. Die Wannsee-Konferenz am 20. January 1942*. Berlin: Metropol-Verlag, 1992.
Pauly, Robert J., Jr. *Islam in Europe: Integration or Marginalization?* Aldershot, UK: Ashgate, 2004.
Phillips, David Atlee. *The Night Watch*. New York: Atheneum, 1977.
Picker, Harry, ed. *Hitlers Tischgespräche*. Bonn: Athenäum-Verlag, 1951.
Porath, Y. *The Emergence of the Palestinian-Arab National Movement, 1918–1929*. London: Frank Cass & Co., 1974.
Prados, John. *Presidents' Secret Wars: CIA and Pentagon Covert Operations from World War II Through the Persian Gulf*. Chicago: Ivan R. Dee, 1996.
Prinz, Friedrich, ed. *Trümmerzeit in München*. München: C. H. Beck, 1984.
Prinz, Friedrich, and Marita Krauss, eds. *Trümmerleben: Texte, Dokumente, Bilder aus den Münchener Nachkriegsjahren*. München: Deutscher Taschenbuch Verlag, 1985.
Ranelagh, John. *The Agency: The Rise and Decline of the CIA*. New York: Simon and Schuster, 1986.
Rees, Ellen. "Sores That Still Bleed: Germany, the Great War, and Violence Against Women in the Modernist Literary Imagination," in Hillary Collier Sy-Quia and Susanne Baackmann, eds., *Conquering Women: Women and War in the German Cultural Imagination*. Berkeley: University of California Press, 2000.
Reiss, Tom. *The Orientalist: Solving the Mystery of a Strange and Dangerous Life*. New York: Random House, 2005.
Rupierer, Hermann-Josef. *Der besetzte Verbündete: Die amerikanische Deutschland-politick, 1949–1955*. Opladen: Westdeutscher Verlag, 1991.
Schenk, Herrad. *Wie in einem uferlosen Strom: Das Leben meiner Eltern*. München: C. H. Beck, 2002.
Schlögel, Karl. "The Futility of One Professor's Life: Otto Hoetzsch and German Russian Studies," in *Sketches of Europe*. Trans. Ray Brandon. Berlin: Osteuropa, 2005.
Schmitt, Thomas. *Moscheen in Deutschland: Konflikte um ihre Errichtung und Nutzung*. Flensburg: Deutsche Akademie für Landeskunde, Selbstverlag, 2003.
Schulze, Reinhard. *Geschichte er islamischen Welt im 20. Jahrhundert*. München: C. H. Beck, 1994: C87.
———. *Islamischer Internationalismus im 20. Jahrhundert*. Leiden: Brill, 1990.
Schwanitz, Wolfgang G. "Die Berliner Djihadisierung des Islams." Konrad-Adenauer-Stiftung: KAS Auslands-informationen, October 2004.
Seidt, Hans-Ulrich. *Berlin Kabul Moskau: Oskar Ritter von Niedermayer und Deutschlands Geopolitik*. München: Universitas, 2002.
Selig, Wolfram. *Chronik der Stadt München, 1945–1948*. München: Stadtarchiv München, 1980.
Shafiq, Muhammad. *The Growth of Islamic Thought in North America: Focus on Ism'ail Raji al Faruqi*. Brentwood, MA: Amana Publications, 1994.
Shlaim, Avi. *Collusion Across the Jordan: King Abdullah, the Zionist Movement, and the Partition of Palestine*. Oxford: Clarendon Press, 1988.
Shultz, Richard H., Jr. Unpublished interview with Robert H. Dreher.
Simpson, Christopher. *Blowback: The First Full Account of America's Recruitment of*

Nazis and Its Disastrous Effect on the Cold War, Our Domestic and Foreign Policy. New York: Collier, 1989.
Simpson, Glenn R., and Amy Chozick. "Obama's Muslim-Outreach Adviser Resigns." *The Wall Street Journal,* 6 August 2008. Accessed at http://online.wsj.com/article/SB121797906741214995.html.
Smal-Stocky, Roman. "The Struggle of the Subjugated Nations in the Soviet Union for Freedom: Sketch of the History of the Promethean Movement." *The Ukrainian Quarterly,* Vol. 3, No. 4, 1947: 324–44.
Smith, Martin. *Burma: Insurgency and the Politics of Ethnicity.* London: Zed Books, 1991.
Sosin, Gene. *Sparks of Liberty: An Insider's Memoir of Radio Liberty.* University Park: Pennsylvania State University Press, 1999.
Sosin, Gloria Donen. *Red-Letter Year.* White Plains, NY: Kalita Press, 2004.
Stöver, Bernd. *Die Befreiung vom Kommunismus: Amerikanische* Liberation Policy *im Kalten Krieg, 1947–1991.* Köln: Böhlau Verlag, 2002.
Sultan, Garip. *Die Gründung der Wolga-Tatarischen Legion.* Unpublished manuscript, 1947.
Takeyh, Ray. *The Origins of the Eisenhower Doctrine: The US, Britain, and Nasser's Egypt, 1953–57.* Oxford: Macmillan, 2000.
Thomas, Evan. *The Very Best Men: The Early Years of the CIA.* New York: Simon and Schuster, 1995.
Thorwald, Jürgen. *Wenn Sie Verderben Wollen: Bericht des großen Verrats.* Stuttgart: Steingrüben Verlag, 1952.
Tolstoy, Nikolai. *Victims of Yalta.* London: Hodder and Stoughton, 1977.
Trento, Joseph. *The Secret History of the CIA.* New York: Basic Books, 2005.
Tudda, Chris. *The Truth Is Our Weapon: The Rhetorical Diplomacy of Dwight D. Eisenhower and John Foster Dulles.* Baton Rouge: Louisiana State University Press, 2006.
Tumanov, Oleg. *Tumanov: Confessions of a KGB Agent.* Trans. David Floyd. Chicago: edition q, inc., 1993.
Uehling, Greta Lynn. *Beyond Memory: The Crimean Tatars' Deportation and Return.* New York: Palgrave MacMillan, 2004.
Wachs, Philipp-Christian. *Der Fall Theodor Oberländer (1905–1998): Ein Lehrstück Deutscher Geschichte.* Frankfurt/Main: Campus, 2000.
Wright, Lawrence. *The Looming Tower: Al-Qaeda and the Road to 9/11.* New York: Alfred A. Knopf, 2006.
Yaqub, Salim. *Containing Arab Nationalism: The Eisenhower Doctrine and the Middle East.* Chapel Hill: University of North Caroline Press, 2004.
Zaydi, Mshari al-. "History of the Jordanian Brotherhood, Part One." *Ashara Alawsat,* 27 December 2005.
Zeillhuber, Andreas. *"Unsere Verwaltung treibt einer Katastrophe zu . . ." Das Reichsministerium für die besetzten Ostgebiete und die deutsche Besatzungsherrschaft in der Sowjetunion 1941–1945.* München: Verlag Ernst Vögel, 2006.

注　释

引子　小镇边缘

一张很特别的世界地图： 由总部设在英国马克菲尔德的基金会出版。第十四章中另有讨论。

东方大树，一叶飘落： 歌德所著《东西诗集》中“银杏裂叶”篇的上阕。中下两阕见“冷战”及“当代战争”两部的开篇页。

第一章　东　　线

加里普·苏丹： 原名加里夫·苏丹，1923 年 9 月 28 日出生。他关于德国军官当时话语的回忆描述，无法独立验证。有关其行为和情感的叙述都基于 2005 年 1 月 27 日和 3 月 9 日，以及 2006 年 3 月 28 日和 5 月 31 日在慕尼黑的数次访谈中他本人的叙述。另见 Garip Sultan，*Die Gründung der Wolga-Tatarischen Legion*。

苏丹服役的情况由美国国家档案资料管理局的情报资料所证实，见档管局 RG 319 加里普·苏丹人事卷宗 XE615072。根据记录，他参加过斯大林格勒附近的军官培训学校的集训，授职陆军少尉，服役于 272 师。

鞑靼人失去了独立地位： 鞑靼人传统上被描述为金帐汗国的后裔，其实他们的历史渊源更为复杂。如 Greta Lynn Uehling（*Beyond Memory: The Crimean Tatars' Deportation and Return*，pp. 30 – 31）

等人类学家就相信他们的部分血脉源于穆斯林逊尼派原住民，他们远在蒙古人入侵前就移居该地区。本章中采用的历史传统是简述，部分是由于这正是书中人物和他们同时代人对鞑靼人的看法——有着足资骄傲、令人战栗历史的民族。

红军轰然崩塌： Alexander Dallin（*German Rule in Russia: A Study in Occupation Politics*, p. 69）估计，到 1941 年底，德国人俘虏的苏军战俘高达四百万之众。其他学者如 Alex Alexei（*Soviet Nationalities in German Wartime Strategy*, 1941 - 1945, p. 8）等说是三百万。我采用了较少的数字。

卡优姆到访了一个穆斯林战俘营： 垂死士兵的说法，卡优姆对士兵们的谈话，海伊特的会面，都摘自 Stephen L. Crane, *Survivor from an Unknown War: The Life of Isakjan Narzikul*, pp. 77 - 95。这是一本回忆录，引文出于当年还是一位年轻人的乌兹别克士兵 Isakjan Narzikul 之口，这是他向 Crane 追忆时叙述的内容。Narzikul 死于 1989 年。

被纳粹清算队枪毙： Richard Breitman, *Architect of Genocide: Himmler and the Final Solution*, pp. 180 - 181. See also Crane, p. 74, and Dallin, p. 418。

"你们是东方军团的基础"： 有关海伊特的讲话内容，见 Crane, p. 94。

著名的夏依辛达清真寺： 见 Antonio J. Munoz, *Forgotten Legions: Obscure Combat Formations of the Waffen-SS*, p. 172，照片上的士兵佩戴着这样的臂章。Crane（p. 169）也有同类臂章的一张照片，只是短语稍有不同：Allah biz Bilen。

乙虎行动计划： 科布伦茨的德国联邦档案，引自 Joachim Hoffmann, *Die Ostlegionen, 1941 - 1943*, p. 27。

组建了哥萨克部队： OKH/GenStdH/GenQu an Befh Hgeb Sud, Mitte, Nord, 6. 10. 1941 (BA-MA, RH 22/v. 198)，引自 Hoffmann, p. 21。

“我是穆斯林”：Sebastian Cwiklinski，*Wolgatataren im Deutschland des Zweiten Weltkriegs: Deutsche Ostpolitik und tatarischer Nationalismus*，p. 38。做此项调查的是 Ahmet Temir，曾为冯门德工作（Ibid.，p. 36）。

两位土耳其将军：Ali Fuad Erden，议员、前土耳其总参谋学院院长；Hussein Erkilet，著名的泛突厥分子。

部队装备也不足：Hoffmann，p. 173。

突厥人、高加索人和哥萨克人：Dallin 的估计是十五万三千人（p. 540）；Hoffmann 认为是二十五万人（p. 172）。Patrik von zur Mühlen（*Zwischen Hakenkreuz und Sowjetstern: Der Nationalismus der sowjetischen Orientvolker im Zweiten Weltkrieg*，p. 72）估计约有一百万苏联公民服役，其中三十万为穆斯林。Hoffmann（p. 11）和 Alexiev（p. 4）有类似估计。

唯一的例外是“突厥人”：Hoffmann，p. 24。

“我认为这些穆罕默德们”：德语原文为“Fur sicher halte ich nur die Mohammedaner. Alle anderen halte ichnicht fur sicher. Das kann uns uberall passieren，da mus man wahnsinnig vorsichtigsein. Ich halte das Aufstellen von Bataillonen dieser rein kaukasischen Volker zunachst fur sehr riskant，wahrend ich keine Gefahr darin sehe，wenn man tatsachlich rein mohammedanische Einheiten aufstellt”。引自 Helmut Heiber，ed.，*Hitlers Lagebesprechungen: Die Protokollfragmente seinermilitarischen Konferenzen*，*1942 -1945*，p. 73。

华沙起义：由 Narzikul 记叙，转引自 Crane，p. 144。他声称他们花费时间帮助游击队并以情人的身份救下妇女，让人难以置信。

鞑靼联络办公室：这里关于翁格劳贝对于鞑靼人的好感取自于他本人未出版的自传，由翁格劳贝提供。

他的目的地：东占部：有关苏丹和翁格劳贝那次邂逅的情景基于作者对苏丹的访谈。两人这次见面由 Cwiklinski（p. 40）证实。翁格劳贝的话是由苏丹忆述的。

第二章　突厥学家

丝绸之路：虽然该词的发明权一般归于地理学家 Ferdinand von Richthofen，但在拜占庭时期已被使用。探险家 Albert von LeCoq 为德国人称之为民族学博物馆充实了大量考古珍品。

首次在现代意义上使用圣战一词：Wolfgang G. Schwanitz，“Die Berliner Djihadisierung des Islams”。

格哈德·冯门德：生平经历取材于私人文件，包括存于柏林洪堡大学的手写简历（UAHUB M 138 Bd. 1，resume of 16 November 1939），以及对下列人士的采访：Ehrenfried Schütte（27 January 2005，Munich），Erling von Mende（31 January 2005，Berlin），贝米哲·海伊特（25 October 2004，Cologne），加里普·苏丹（27 January and 9 March 2005，and 28 March and 31 May 2006，Munich）。

一心要取得成功：Herrad Schenk，*Wie in einem uferlosen Strom: Das Lebenmeiner Eltern*，pp. 214，221。

历史学家奥托·赫茨：Karl Schlogel，　“The Futility of One Professor's Life：Otto Hoetzsch and German Russian Studies，” *Sketches of Europe*。

和凯罗·埃斯佩塞丝的婚姻：见 Espeseth，in *Livet Gikk Videre*（*Life Went On*），pp. 83－84，书中谈到在他们交往初期，冯门德如何受不了她那捉摸不定的性格。

战后迸发出来的创造力：Ibid.，p. 100。

玷污了这个年轻国家的荣誉：见 Espeseth，*Sar som ennu blor*（*Sores That Still Bleed*），and Ellen Rees，　“Sores That Still Bleed：Germany，the Great War，and Violence Against Women in the Modernist Literary Imagination，” in *Conquering Women: Women and War in the German Cultural Imagination*，pp. 62－75。

“政治上严格统一”：Gerhard von Mende，*Der Nationale Kampf der Ruslandturken: Ein Beitrag zur nationalen Frage in der*

Sovetunion, p. 184。

他加入了希特勒的冲锋队：关于冯门德的加入及其后脱离冲锋队的原因，见 Espeseth, *Livet Gikk Videre*, pp. 99 – 100。并见 the von Mende resume (undated "Lebenslauf") at UAHUB M 138 Bd. 3 Bl. 1。

"我的观点是，应该对他"：关于1937年8月19日评估的引文见卷宗 UAHUB M 138 Bd. 3 Bl. 1。在此感谢 Ingo Loose 对冯尼德梅耶评语所作的解释。Loose, "Berliner Wissenschaftler im 'Osteinsatz,' 1939 – 1945: Akademische Mobilitat zwischen Berliner Universitat und Reichsuniversitat Posen," *Die Berliner Universitat in der NS-Zeit, Bd. 1: Strukturen und Personen*, pp. 62 – 63。

遵循党的路线：有关冯尼德梅耶的纳粹倾向，见 Hans-Ulrich Seidt, *Berlin Kabul Moskau: Oskar Ritter von Niedermayer und Deutschlands Geopolitik*, pp. 271ff。

他的信件表明：例如，letter of 2 May 1938, UAHUB M 138 Bd. 3 Bl. 1。

阿道夫·希特勒完全中学：Letter of 16 March 1938, UAHUB M 138 Bd. 3 Bl. 1。

与格奥尔格·莱布朗保持着定期接触：Letter of 7 October 1940, UAHUB M 138 Bd. 3 Bl. 1。

她不喜欢纳粹：Espeseth, *Livet Gikk Videre*, p. 124。

反共产国际出版的：Letter of 6 May 1938, in Humboldt Archive, 引自 Cwiklinski, p. 14。

有关一个犹太同事：Letter of 28 June (probably 1940) about Dr. Friedrich Levi, UAHUB M 138 Bd. 3 Bl. 1。

《苏联人民》：*The Peoples of the Soviet Union:* Gerhard von Mende, *Die Volker der Sowjetunion* (Reichenau/Saale: Rudolf Schneider Verlag, 1939)。

老相识，纳粹外交部：Cwiklinski, p. 14。

梦寐以求的教授资格：Letter of 27 November 1941, UAHUB M

138 Bd. 3 Bl. 1。信件由希特勒签署。不过高级公务员由国家元首任命也是常规。

第三章　纳 粹 原 模

希特勒的一个老朋友： 罗森伯格的生平引自 Dallin, pp. 24 - 26。

“强烈的分离主义运动”： 罗森伯格的话出自 *Der Zukunftsweg*, p. 93，转引自 Dallin, p. 47。

一个叫做普罗米修斯的反苏运动组织： Roman Smal-Stocky, “The Struggle of the Subjugated Nations in the Soviet Union for Freedom: Sketch of the History of the Promethean Movement,” *The Ukrainian Quarterly*; Stephen Dorril, *MI6: Fifty Years of Special Operations*, pp. 184ff。有关派遣成员去中国东北，见 Jeffrey Burds, “The Soviet War Against ‘Fifth Columnists’: The Case of Chechnya, 1942 - 1944,” *Journal of Contemporary History*。

穆斯塔法·乔凯逝世： “乔凯”是Čoqayoğlu 的英语化拼法，俄语为 Chokaev。英语的另一种拼法是 Chokai。

就开始为纳粹工作： 1930 年代卡优姆就向纳粹对外事务办公室的格奥尔格·莱布朗提交报告，见 Cwiklinski, p. 14。

冯门德在东占部的上司： Dallin, p. 266, and von zur Muhlen, p. 79。Dallin 写道：“冯门德实际上成了东占部民族政策的头头，推动了一场承认分裂分子组成的各类‘民族委员会’的运动，主要就是那些非斯拉夫裔人士的团体。”

没有能动得冯门德分毫： 基于对土耳其斯坦领导人的采访。如 Nasar, 10 May 2006, Washington, DC。

苏丹抵达柏林： Interviews with Sultan。

前所未闻的成果： 招募鞑靼人的统计数字见 Hoffmann, p. 42。

以及对成功至为关键的各种报纸： Ibid., pp. 128 - 129。

报纸由国防军宣传处监管： Cwiklinski, p. 50。

某一期《伏尔加乌拉尔报》……反犹太人的固定说辞：*Idel'-Ural*，No. 18，6 May 1944，p. 4，转引自 Cwiklinski，p. 81。

刊登大量“德国”主题：Sultan，p. 26，cited in Cwiklinski，p. 82。

诗人穆萨·葛里：生平事迹见 Cwiklinski，pp. 70 – 73。

考虑由苏丹来担任这个最高职位：Von zur Muhlen，p. 99。

犹太人以及其他不受欢迎的人：参考万湖会议档案，编号 T/299 和 T/300，“The trial of Adolf Eichmann：Record of proceedings in the District Court of Jerusalem”部分。另一位参加会议并在慕尼黑清真寺中起过作用的人是 Otto Bräutigam，他应在西德外交部工作过并任高职，偶尔也会照顾冯门德有关穆斯林的项目。

哈佛历史学者亚历山大·达林：达林对冯门德人品的描述见其著作，p. 558。

“卡累恩人”受到保护：Kiril Feferman，“Nazi Germany and the Mountain Jews：Was There a Policy?” *Holocaust and Genocide Studies*。感谢 Richard Breitman 指出这份材料出处。

回想时“心有余悸”：Letter of 24 August 1951，von Mende papers。

把他扛在肩上，将他抛往空中：Ernst Köstring 将军。Dallin，p. 246。

这些离心分子告到了盖世太保那里：Von zur Muhlen，p. 97，citing 26 January 1945 document from BA，NS 31/30。

维也纳组织召开了土耳其斯坦大会：Dallin，p. 610。

毁于一次空袭：Espeseth，*Livet Gikk Videre*，p. 190。

看成是宗教狂热分子：Georgetown，Kelley papers，box 5，folder 3，5 February 1952，“Transmission Memorandum of Conversation with Professor Gerhard von Mende，German Turcologist，” p. 7。签发单位名已被抹除，不过从内容判断，应该是国务院的电报。

耶路撒冷的大穆夫提：Hoover，Dallin collection，box 1，folder 16，letter of 19 November 1953，von Mende to Dallin。

开办了毛拉学院： Hoffmann，p. 169。

“承认”民族统一委员会： Dallin，p. 654。

鞑靼人建立临时政府： Cwiklinski，pp. 55－56。

军事部门的头脑： German federal military archives，cited in Cwiklinski，p. 55。

第四章　东占部还魂

慕尼黑，满目疮痍： James Critchlow，*Radio Hole-in-the-Head/Radio Liberty: An Insider's Story of Cold War Broadcasting*，pp. 2－4，and Gaither Stewart，*Govar Killian*，excerpted at http：//southerncrossreview. org/29/stewart-excerpt. html。有关垃圾数量及美军的协助，见 Wolfram Selig，*Chronik derStadt Munchen*，1945－1948，p. 43。

“颠覆中心”： Critchlow，p. 87。

自由之声电台的理想家园： 自由之声电台的历史包括“民主成分”的引文，见 Georgetown，Kelley papers，box 5，folder 5，“Biographical Sketch of Robert F. Kelley”。

“在我大楼转角处办公室的窗口，能看到”： Critchlow，p. 4。

“有时我们在美国军官俱乐部吃饭”： Ibid.，pp. 2－3。

年轻又充满理想： 克里奇罗洛的生平经历摘自 Critchlow，pp. 50－54。

国家安全委员会……提出建议： 国安会有关秘密行动的指令为 NSC 10/2。引自 Kenneth Osgood，*Total Cold War: Eisenhower's Propaganda Battle at Home and Abroad*，p. 39。

“不要因为心理战……就感到不安”： Ibid.，p. 46。

中央情报局预算的一多半： 广泛授权和预算的估计见 Osgood，pp. 96－97。

美国新闻署每年……花费： 数据来源为“Draft Report on the

Roles of Attributed and Unattributed Information and the Division of Responsibility Between the USIA and CIA," 22 April 1960, DDEL Sprague Committee, box 20, PCIAA#2, declassified 2 October 2007, MORI DocID: 1473135。

每年总共要花大约五亿美元： Osgood, p. 90。其中的 1/5，一亿美元花在美国新闻署上。

自由之声电台的母组织： 要了解它在杜鲁门政府内的根基，见国安会政策计划内部备忘录 "The inauguration of organized political warfare," 4 May 1948, document 269, http://www.state.gov/www/about_state/history/intel/260_269.html。

秘密宣传活动： Peter Grose, *Operation Rollback: America's Secret War Behind the Iron Curtain*, p. 129。

美国政府对此的参与： Hoover, Radio Liberty General Vol. C, "Minutes of the Meeting of the Executive Committee [subsequently the Management Policy and Program Advisory Committees]," 28 April 1954。

它 1955 年的预算： Hoover, Radio Liberty Corp. Minutes Vol. II, 1955-1966, Fiscal year statements 1955, 1960, 1961, and 1963，其他年度散佚。

一般而言，美解委在组织费用上每年大约花费三十五万美元，在侨民团体上的花费大约为十二万五千美元——不包括员工薪资（大多数为侨民）。1964 年，它的预算得到极大的提升，高达一千零五十万美元。

"不管是司炉工还是清洁工"： Critchlow, p. 15。

"每天要广播的大量材料"： Ibid. , p. 16。

舒伯称之为"左勾拳"： Interview with Gene and Gloria Sosin, 3 May 2006, White Plains, NY。

"我就是在贬低他们的正直用心"： Ibid. 。

"那些打下手的家伙"： Ibid. 。

“让大多数美国人感到不安”：Ibid.，pp. 28 - 29。

充斥着“流离失所者”：BA B/106 - 8643，“Bericht des Bundesministeriums fur Vertriebene，Vertriebene，Fluchtlinge，Kriegsgefangene，Heimatlose Auslander 1949 - 1952，” Bonn 1953：11。感谢 Stefan Meining 指出文件的出处。

保下了海伊特和卡优姆：Interview with Hayit；interview with Sultan，27 January 2005；Crane，p. 200。

其他人的估计更高：海伊特的估计引自 Baymirza Hayit，*“Basmatchi”: Nationaler Kampf Turkestans in den Jahren 1917 bis 1934*，p. 403。Kalmyks 的估计引自 von zur Muhlen，p. 227。

要被送回去的头天晚上自焚了：Hayit，*“Basmatchi*，” p. 403。

阿希伯亚听懂了暗示：Interview with his wife，Nina Alshibaya，16 August 2004，Munich；她转述了他告诉她的事。请注意他的姓氏拼写。德文的拼写是 Alschibaya，Alschebaja 或 Alschibaja。本书采用了美国情报材料中的英语拼写。

托尔斯泰基金会：除了为军方的反谍总部工作，基金会与弗兰克·威斯纳似乎也过从甚密。弗兰克任职于中情局的计划部，是二战直至 1950 年代末对秘密行动最具影响力的官员。1953 年，艾森豪威尔的心理战略委员会收到了对托尔斯泰基金会资助的请求，后者明显陷入财政困境。委员会把该项金援请求转批威斯纳处理。在后续信函中，一位白宫官员表示威斯纳认为基金会理应获得资助，“绝不能让其倒台”。见 DDEL White House Central Files，Confidential File，box 84，Tolstoy Foundation file，22 October 1953，“Memorandum for：Mr. C. D. Jackson，” and 9 October 1953，“Memorandum to Mr. Jackson”。

阿希伯亚的妻子就在基金会工作：Interview with Alshibaya。

目标是为秘密行动招募线人：要了解西方情报机构如何在战争期间招募德国人的，见 Burds 著作；并见 Christopher Simpson，*Blowback: The First Full Account of America's Recruitment of Nazis* *and Its Disastrous Effect on the Cold War, Our Domestic and Foreign Policy*。

加里普·苏丹还在找工作： Interview with Sultan，27 January 2005。

苏格兰欧洲自由联合会： Dorril 讨论了英国情报机构的卷入，Chapter 14。

百分之七十五到八十： Georgetown，Kelley papers，box 4，folder 3，memo of 18 November 1958，"Subject：Ministerial Director，Dr. Taubert"。

"对于我这一代的美国人来说"： Critchlow，pp. 93 - 94。

制造……烟雾： Interview with Will Klump，17 January 2006，New York City。

美方的努力收效甚微： 协调中心活动的详情见艾萨克·帕奇的1953年11月20日备忘录，其中还提及薪资内容。工资在谈崩后就停发了。Georgetown，Kelley papers，box 5，folder 3. Also，Patch memo，24 November 1953， "Confidential Draft Memo — Political Events，March to November，1953"。Grose 对事情的结果也有详细的描述，pp. 129 - 135。

无论这个比喻是否恰当： Georgetown，Kelley papers，box 4，folder 2，5 February 1952，"Transmitting memorandum of conversation with Professor Gerhard von Mende，German Turcologist"。

已基本破产： DDEL，Jackson Committee，box 1，folder 1，5 January 1953 memo，"Strictly Private"。

"高个子，精于算计，外表温和，举止优雅"： Critchlow，p. 18。

"这是穆斯林和斯拉夫人"： 这段和以下的帕奇引文为2005年5月23日电话采访内容。

美国情报机关的老朋友： Ibid. 。

代号为"鲁伯特"的情报人员： 本次行动的详情见中情局档案"Mission Rupert，" undated，CIA MORI DocID 868611，和"Mission

Ruppert：Survey of Mission and Summary of results obtained as of this Date，” 31 May 1945，MORI DocID 20055。两份档案都保存在 Michel Kedia Name File，NARA RG 263，A1－86，box 22。

代号“鲁伯特”（Ruppert）有时会拼成只有一个 p。本书中全部采用 Ruppert 这个拼法，因为采用这个拼法的第二份档案篇幅更长，用词也更为正式。另外，Kedia 的姓氏也有 Mikhail，Michael 和 Michel 等不同拼法。感谢 Jeffrey Burds 和 Richard Breitman 指出这些文件的所在。

纳粹的安全部官员：NARA RG 263，RC 2002/A/11/6，box 73，folder 2，document number MC－002250，24 March 1961，“Subject：Mende，Gerhard von Dr.，aka Metrevelli，George”。

冯门德也赶去了瑞士：Espeseth，*Livet Gikk Videre*，227－237。按有关冯门德飞去瑞士以及在美方战俘营逗留的叙述与美国情报档案的记载相合，文件指出这几个人在 Höchst 被找到而后被带去 Karlsruhe。

不过，红十字会的档案并没有：Red Cross archives，ACICR B，G23，“Visites particulieres（G－K），04. 01. 1940－31. 10. 1950，M. Kedia”。

“我相信，不管别的事情如何”：NARA RG 263，RC 2002/A/11/6，box 73，folder 1，17 July 1945，“Subject：Georgian Group”。

冯门德写了不少东西：NARA RG 263，RC 2002/A/11/6，box 73，folder 1，31 October 1945，“Subject：Gerhard von Mende”。

礼貌，情绪化：NARA RG 263，RC 2002/A/11/6，box 73，folder 1，未署日期的评估文件，大致在 1945 年夏。

“毫无疑问，有着非凡的智慧”：NARA RG 263，RC 2002/A/11/6，box 73，folder 1，undated 1945 evaluation reprinted on 15 November 1946，“Subject：Gerhart [*sic*] von Mende”。

从不承认自己参加过党卫军：比如，可见 NARA RG 263，RC 2002/A/11/6，box 73，folder 1，未署日期，估计在 1945 年，简历开列了他参加过的所有组织，但避开了党卫军。

“我丈夫手上有一帮人”：Letter of 3 November 1945，von Mende papers。这是仅有的用英语写的几封信之一。本书改正了其中的拼写错误，但保留了原句法。

著名的英国历史学家：那封信上部留白处有手写的“汤因比?”字样，还提到收信人为皇家国际事务研究所，而汤因比确实为该所工作。按信件所说，双方战前曾在柏林见过面。

与英国人有了直接的接触：此事可能是家人，前雇员或美国情报方所为。依据是对 Erling von Mende 的采访；Narzikul，p. 258；NARA RG 263，box 2，folder 3，Counterintelligence Report No. 213 to AC of S，G－2，Headquarters，United States Forces European Theater，APO 757，March 1947，U. S. Army；also，U. S. military intelligence X－2，von Mende Personal File Folder D007362，该文内指他“代表英国情报部门”。

“莫里森将军”：Letter of 31 October 1945，von Mende papers。

开车前往慕尼黑：涉及冯门德和阿希伯亚王储两人的活动详见 NARA RG 263，Counterintelligence Report No. 213。

阿希伯亚开车到了汉堡：Ibid.。

“山羊客”：NARA RG 263，RC 2002/A/11/6，box 73，folder 1，11 February 1949，“Subject：von Mende visit”。

美国人对此不感兴趣：NARA RG 263，RC 2002/A/11/6，box 73，folder 1，15 August 1949，文件没有题记。

“宝莹证书”：Von Mende papers。比如，1946 年 2 月 26 日他就写信给某位 Ernst Tormann（东占部前雇员）。前面提到的给莫里森将军的信函也是为同事恢复名誉的努力。1946 年 12 月 31 日，他还写信为东占部的 Walter Zeitler 作保。

“没有你，我在德国就会”：Letter of 24 February 1957，Hayit to von Mende，von Mende papers.（In German：“Ohne Sie ware ich in Deutschland ein Insel in eine Totenmeer”）。

得到了学术期刊撰写的书评：*The American Historical Review*，

Vol. 63，No. 3（April 1958），p. 742。

刊登了两篇系列文章： Fred Forest，3 September 1951 and 10 September 1951。

冯门德立刻写了一封信： Letter of 29 October 1951，von Mende to Stetzko，von Mende papers。

冯门德付给卡优姆： AA ZA 105707，1958 FDO Budget，3 February 1958。

从前为德国服务： AAPA ZA 105706 Band 48，7 July 1961，"Betr.：Veli Kajum-Chan" （German： "in Anerkennung seiner fruheren Verdienste um Deutschland" and "der Ausbau der Beziehungen zu seinen Landsleuten schliesslichauch der deutschen Sache zugute komme，weil er aus alter Verbundenheit zu Deutschland es fur seine Pflicht ansehe，aufklarend uber deutsche Verhaltnisse zu wirken"）。

一个叫瓦尔特·申克的德国人： Ray Brandon 指出了申克与 Lemberg 的关系，在此感谢。有关申克牺牲了大学学习机会投身纳粹运动的事，见申克书，尤其是 pp. 49ff。

冯门德也不停地改换办公室的名字： 冯门德初期试过其他两个名字：Institut fur Orientforschung（Sultan interview，27 January 2005）and Institut Turkestan（Zentral-Archiv MfS 6940/68，14 November 1962，"An den Leiter der Abteilung X，Gen. Major Damm"）。更为复杂的是，冯门德的办公室也被称为 Büro für Heimatvertriebene Ausländer，Büro für Heimatlose Ausländer 的别名。区别在于 Heimatvertriebene（驱离故国）和 Heimatlose（无故国）两个词。NARA RG 263，box 1，NN3 - 263 - 02 - 008，25 May 1955，"Memorandum of Conversation Professor G. von Mende Buro fur Heimatvertriebene Auslander，" NARA RG 263，760. 00/5 - 2655。

各个乡村小镇间穿梭： Letters of 5 April 1946，29 May 1949，20 March 1950，and 20 August 1950，von Mende papers。

冯门德的豪华办公室： 地址是 Cecilienallee 51 - 52。由 Heinrich

Schell 设计并由城建公司 Bürohaus-Gesellschaft mbH 承建。杜塞尔多夫的 Institut für Denkmalschutz und Denkmalpflege 的 Jörg A. E. Heimeshoff 博士提供了该建筑的有关情况，Bundesamt für Bauwesen und Raumordnung 的 Robert Kaltenbrunner 博士提供了该建筑风格和历史的背景。

二十二万无国籍人士：在一篇写于两年后的文章中，冯门德估计在西德的此类人士有二十二万。基于人数会随着时间减少，在本书成书时起码还有二十万。*Bulletin des Presse und Informationsamtes der Bundesregierung*，No. 881/S. 736，11 May 1955。

五千马克：AAPA ZA 105705，notes based on 13 February 1957 meeting。

又从外交部那边得到费用：除了来自巴伐利亚情报机构的款项，档案中冯门德单位的拨款具体情况并不清楚。在通讯和第三方评估文件中，常常提及联邦宪法保卫部和外交部是冯门德的主要支持者。NARA RG 263，RC 2002/A/11/6，box 73，folder 2，28 February 1955，untitled von Mende card file。

有一次会议是在 1954 年举行的：AAPA ZA 105774 Band 36，3 May 1954，“Vermerk Betr.：Besprechung with ‘American Committee for Liberation from Bolshevism’”。

帕奇在慕尼黑的家中准备了一桌丰盛的晚餐：与冯门德见面的日期是 1955 年 2 月 9 日，见 NARA RG 263，box 1，762A. 00/2 - 1555 AmConGen Munich，“Memorandum of Conversation.”。另一次会议在 1955 年 5 月，见 NARA RG 263，box 1，760. 00/5 - 2655，26 May 1955，AmConGen Munich，“Conversation with a German Official Regarding Refugees”。

第五章　进入第三世界的钥匙

麦加朝觐：1954 年 9 月 27 日期《时代》杂志和 1954 年 9 月 15

日期《纽约时报》对这次活动有详细叙述。网上可查，无页号。另见，interview with Rusi Nasar，10 May 2006，Falls Church，VA。

真正的行动发生在别处： John Lewis Gaddis，We Now Know：Rethinking Cold War History，Chapter 6。

"阿拉伯人的内心"： DDEL NSC Registry Series，1947 - 1962，box 16，PSB Documents，Master Book of — Vol. III（8），6 February 1953，"Psychological Strategy Program for the Middle East，" annex B，p. 4。

对付共产主义的天然屏障： Ibid.，p. 15。

中央情报局收到了报告： NARA RG 263，RC 2002/A/11/6，box 73，folder 2，April 1951，"Subject： [illegible] exile groups from Soviet-dominated Moslem areas"。

"宗教因子"： DDEL PSB Central Files Series，box 9，PSB 1953（3）file，21 July 1953，"Subject：The Religious Factor"。

卫斯理宗基督教复兴： DDEL OCB Secretariat Series，box 5，Moral Factor（4）file，19 February 1953，"Conversation with Mr. Lockard，PSB"。

美国空军： DDEL OCB Secretariat Series，box 5，Moral Factor（4）file，4 September 1953，"Your memo of August 31 — Mecca Pilgrimage"。

上报国家安全委员会： DDEL，papers of Edward P. Lilly，box 55，3 March 1954，"Subject：The Religious Factor and OCB"。

被称为万隆会议： DDEL OCB Central File Series，box 85，file 9（International Affairs — Conferences and Boards，January 1954 - April 1955），11 January 1955，"Terms of Reference for Working Group on Proposed Afro-Asian Conference"。

亚非会议： DDEL OCB Central File Series，box 85，file 9，21 January 1955，"Subject：Exposing the Nature of the Afro-Asian Conference"。

进行变相的宣传活动： DDEL OCB Central File Series，box 85，file 9，7 February 1955，“Subject：Afro-Asian Conference in April”。

“权谋”运作： NARA RG 59，box 2668，folder 670.901/2 - 1055，16 February 1955，memorandum from Mr. Dumont to Mr. Jones。

为该份报纸工作： NARA RG 59，box 69，folder 670.901/4 - 1155，18 April 1955，from Jakarta to Secretary of State。阅读当时报纸对万隆会议的报道就可看到纳萨尔并未为报纸写作过。不过，和赛义德·沙米尔一起，报纸曾对纳萨尔进行过采访，并攻击了苏联的殖民主义。Homer Bigart，“Coney Islander Assails Red Crimes at Bandung，” *New York Herald Tribune*。

苏联的《劳动报》： NARA RG 59，box 2669，folder 670.901/4 - 1955，20 April 1955，from Moscow to Secretary of State。

土耳其斯坦民族团结委员会： NARA RG 59，box 2669，folder 670.901/4 - 155，“To the Government Representatives of the Participating States of the Asia-Africa Conference”。

在穆斯林的宣传战中，纳萨尔的作用： Interview with Nasar。有关他作为一个社群领导人的情况，见 http：//www.sunshineuzbekistan.org/wordpress/archives/241。

访谈中，James Critchlow（3 February 2006，Cambridge，MA），Gaither “Jack” Stewart（1 October 2005，Rome），和 Edward A. Allworth（7 January 2006，New York City）都指出，在1950年代大家都知道纳萨尔为中情局工作。另外，Crane 在书中（Chapters 2，3，and 4）描述了化名为 Safi Oraz 的匿名中情局间谍。在通讯中，Crane 谈到，他个人相信 Oraz 就是纳萨尔。

纳萨尔可能看不起美解委： 《时代》周刊曾提到美解委像个私人组织的特征。

“这家伙，十分得力”： Georgetown，Kelley papers，box 5，folder 5，1 December 1959，“Memorandum for the Record”。

4月29日的内阁会议上：DDEL，Papers of the President，Cabinet Series，box 5，file "Cabinet Meeting of April 29，1955，" 2 May 1955，"The Cabinet，Record of Action，" p. 3。

会议情况及与会者的详细分析：在此关键当口，法国情报机构试图招募海伊特。第782突厥志愿军某位前中尉接触了海伊特，其当时居住在巴登巴登附近的法国占领区，他提议，海伊特为法国人前去万隆，并由他们承担费用。海伊特拒绝了，并尽职地将此事上报了冯门德。AAPA ZA 105783 Band 61，30 March 1955，"Aktenvermerk"。

声称代表：AAPA ZA 105783 Band 61，letter of 1 June 1955，Hayit to "Sehr geehrter Herr Professor"。

冯门德教授说：NARA RG 263，box 1，folder 760.00/5 - 2655，NN3 - 263 - 02 - 008，25 May 1955，"Memorandum of Conversation Professor G. von Mende Buro fur Heimatvertriebene Auslander"。

第六章　摸索中成长

"营地人"：*Frankfurter Allgemeine Zeitung*，1952。Cited in Friedrich Prinz and Marita Krauss，eds.，*Trummerleben. Texte，Dokumente，Bilder aus den Munchener Nachkriegsjahren*，p. 160。

慕尼黑南郊：BayHstA LafluVerw 2199，17 May 1960，Balagijato Stein。

加朝格鲁创立了：BayHStA MK 49638，20 June 1953，"An das Bayer：Staatsministerium fur Unterricht und Kultus"。

加朝格鲁就在派送：BayHStA LafluVerw 1900，letter of 23 May 1959，Kurbah Bayba to Oberlander。

托尔斯泰基金会的物资：Ibid.。

而开斋节，正是穆斯林社群的重大活动：*Suddeutsche Zeitung*，30 July 1955。

一位曾在中情局教书的车臣人：这位是 Abdurakhman

Artorkhanov。Interview with Sultan，9 March 2005。

梅巴迪斯被深深打动： Interview with Alex Melbardis，6 September 2005，Pfaffing，Germany。

加朝格鲁的经费也在作者对 Will Klump 的采访中得到确认，后者是 1950 年代后期美解委处理侨民关系的副部长，并在 1962 年起主持该部。

艾瑞克·库尼豪姆： 有关库尼豪姆的详情，见 Georgetown，Kelley papers，box 5，folder 5，“Confidential：Report of Mr. B. E. Kuniholm on His Trip to the Middle East” Also，telephone interview with his son Bruce Kuniholm，18 April 2006。

把库尼豪姆定为“分裂分子”： AAPA ZA 105774 Band 36，20 October 1954， “Betr. Veranderungen und andere Vorgange im American Committee for Liberation from Bolshevism（AMCOMLIB）”。

德雷尔和库尼豪姆正相反： 生平细节取之自中情局和美解委的申请报告以及德雷尔文件。

德雷尔被拘留： 基于德雷尔个人的叙述，newsletter of the Central Intelligence Retiree Association（CIRA），9 - 15，date uncertain，Dreher papers。

头版新闻： “Espionage Denied，” *New York Times*，16 August 1948，and subsequent coverage。

更为广泛： 摘自“Manuscript on Russia”，德雷尔 1948 年离俄后所写，未出版。Dreher papers。

在古拉格待了八年： 1994 年 10 月 31 日期《人物》杂志刊出了德雷尔和那位医学生重逢的故事。

在向中央情报局的申请中： Dreher papers。

给他生了一个女儿： 根据下列采访：Chuck and Helen Oerkvitz（7 February 2006，Gwynedd，PA），Klump，Karin West（27 March 2006，Munich），and Melbardis。

薪水也是非常丰厚的： Hoover，Radio Liberty Corporate Minutes Vol.

I，1951－1954，“Minutes of the Political and Management Committees Joint Meeting，March 26，1953”。

“老式的盎格鲁-撒克逊新教白人银行”： Interview with Sosin。

尤其是德雷尔和库尼豪姆： Ibid.。两人都参加了所有的理事会议。德雷尔一直参加此类会议直至离美去德。

德雷尔明显是第二批人中的坚定分子： Interview with David E. Murphy，7 May 2006，Punta Gorda，FL。Murphy 谈到德雷尔为 OPC 在慕尼黑的头头 Walpole Davis 工作。

“渴望回去”： Peter Sichel，cited in Evan Thomas，*The Very Best Men: The Early Years of the CIA*，p. 24。Thomas Schmitt，*Moscheen in Deutschland: Konflikte um ihre Errichtung und Nutzung*，p. 24。

“一帮洗洗涮涮交头接耳的老婆子”： 转引自 John Ranelagh，*The Agency：The Rise and Decline of the CIA*，p. 135。

“都是些恶作剧的玩意”： 那位资深组员是 Tom Braden，转引自 Ranelagh，p. 221。

去安卡拉的夜车卧铺： 有关库尼豪姆去土耳其的旅行，去德国的旅行，以及暴乱和穆斯林领袖的会面，见“Confidential Report”。

其中一个重要的领导人： Interview with Melbardis；Kuniholm report。参与纳粹时期的侨民政策事务，见 Nazi-era emigre policies，von zur Muhlen，p. 71。与泛伊斯兰运动合作，见 Schulze，p. 2。Schulze 的名字翻译为 Samil。其他文件都作 Schamyl。

沙米尔提供了信息： NARA RG 263，A1－86，box 22，“Kedia，Michael，” 17 February 1954，“Subject：Ali Kahn Kantemir”。

“与美国情报部门都有长年的接触”： Ibid.。

库尼豪姆见到的另一个关键人物是 Edige Kirimal，鞑靼领导人，战时与加里普·苏丹过从甚密。德国投降的几周前，冯门德签署了一份东占部的文件，给了 Kirimal 一个古怪的头衔：克里米亚-鞑靼民族中央委员会，该职位给了他由柏林去慕尼黑的旅行许可，那里更为安全。冯门德指出，“此人的此次旅行与帝国的命运相关，对保卫帝国十分重要”，见 Koblenz，T-454，15/1207，22 April 1945。

战后 Kirimal 重新开始了准学术的生活。他撰写了一本有关鞑靼民族斗争的书，冯门德为其作序。从这家微型出版社位于冯门德当时办公室附近的威斯特伐利亚乡村来看，冯门德还帮助了它的出版。

但库尼豪姆对他的印象不好。他把 Kirimal 称为“还在成长中”，并没有接受他有关办报和把侨民迁去伊斯坦布尔的主意。Kirimal 还再三提出美解委应支持他的老朋友加朝格鲁的宗教协会。见 Kuniholm，“Confidential Report，” p. 25。

库尼豪姆接下来见的是加朝格鲁： Kuniholm，“Confidential Report，” p. 27。

慕尼黑贝耶尔里奇酒店： 根据照片和对 Melbardis 的采访；并见冯门德 1957 年 1 月 10 日致 Wolfum 函内的描写，AAPA ZA 105762，letter of 10 January 1957。

慕尼黑两家最重要的报纸： “Die Trinkgelder der roten Pilger in Mekka，” *Munchener Merkur*，13 August 1956，p. 3；“Sowjetunion und Islam，” *Suddeutsche Zeitung*，13 August 1956，p. 5。*Munchener Merkur* 发的是长篇特写。突厥语的文章发表在 1956 年 8 月 2 日的 *Milliyet*。Translation in AAPA ZA 105783，“Sowjetpilger fahren nach Mekka und Machen Propaganda fur die Sowjets”。

苏丹和祖讷还接受了采访： “Meeting with the Turkestanian Pilgrims，” four pages，by Veli Zunnun，“Report on the Pilgrimage to Mecca，” twenty pages，by Garip Sultan，Sultan papers。1955 年 11 月 4 日，冯门德办公室还接到了朝觐的详细报告，AAPA ZA 105792，4 November 1955。该份长达四页的报告，应由海伊特执笔，文中强调了苏维埃朝觐者的种种做法，意图贬低突厥侨民的主要团体“突厥民族团结委员会”（德文缩写为 NTEK）。与苏丹和祖讷接到报告的时间相比，冯门德接到消息更晚的不利之处是显而易见的。

对苏丹的表现很满意： Letter of 3 October 1956，Robert F. Kelley to Garip Sultan，Sultan papers。

普通阿拉伯老人的有关苏联的话：Sultan report，p. 15。

苏丹并不像一个宗教领袖：Ibid.，p. 14。

美解委“特别项目”：Interviews with Sultan。

第七章“政治妙招”：清真寺出炉

特奥多·奥伯兰德写的一份备忘录：BayHStA LafluVerw 1894，6 August 1956，“Grundsatze fur die Betreuung nichtdeutscher Fluchtlinge”。Stefan Meining 指出了该文件所在，在此致谢。

接受了数以千计的流亡侨民：难民情况见联合国难民事务高级专员网页 http：//www.unhcr.org/static/publ/sowr2000/toceng.html。

首席发言人：奥伯兰德生平详情，见 Philipp-Christian Wachs，Der Fall Theodor Oberlander（1905－1998）：Ein Lehrstuck Deutscher Geschichte，书中叙述略显同情。

国防军第一支：部队名为 Sonderverband Bergmann。

如何疏散相关人员：Memo，United States Information Agency Confidential Issue Date：17 August 1954；date declassified：17 October 1996；reproduced in Declassified Documents Reference System. Gale Group，2006，document number CK3100109821。

“他们不是这个意义上的纳粹分子”：NARA RG 263，RC 2002/A/11/6，box 73，folder 2，17 January 1956，“SJ：Target：Gerhard von Mende，Amt fur Heimatlose Auslander，” attachment A，“Important Persons with Whom von Mende Maintains Operational Relations”。

他们的首领：Ibid.。国务院对冯门德也有担心。见 Declassified Documents Reference System，Document Number CK3100109821，United States Information Agency，17 August 1954，“Germany and the FEC，” p. 11。

“前志愿部队互助会”：“Hilfswerk der ehemaligen Freiwilligenverbande

e. V. ," Amtsgericht Munchen VR Nr. 5469. The group was discussed by the CIA in NARA RG 263, RC 2002/A/11/6, box 73, folder 2, 7 January 1955, "Ref: Congen Dispatch No. 144, December 7, 1954"。

和冯门德也确实有密切的联系： NARA RG 263, RC 2002/A/11/6, box 73, folder 2, 23 September 1955, "Subject: Talk with Professor von Mende"。

简单的人事关系图： NARA RG 263, RC 2002/A/11/6, box 73, folder 2, 23 November 1955, "SJ: Gerhard von Mende and His Buddies"。

把他招募进来： NARA RG 263, RC 2002/A/11/6, box 73, folder 2, 17 January1956, "SJ: Target: Gerhard von Mende, Amt fur Heimatlose Auslander"。

卡优姆搞掉了纳萨尔： NARA RG 263, RC 2002/A/11/6, box 73, folder 2, attachment A, "Important Persons with Whom von Mende Maintains Operational Relations"。

他办公室的地图： NARA RG 263, RC 2002/A/11/6, box 73, folder 2, 14 March 1956, "Subject: Gerhard v. Mende"。

再次提及冯门德： NARA RG 263, RC 2002/A/11/6, box 73, folder 2, 11 January 1957, "Investigative Aid — Possible RIS Exploitation of ex-Agents of the German Intelligence Services"。

纽累鼎·纳芒加尼来到慕尼黑： Crane 书中叙述者 Narzikul 把他称为 Nuridin [Namangani] Qari, Crane, p. 83。德国战后大多数文件中都把他称为纽累鼎·纳芒加尼，本书也采用这个名字。有些提到他时还有个中间名字 Nakibhodscha。hodscha 或 hodja 部分可能是源于一种尊称，即土耳其语"受过教育的人"，而 Nakib 也可能是在土耳其提到逊尼派某位人士所用的名称。这个名字，在如下文件中出现过，比如 BayHStA LafluVerw 1900, 8 May 1957, Nentwig to Wolfrum, "Berufung einese religosen Oberhauptes fur die mohammedanischen Fluchtlinge"。

有关名字的不同说法也可以从乌兹别克人对待姓氏的某种随意态

度来解释，有时他们会用自己出生地的城市名来代替——比如，这里就可能是乌兹别克的纳芒加市。当然，也有可能是纳芒加尼在战后很在意隐瞒自己的身份，就去掉了 Qari，转用“纳芒加尼”。

冯门德把纳芒加尼请到德国来：Letter of 1 August 1956，Kayum to von Mende，von Mende papers。

是冯门德的人：纳芒加尼生平详见 BayHStA LafluVerw 1900，letter of 5 November 1958，Namangani to Burmeister。

唯一不清楚的地方是纳芒加尼在土耳其的经历。在简历中，他提到 1947—1950 年去土耳其是为了研究学习。In BayHStA LafluVerw 1900，17 April 1957，Wolfrum to Nentwig，Wolfrum 提到，纳芒加尼在 1954 年去了土耳其的阿达纳，一直要到 1956 年冯门德让他回来为止。日期倒是能对上——他在土耳其逗留过两次——但这不过是猜测。

海伊特在访谈中谈到，纳芒加尼 2002 年退休后去了阿达纳，先是从西德，然后从德国取得一份退休金。

对德国的长期服务：BayHStA LafluVerw 1900，17 April 1957，Wolfrum to Nentwig。

大多数穆罕默德们：BayHStA LafluVerw 2027，14 July 1955，“Beihilfe fur die Religiose Gemeinschaft ‘Islam’”。

要求便宜行事：AAPA ZA 105762，10 January 1956，von Mende to Luder，“Unterstutzung der Mohammedanischen Religiosen Gesellschaft ‘Islam’”。

冯门德和纳芒加尼是老朋友了：Interview with Erling von Mende。又见 Wolfrum 致 Nentwig 函，其中提到他们两个人在战时就相互认识。

不苟言笑，毫无幽默感：与一位基督教徒结婚的海伊特回忆说，纳芒加尼曾指谪他摆放圣诞树。Anecdote from Narzikul；also Crane，p. 83。

慕尼黑就开始流传“谴责”他的言论：Letter of 1 August 1956，

Veli Kayum to von Mende。

连奥伯兰德都下台了：见 Wachs。

斯塔西就开始对付：BStU，MfS HA II/5B，Reg. Nr. 2293/60。

攻击贝米哲·海伊特：AAPA ZA 195783。该广播翻译为"Inhalt der Sendung Radio Taschkent vom 20. 7. 1956，19 Uhr"。

打败加朝格鲁：AAPA ZA 105762，letter of 28 December 1956，Gacaoglu to "Sehr geehrter Herr Bundesminister"。

没有一家德国单位：AAPA ZA 105762，letter of 10 January 1957，von Mende to Wolfrum，反对加朝格鲁和苏丹。

"以消除不利的美国影响"：BayHStA LafluVerw 1900，17 April 1957，"Einfuhrung des Hauptimams Namangani als Oberhaupt der mohammedanischen Gemeinde heimatloser Auslander in der Bundesrepublik"。

"我无法忍受"：BayHStA LafluVerw 1900，letter of 17 April 1957，Wolfrum to Nentwig，no subject。

本地办公室的凯利：BayHStA LafluVerw 1900，9 November 1957，"Seelsorgerische Betreuung der moh，Fluchtlinge"。

慕尼黑的雄狮酒家：BayHStA LafluVerw 1900，9 March 1958，"Einladung" and "Protokoll"。

成立了"穆斯林难民宗教管理处"：Amtsgericht Munchen Registerakten，VR 5991，7 May 1958，"Protokoll"。

纳芒加尼每月可得六百五十马克：Ibid.。纳芒加尼每月可得六百五十马克再加一百五十马克的交通费。他的副手 Ibrahim Salih Sabanovic 拿两百五十马克。纳芒加尼还管理着一份每月两百五十马克的社会救济金，用以协助穆斯林的各种需求。

转化率采用下列网站的表格：http：//www. history. ucsb. edu/faculty/marcuse/index. html 由 Santa Barbara 加利福尼亚大学的 Harold Marcuse 教授提供，在此表示感谢。

加朝格鲁对这个政府新机关的反应：BayHStA LafluVerw 1900，

letter of 3 April 1958，Gacaoglu to Oberlander。

一个祈祷的中心：BayHStA LafluVerw 1900，27 November 1957，“Betreuung der mohammedanischen Fluchtlinge”。

拉希德写信：BayHStA MK 49638，18 February 1959。

纳芒加尼召开了会议：BayHStA LafluVerw 1900，22 December 1958，“Protokoll Nr. 5”。

第八章　拉马丹博士出场

这位访客就是赛义德·拉马丹：Interview with Gerhard Kegel，25 October 2004，Cologne。这次见面是在 1956 年 3 月 3 日或几天内，当时凯格曾给他的助手或某位职员写过一封信，问起见面的结果。Letter in Kegel papers。

再有几个星期就过三十岁生日：拉马丹出生在 1926 年 4 月 13 日，也即见面时为二十九岁。

是变化深刻危机深重的年代：穆兄会的历史详见 Richard P. Mitchell，The Society of the Muslim Brothers；Brynjar Lia，The Society of the Muslim Brothers in Egypt：The Rise of an Islamic Mass Movement，1928－1942；and Gilles Kepel，The Prophet and Pharaoh：Muslim Extremism in Egypt。

班纳的作品：Lia，p. 28。

和其他教长不同：Interview with Farid Abdel Khalek，13 September 2004，Cairo。

招募新人：穆斯林兄弟会的发展手法见 Mitchell，pp. 14－32。

首次分裂：Lia，pp. 66－67。

从纳粹间谍那里接受金钱：NAWO 208/502，23 October 1939，“Note on Wilhelm Stellborgen，” p. 2. First cited in Lia。

拥有军事机构：班纳有关政治和宗教的思想详见 Lia，pp. 199，202。

冲击了开罗的犹太人店铺： Ibid.，p. 244。

"你和你的偶像必是地狱的燃料"： Quotation from *The Koran*, translated by N. J. Dawood，21：96，p. 233。

基督徒"不像犹太人"： Andrew Bostom，ed.，*The Legacy of Islamic Antisemitism: From Sacred Texts to Solemn History*，p. 37。Karen Armstrong，in *Islam: A Short History*（p. 21）却持相反的观点，她明确指出，在纳粹之前，穆斯林中并不存在什么反犹主义，不过，她并没有提供支持这个说法的证据。

为什么不接受犹太人有好几个说法： 见 Matthias Kuntzel，Djihad und Judenhas：Uber den neuen antijudischen Krieg。

纳粹的宣传为这种观点火上浇油： 见 Jeffrey Herf，Nazi Propaganda for the Middle East。

前纳粹分子的天堂： Kuntzel，pp. 26，50。

不能接受纳粹思想的全部： 见 Klaus-Michael Mallmann and Martin Cuppers. *Halbmond und Hakenkreuz*：*Das "Dritte Reich," die Araber*，*und Palastina*，p. 43，and Kuntzel，p. 39。

传记作家多加掩饰： 例子有 Philip Mattar（*The Mufti of Jerusalem*），看来是有意避开穆夫提与纳粹往来的细节。至今最全面的描述穆夫提与纳粹的交往可见 Klaus Gensicke，*Der Mufti von Jerusalem*，*Amin el-Husseini*，*und die Nationalsozialisten*，可惜该书是用德文书写，没有英译本。书的主要结论可见于 Mallmann 和 Cüppers 文。在 Küntzel 文中，尤其是后记中，也有论述。

三四十年代的职业： 简历细节见 Mattar and Zvi Elpeleg，*Grand Mufti*：*Haj Amin al-Hussaini*. On Hussaini's anti-Semitism，see Gensicke，pp. 149 - 159。穆夫提的一系列讲话，比如他在 1943 年 1 月 8 日在电台上的演讲，就由 Höpp 收集在 *Mufti Papiere* 中，也表现得十分明显。

他与纳粹接触： German Foreign Office records，cited in Gensicke，p. 45。

宣传官冯·莱尔斯：AAPA ZA 105783，18 February 1960，"Verbindungen Amin Lahar aus Kairo nach Bundesrepublik"。

"穆夫提告诉他，你该出手了"：Interview with Khalek。

班纳找到了：摘自拉马丹悼词，见日内瓦伊斯兰中心网站 http：//www. cige. org/historique. html，以及对 Dawud Salahuddin 转述。Interview with Salahuddin。

由于练习摔跤而十分壮硕：Interview with Salahuddin。

他在巴勒斯坦工作：有关他在保卫巴勒斯坦中的关键作用，见日内瓦伊斯兰中心网站的生平简介。有关在约旦设立穆兄会支部，使用护照，德国和瑞士方面的警方记录，见"History of the Jordanian Muslim Brotherhood，Part One，" http：//www. aawsat. com/english/news. asp? section=3&id=3204。

拉马丹去了巴基斯坦：见 NARA RG 59，Decimal Files，1950 - 1954，511. 80/7 - 2753，United States Embassy，Egypt Dispatch from Jefferson Caffery to the Department of State，"Colloquium on Islamic Culture and Saeed Ramadhan，" 27 July 1953。

如果穆兄会设立部长职位的话：Interview with Gamal el-Banna，13 September 2004，Cairo。

拉马丹和大穆夫提：Reinhard Schulze，*Islamischer Internationalismus im 20. Jahrhundert*，pp. 110，111，210。

世界穆斯林大会是拉马丹在正式通讯（见 Kegel papers，Ramadan CV）中使用的名词，原文为 *mu'tamar al-alamal-islami*，卡拉奇会议在 1951 年举行，他被选为秘书，而耶路撒冷 *al-mu'tamar al-islami al-amm li-l-Quds* 会议是 1956 年召开的，他被选为秘书长。为了区别两者，本书中提到后者时加了"耶路撒冷"一词。两者都不应与目前由沙特控制的伊斯兰世界联盟相混淆，后者又叫 *rabitat al-alam al-islami*，由拉马丹协助，于 1962 年 5 月 18 日在麦加成立。见 Schulze，*Internationalismus*。

"信息来源指出"：见 NARA RG 263，ZZ - 18，箱号 96，Amin El-

Hussaini, Vol. 1, 1946 年 3 月 11 日, "Views of the Jerusalem Mufti"。

"希望得到的结果": NARA RG 263, ZZ-18, box 96, Amin El-Hussaini, Vol. 1, 11 March 1946, "Views of the Jerusalem Mufti"。

这些人士可以产生: DDEL Central Files, Official File, box 737, file 144-B-4, "Islamic & Moslem Religion," 24 August 1953, "Memo to: C. D. Jackson, from: Abbott Washburn"。

总统的约会登记: DDEL, President's Appointments, 23 September 1953, Vol. July-December 1953, Eisenhower, Dwight D.: Records as President, Daily Appointments, 1953-1961。艾森豪威尔总统图书馆的 David Haight 指出了该文的出处,在此感谢。

表面上看,研讨会: NARA RG 59, Decimal Files, 1950-1954, 511.80/4-3053, 30 April 1953, "Colloquium on Islamic Culture" and attached briefing paper。国立安全档案局指出了该文的出处,在此感谢。

私人赞助来了: NARA RG 59, Decimal Files, 1950-1954, 511.80/2-253, Princeton University, letter of 2 February 1953, Bayard Dodge to Richard H. Sanger [Colloquium on Islamic Culture]。

为两名普林斯顿教授支付了旅行费用: NARA RG 59, Decimal Files, 1950-1954, 511.80/5-853, "Colloquium on Islamic Culture," letter of 8 May 1953, Helen M. Anderson to Richard H. Sanger。

经过修饰处理的职业生涯: NARA RG 59, Records of the Department of State, Decimal Files, 511.80/7-2753, United States Embassy, Egypt Dispatch from Jefferson Caffery to the Department of State, "Colloquium on Islamic Culture and Saeed Ramadhan," 27 July 1953。

当时的照片: 感谢 Robert Dreyfuss 提供了普林斯顿活动的官方文件,包括照片。

邀请拉马丹: CIA RDP83-00423R001300710001, "Comments on the Islamic Colloquium"。

在摩洛哥首都拉巴特会见了美国官员： NARA RG 59，Records of the Department of State，Decimal Files，880.413/2-856，8 February 1956，“Press Conference in Rabat of Said Ramadan of Islamic Congress in Jerusalem” and accompanying memo from Gerald Little。

反对共产主义斗争上持强硬立场： Associated Press report，printed in *The Lincoln Star*，28 September 1956，p. 3。报告把该团体称为 Jerusalem Moslem Conference。

纳赛尔镇压了： Mitchell，pp. 141，142，153。

在凯格教授同意五个月后： Letter of 14 August 1956，Kegel papers。

这位四十四岁的学者： 根据 Deutsche Dienststelle 记录，凯格出生于 1912 年 6 月 26 日，死于 2006 年 2 月。他在德国法学界的非凡经历，可参考 www.uni-koeln.de/jur-fak/instipr/leitung/Nachruf_Krueger.doc。

他给凯格发了一封电报： 13 November 1956，Kegel papers。

1958 年 6 月，拉马丹再次给凯格写信： 21 June 1958，Kegel papers。

他去朝觐： 28 August 1958，Kegel papers。

这次朝觐活动中，流亡中的穆兄会： Interview with Fouad Allam，15 September 2004，Cairo。Allam 是埃及前国安头目。

瑞士官员当时似乎并不了解： BAR Ramadan，3 March 1966，interrogation of Ramadan，“Abhorungsprotokoll”。

很聪明，有点狂热： Interview with Kegel。

他们迎着寒风，顶着大雪： Interview with Faisal I. Yazdani，13 December 2005，Munich。

德文和阿拉伯文的请柬： BayHStA LafluVerw 1900，“Protokoll Nr. 5 Am 22.12.58 hate eine Sitzung des ‘Dini Idare’” and attached invitation flyers. Also，interviews with Yazdani，28 January and 13 December 2005，Munich。

叙利亚学生加勒卜·希马特： Telephone interview with Himmat，

1 June 2005。希马特没有明说是否是他邀请的拉马丹。

希马特请他来接管领导： Interview with Mogaddedi。

学生们都受过良好的教育： Interview with Muhammad Abdul Karim Grimm，21 October 2004，Hamburg。

冯门德整洁的人事卡片： AAPA ZA 105731，23 March 1959，"Aktenvermerk，Betr.：Said Muhammed Ramadan，Genf"。

第九章 权宜之计

"收到我的柯达彩照"： Letter of 6 August 1957，"Dear Folks，" Dreher papers。德雷尔的妹妹妹夫 Helen and Chuck Oerkvitz 开放了他的个人文件，特此感谢。

"不是只守着一个女人的男人"： Interview with West。

"在内心深处"： Letter of 19 May 1953，Dreher to Helen and Chuck Oerkvitz，Dreher papers。

中情局申请表上： Ibid.。一直到离美去慕尼黑，德雷尔参加了所有的理事会会议。

德语还是那么结结巴巴： 见第十二章对他的卸职讲话的描述，德语仍然很差。

向那些目瞪口呆的流亡人士炫耀： Interview with Klump。

长老会领导人爱德华·埃尔森： Letter of 31 July 1958，"White House Letter from Dwight D. Eisenhower to Edward L. R. Elson，" document 133 in the online archive "Documentation on Early Cold War U.S. Propaganda Activities in the Middle East，" published by the National Security Archive of George Washington University，Washington，DC：http：//www.gwu.edu/～nsarchiv/NSAEBB/NSAEBB78/docs.html。

"强调'圣战'"： 7 September 1957，Goodpaster "Memorandum of Conference with the President"，从解密文件检索系统获得。

"伊斯兰特别工作组"： DDEL OCB Central Files Series，box 2，

file January – May 1957，5 February 1957，"Informal Memorandum of Meeting：Ad Hoc Working Group on Islam"。

偏向"改革"团体：这里特指文件 NSC 5428，"U. S. Objectives and Policies with Respect to the Near East"。

5 月，协调委员会：DDEL OCB Secretariat Series，box 4，file "Islamic Organizations，" 3 May 1957，"Inventory of U. S. Government and Private Organization Activity Regarding Islamic Organizations as an Aspect of Overseas Operations"。

"我们都认为苏联体系会自掘坟墓"：Interview with Klump。

"进攻性"和"防卫性"：Letter of 7 November 1961，Dreher to Howland H. Sargeant，Amcomlib president，Dreher papers。信中德雷尔讨论了慕尼黑采用的策略。

德雷尔的老板沃伯尔·戴维斯：Interview with Murphy。

大多数侨民急切：例如，Burds。

但付钱总是准时的：Interview with Klump。

"拿钱的人可能并不怎么上档次"：此事可见 *Win* 杂志，这是越战期间很出风头的反战出版物，它对于美国谍报项目 Operation Ohio 如何在离散人士收容所中支持侨民团体杀害对方人士的做法，有详尽的描述。杂志点了德雷尔和其他美解委职员的名，指出他们对资助对象卷入战后残杀事件是知情的。当然，这类指谪无从证实，但参考后来解密的文件内容（如 Loftus，*The Belarus Secret*），这完全有可能。

华盛顿当时的担忧似乎有些小题大做：NARA RG 59，Decimal File 670. 901/1 – 2158，21 January 1958，"AmEmbassy，Cairo to Department of State，Subject：Talks with Members of Dipomatic Corps Regarding Afro-Asian People's Solidarity Conference"。

美国外交官当年也在反思：例如，见电讯往来，如 NARA RG 59，Decimal File 670. 901/10 – 457，4 October 1957，国务院有关如何筹备会议的内部指令。

赛义德·沙米尔：NARA RG 59，Decimal File 670. 901/5 – 2059，

23 May 1959，Subject：Document on Soviet Colonialism Addressed to AA Solidarity Council。

德雷尔确实试图利用：有关那次会议，见 NARA RG 59，Decimal File 670. 901/1－2558，25 January 1958，"Soviet and Egyptian Statements at Asian-African Solidarity Conference"。

有关纳萨尔的作用，见 Georgetown，Kelley papers，box 5，folder 5，1 December 1959，"Political Affairs Discussion with Kelley"。

鲁西·纳萨尔试图：Interview with Allworth。

约旦护照：一位 BND 官员曾写信给冯门德指出此事。Letter of 19 May 1961，Maurer to von Mende，"Sehr verehrter Herr Professor!，" von Mende papers。

瑞士的情报还声称：BAR Ramadan，29 June 1967，"Note pour Monsieur Gelzer"。

艾哈迈特·麦格玛：Georgetown，Kelley papers，box 5，folder 5，"Confidential Report of Mr. B. E. Kuniholm on His Trip to the Middle East，" pp. 27－28。

冯门德怒火中烧：AAPA ZA 105731，3 February 1959，"Aktennotiz Betr. Besuch von Shamil and Magoma"。

在伊斯兰世界并无影响：实际上，此时的拉马丹已是重要的穆斯林，比如，他曾受到约旦国王侯赛因的探访。BARRamadan，Index entry C. 11. 88，24 November 1958，"Erw. im Bewachungsbericht Konig HUSSEIN's von Jordanien，Dieser hat am 20. 11. 59 nachtmittags R. besucht"。

西德外交部：AAPA ZA B12 Band 411，2 February 1959，"Betr. Besuch von Vertretern des Nordkaukasischen Komitees in Deutschland"。

冯门德手下关键人物：AAPA ZA 105731，29 June 1959，"Auszug aus einem Schreiben von Dr. Hayit vom 24. 06. 59"。

自己的秘密活动：AAPA ZA 105707，16 April 1959，"Ausnutzung

der turkestanischen Exilgruppen fur politsiche Aufklarungsarbeit”。

纳芒加尼向他的老板报告说： AAPA ZA 105731，22 September 1959，“Reisebericht von Haupt-Imam Namangani”。他们是7月回到德国的，纳芒加尼在8月26日还得到了一千马克。

巨大的成功： 详情见 Schulze，*Internationalismus*，pp. 149－151。

研究所的《阿拉伯评论》： Hoover，Radio Liberty Collection，box 214，letter of 16 March 1960，Ramadan to Kantemir。

把全家迁往日内瓦： Letter of 10 April 1959，Ramadan to Kegel，Kegel papers。

欧洲代表大会： BayHStA LafluVerw 1900，30 April 1959，“Betreff：Errichtung einer Moschee in Munchen durch”。

加朝格鲁在一封信中： 这部分，包括“将要建设的清真寺”的引文，出自 BayHStA LafluVerw 1900，letter of 27 April 1959，Gacaoglu to Stain。

要有一个主席——而这个人，就是拉马丹： Amtsgericht Munchen，Registerakten，VR 6256，29 March 1960，“Bctreff：Moscheebau-Kommission e. V.”。

并会把钱带回来： BayHStA LaFluVerw 1900，13 June 1960，“Betreff：Bau einer Moschee in Munchen”。

过去的情报关系网： BayHStA LaFluVerw 1900，8 March 1960，“Betreff：Religiose Betreuung der mohammedanischen Fluchtlinge；hier：Bau einer Moschee in Munchen”。

“德国是一扇没人看管的门”： AAPA ZA 105783，8 March 1960，untitled rough draft of report from Hayit to von Mende。

“相信全美布尔什维克解放委员会正在”： AAPA ZA 105783，14 April 1960，“Bemerkungen zu den Tatigkeit des Geistlichesamt”。

土耳其斯坦的穆夫提： AAPA ZA 105707，2 November 1960，“Betr. Abteilung fur die Propaganda des Islams in der SU beim ZK der KP Iraqs”。

劝他去见见拉马丹： Letter of 27 May 1961, von Mende to Ungermann, "Betr.: Kartothek Dr. Said RAMADAN," von Mende papers。

冯门德勉强同意： Ibid.。

进入拉马丹的办公室： Ibid., see 8 May 1961, Aktennotiz "Betr.: Said RAMADAN," and letter of 19 May 1961, Maurer to von Mende, "Sehr verehrter Herr Professor!," von Mende papers。

盗窃行动取消了： 冯门德明显认可这些档案并不具有太高价值的意见，就此事也不再有其他通讯，基于这些事实作者作了这部分的推定。然而，盗窃行动也不是完全没可能继续，但具体是在电话中安排的；也有可能书面资料已销毁或遗失。

"这事令人震惊"： AAPA ZA 105784, letter of 5 June 1961, to von Mende, "Sehrgeehrter Professor!," von Mende papers。

第十章　小说家讲故事

"伊斯兰协会"的慈善组织： 不要混淆 Jami 'at al Islam（伊斯兰协会）和另一个名声极大的巴基斯坦政治团体 Jamaat-e-Islamiya（伊斯兰促进会），两个组织的名字拼法很接近。

向前推进： BayHStA LanfluVerw 2199, 9 January 1960, "Betreff: Aufnahme der Tatigkeit einer JAI-Zweigstelle in Deutschland"。

我根本不认为可以： BayHStA LafluVerw 1900, 20 February 1960, "Betr. Bau einer Moschee in Munchen"。

伊斯兰协会是……创建的： Ibid., attached document, "Jami 'at al Islam, Geschichte— Richtlinien — Programm," Wien, 1959。

"美国逃亡者计划"： Susan L. Carruthers, "Between Camps: Eastern Bloc 'Escapees' and Cold War Borderlands," *American Quarterly*, p. 934。

天主教机构： Interview with Touhami Louahala, 30 July 2006,

Montelimar，France。

难民及移民事务办公室： *Jami ‘at al Islam* newsletter，No. 2，1960，p. 2。

站在这样一间破败公寮前： 有关卡马尔到访难民营事，见BayHStA LafluVerw 2199，letter of 17 May 1960，Balagija to Stain，附有照片。

美国“志愿机构理事会”： 该理事会并未审核卡马尔组织背景一事有明确的证据，见该理事会致巴伐利亚官方的信件，BayHStA LafluVerw 2199，letter of 5 January 1962，“Strictly Confidential：Ms. Ella V. Laursen”。

阿尤布·汗元帅： BayHStA LafluVerw 2199，article in *Munchener Merkur*，24 January 1961，页号不详。

大型报告会： BayHStA LafluVerw 2199，*Munchener Merkur*，6 June 1961。

他手下的宗教管理处： BayHStA LafluVerw 2199，27 February 1960 memo to members，“Lieber Bruder in Islam”。

“巴伐利亚州的首府”： BayHStA LafluVerw 1900，“Synagoge neben Moschee，” *Munchener Merkur*，26 March 1961。

援引说学会迁址： *Munchener Merkur*，24 June 1960，“Spenden aus Mekka fur Munchen，” p. 14。

卡马尔这个人的公共生活： 卡马尔生平事迹见其再版小说的封底，可从按需出版公司 toExcel 取得。版权在 2000 年续期，内容由他的儿子 Turan 整理。Turan 是一位古典吉他手，按照卡马尔女儿 Tura 的说法，他希望能延续父亲卡马尔的影响力。Interview with Tura Kamal-Haller，16 June 2006，Munich。

联邦调查局里的卡马尔档案： FBI Ahmad Kamal FOIA，8 May 1956，“Ahmad Kamal，also known as Cimarron Hathaway，Ahmad Kamal Hathaway，Ahmed Kamal，” p. 1。

把父亲的姓名填为加拉·优素福： Ibid.，p. 6。

他离开了卡马尔的母亲：Ibid.，p. 1。

被中国政府指为间谍并在哈密逮捕：西德情报机关相信此事的真实性。AAPA ZA 105792，25 July 1955，“Betr.：Lage in Indonesien”。

“在为不存在的爱而流泪”：Interview with Kamal-Haller。

《纽约时报》长长的介绍文章：“A Picaresque Tale of Adventure，” 31 March 1940。《纽约时报》还评论了 *Full Fathom Five* and *One-Dog Man*。

卡马尔对《洛杉矶时报》的说法： “Prison ‘Koran’ Tricked Japs，” 11 November 1945，p. 7。

《神圣旅程》：Author's note，pp. xiii－xv，toExcel edition。

他试图尽量准确客观地介绍：根据“伊斯兰协会”1960 年第 2 期中的一小段介绍。作者自有材料。

《星期六晚报》：26 September 1953，p. 19。

为美国政府工作：FBI Kamal FOIA，4 May 1956，“Re：New York Air-Tel to Los Angeles，4/30/56，” p. 2。

1 877.40 美元：Ibid.。

西德情报部门的看法：AAPA ZA 105792，25 July 1955，“Betr.：Lage in Indonesien.”。

儿子学习音乐：卡马尔的儿子是颇有成就的吉他手，见 http://www.classicalguitar.nl/ShowPost.aspx? PostID＝9649。其录音碟在发烧友中多有流传。

图哈米·鲁哈拉在……长大：Interview with Louahala。Dubois 自杀事件在瑞士及国外报章中多有报道。在协会的出版物里，鲁哈拉被拼写为 Tuhami Ibn Ahmad ElWahla。见 *Jami ‘at al Islam*，No. 2，1960，p. 5。

但更出名的巴基斯坦团体：Serge Bromberger，*Les rebelles algeriens*，p. 222。

“什么是事实，什么是虚构”：Nevill Barbour，review of Les rebelles algeriens，International Affairs (Royal Institute of International

Affairs 1944 -), p. 113。

"詹姆斯·普赖斯"： 有关普赖斯与美解委之间的关系，见 Hoover RFE/RL, Corp. Records, box 350, folder 5, 1 September 1971, "Memorandum of Conversation (by phone) with James Price, Library of Congress"。

炸得几乎弹出车顶： NARA RG 59, Decimal File 862A. 411/10 - 1760, 17 October 1960, cable from Munich, "No. 156, October 17"。

鲁哈拉说他与出口武器毫无关系： Interview with Louahala。

协会撤出了约旦： NARA RG 59, Decimal File 885. 46/8 - 1161, 11 August 1961, "Subject: Letter from Jami 'at al Islam (JAI)"。

德国人也信任巴拉基加： 有关巴拉基加战时服役的情况，见 WASt, Schriftverkehrsakte。

要审核协会管理的： NARA RG 59, Decimal File 862A. 411/4 - 242, 24 April 1962, "Subject: Jami 'at al Islam audit"。

慕尼黑的官员们心存担忧： BayHStA LafluVerw 2199, 7 November 1961, "Betr. Forderung von zwei Projekten des Jami 'at al Islam"。

指控了巴拉基加贪腐： BayHStA LafluVerw 2199, 4 December 1961, " Betreff: Zusammenarbeit mit der mohammedanischen Hilfsorganisation Jami 'at al Islam"。

他对德国人比对美国人更忠诚： Letters recounting meetings with Balagija, Sahkul, 27 December 1961 and 2 January 1962, von Mende papers。

协会关闭了所有的办事处： BayHStA LafluVerw 2199, 1 March 1962, "Jami 'at al Islam beendet Fluechtlingsprogramme in Europa"。

志愿组织理事会： BayHStA LafluVerw 2199, copy of letter of 6 December 1961, "Strictly Confidential: Attn Mrs. Charlotte B. Owen, Executive Director"。理事会日后由美国国际发展署取代，后者的档案不完全，并没有此事的记录。

“我们不必再担忧了”： BayHStA LafluVerw 2199，7 March 1962，“Sehr geehrter Dr. Burmeister”。

缅甸反对派领导人： Telephone interview with U Kyaw Win，31 July 2007。吴觉温是缅甸老资格反对派人士，1969 年卡马尔提出建议时，他正和吴努在一起。卡马尔日后在缅甸各地广泛旅行，并告诉过吴觉温他和缅甸反对派接触甚广。

有关清真寺的宏伟计划： BayHStA LafluVerw 1900，4 October 1961，“Betreff：Bau einer Moschee in Munchen”。

第十一章　赢得清真寺

康特米近乎失明： 基于冯门德的描述，见 AAPA ZA 105706，7 July 1961，“Betr.：Alichan Kantemir — Nordkaukas，Komitee”。

“亲爱的凯格教授”： Letter of 16 July 1960，Kegel papers。

又上路去了土耳其和巴基斯坦： 拉马丹此次旅程详见 letter of 18 September 1960，Kegel papers。

募捐活动很成功： 有关在朝觐期间的活动和筹集沙特阿拉伯的资金，卡沙杰的忧虑，以及“任务是在慕尼黑建造一座清真寺”的引文，见 BayHStA LafluVerw 1900，21 August 1960，“ProtoKoll Nr. 5”。

162 步兵师（土耳其斯坦师）的老师长： WAst records。

卡沙杰与巴伐利亚政府官员见了面： BayHStA LafluVerw 1900，6 February 1961，“Betreff：Moscheebau in Munchen”。

只有 78 890 马克： BayHStA LafluVerw 1900，letter of 17 February 1961，Kassajep to Burmeister。

是卡优姆挑起了这次争端： AAPA ZA 105783，27 March 1961，“Aktenvermerk Betr.：Dr. Hayit/BND”。海伊特是否就是联邦情报局的线人并不明确。冯门德在其写给局里的信件中对此说法或其他事实从无异议。他看来只是对卡优姆了解此事感到愤怒。此外，此点也与先前法国情报机构试图招募海伊特一事暗合（见第五章注释）。不过，这些不过是说法而已。明显的是，海伊特自认为是学者，并且也撰写了相当数量的学术著作。作者曾亲口问过海伊特，冯门德的办公室与是否与情报部门有什么关联，他说“我从未听说”。由于作者当时还未完成所有的调研，所以并不知道有这些信件，也就无法就卡优姆事询问海伊特。后来海伊特去世了。

工资也是另一个问题： Letter of 23 February 1961，“Lieber Rolf,” von Mende files。

每月给他四百五十马克的工资： AAPA ZA 105706，7 July 1961，“Betr.：Veli Kayum-Chan”。

暗示希马特： AAPA ZA 105707，12 September 1960，“Arabische-Kommunistiche Ring im Ausland”。

希马特有自己的国际关系： BayHStA LafluVerw 1900，letter of 27 July 1961，Ramadan to Stain。

拉马丹重申了： Ibid.。

他回信提出了： Ibid.。

纳芒加尼受够了： BayHStA LafluVerw 1900，letter of 7 November 1961，Namangani to Ramadan。

委员会终于会晤： BayHStA LafluVerw 1900，30 November 1961，“Betr.：Information uber den Moscheebau in Munchen”。

约旦注销了他的外交护照： 此事不晚于1965年。瑞士方面的档案内有一封约旦大使馆的信件，陈述拉马丹的护照注销了。Swiss Ramadan file，1 October 1965，“Notiz. Said Ramadan”。

足够的票数来阻止康特米： Ibid.，handwritten note. Decision confirmed in BayHStA LafluVerw 1900，11 January 1962，“Betreff：Bau einer Moschee in Munchen”。

“德国伊斯兰社群组织理事会”： AAPA ZA 105784，3 April 1962，“Betr.：Islamischer Rat Deutschlands”。Partially also described in *Al-Islam*，No. 5，1962，“Gelebter Islam — Bruderschaft und Einigkeit,”

p. 1，and“Rat Islamischer Gemeinden und Gemeinschaften，” p. 7。

世界穆斯林联盟：有关希米德参与麦加之旅意识，同上书。希米德仍然在世，但拒绝了任何访谈。

有关该次大会的总体情况，最为可靠的描述，还包括一张关键与会人士的名单以及各种关系的分析，见 Schulze，*Internationalismus*，pp. 181－212。

西德穆斯林：有关这点，以及沙特人到访西德，见 AAPA ZA 105706，6 July 1962，“Islamische Weltkongresse”。

他的盟友穆罕默德·穆夫提克：Letter of 29 May 1962，von Mende to Ungermann，von Mende papers。

最危险的时段：BAR Ramadan，26 October 1962，“Attentatsplans gegen Dr. Said Ramadan”。

可以随身带的瓦尔特牌手枪：BAR Ramadan，15 August 1962，interrogation of Gailan Ramiz。

最有能耐的穆斯林煽动者：Interview with Sultan，28 March 2006。

广受尊敬的费城国际学舍： “Modern Forms of Colonialism，” Sultan papers。此次演讲也记录在会所的 1961 年 3 月的活动一览中。

“论文达到了目的”：Paper，no date，To：Mr. I. Patch. From：G. Sultan. Subject：Report on “The Modern Forms of Colonialism，” International House，Philadelphia。

寄去了一张 200 美元的支票：Letter of 5 April 1962，Sultan to Ahmad，“My dear Dr. Ahmad，” Sultan papers。

民族委员会：从技术上来说，苏丹不可能做到这点。按美解委和自由欧洲民族委员会之间的一份协议，应由美解委来关心各国的穆斯林；不过不知出于什么原因，苏丹自称为另一方的团体工作。2 October 1961，“Memorandum to：Director，Special Projects Division. From：Garip Sultan. Subject：Talk with Mr. Pavlovich of the Free Europe Committee，” Sultan papers。

要给苏丹搞邀请函：有关 Ahmad 提出协助安排邀请事宜，见 letter of 22 March 1962，Ahmet to Sultan，"My dear Garip，" Sultan papers。

答应去游说：Letter of 18 April 1961，Ahmad to Sultan，"My dear Garip Sultan，" Sultan papers。

苏丹随即与拉马丹取得了联系：Interviews with Sultan。

作为美国的唯一代表：出席代表官方名单，Sultan papers。

德国应该继续这个项目：有关冯门德在此事上的想法以及关于清真寺的建议，见 AAPAZA 105735，14 December 1961，"Betr.：Moscheebau-Kommission in Munchen"。

西德的慷慨：BayHStA LafluVerw 1900，22 March 1962，"Betreff：Bau einer Moschee in Munchen，Zu Ihrem Schreiben vom 11. 3. 1962"。

圣保罗教堂——整个想法得以出炉的那个教堂：BayHStA LafluVerw 1900，10 September 1963，"Betreff：Religiose Betreuung der mohammedanischen Fluchtlinge"。

年长的党卫军阿訇：BayHStA LafluVerw 1900，19 March 1962，Namangani's one-page cover letter to Burmeister，"Sehr geehrter Herr Regierungsdirektor，" and accompanying seven-page "Erklarung"。纳芒加尼的信件用典型的公文口吻写就，很可能是由哈桑·卡沙杰的太太玛格丽特·卡沙杰执笔。她曾为这些男人起草了大多数的信函，但已无法想起本信的具体内容了。Interview with Margaret Kassajep，17 August 2004，Munich。

还活着的当年的学生：例如，the interview with Mogaddedi。他谈到纳芒加尼最初之所以受到尊重，并不是由于他伊斯兰的学识，而是由于他是冯门德的人，学生们了解冯门德的影响力有多大。

加朝格鲁也提醒人们：BayHStA LafluVerw 1900，letter of 14 June 1963，Gacaoglu to Hergl，"Sehr geehrter Herr Regierungsdirektor!"。

第十二章　失去控制

顺口溜：Interview with West。卡琳西还为讲话和祝词录了音。这里的引文取自该录音。感谢 Denis Johnson 标出了诗歌的格律。

小亚瑟·施莱辛格：NARA RG 59, Decimal File 885.413/1－1762, cover letter of 17 January 1962, Schlesinger to Talbot, including two-page letter of 24 November 1961, Ramadan to Schlesinger, as well as original and translation of Ramadan's article "Choice for the Middle East：Communism or Islam?," undated, from *La Tribune de Geneve*。

不再和拉马丹联络：Interview with Klump。

派德雷尔去了越南：塔夫斯大学 Fletcher 学院的 Richard H. Shultz Jr. 教授提供了他和德雷尔的访谈复制件，特此感谢。根据这次访谈和中情局的文件，Shultz 写出了一份 MACVSOG 研究报告。德雷尔在访谈中谈到，他和他的美国团队并不了解南越的广播内容及其价值。

1972 年，德雷尔退休：取自 Dreher resume，Dreher papers。

冯门德给苏丹的信：Letter of 6 September 1962，von Mende to Sultan，"Lieber Herr Sultan!," Sultan papers。

"大家都知道他是纳粹"：Interview with Richard Pipes，25 October 2006，Cambridge，MA。

1963 年初，退役老兵们：有关清真寺项目的变化，见 Amtsgericht Munchen，Registerakten（Sonderband）VR 6256，Islamische Gemeinschaft in Deutschland e.V. List of members "Erganzung Nr. 1 zum Protokoll der Generalversammlung v. 3.2.1963"。有关委员会名字的演变，见"Erganzung Nr. 2 zum Protokoll der Generalversamlung v. 3.2.1963"。

阿里·康特米：有关冯门德想要消除他们关系的企图，见 AAPA ZA 105730，24 July 1963，"Betr.：Nachlass von Herrn Alichan Kantemir"。

冯门德的无力：Letter of 23 October 1963，"Sehr verehrter Herr

Professor!," von Mende papers。

成功渗入学生团体：这个团体是科隆的 Islamische Studentengemeinde。它得到了 6 000 马克，冯门德已经计划再次支付 4 000 马克，不过在能办妥之前他就去世了，他的继任者提议不再支付余额。AAPA ZA 105708，24 December 1963，"Betr.：Ubersicht der vorhandenen Mittel des Forschungdienstes Osteuropa"。

斯塔西似乎注意到了：BStU，MfS HA II/5B，Reg. Nr. 2293/60，16 January 1962。

告诉他要保持低调：AAPA ZA 105730，letter of 12 December 1963，von Mende to Hayit，"Lieber Baymirza!"。

要他戒烟：Interview with Erling von Mende。

严重的心脏病：AAPA ZA 105706，13 January 1964，"Betr.：Beerdigungskosten fur Herrn Professor von Mende"。

外交部同意：AAPA ZA 105706，15 January 1964，"Betr.：Beerdigungskosten des am 16.12.1963 verstorbenen Leiters des Forschungsdienstes Osteuropa，Professor von Mende"。

西格弗雷德·恩格曼：AA B40 Band 51，21 January 1964，"Lieber Herr Wickert!"。

决定还是关闭了事：AA B40 Band 51，12 June 1964，"Betr.：Auflosung des Forschungsdienstes Osteuropa，Hier：Raumung der Parterrewohnung in der Cecilienallee 52"。

最后变得十分不堪：Ibid.。

是否还可以继续使用：AA B40 Band 52，letter of 2 June 1965，Unglaube to Dr. Lane，"Sehr geehrter Herr Dr. Lane!"。

官方担心大量：AA B40 Band 51，9 October 1964，"Betr.：Sicherungsmasnahmen des Buros in Dusseldorf"。

冯门德如何利用穆斯林：Alexei，*Soviet Nationalities in German Wartime Strategy*，1941－1945，p. iii。

第十三章 穆兄会大胜

西德境内仅有的六座之一：到 1973 年，柏林已有两座清真寺，汉堡一座，法兰克福一座，亚琛一座。除此之外，德国还有大量的祈祷室。

物美价廉：Interview with Yazdani，28 January 2005。

权力处于顶峰：取自 memoirs of Yusuf al-Qaradawi，according to Mshari Al-Zaydi："History of the Jordanian Muslim Brotherhood，Part One，" *Asharq Alawsat*. Online English edition：http：//www. aawsat. com/english/news. asp? section=3&id=3204。

世界穆斯林联盟要求：Schulze，*Internationalismus*，pp. 247 - 248。

仍持有外交护照：BAR Ramadan，23 September 1970，untitled interview with Ramadan。

用巴基斯坦护照旅行：瑞士警方记录显示他开始使用巴基斯坦护照的日期不晚于 1980 年。Swiss Ramadan file，21 February 1980，"Rapport de Wanner — inspecteur"。

也许有些新成员：Interview with Kamal al-Helbawy，20 October 2005，London。

"他很讨厌他们（学生）"：Interview with Mogaddedi。同时，Mogaddedi 相信希马特想把阿塔弄到慕尼黑来。

他是来参加过几次会议：Interview with Himmat。

会知道阿拉伯人是一群什么样的家伙了：Interview with Yazdani，28 January 2005。这是亚兹丹尼回忆拉马丹的原话。

法萨·亚兹丹尼出手相助了：Interviews with Yazdani，28 January and 13 December 2005。

这些大使馆的抗议压力：Memo from West German embassy in Baghdad：BayHStA MK 49638，12 January 1965，"Betr.：Errichtung einer Moschee in Munchen"。世界穆斯林联盟以及土耳其驻波恩大使馆也对免税地位提出了抱怨。

清真寺奠基：例如，见“Der Muezzin ruft zum Moscheebau,” *Suddeutsche Zeitung*，No. 241，9 October 1967，p. 13。

亚兹丹尼并没有参加会议：Amtsgericht Munchen，Registerakten（Sonderband）VR 6256，Islamische Gemeinschaft in Deutschland e. V.，3 November 1973，“Protokoll”。

暗中活动，流言蜚语：十分明显，易卜拉辛·加朝格鲁和太太是这些贪腐指控的幕后黑手。亚兹丹尼在一封1970年7月21日写给巴伐利亚社会部的信中对争论的焦点有所描述。现在看来这些指控经不起推敲，再有，加朝格鲁的名声并不响，看起来也不准确。德国伊斯兰档案馆提供了该信的复印件。

我想要说的是，我很高兴：Interview with Yazdani，28 January 2005。

土耳其客籍劳工：Amtsgericht Munchen，Registerakten，registered letter of 1 October 1974，“Sehr geehrte Bruder in Islam”。

土耳其人又试了一次：Amtsgericht Munchen，Registerakten（Sonderband）VR 6256，Islamische Gemeinschaft in Deutschland e. V.，18 January 1975，“Protokoll”。

优素福·纳达与他正相反：纳达与希马特的交往，他的被捕，出逃奥地利，在的黎波里和瑞士的细节，见 interview with Youssef Nada，2 June 2004，Campione d' Italia。有关其在狱中受刑的引文，见 interview of Nada on 16 November 2003 by Glenn Simpson of the *Wall Street Journal*。Simpson 提供了采访的笔记，在此感谢。

拉马丹被正式开除了：Amtsgericht Munchen，Registerakten（Sonderband）VR 6256，Islamische Gemeinschaft in Deutschland e. V.，3 November 1973，“Protokoll”。

第十四章　超越慕尼黑

“最高导师”：Interview with Mahdi Akef，14 September 2004，

Cairo。

“新穆斯林兄弟会”：见 Kepel，*The Prophet and Pharaoh*，especially Chapter 4。

各伊斯兰文化中心和机构：见 *Impact International*，issue of 25 May - 7 June 1973，p. 3。

瑞士卢加诺湖畔的度假胜地：Muhammad Shafiq，*The Growth of Islamic Thought in North America*：*Focus on Ism'ail Raji al Faruqi*，pp. 27 - 28. “Hosted by Mahmoud Abu Sa'ud，it was attended by such well-known figures as Isma'il al Faruqi，Abdul Hamid AbuSulayman，Taha al ' Alwani，Yusuf al-Qaradawi，Muhammad al Mubarak，Jamaluddin Atia，Abdul Halim M. Ahmad，al Mahdi Ben Abbud，Ahmad Totonji，Mahmud Rashdan，Khurshid Ahmad，Jamal Barzinji，Ahmad al Assal，Ja' far Shaikh Idris，and many others”。

也有些报告指出这次会议是在纳达的家中召开的。2003 年 6 月，埃及商人 Soliman Biheri 就对美国海关人员谈道：“他说在瑞士卢加诺召开了一次重要的伊斯兰会议。” Biheri 说，会议是在纳达的家中召开的，会议为“1980 年代世界各地的伊斯兰运动提供了蓝图”。Department of the Treasury，U. S. Customs Service Report of Investigation，case number dc02pu02dc0005。在一次访谈（2004 年 6 月 2 日）中，纳达否认了会议是在他自己家中召开的。

该组织在沙特阿拉伯再次召开会议：Shafiq，p. 28。

奉命前往……开设一个中心：Ibid. 。

签署登记文件的正是巴尔基奇：Ibid. 。

巴尔基奇还是……高管：Liechtenstein corporate registration，Asat Trust，“Zeichnungerklaerung” of 30 January 1978，“Beschluss. ”。巴尔基奇为纳达在沙特阿拉伯的工作，引自 Glenn Simpson's interview of Nada on 16 November 2003。

也曾在纳达的公司里工作：Ibid. 。阿塔利布和巴尔基奇同时加入和离开这家公司。

纳达还把他推举为：Amtsgericht Munchen，Registerakten，3 April 1978，"Protokoll，" p. 4。阿塔利布是否加入并不清楚。

托托奇、巴尔基奇和阿塔利布：三人都去英国学习工程技术。

关于托托奇，见其博士论文"Displacement Efficiency in Alcohol Flooding in Relation to Ternary System Phase Behavior，" Department of Petroleum and Natural Gas Engineering，Pennsylvania State University，1970. Shelving location：aa 900000009624 Thesis 1970 Totonji，A。关于阿塔利布，见 Hisham Altalib，*Training Guide for Islamic Workers*。关于巴尔基奇，见"Islamic Trust to Build Mosque，" *Indianapolis Star*，5 May 1977。

托托奇和其他几个人：见 http：//web. archive. org/web/20030217143532/http：//msa-natl. org/about/history. html。

纳达的三个孩子：Italian intelligence report，The Intelligence and Democratic Security Service SISDE Counterterrorism Division 96ter，6396－187－A，Re："B. J.，" Operation Rome，6 April 1996. In author's possession。纳达确认他的孩子出生在美国，并谈到他在美国"做生意"。Interview with Nada。

他显然是在帮助：Ibid. Also，John Mintz and Douglas Farah，"In Search of Friends Among the Foes，" *Washington Post*，11 September 2004，p. A01。

占地二百四十多亩的场地：计划由巴尔基奇公布，见"Islamic Trust to Build Mosque"。有关清真寺的规模和成本，见"Proposed Islamic Center Near Plainfield OK'd，" *Indianapolis Star*，5 March 1978。作为各团体的总部，见 William D. Dalton，"Islamic Society of North America，" in *Encyclopedia of Indianapolis*。

诸多总部：有关这些先驱的历史和穆兄会的发展，见 Steve Merley，"The Muslim Brotherhood in Belgium"。

一个有趣的现象是，托托奇和巴尔基奇在美国首创的组织"穆斯林学生协会"也是沙特阿拉伯控制的国际学生组织伊斯兰联合会

[Saudi-run International Islamic Federation of Student Organizations (IIFSO)] 的原创成员。托托奇是该组织的秘书长（见 http://domino.un.org/unispal.nsf/0/2aa9c8845de74ebb05256562005c2813?Open Document），其后由巴尔基奇接任（见 *Training Guide for IslamicWorkers*）。随时间推移，伊斯兰联合会演变成世界上最重要的穆斯林组织之一：世界穆斯林青年大会（WAMY）。该组织总部在沙特阿拉伯，目标是在青年穆斯林中培育沙特穆斯林兄弟会的意识形态。伊斯兰联合会网站宣称：正是伊斯兰联合会的成功经历催生了世界穆斯林青年大会。世界穆斯林青年大会，1972 年成立于沙特阿拉伯利雅得，这是在一次伊斯兰青年活动工作者和青年组织代表的大会上成立的。成立的目的是，帮助世界各地青年组织完成其计划项目（http://web.archive.org/web/19990202092801/www.iifso.org/hist.html）。托托奇和巴尔基奇两人都是世界穆斯林青年大会核心人物。托托奇被选为首任秘书长的副手（http://web.archive.org/web/20030314125221/http://www.wamy.org/english/conferences/speech6.html)，巴尔基奇是理事会成员，地址在沙特阿拉伯，（http://www.usc.edu/dept/MSA/humanrelations/crisis_in_the_muslim_mind/author.html）。

魅力十足的伊萨姆·阿塔： Amtsgericht Munchen，Registerakten (Sonderband) VR 6256，Islamische Gemeinschaft in Deutschland e.V.，4 December 1982，"Protokoll"。

它的首脑艾哈迈德·拉维： Interview with Ahmed al-Rawi，21 July 2004，Markfield，UK。拉维现已退休。另见 Ian Johnson，"How Islamic Group's Ties Reveal Europe's Challenge，" *Wall Street Journal*，p. A1。拉维后离开了欧洲伊斯兰组织联盟。

"大圆桌会议"： 拉维列出的国家为英国、意大利、法国、德国、西班牙和南斯拉夫，其中有两个国家各有两个组织。联盟由这些国家的组织再加上奥地利、希腊、意大利、荷兰、罗马尼亚和瑞士的组织，以及一个统一的组织代表斯堪的纳维亚半岛国家。个人无法注册加入。

第十五章 争论的内涵

你们中的许多人：Theodor Marquard，head of the German Liaison Office，cited in Helmut Frangenberg，“Kleine Migrationsgeschichte der Turken nach Koln” in *Der Moscheestreit: Eine exemplarische Debatte uber Einwanderung und Integration*，p. 72。

无论在什么情况下，“客籍劳工”：有关这一波到德国的移民潮，以及广泛意义上的欧洲移民潮的历史，见 Robert J. Pauly Jr.，*Islam in Europe：Integration or Marginalization*? and Jorgen Nielsen，*Muslims in Western Europe*。

那么多穆斯林：有关在西欧生活的穆斯林数量，见 Robert S. Leiken，“Europe's Mujahideen，” Center for Immigration Studies newsletter，April 2005，p. 5。

伦敦市郊：作者参加了 2004 年 7 月 8—12 日的欧洲圣令与研究委员会会议，并听取了哈瓦利的讲话。之后，作者得到了讲话稿和所有的背景文件。这里的引文取之讲话稿。

要寻求道德四处崩坏：*Protocols of the Elders of Zion*，as cited by Hawari in “Sex and Sexual Education Under the Light of Islamic Shariah”。Translation by Mandi Fahmy. The complete paper is available at www. iandjohnson. com。

被公布在网上，并印成书籍出版：在线资源，见 www. ecfr. org 和 www. islamonline. org。相关书籍，见教法判例两部合集，可从 http：//www. e-cfr. org/en/index. php? cat_id=336 下载。有关委员会如何在培训中利用这些资料，见 interview with Amir Zaidan，18 March 2005，Berlin。另见 Alexandre Caeiro，“Transnational ‘Ulama，’ European Fatwas，and Islamic Authority：A Case Study of the European Council for Fatwa and Research，” in *Production and Dissemination of Islamic Knowledge in Western Europe*。

该组织目前的首脑：有关马赫迪·阿克夫否认大屠杀事，见 BBC

interview at http：//news. bbc. co. uk/2/hi/middle_east/4554986. stm。

穆拉德·阿姆利奥……慢慢调动他们的热情： Interviews with Mourad Amriou，10 September，1 November，and 3 November 2004，Paris。

富有感召力的牧师哈桑·依柯辛： Interview with Amriou，10 September 2004。有关反犹录音，见“Palestine，Histoire d’une injustice”。*Le Figaro* 报的 Cécilia Gabizon 提供了该录音的副本，在此感谢。

宪法保护办公室： Communication with the office，25 August 2005。

胡希德·艾哈迈德的影响： 有关艾哈迈德·冯丹弗的研究及早年受到的影响，interview with Ahmad von Denffer，9 December 2004，Munich。

他创建了一个慈善机构： 机构名称是 Muslim Helfen e. V.，1985 年 4 月 5 日在法兰克福附近的一个小镇 Lützelbach 成立，Lützelbach 也是另一个与慕尼黑清真寺有人事关系的组织 Haus des Islams 的驻地。详见 Verfassungsschutzbericht Hessen vom 24. 05. 2007，S. 38。Muslim Helfen 的有关档案后来转去慕尼黑。Amtsgericht Michelstadt，13 AR 6078/97。

并把募集资金送去阿富汗： Ahmad von Denffer，*ABC der Zeitschrift al-Islam*：*Stichwortregister* 1958－1992，1988/5，p. 29，or 1989/2，p. 3。

伊斯兰事务的专家： Mohammad Salim Abdullah of the Islam Archiv in Soest，cited in *Al-Islam*，1990/7，pp. 3－4。该文暗示 Abdullah 并不是真正的穆斯林。

苏丹召开的： *Al-Islam*，1992/5，p. 2。

汉堡东方学院： *Al-Islam*，1997/2，p. 18。

马哈莫德·阿布赫利马： 否认阿布赫利马和萨利姆与清真寺有密切联系，见 *Al-Islam*，2001/6，pp. 16－18。

马姆杜·马哈茂德·萨利姆：见 Ian Johnson and Alfred Kueppers，"Missed Link，" *Wall Street Journal*。

华盛顿宣布：见 http：//www. ustreas. gov/press/releases/po3380. htm。

他们已经失去了：Communication with Bavarian officials。德国伊斯兰社群人士确认他们已失去了（免税）地位但否认与内部会记有关。他们同时也拒绝说出相关理由。Interview with Ibrahim el-Zayat，19 April 2005，Cologne。

希马特于 2002 年年初辞职：Registerakten，13 January 2002，no title on document。希马特在一次电话访谈中谈到了冻结账户的原因。

第十六章　1950 年代的回归

优素福·纳达……蜷缩在扶手椅中：对纳达住处的描写基于对他的采访。

以事后的眼光来看，对纳达的恐怖主义指控：有些人指控纳达曾为纳粹服务过，这可能性极低，因为他 1931 年才出生。有关他的出生日期，见 http：//www. treas. gov/offices/enforcement/ofac/actions/2001cum. shtml。

纳达资助恐怖主义这个罪名：见 31 May 2005 press release by Swiss prosecutor's office："Ordonnance de suspension des recherches."。

职位上退下：见纳达的网站 http：//www. youssefnada. ch/。

步伐轻快……赫尔维·特雷尔：这是本书中的唯一化名。特雷尔是法国内政部的高管，曾用特雷尔这个化名发表论文。Interview with Herve Terrel，14 May 2004，Paris。

法伊联组织抗议活动：最为直接的联系是通过全法伊斯兰学生联合会（AEIF），这是 Muhammed C. K. Hamidullah 建立的组织，他也是拉马丹的日内瓦中心的共同创立人。AEIF 与叙利亚穆斯林兄弟会的首脑，定居在德国城市亚琛的伊萨姆·阿塔过从甚密。熟悉

AEIF 历史的人士如 Mohamed Lahaty（interview，2 September 2004，Paris）的说法，AEIF 是个地区性的组织，而法伊联却有国际上的背景和资金来源。AEIF 名义上存在但并没有活动。

突然间被推上了权力的中心：在其后几次选举中，别的组织也照搬它的做法动员了其他清真寺，这样法伊联就失去了几个理事会的席位。但这个组织的影响力还是十分巨大，仍保有中央理事会的副理事长席位。

都娜·波扎尔：Interview with Dounia Bouzar，4 September 2004，Paris。

国务院举办了：见国务院网站：http：//usinfo. state. gov/xarchives/display. html? p=washfile-english&y=2006&m=April&x=20060407162418MVyelwarC0. 9064295&t=livefeeds/wf-latest. html。

对美伊协十分看重：该组织声称是它筹备了这次会议。见 http：//www. isna. net/index. php? id=35&backPID=1&tt_news=460。

马克·普勒沃：见 http：//www. enar-eu. org/en/info/staff. shtml。

欧洲伊斯兰组织联盟：按这个青年组织的网站内容，它是直接由欧洲伊斯兰组织联盟建立的，见 http：//p9445. typo3server. info/20. 0. html。欧洲伊斯兰组织联盟是欧洲各个穆斯林兄弟会组织的牵头组织，见十四章内容。

国务院还协助：见 http：//usinfo. state. gov/xarchives/display. html? p=washfile-english&y=2006&m=April&x=20060407162418MVyelwarC0. 9064295&t=livefeeds/wf-latest. html。

美国驻比利时大使：见 http：//foreign. senate. gov/testimony/2006/KorologosTestimony060405. pdf。

对比利时内部事务：Unclassified cable sent 12 December 2006，"From：Amembassy Brussels，Subject：Muslim engagement strategy 2006 - 2007 for Belgium"。

伊斯兰学院：美国政府卷入此事，已由德国媒体广泛报道，并见美国领事馆网站，http：//munich. usconsulate. gov/speeches-nelson-09252007. html。

利用美国的穆斯林来影响： Cable of 17 February 2006，"Amembassy Berlin" to "Ruehc/Secstate Washdc，" "Assistant Secretary Fried's meetings in Germany"。

著名政治学者： Robert S. Leiken and Steven Brooke，"The Moderate Muslim Brotherhood，" *Foreign Affairs*。

美国中央情报局都签发了有关该组织报告： "Muslim Brotherhood：Pivotal Actor in European Political Islam，" 10 May 2006，and "Muslim Brotherhood Rhetoric in Europe：Deception，Division，or Confusion?，" 29 January 2008。作者复核了这些文件。

报告题目是： CIA Political Islam Strategic Analysis Program，"Muslim Brotherhood Rhetoric in Europe：Deception，Division or Confusion?" 29 January 2008. Quote from CIA Political Islam Strategic Analysis Program，"Muslim Brotherhood：Pivotal Actor in European Political Islam，" p. 2。文件在作者手中。

马珍·阿斯巴希： 详见 www. globalmbreport. com，or Glenn R. Simpsonand Amy Chozick，"Obama's Muslim-Outreach Adviser Resigns，" *Wall Street Journal*。

伊斯兰思想国际研究所： "German Muslim Delegation Visits IIIT，" http：//www. iiit. org/NewsEvents / News / tabid / 62 / articleType / ArticleView/articleId/117/German-Muslim-Delegation-Visits-IIIT. aspx。

SLM流程管理有限公司的头： 详情见 Cologne corporate records office，UR. Nr. 1154/1997。

更正声明： "Correction：Ibrahim el-Zayat is not a member of the MB，" 20 February 2007，http：//www. ikhwanweb. com/Article. asp? ID=752&SectionID=121。

扎耶特很难撇清： Oberlandesgericht Munchen，case number 18 U 5181/05。

德国联邦政府组织的伊斯兰大会："Trojanisches Pferd," *Frankfurter Allgemeine Zeitung*，8 May 2007，accessed online at http：//www. faz. net/s/RubCF3AEB154CE64960822FA5429A182360/Doc～E1EA28B0BA6D54481ACE6C941FB9A167D～ATpl～Ecommon～Scontent. html。

名声蒙上了污点："Bundesweite Razzia bei Islamisten," *Suddeutsche Zeitung*，11 March 2009，p. 5。

还曾把钱汇……"泰博国际援助会"：BAO-USA report "Underground Banking" by the Federal Police Agency（BKA），UA ZVE /ST 44。

作为友好的代表：见 Oberverwaltungsgericht Rheinland-Pfalz，& A10953/04. OVG。他曾代表穆斯林团契一位成员写过一份报告。

会场一下炸了锅：Society of Muslim Social Scientists Annual Meeting，17 January 2004。我亲眼所见。

尾声　圆顶之下

艾哈迈德·冯丹弗：根据采访冯丹弗有关生平事迹的记录。

库朗姆·穆拉德：有关其人的简历，见 http：//www. youngmuslims. ca/biographies/display. asp? ID=11。

"穆斯林兄弟会事件"：BAR Ramadan，12 October 1965，"Said Ramadan"。For public discussion，see "Des 'Freres musulmans' accuses de complot contre Nasser," *La Tribune de Geneve*，11 February 1966，p. 19。

除去其他身份，赛义德·拉马丹至少是：引文自 BAR Ramadan，29 June 1967，"Note pour Monsieur Gelzer"。

与瑞士联邦警察也密切合作：BAR Ramadan，17 August 1966，"Notice pour Monsieur Probst"。

他收到了：见 http：//www. messageonline. org/malcolmx/

cover6. htm。

苏联报纸声称： *Aziya i Afrika Segodnya*, No. 8，August 1966. Translated in CIA Foreign Documents Division，SP – 1256，27 September 1966，CIA declassified files，approved for release：CIA – RDP75 – 00001 R000300580002 – 0。

美国狂徒： Interview with Salahuddin。

让人热泪滚动的文章： *Islam，the West，and the Challenges of Modernity*，p. vii。

维利・卡优姆承担起了领导土耳其族人： 见 BayHStA LafluVerw 1900，5 October 1967，"Vormerkung"。

苏联新闻中被攻击的对象： *Izvestia*，29 September 1968。并见海伊特长达九页的反驳文章。Narzikul personal papers，courtesy of Crane。

副手瓦尔特・申克： Schenk，pp. 341ff。

他和易卜拉欣・加朝格鲁： BayStA LafluVerw 1909，7 July 1969，"Betreff：Religionsgemeinschaft Islam e. V. "。

图书在版编目（CIP）数据

慕尼黑的清真寺/（美）伊恩·约翰逊著；岳韦译.
—上海：上海译文出版社，2017.3（2021.05重印）
（译文纪实）
ISBN 978-7-5327-7399-2

Ⅰ.①慕… Ⅱ.①伊… ②岳… Ⅲ.①纪实文学—美国—现代 Ⅳ.①I712.55

中国版本图书馆CIP数据核字（2016）第253344号

慕尼黑的清真寺
[美] 伊恩·约翰逊 著 岳 韦 译
责任编辑/张吉人 装帧设计/邵旻 观止堂_未氓

上海译文出版社有限公司出版、发行
网址：www.yiwen.com.cn
200001 上海福建中路193号
昆山市亭林印刷有限责任公司 印刷

开本 890×1240 1/32 印张 9.25 插页 2 字数 215，000
2017年3月第1版 2021年5月第7次印刷
印数：25,001—27,000册

ISBN 978-7-5327-7399-2/I·4510
定价：46.00元